그 남자의 유혹

그 남자의 유혹 1

초판 1쇄 찍은 날 | 2015년 06월 23일
초판 1쇄 펴낸 날 | 2015년 07월 01일

지은이 | 아노타
펴낸이 | 서경석

편집책임 | 조윤희
편   집 | 최고은
          주은영
디 자 인 | 박보라

펴낸곳 | 도서출판 청어람
등록번호 | 제387-1999-000006호
등록일자 | 1999. 5. 31
어람번호 | 제5-0414호

주소 | 경기도 부천시 원미구 부일로 483번길 40 서경B/D 3F (우) 420-822
전화 | 032-656-4452 팩스 | 032-656-4453
http://www.chungeoram.com
E-mail | chungeorambook@daum.net

ⓒ 아노타, 2015

ISBN 979-11-04-90277-2 04810
ISBN 979-11-04-90276-5 (SET)

그 남자의 유혹

1

아노타 장편 소설

Chungeoram romance novel

Contents

프롤로그

[Ladies and Gentlemen. Northwest airlines flight 29 from New York is now arrived.]

뉴욕발 항공기의 도착을 알리는 안내 방송이 공항 스피커를 타고 건조하게 울려 퍼졌다. 공항 내 인파의 생동감과는 다르게 생명력 없이 기계적인 그 음성을 뒤로하며 사람들이 하나둘 게이트를 빠져나왔다. 그때, 게이트 앞에 대기하고 있던 사람들의 시선이 일제히 한 남자에게 집중되었다. 사람들의 시선이 모인 곳에서는 한 이국적인 사내가 군더더기 없이 단정한 몸짓으로 게이트를 빠져나오고 있었다.

단정하게 빗어 넘긴 짙은 검은색 머리카락, 분명 두말할 나위 없이 매력적일 눈매를 새까맣게 가리운 보잉선글라스, 그 아래 깎

아놓은 듯 올곧게 뻗은 매끄러운 콧날, 그리고 깔끔한 잿빛 슈트에 감싸인 탄탄한 몸이 흡사 흑표범을 연상케 하는 야성적이고 관능적인 분위기의 남자였다.

「다음 스케줄이 어떻게 되지?」

굳게 다물어져 있던 이지적인 입술 새로 낮은 중저음의 목소리가 느릿하게 흘러나왔다. 그의 뒤에서 충직하게 자리를 지키며 따르던 한 사내가 정중히 고개를 숙이며 답했다.

「아직 한국에 계실 동안 머무실 맨션이 준비되지 않은 관계로 우선은 쉐라톤워커힐호텔로 이동하셔야 할 것 같습니다, 보스. 그리고 그곳에서 6시 반에 한국 지사 중역 간부들과의 저녁 식사 약속이 있으십니다.」

「한국의 중역 간부들이라…….」

짙은 선글라스 속에 자리한 유려한 눈매를 찌푸리며 남자가 나직이 읊조렸다. 상사의 달갑지 않아 하는 기색을 읽은 사내가 서둘러 말을 이으려 했다.

「혹, 보스께서 너무 피곤하시다면…….」

「됐어.」

남자가 왼손을 뻗어 올림으로써 사내의 말을 중지시켰다.

「외국에서 느닷없이 치고 들어온 잉글랜드 애송이 때문에 안 그래도 적잖게 열이 올라 있을 늙은 너구리들을 더욱더 노엽게 할 수야 없지. 차질 없이 진행시켜.」

"Yes, Sir."

정중하게 고개를 숙이며 대답하는 부하 직원을 뒤로하며 남자는 공항 로비를 빠져나왔다. 건물을 빠져나오자 살이 에이는 듯한 싸늘한 겨울 공기가 공항 내에 짙게 체류하던 인공적인 히터 열을 밀어내며 폐부를 훑어 내렸다. 그는 마냥 상쾌하지만은 않은 그 공기를 코끝으로 가만히 음미해 보았다. 이국의 향이 그리움을 타고 코끝에서 번졌다. 그러나 온전한 그리움만은 아니었다.

남자는 시야를 온통 잿빛으로 드리우고 있는 선글라스를 느릿하게 벗어냈다. 의도적으로 드리우고 있던 어둠을 걷어내자 한국의 찬란한 햇살이 그의 시야로 따갑게 파고들었다. 시야를 산란시키는 어지러운 빛에 반듯한 미간이 살짝 구겨진다. 늘씬한 눈매 안에 갇힌 푸른 심연이 그 안에서 아스라이 빛났다. 머리 위를 새파랗게 뒤덮은 푸른 상공이 남자의 아쿠아빛 동공에 잔잔히 스며든다. 오롯이 젖어드는 그것을 바라보며 남자가 나른하게 중얼거렸다.

「한국인가…….」

1

우연이 휘몰고 온 운명

모든 것은 우연에서부터 시작된다.
그리고 그 '우연'이 몰고 온 것은 곧 운명이 된다.
그것이 인연이든지, 혹은 악연이든지 간에.
그렇다면 당신과 난…… 그중 무엇일까?

—저녁 7시. 워커힐 스타라이트.

서류에 결재를 받고 제자리로 돌아오던 여자는 책상 위에 놓인 익숙한 필체의 메모를 보곤 움직임을 멈췄다. 메모지를 내려다보는 여자의 얼굴에 불현듯 망설임이 스친다. 그것을 집어 들어 말없이 바라보던 여자가 고개를 들어 회의실 쪽으로 향했다.

"그럼 초반 기획안을 방금 논의한 대로 변경하고, 수정된 기획안에 맞춰서 새 브리핑 자료를 준비해 주십시오."

지극히 사무적인 어조로 말을 마치며 남자가 콧등을 짓누르는 안경을 벗었다. 그러곤 실내 가득 팽창된 열기가 갑갑한 듯 목까지 단단하게 채워진 와이셔츠 단추 하나를 풀어냈다. 복잡한 심경이 드리운 여자의 시선은 바로 이 남자에게로 닿아 있었다. 답답한 숨을 골라내던 남자가 딱딱한 활자 위에 박혀 있던 시선을 흘끗 돌렸다. 언뜻 지나치던 그의 동공에 여자의 시선이 닿았.

스치듯 닿은 눈길에서 시선을 멈춘 채 남자가 굳어 있던 입매를 풀어 느슨히 당겼다. 그를 따라 빙긋이 지어 보인 웃음을 마지막으로 여자는 자연스레 시선을 떨궈 손에 잡힌 메모지를 내려다봤다. 방금 전까지만 해도 유연한 곡선을 그리던 여자의 입매가 차갑게 굳는다.

'워커힐 스타라이트. 워커힐…… 호텔.'

모르는 새 여자의 입에서는 한숨이 새어 나왔다. 망설임에 젖은 눈동자에는 수심이 가득했다. 그때, 옆에 앉아 얌체같이 주위를 살피던 동료가 그녀의 어깨를 툭 건드렸다. 근심 어린 까만 동공에 대고 다연이 살모사마냥 혀를 날름거리며 은밀하게 속살거린다.

"어이, 보나라. D—day다! 화이팅!"

그렇게 어느덧 시간은 흐르고 퇴근할 시간이 되었다. 시침이 6을 지나쳐 점차 7에 가까워져 가고 있었다.

"어때? 음식은 마음에 들어?"

능숙한 손놀림으로 스테이크를 썰며 강우가 말했다.

밤을 가르며 올림픽대교를 지나고 있는 차량의 불빛이 어둠을 집어삼켜 푸르스름해진 서울의 물줄기 위로 찬란하게 부서져 내린다. 그리고 그 위로는 새하얗고 포근한 눈송이가 오소소 내려앉고 있었다. 잔잔한 재즈 선율이 부드러운 크림처럼 실내 가득 감미롭게 흘러내렸다. 통유리를 통해 그들 주변을 에워싸는 근사한 서울 야경을 뒤로하며 나라가 상냥하게 답했다.

"엄청 맛있어요. 딱 내 취향인데요? 역시 강우 씨는 날 너무 잘 알아."

"그렇다니 다행이네."

다정하게 말하며 강우가 나라의 입가를 닦아주었다. 부드럽게 당겨져 있는 그의 입매를 따라 나라도 웃었다. 그때 홀을 분주히 쏘다니던 한 웨이터가 강우에게로 다가와 귓가에 대고 뭐라고 소곤거렸다.

"알겠습니다."

웨이터의 말을 듣던 강우가 짧게 답하곤 냅킨으로 입가를 슥 닦아냈다. 손에 쥔 냅킨을 가만히 내려놓으며 그가 자리에서 일어났다.

"나라야, 나 잠깐 자리 좀 비울게."

"네, 다녀오세요."

활짝 웃으며 답하는 그녀를 향해 비긋이 미소 지은 뒤 강우는 앞서 걷는 웨이터를 따라 자리를 떴다. 그의 뒷모습이 저만치 멀어짐을 확인하고서야 나라는 내내 당기고 있던 입가를 툭 놓았다. 애써 미소를 유지하느라 긴장하고 있었던 안면 근육들이 일제히 아우성을 쳤다. 나라는 포크를 내려놓은 손을 돌려 냉큼 잔을 들곤 벌컥벌컥 물을 들이켰다.

탁!

말끔하게 비어 버린 잔이 요란한 소리를 내며 테이블 위에 놓였다. 하아, 가슴께가 마치 돌덩이가 내려앉은 듯 묵직했다.

'체할 것 같아.'

말로는 맛있다고 했지만 사실 나라는 씹고 있는 것이 고기인지 흙덩어리인지도 알 수 없었다. 강우는 그녀보다 4살 연상인 직장 상사이자 나라가 회사에 입사한 당시부터 교제해 온 그녀의 연인이었다. 그리고 오늘은 바로 그와 그녀가 사내 연애를 시작한 지 꼬박 1년이 되는 날이었다. 아마 그가 지금 웨이터를 따라 자리를 비운 이유도 그 1년을 기념하려는 준비를 하기 위해서일 것이다. 그 이벤트가 끝났을 때 무엇이 그녀를 기다리고 있을지도 나라는 잘 알고 있었다.

"하아……."

자신을 기다리고 있을 그것을 떠올리자 나라는 여지없이 한숨이 새어 나오고 속이 조여들었다. 생각지 못한 것도 아니고 오히려 이미 마음을 먹고 왔음에도 불구하고 조금씩 가까워져 오는 그 현실에 자꾸만 불안감이 일고 갑갑증이 밀려왔다.

1년이라는 시간 동안 그를 만나왔지만 사실 나라는 그와 단 한 번도 잠자리를 나눈 적이 없었다. 그가 아닌 다른 남자와도 물론이었다. 그랬다. 그녀는 아직 '처녀'였다.

나라는 남자 형제가 위로만 셋이 줄지어 있는 집안의 막내딸로 태어났다. 아들만 있는 집에 하나밖에 없는 귀한 딸인지라 오빠들의 여동생 사랑은 단순히 남다르기를 떠나 타의 추종을 불허할 정도로 유별났다. 덕분에 그녀는 한창 이성에 호기심이 많을 사춘기 시절을 시스터콤플렉스 환자인 세 오라비들로부터 순결의 중요성에 대한 강조만 죽어라 받으며 보내야 했다. 조기교육의 성과란 실로 굉장했다. 오빠들의 그러한 극성의 결과, 나라는 스물여섯이 된 지금까지도 '결혼할 남자가 아니면, SEX는 절대 안 돼!' 라는, 건전하다면 건전하고 구식이라면 구식일 수 있는 사고방식을 고수해 오게 되었다.

그런데 오늘, 26년 동안 철칙처럼 지켜 온 그녀의 모토에 드디어 혁신의 시기가 도래하게 된 것이다. 바로 연인과의 1주년 기념 선물이라는 이름하에.

"다연아, 나 며칠 뒤면 강우 씨랑 1년 되는데 무슨 선물을 해줘야 좋아할까?"

모처럼 나선 쇼핑 길에 동행이 되어준 다연에게 나라는 그렇게 물었다. 다연은 고등학교, 대학, 또 지금의 직장까지 쭉 같은 코스를 밟아 온 가장 절친한 친구였다. 그런데 그 절친한 친구란 자가 대답이랍시고 뱉은 다음 말에 나라는 경악을 해야 했다.

"뭘 고민이냐? 너한텐 그 어떤 것보다도 좋은 선물이 있잖아. 바로 네 순.결."

다연이 강조하듯 또박또박 읊는 그 단어에 나라의 얼굴이 새빨개졌다.

"뭐? 수, 순결이라니! 이 기지배가 아주 못 하는 말이 없어!"

"어차피 너 서 팀장님이랑 결혼할 거 아니야? 보나라의 첫 남자는 즉, 결혼할 남자. 그리고 서 팀장님은 그런 보나라가 유일하게 결혼할 마음을 가지고 만나는 남자. 고딩 때부터 남자랑 손끝만 닿아도 경을 치던 기지배가, 이십대 중반이 돼서야 한 남자를 선택해 1년씩이나 갔다는 건 바로 그런 뜻 아니야?"

다연의 말은 사실이었다. 꼭 그러한 이유 때문만이 아니더라도 강우는 그녀의 반려자로서 뭐 하나 나무랄 게 없었다. 온화한 성품과 그녀와 비슷한 취향, 그리고 1년이 다 되도록 진득이 기다려 주는 그 순정까지. 그를 반려자로 선택하지 않을 이유가 없으니 그를 그녀의 하나뿐인 지아비로 섬기기로 마음먹은 것은 당연한 일이었다. 하지만……

"이번 기회에 그냥 처녀 딱지 떼어 버려! 네 나이가 몇인데 아직까지 그러고 있니? 정조니 순결이니 그런 것도 좋다지만, 지금이 무슨 조선시대도 아니고. 막말로 조선시대에도 어떤 것들은 물레방아 가서 어쩌고 뽕밭 가서 어쩌고 다 그랬어, 이것아. 어차피 결혼할 사인데, 군이 결혼할 때까지 버틸 거 뭐 있어?"

다연의 질타 섞인 목소리가 메아리치듯 다시 들려오는 것 같아 나리는 고개를 휘휘 저었다.

그녀도 알고 있었다. 자신이 야박하다는 것을. 엄한 구석으로 뻗어오는 그의 손을 저지할 때마다 그가 어떤 기분이었을지, 이런 자신이 얼마나 유난스러운 건지 나라도 모르는 바는 아니었다. 하지만 문제는 머리가 아니라 마음이었다. 본래가 몸은 마음을 따라가는 법인데, 머리로는 이쯤 되면 됐다 싶으면서도 정작 그 주체인 마음이 매번 선뜻 움직이질 않았다.

다연과의 대화 끝에 결국 마음을 먹고 부모님께 적당한 핑계까지 둘러댄 뒤 이 자리에 나온 지금 또한 마찬가지였다. 다짐을 곱씹기라도 하듯 야시시한 원피스까지 차려입고 앉은 마당에 아직도 이러는 자신이 스스로도 한심하기 짝이 없었지만 '차후 벌어질 일'을 생각하기만 해도 가슴께가 묵직해져 오는 건 나라로서도 어찌할 도리가 없었다.

"후우."

돌덩이가 얹어진 듯 꽉 막힌 가슴이 벌렁거렸다. 아직 조짐조차 보이지 않는 뒷일을 생각하는 것만으로도 그녀는 견딜 수 없이 마음이 무거웠다. 곱게 차려입은 원피스를 구겨 쥔 손바닥에선 땀이 샘솟듯 솟았다. 밀려드는 초조함이 온 정신을 버겁게 했다.

'지금이라도 안 되겠다고 할까? 아니면 애초에 생각도 않았다는 듯이 시치미를 뚝 떼? 아우, 돌겠네. 정말.'

이러지도 저러지도 못하겠는 통에 나라는 결국 붉은 와인 잔을 들고 마치 음료수를 들이키듯 입안에 확 털어 넣었다. 콧속을 따갑게 찌르는 와인의 시큼한 맛과 함께 입안 가득 와인의 잔향이 감돌았다. 하지만 곧 그 위로 또다시 초조함이 사무쳤다. 짙은 향이 뇌리에 배면 이 초조함과 답답함이 좀 가라앉을까 싶었는데 그것도 아니었다. 그때였다.

"아, 아!"

잔잔하게 흘러나오던 재즈 선율이 일순 멈추며 서툰 음성이 그

자리를 메웠다. 마이크를 톡톡 건드렸다 놓으며 재차 '아, 아!' 대는 그 음성이 나라의 주의를 환기시켰다.

'뭐지?'

등 뒤편에서 들려온 목소리에 나라의 눈이 의아함을 품고 가늘어졌다. 그 의아함에 쐐기라도 박듯 곧 익숙한 목소리가 스피커를 타고 그녀에게로 전해져 왔다.

"오붓하게 식사를 나누시는 시간을 본의 아니게 방해하게 된 점, 먼저 양해를 구하겠습니다."

가늘게 뜨여 있던 눈매가 일순간 화등잔만 해졌다.

'설마…… 강우 씨?'

들려온 음성을 따라서 시선을 돌리자 강우가 있었다. 어쿠스틱 기타를 어깨에 메고 의자에 앉아 있는 그, 서강우가. 그에게로 향한 시선이 그와 정면으로 마주치자 강우가 그녀를 향해 머쓱한 웃음을 지었다. 뭔가 이벤트를 준비하러 간 거라고 짐작하고 있긴 했지만 설마하니 이런 걸 거라곤. 나라가 당혹스러워하는 사이 강우가 입을 열었다.

"우선 제 소개부터 하겠습니다. 저는 서강우라고 합니다. 저 뒤쪽에서 저를 바라보고 있는, 아름다운 여성의 연인이기도 하죠."

강우의 말과 함께 무대로 향했던 사람들의 시선이 일제히 그녀에게로 쏟아졌다. 갑작스러운 시선 집중에 나라가 당혹스러운 얼굴로 두리번거렸다. 강우가 낮게 웃으며 관객들에게 말했다.

"그렇다고 바로 그녀를 바라보시면, 쑥스러움을 잘 타는 제 연인이 몸 둘 바를 몰라 하잖습니까. 썩 내키시진 않으시겠지만, 제

쪽을 대신 봐주시겠습니까?"

그의 말에 사람들 사이로 웃음이 터졌다. 그 웃음 가운데서 한 남자가 짓궂게 말했다.

"것보다 다른 사람들이 애인 쳐다보는 게 싫어서겠죠."

"하하. 네, 어떻게 잘 아시는군요. 맞습니다. 사실 여러분의 눈 길에 제 연인이 닳을까 봐 노파심이 일어 그랬습니다."

"우ㅡ!"

강우의 넉살에 사람들이 웃었다. '닭살이다'라며 여기저기서 터지는 장난스런 야유와 함께 어느새 분위기는 화기애애해졌다. 하지만 그들 사이에서 나라만은 여전히 어리둥절했다. 나라는 함 지박만 해진 눈으로 강우를 바라보았다. 그런 그녀를 향해 강우는 그저 다정하게 웃어 보였다. 그러곤 곧, 못다 한 말을 다시 이었 다.

"다름이 아니라 오늘이 바로 저와, 함께 온 제 연인이 만난 지 365일이 되는 날입니다. 그래도 명색이 1주년인데 따로 해줄 만한 건 없고, 해서 부족한 솜씨로나마 성의껏 준비한 노래 한 곡을 그 녀에게 바칠까 합니다. 그녀를 제외한 손님 여러분들께서는 귀가 조금 괴로우시더라도 기껏해야 5분이면 되니 부디 양해 부탁드리 겠습니다. 그럼 시작하겠습니다."

그렇게 말을 맺은 뒤 강우가 기타 줄 위에 놓인 손가락을 천천 히 움직이기 시작했다. 기타 줄이 물결치듯 퉁기고, 익숙한 선율 이 은은하게 귓가를 간질였다. 나라를 마주한 강우의 눈동자가 진 지하게 바뀌었다. 노래가 시작되려 하고 있었다. 나라의 까만 눈동자를 직시한 채 강우가 나직이 입술을 뗐다.

낮고 감미로운 음성이 애틋한 가사를 끌어안고 나라의 귓가를 적셨다. 곡은 엘비스 프레슬리의 'Can't help falling in love' 였다. 그 곡의 제목처럼, 가사처럼 강우는 '난 너를 사랑할 수밖에 없어' 라고 눈길로 간절하게 말하고 있었다.

진심이 담긴 그윽한 눈동자가 나라의 시야를 붉게 만들었다. 그의 애절한 고백이 귓전을 타고 흘러 들어와 심장 앞에서 부서지고 있었다. 나라는 마음이 먹먹해졌다. 감동을 받은 게 아니라 미안해서였다. 그는 이렇게나 진심으로 다가오고 있는데, 그 진심 앞에서 자신은 여전히 망설이고 있다는 사실이 너무도 죄스러워서.

잠잠한 가운데 마지막 소절이 울려 퍼지고, 이윽고 연주하는 악기들의 소리도 멎었다. 아주 잠시간의 숨죽임 끝에 홀에서는 사람들의 휘파람 소리와 함께 박수갈채가 쏟아졌다. 노래를 다 마친 강우가 어깨에 메고 있던 기타 스트랩을 풀고 그녀의 앞으로 다가왔다. 그러곤 강우는 나라의 손을 끌어 잡아 그녀의 약지에 끼어진 반지 위에 짧게 입을 맞췄다.

"고마워. 1년이라는 긴 시간 동안 내 곁을 지켜줘서. 그리고 내게, 이 많은 사람들 앞에서 너를 위한 러브송을 부를 수 있는 용기와 기회를 줘서."

은테 안경 속에 자리한 다정한 눈동자가 그윽한 빛을 띠며 그녀의 동공 위로 가라앉았다. 그는 지금 말하고 있었다. 이런 용기가 날 정도로 널 사랑하게 해줘서 고맙다고. 사랑할 수 있게 해준 그 자체가 너무도 고맙고 감사하다고.

감미롭게 속삭이고 있는 그를 나라는 그저 말없이 올려다보기만 했다. 그런 그녀에게 사람들이 '키스해! 키스해!' 라며 짓궂게 외쳤다.

"고작 1주년일 뿐인데, 내가 너무 유난스러웠나?"

사람들의 환호 속에서도 나라가 아무 말이 없자, 강우가 약간 멋쩍은 표정으로 물었다. 그제서야 나라는 고개를 저으며 입술을 뗐다.

"아니요. 너무 감동적이었어요."

나라의 미소가 강우의 눈에 담겼다. 강우가 그런 그녀를 와락 끌어안아 품 안에 가두었다. 따뜻한 체온이 여린 살갗을 뒤덮어 왔다. 그의 다급한 심장 소리가 나라의 가슴으로까지 쿵쿵 부딪쳐 왔다. 주위에서 박수가 터졌다. 환호성 가운데 지나치게 숨죽인 목소리가 뜨거운 숨결과 함께 귓전에 부딪쳤다.

"나라야, 오늘 밤 나와 함께해 줄래?"

움찔.

나라의 까만 눈동자가 크게 흔들리며 품 안에 갇힌 여린 어깨가 떨렸다. 하지만 그는 그 미세한 떨림을 애써 무시하며 가녀린 어깨를 감싸 안은 팔에 바짝 힘을 줬다. 그녀의 몸이 바스러지듯 그의 품에 안겼다.

"나…… 오늘은 정말로 널 갖고 싶다."

뱉어지는 음성이 안타깝다 싶을 정도로 절박했다. 귀를 타고 스며들어와 가슴에 닿는 그 진심에 나라는 어쩐지 가슴이 아팠다. 슬며시 두 눈을 감아 내리며 나라는 내내 극심한 기복을 보이던 마음을 슬며시 다잡았다.

　'강우 씨가 이렇게까지 원한다잖아. 뭘 망설이는 거야. 무서워할 것 없어, 보나라. 그래, 두려워서 이러는 것뿐이라면 용기를 내자. 강우 씨가 나를 위해 오늘 용기를 낸 것처럼.'

　줄곧 가슴을 갑갑하게 하던 초조함이 가라앉고 이윽고 다른 것이 그 안으로 들어찼다. 결심을 가장한 체념이었다. 나라는 그의 단단한 등 뒤로 팔을 뻗었다. 어깨를 감싸 안은 손에 끼인 반지가 빛을 받아 반짝였다.

　"오늘 밤, 함께해요."

　어둠에 정복당한 검푸른 아차산 주변으로는 차량들의 반사된 불빛을 받아 눈부시게 빛나고 있는 한강이 유유히 흐르고 있었다. 야경이 한눈에 들어오는 통유리 앞에 서서 투명한 술잔 위로 투영되는 서울을 가만히 내려다보았다. 마티니의 향긋한 향 속으로 진한 한국의 향취가 스민다. 남자는 잔을 든 손을 뱅글 돌린 뒤 그것을 단숨에 들이켰다. 쌉쌀한 맛이 혀끝을 점령한다. 이어 텁텁한 뒷맛이 끈질기게 혀를 옭아맸다.

　꼬박 20년 만에 발을 디딘 고국이었다. 아니, 고국이라 하기엔 뭔가 동질감이 부족한가?

　"훗……."

　유려한 입매 끝을 비릿하게 말아 올리며 남자는 빈 잔에 술을 채워 넣었다. 혀끝에 감기는 텁텁한 맛 때문인지 남자의 푸른 눈동자는 언제부턴가 구겨져 있었다. 유리창 위로 희미하게 비친 눈동자가 자신을 마주한 채 경멸스런 빛을 띠었다. 이윽고 어지럽게 엉겨 웅웅거리는 소리가 정적을 가르고 그의 귓속을 파고들었다.

역정에 찬 노성과 젊은 여자의 피맺힌 절규. 그리고 파랗고 맑은 동공을 처참히 찢어발기며 잔인하게 속삭이는, 한국 땅에서 마지막으로 들었던 그 목소리. 세월에 왜곡되지도 않고 여전히 생생한 목소리. 악랄하게 말려 올라가는 그 담담한 입술.

그는 곧 눈을 감았다. 눈을 감고 눈앞에 진 환영을 지워 보려 했다. 하지만 소용없었다. 축축하고 습한 늪지가 몸을 삼키고 숨구멍 하나하나까지 턱턱 막아왔다. 끔찍했던 과거 속으로 온 정신이 빨려 들어가 버릴 것만 같았다. 영국에서 보낸 20년간 악착같이 떨쳐내고 있었던 참혹한 기억이 한국 땅에 발을 딛자마자 날카롭게 날을 세워 온몸으로 달려들었다. 애써 봉인하고 있던 기억에 붉디붉은 생채기가 졌다. 끔찍하다.

똑똑…….

낮게 깔린 정적 사이로 파고든 노크 소리가 정신을 일깨웠다. 그제야 까마득한 과거에서 헤어 나오며 카인은 눈을 떴다. 어둠 위에 촘촘히 진 빛의 향연 위로 희미하게 비친 그 모습이 어딘지 모르게 위태로웠다.

'고작 이따위 환청과 환영에도 맞서지 못하는 주제에 무슨 자신으로 한국에 오겠다고 한 거냐. 한심하기 짝이 없군.'

눈앞의 자신을 향해 자조 섞인 웃음을 날리며 그는 손안에 든

잔을 말끔히 털어냈다. 그와 함께 과거가 남긴 가슴의 잔상 또한 냉정하게 뿌리쳤다.

"Come in."

말이 떨어지고 이윽고 문이 열렸다. 유리창에 비친 그의 등 뒤로 남자가 와 섰다. 남자는 2미터는 훌쩍 넘을 장신의 키에 장정두 사람은 합쳐 놓은 듯 거대한 몸집을 하고 있었다. 비워버린 잔을 테이블 위에 내려놓으며 카인이 무미건조하게 말했다.

「무슨 일이야. 분명 혼자 있고 싶다고 말했을 텐데.」

건조한 음성에 불편한 심기가 서려 있었다. 뉴욕 세미나에 참가한 직후 13시간이라는 오랜 비행을 감수하는 강행군을 해야 했으니 그가 저러는 것 또한 무리는 아니었다. 데릭(Deryck)은 '죄송합니다' 라는 말과 함께 공손히 고개를 숙인 뒤 다음 말을 전했다.

「한국 지사의 한영일 상무께서 잠시 보스를 뵙고자 합니다.」

「한영일 상무?」

상무라면 그가 기획이사로 부임하기로 한 IBMC 한국 지사의 간부 중 한 명이었다. 디너를 함께 했던 간부들이라면 이미 돌아간 것으로 알고 있는데, 개인적으로 보길 바란다라. 의아해하던 카인의 뇌리로 디너 자리에서 오갔던 대화 하나가 스치듯 지나갔다.

"모 기획사에서 곧 배우로 데뷔시키려 준비 중인 애가 있는데 혹시 생각 있으십니까? 한국에 오셨으니 동양 여자의 맛도 느껴보셔야 하지 않겠습니까."

회식 자리 내내 음흉한 웃음을 지으며 능글맞게 부추겨 오던 남자의 말이 문득 떠올랐다. 그러고 보니 그자가 상무라고 했었지. 분명 그 자리에서 정중히 거절했던 걸로 기억하는데.

「주책없는 늙은이가 여러 가지로 귀찮게 하는군.」

푸른 눈동자를 에워싼 유려한 눈매에 짜증스런 기색이 스몄다. 빈 잔을 다시 채워 들며 카인이 차갑게 말했다.

「적당히 둘러대서 돌려보내. 다시 찾아오더라도 들이지 말고.」

말을 맺곤 카인은 무채색의 알코올을 입가에 기울였다. 알코올의 알싸한 향이 비강을 간질였다. 'Yes, Sir'라고 답한 데릭이 룸 밖으로 모습을 감췄다. 홀로 남은 룸 안에서 비로소 온전해진 정적이 피부 위를 서늘하게 감싸 왔다. 유리창 너머 짙게 깔린 검푸른 어둠이 세월에 정제된 기억을 흐려왔다. 어린 시절 한국 땅에서의 기억이 혀끝을 적신 알코올과 함께 미각을 텁텁하게 했다. 그리고 그사이, 그 텁텁한 맛을 지워줄 '우연이라는 이름의 운명'이 서서히 그에게로 다가오고 있었다.

나라와 강우는 식사가 끝나자마자 곧장 체크인을 하고 룸으로 들어섰다.

찰칵.

열렸던 문이 굳게 닫히며 둔중한 마찰음이 컴컴해진 실내로 퍼졌다. 앞으로의 일을 예견하기라도 하듯 묵직한 소리였다. 나라의 어깨가 움찔 떨렸다. 그리고 곧 그녀의 예상은 현실이 되었다.

"나라야."

문이 닫혀 빛이 사라지자마자 강우는 성마르다 싶게 여유 없는 손길을 나라에게로 뻗어왔다. 열에 들뜬 손길이 나라의 어깨를 감싼 숄을 단번에 치워 버리며 곧장 뒷목을 끌어안아 당겼다. 목덜미에 닿는 그의 손길이 너무도 뜨거워 순간 섬뜩한 기분마저 들었다. 하지만 나라를 향한 욕망에 정신마저 잠식당한 강우에게 그녀의 자그마한 동요 따윈 이미 안중에 들어오지 않았다.

"잠깐만요, 강우 씨."

목으로 허리로 빠르게 감겨오는 그의 손길이 문득 두려워 나라가 외쳤다. 하지만 강우는 더 이상 시간을 지체할 수 없다는 듯 그길로 입술을 부딪쳐 나라의 말문을 막아버렸다. 탐욕스럽게 입술을 탐하던 강우가 품에 안긴 가녀린 여체를 침대로 밀어 무너뜨렸다.

"가, 강우 씨…… 잠, 흡!"

등 뒤로 닿는 매트리스의 감촉이 생생했다. 이어, 그 감촉을 보다 더 명확하게 할 그의 무게가 나라의 몸을 짓눌러 왔다. 여유 없는 손길이 그녀의 가느다란 선을 따라 뜨겁게 훑어 내렸다. 그의 손길이 스치고 지나간 곳에 소름이 일기 시작했다. 맞닿은 입술이 그녀의 자그마한 입술을 밀어붙여 사납게 뭉갰다. 평소의 자상하고 섬세한 키스가 아니었다. 흥분에 젖어 여유를 잃은 거친 키스였다. 입안 가득 헤집는 질식할 듯 뜨거운 숨결에 나라는 숨이 턱 막혔다.

"하아, 자, 잠깐만…… 강우 씨! 제발 잠깐…… 읍!"

이따금씩 그의 입술이 떨어질 때마다 급하게 입술을 떼어 봤지만 그것은 아주 잠시일 뿐이었다. 마치 굶주린 짐승이 먹이를 취하듯 막무가내로 달려드는 그 때문에 그녀의 외침은 매번 마침표를 찍지 못한 채 그의 입속으로 파묻혀야 했다.

나라도 그의 들뜬 심정을 전혀 이해하지 못하는 건 아니었다. 그간 자신이 얼마나 그를 애태우고 기다리게 했는지를 그가 지금 온몸으로 보여주고 있는 것만 같아 나라는 오히려 미안한 마음마저 들었다. 하지만 지금의 나라에게는 그를 이해하는 마음보다도 그에 대한 두려움이 더욱 컸다. 그 본연의 다정다감하던 모습은 어디에도 없이 오로지 욕정에 사로잡힌 수컷의 본능에만 충실한 그가 나라는 두려웠다. 그리고 그 두려움은 곧 뇌리를 좀먹고 들어가 애써 다잡은 다짐의 뿌리를 송두리째 갉아먹어 버렸다.

'무서워!'

나라의 내부에서 격렬한 거부반응이 일었다. 물론, 첫 경험을 눈앞에 둔 숫처녀가 마치 전장에 나선 여장부처럼 의연할 순 없겠지만 나라는 알 수 있었다. 이 두려움이 비단 첫 경험에 대한 두려움만은 아니라는 것을.

"나라야."

욕정에 젖어 거칠어진 음성이 입술을 떨어져 나가 그녀의 목덜미로 무너져 내렸다. 흡, 하고 놀란 숨이 빠르게 당겨졌다. 데일 듯 뜨거운 입술이 경직된 살결 위로 파고들듯 묻힌다. 이어 매끈한 다리를 쓸어내리던 강우의 손길이 원피스 옆 자락에 깊게 파인 슬릿 사이로 거침없이 파고들었다.

'싫어!'

"안 돼요, 강우 씨!"

가슴에 이는 극심한 거부감을 참지 못한 나라가 결국 이제까지 와는 비교도 할 수 없는 힘으로 그의 머리를 밀어내 버렸다.

"윽!"

완력에 떠밀린 강우가 뒤로 나가떨어지며 신음을 뱉었다.

'헉!'

흥분한 남자는 평소보다 몇 배에 달하는 힘을 발휘한다고 들었다. 그런데 이다지도 쉽게 나가떨어져 버리다니. 자신이 저질러 놓고도 되레 당황스러워진 나라가 놀란 토끼마냥 두 눈을 휘둥그레 떴다. 하지만 그런 그녀보다 더 당황한 이는 바로 강우였다. 이제야 좀 어떻게 되려나 보다 하고 생각하던 차에 닭 쫓던 개 신세가 된 서강우.

"하아, 뭐야?"

방금 전까지만 해도 열에 들떠 있던 그의 눈동자가 금세 차갑게 식어 내렸다. 제아무리 젠틀한 그라지만 거머리 취급을 받은 건 역시 불쾌했던 것이다. 하지만 그는 최대한 신사적인 어조를 구사하며 나라에게 물었다.

"뭐가 문제니?"

"네?"

"날 밀어낸 데는 그럴만한 이유가 있을 거 아니야. 그 이유가 뭔데? 괜찮으니까 말해봐."

이유라……. 이유는 한 가지뿐이었다. 강우와 오늘 밤 살을 섞고 싶지 않다는 것. 하지만 나라는 고이는 침을 그저 목젖 너머로 꿀떡꿀떡 넘길 뿐 그 어떤 대답도 하질 못했다. 나라의 대답을 기다리다 못한 강우가 불쑥 손을 뻗어왔다.

"나라야, 혹시 내가 너무 성급하게 굴어서 그런 거라면."

벌떡!

침대에서 빠르게 몸을 세운 나라가 그를 향해 외쳤다.

"씻고 해요!"

"어?"

"씻고 해요, 우리! 그래도 명색이 첫날밤인데 처, 청결해야 하지 않겠어요? 하…… 하하!"

어색한 너털웃음이 공허한 룸에 쩌렁쩌렁하게 울려 퍼졌다. 그런 그녀를 강우가 가늘게 뜬눈으로 황당하다는 듯 바라보았다. 정적 사이로 닿는 그의 시선에 애써 끌어올린 입매가 발작이라도 일듯 꿈틀댔다. 긴장감에 휩싸인 채로 그러고 있는 나라를 보자 강우는 한숨이 흘러 나왔다. 마음은 급하지만 한발 물러서야 할 것 같았다. 강우는 단정한 머리카락을 쓱 쓸어 넘기며 한숨을 쉬듯 말했다.

"알았어."

"그럼 저 먼저 씻고 올게요."

콰앙!

그의 대답이 떨어지자마자 나라는 기다렸다는 듯 욕실 안으로 뛰어 들어와 버렸다. 얼마나 다급하게 뛰어들었던지 욕실 문이 닫히는 소리가 마치 폭발음처럼 요란하게 귓전에서 터졌다. 잔뜩 경직되어 있던 나라의 몸이 무너지듯 문에 기대어졌다. 머리 쪽으로 팽팽히 당긴 관자놀이가 심하게 삐거덕거렸다.

'이제 대체 어떻게 해야 하는 거야?'

머릿속이 새하얗다. 일단은 대충 둘러대고 상황을 모면했지만 그다음은 어찌해야 할지 생각하자 여지없이 눈앞이 깜깜해졌다. 그때였다.

똑똑.

불현듯 들려온 노크 소리가 나라의 귓전을 때렸다. 이윽고 예민해진 나라의 귓속으로 강우의 의미심장한 말이 박히듯 파고들었다.

"나라야, 그러지 말고 우리 같이 씻을까?"

"네에?"

강우의 말에 미처 당혹감을 감추지 못한 나라가 욕실 거울이 산산조각 날 정도의 큰 목소리로 외쳤다. 애써 가라앉히고 있던 심장이 별안간 하늘까지 높게 치솟았다. 나라의 내부에서 단호한 비명 소리가 요란스레 울려 퍼졌다. 강우의 목소리를 들은 즉시 역한 거부감이 몸서리치기 시작하는 것을 느끼며 나라는 자신의 마음을 확신했다.

싫었다, 오늘 밤 강우에게 순결을 내어주는 것이. 그를 인생의 반려자로 삼는 것이 나라는 싫은 것이었다. 꽉 막힌 그 말들을 차마 뱉어내지 못하고 있던 순간, 그가 문을 열려는지 욕실의 손잡이가 건너편에서의 힘에 의해 돌아갔다.

"들어간다."

"아, 안 돼요! 잠시만! 드, 들어오면 안······!"

막무가내로 욕실 안으로 들어서려는 강우를 저지할 셈으로 나라가 두 눈을 질끈 감으며 문고리를 잡은 손에 체중을 실어 밀었다.

꽈앙!

듣기만 해도 소름이 끼칠 정도의 묵직한 마찰음이 룸 안 구석구석을 메우며 아찔하게 울려 퍼졌다. 마치 거대한 핵폭탄 하나가 서울 시내에 떨어진 것 같은 엄청난 굉음이었다.

'대, 대체 이게 무슨 소리야?'

자신이 형성한 그 소리에 화들짝 놀란 나라가 질끈 감겨 있던 눈을 번쩍 떠 아래쪽을 내려다봤다. 동시에 나라는 경악을 하고 말았다.

"강우 씨? 강우 씨!"

이마에 남산만 한 혹을 달고 바닥으로 나가떨어진 강우의 모습이 나라의 눈에 자리를 잡았다. 그랬다. 강우가 문을 열기 위해 막 문고리를 잡아당겼을 그때, 그것을 당겨야 했을 나라가 반대로 문을 거세게 밀어 버리는 바람에 미처 자신에게로 달려드는 문을 피하지 못한 강우가 그것을 정통으로 들이받고 만 것이었다.

'맙소사!'

기절까지 한 그를 본 나라는 어쩔 줄을 몰라 발을 동동 굴렀다. 하지만 한참 동안 횡설수설하던 그녀는 결국 기절한 그를 욕실 앞에 내버려 둔 채, 바닥에 널브러진 자신의 핸드백과 숄을 챙겨 끝내 줄행랑을 칠 수밖에 없었다.

뒤를 돌아보고 말 것도 없이 엘리베이터를 타고 급히 로비까지 내려왔다. 손에 잡힌 숄이 바닥에 질질 끌리는 것도 몰랐다. 급히 움직이던 발걸음은 로비 앞 회전문에 다다랐을 때에야 비로소 멈춰 섰다. 호텔의 출입구를 눈에 담자마자 보이지 않는 손길이 그녀의 발목을 옭아맸다. 그 손길의 이름은 망설임이었다.

'이 문을 넘어서면 정말 강우 씨랑은 끝이야. 그를 버린 게 되는 거라구. 그래도 괜찮아?'

일단 충동적인 마음에 방을 뛰쳐나오긴 했지만 막상 출입구를 눈앞에 두자 혼돈이 일기 시작했다. 방금 전 느낀 그 격렬한 거부 반응이 혹 순결을 내어주는 것으로 인한 두려움이 빚은 착각은 아닐까 하는 생각이 들었다.

"어떡하지. 다시 가봐?"

기절한 그를 내버려 둔 채 줄행랑을 치는 행위는 너무도 부도덕한 것이었다. 연인 관계는 청산한다 치더라도 그는 엄연히 그녀의 직장 상사였다. 그것은 즉, 싫더라도 어쩔 수 없이 부딪칠 수밖에 없는 사이임을 의미했다.

'침대에 옮겨 놓고 이불이라도 덮어주고 나와? 나 때문에 생긴 혹에 속 깊게 냉찜질이라도 해줘? 그거야말로 더 우습잖아.'

이러지도 저러지도 못하는 탓에 나라는 도무지 발의 방향을 한쪽으로 기울일 수가 없었다. 그때였다.

"아, 나 참. 대체 왜 이렇게 전화를 안 받는 거야?"

의식의 줄기를 뚝 끊으며 한 남자의 신경질적인 목소리가 그녀의 귓전을 쳤다. 메아리와 뒤엉킨 걸걸한 음성이 하도 요란하여 나라의 시선이 절로 그리로 향했다. 배가 산달이 다 된 임산부만큼이나 부풀어 오른 한 중년 남자가 로비에 서서 죄 없는 휴대폰에 욕설을 퍼붓고 있었다.

'여기가 무슨 제 집 안방이야? 정말이지 예의가 없어.'

나라가 이맛살을 찌푸리며 남자를 새치름하게 흘겨봤다. 그러곤 다시금 고개를 정면으로 돌리려는데 투덜대며 주변을 돌아보던 남자와 별안간 눈이 마주쳤다. 갑작스레 마주한 시선이 당혹스러워 나라가 흠칫거리며 그를 보았다. 그러자 그녀를 뚫어지게 주시한 채 잠시 생각을 하는 듯싶던 남자가 불쑥 물었다.

"자넨가?"

"네?"

"검정색 원피스. 아무래도 자네가 맞나 보군."

'자네, 라고?'

나라가 도통 모르겠다는 듯 두 눈초리를 가늘게 떴다. 자신을 바라보는 눈빛도 그렇고 아무래도 느낌이 이상했다. 나라는 남자를 그냥 무시하기로 마음먹곤 고개를 돌렸다.

'멍청한 얼굴로 이런 곳에 멍하니 서 있으니까 저런 배불뚝이 늙은이한테 추파나 당하는 거야. 그래, 이미 도망쳐 나와 놓고 이제 와 돌아가서 뭘 어쩔 거야. 그만 청승 떨고 가던 길 가자.'

마음을 가다듬은 나라가 회전문 쪽으로 서슴없이 발걸음을 옮기려던 때였다.

"어이, 어딜 가는 거야!"

어느새 성큼 따라붙은 남자가 나라의 손목을 다짜고짜 낚아챘다.

"아니, 이 아저씨가! 지금 뭐 하는 거예요?"

낯선 손길이 살갗에 닿자 나라가 진저리를 쳤다. 그러자 남자가 기가 막힌다는 표정으로 그녀를 쳐다봤다.

"뭐 하는 거냐고? 나 참, 뭐 낀 놈이 성낸다더니 기가 막혀서. 약속한 시각이 언젠데 이제야 기어 와 놓고 어디서 큰소리야? 우리 귀하신 손님이 지금 자네 때문에 목이 다 늘어나게 생겼어! 알아? 그러니까 잔말 말고 따라와!"

나라는 남자가 하는 말들을 도통 알아들을 수가 없었다. 대체 언제 자신이 저런 중늙은이와 약속을 했으며, 귀한 손님이란 또 무어란 말인가. 남자가 뭔가 오해를 하고 있는 게 분명했다.

"저기요, 아저씨. 실례지만 뭔가 오해를 하신 것 같은데 저는 그쪽이 찾는 그 사람이……"

"지금 자네 변명 들어줄 시간이 없어! 한시가 급하단 말이야. 맥클레인에게 미운털 박히면 자네가 책임질 텐가!"

"네? 아니, 잠깐만요! 아저씨, 그러니까 난 있죠!"

남지는 그야말로 막무가내였다. 나라의 밑허리를 싹둑 자르곤 제 할 말만을 일방적으로 맺은 남자가 그녀를 어디론가 끌고 가기 시작했다. 손목을 부여잡은 손길이 무식하다 싶을 정도로 우악스러웠다. 황당한 마음에 나라가 붙잡힌 손을 빼내려 안간힘을 쓰며 외쳤다.

"뭐예요, 아저씨! 이거 못 놔요? 이 손 놓으라니까! 이봐요, 아저씨!"

야밤에 로비 한가운데서 벌어지는 실랑이에 호텔 직원들의 시선이 집중되었다. 하지만 저마다 흘끔거리기만 할 뿐 선뜻 나서서 도와주는 이는 없었다. 주위의 시선을 의식한 남자가 숨죽인 목소리로 나라를 향해 다그쳤다.

"거 참, 고년 되게 땍땍대네! 조용히 하지 못해!"

"뭐? 년? 보자 보자 하니까 이 아저씨가! 이봐요, 사람을 보려면 똑바로 봐야지 내가 어딜 봐서 아저씨가 찾는!"

"시끄러워! 내가 지금 너랑 여기서 실랑이나 벌이고 있을 만큼 한가한 사람인 줄 알아? 다른 년들 같았으면 진즉에 돌려보냈어! 상황이 상황이니만큼 특별히 봐주는 거라고! 잔말 말고 따라와!"

나라의 말을 묵살한 남자가 또다시 성마른 몸짓으로 걸음을 옮기기 시작했다. 어째서 그런 꾸중을 듣고 있어야 하는지 납득도 되지 않는 상황에서 나라는 점점 더 기가 막혔다. 남자의 무자비한 손에 이끌려 엘리베이터에 오르고 객실 복도를 지나면서도 남자의 손아귀에서 벗어나 보려 수도 없이 시도를 해봤지만 역부족이었다. 그때, 그녀를 복날 개 끌 듯 끌며 쉼 없이 걸음을 옮기던 남자가 드디어 걸음을 멈췄다. 그가 걸음을 멈춘 곳은 정체 모를 한 객실 앞이었다.

"다 왔군!"

남자가 드디어 나라의 손을 놓았다. 남자의 완력으로 인해 생채기가 난 손목을 어루만지며 나라가 두 눈을 날카롭게 치켜떴다.

"이봐요, 아저씨! 정말 미쳤어요? 난 아저씨가 찾는 그런 여자가 아니!"

"어디 보자!"

한바탕 소리를 내지르려는 나라의 말을 잘라먹으며 남자가 투박한 손으로 나라의 어깨를 붙잡아 제 눈앞에 놓았다. 그러고는 걸쭉한 시선으로 그녀를 죽 훑어 내리며 쩝쩝거렸다.

"흐음, 외모도 이만하면 반반하고 가슴, 엉덩이 빵빵하니 바디라인이 아주 예술이구만!"

너무도 기가 막힌 나머지 헛웃음이 터져 나왔다. 자신에게 머무른 질척한 눈길과 말투들이 나라는 한없이 불쾌했다.

"이 아저씨가 진짜! 당신 그거 성희롱인 거 몰라?"

"좋아, 아~주 섹시해! 맥클레인도 아주 홀딱 반하겠어. 하하."

정색을 하는 나라의 반응에도 아랑곳 않은 남자가 객실 초인종을 눌렀다. 그러자 인터폰 너머에서 젊은 남자의 목소리가 들려왔다.

「누구시죠?」

"아, 이사님. 저 조금 전에 뵈었던 한 상무입니다. 늦은 시각인 줄은 압니다만, 긴히 드릴 얘기가 있어 잠시 들렀습니다."

삼시 침묵하던 남자가 단소로운 어소로 쌂게 대납했다.

「들어오세요.」

인터폰이 끊기고 잠겨 있는 문의 락(Lock)이 해제되었다. 눈앞에서 벌어지는 알 수 없는 상황을 황당한 얼굴로 지켜보고 있는데 남자가 객실 문을 열며 말했다.

"열렸군. 그럼 늦었으니 어서 들어가게!"

"지금 나더러 여길 들어가라는 거예요? 남자 혼자 있는 방에…… 꺄아!"

채 말을 맺기도 전에, 우악스런 손길이 나라의 등을 느닷없이 떠밀었다. 방심하던 차에 엉겁결에 떠밀려 버린 나라가 순식간에 객실 안으로 빨려들 듯 밀어 넣어졌다.

나라는 경악에 젖은 얼굴로 남자 쪽을 다급히 돌아보았다. 당혹감에 함지박만 해진 동공에 남자의 능글맞은 미소가 들어왔다.

"중요한 손님이니까 알아서 모셔. 혹시라도 방금 나한테 한 것처럼 건방지게 굴면 쥐뿔도 없을 줄 알아! 서비스 확실하게 해드리라고!"

"뭐, 뭐?"

"매니저 편으로 페이는 섭섭지 않게 넣을 테니 그리 알고. 그럼 즐거운 시간 보내게."

즐거운 시간을 보내라니? 돈이라니? 경황이 없는 나머지 버벅거리기만 하는 나라를 향해 능글맞게 윙크를 한 남자가 거칠게 문을 밀어 닫으며 나라의 눈앞에서 모습을 감췄다. 그제야 나라는 깨달았다. 자신이 어떤 목적으로 이곳까지 끌려온 것인지. 무슨 오해를 받은 것인지.

'설마…… 말도 안 돼!'

나라의 발갛던 얼굴이 핏기 하나 없이 하얗게 질려갔다. 뒤늦게 다급함이 밀려든 나라는 급히 문고리를 잡아 돌렸다. 하지만 하필이면 시크릿 넘버를 입력해야만 열리는 까다로운 구조로 되어 있는 문은 나라의 다급한 손길에도 불구하고 조금의 미동도 보이지 않았다. 갇힌 것이었다, 꼼짝없이. 상황 파악을 마치자 황당함도 잠시, 이내 몸 깊숙한 곳부터 오한이 일었다.

"이봐요, 아저씨! 문 열어줘요. 제발 문 열어줘요!"

탕탕탕!

쥐고 있던 문고리를 놓곤 나라는 눈앞을 컴컴하게 드리운 목재 문을 마구잡이로 두드렸다.

"아저씨! 사람 잘못 봤어요! 저 아저씨가 찾는 그 여자 아니에요. 이봐요, 아저씨. 거기 있지요? 내 말 안 들려요? 나 주점 나가는 여자 아니라구요! 아저씨! 아저씨!"

여리디 여린 주먹에 붉은 생채기가 났다. 하지만 그런 것쯤은 아무래도 좋았다. 우선은 이곳에서 나가는 게 먼저였다. 어떻게 해서든지 여기서 빠져나가야 했다. 하지만 그 중년 남자는 이미 사라지고 없는지 문밖에서는 그 어떤 응답도 들려오지 않았다.

"난 유흥주점 여자가 아니란 말이야! 당신이 사람을 잘못 본 거라고, 이 눈 삔 임산부야!"

발악을 하듯 외친 나라가 무너지듯 바닥에 주저앉았다. 아무래도 하늘이 벌을 주는 모양이었다. 싸늘한 호텔 방에 기절한 강우를 패대기치고 줄행랑친 짓에 대한 벌을. 일이 이렇게 되고 나자 나라는 이 모든 게 제 잘못인 것만 같아 문득 자책감이 들었다. 하지만 나라는 곧 약해진 마음을 다잡으며 두 주먹을 불끈 쥐었다.

'그래, 이대로 잠자코 있을 순 없어. 하다못해 유리창이라도……'

돌연 의연한 표정을 하며 나라가 자리를 털고 벌떡 일어났다. 지피지기면 백전백승이라고, 우선은 자신이 갇혀 있는 이곳의 구조 파악이 먼저였다. 나라가 냉철한 눈초리로 수변을 살폈다. 그러자 곧 그녀의 시야에 룸의 전반적인 모습이 담겼다. 동시에 나라는 입이 떡 벌어졌다.

'혹시 호텔 스위트룸인가?'

종전에 강우와 잠시 머물렀던 그 방과는 감히 비교도 할 수 없는 방이었다. 마치 큰 저택을 연상케 하는 널찍한 크기와 유럽풍의 가구들이 배치된 고풍스러운 분위기. 거기에 거실 한편에 마련된 실내 바(Bar)와 한강의 찬란한 야경이 아름답게 펼쳐진 전경까지. 못 해도 하룻밤에 돈 백만 원은 우습게 호가할 방이었다.

'내가 지금 뭘 하는 거야? 이 위험천만한 호랑이 소굴을 보고 감탄이나 하고 있다니. 돈 주고 여자까지 사서 부르는 놈한테 이런 게 대수일 리 없잖아.'

잠시나마 눈에 어렸던 감탄의 빛을 싹 씻어낸 나라가 콧방귀를 뀌며 고개를 돌렸다. 지금 남의 방을 구경하며 감탄이나 하고 있을 여유가 없다. 한시라도 빨리 빠져나갈 구멍을 찾아야 했다.

'만화나 영화 같은 데 보면 이런 방에는 꼭 비밀 출구 같은 게 있던데. 여기 어딘가에도 그런 게 있지 않을까?'

혹시나 이 방 어딘가에 있을 그자가 불쑥 튀어나올까 노심초사하며, 나라가 룸의 이곳저곳을 기웃거렸다. 만화에서나 나올 법한 비밀 출구를 찾아 이 물건 저 물건을 들어 보기도 했지만 그것을 발견하기란 도통 힘들었다.

'대체 비밀 출구는 어디 있는 거지?'

오랜 방황 끝에 점점 지쳐가던 나라가 짜증스런 눈초리로 주위를 둘러보고 있을 그때였다.

"Who is it?"

나라의 발소리를 제외하고는 너무도 고요하던 방에 낮은 중저음의 보이스가 별안간 무겁게 깔렸다. 룸 안에 휘돌고 있는 훈훈한 열기를 거칠게 긁어 내리는 낯선 목소리에 옮기던 걸음이 우뚝 멈춰 세워졌다. 소름이 일 정도의 지독한 저음.

'남자 목소리? 그 불한당인가? 그런데 이 사람이 지금 뭐라는 거야? 후이즈잇?'

등 뒤편에서 방금 전 들려온 그 말을 나라가 느릿하게 더듬었다. 그녀의 귀가 잘못된 게 아니라면 그것은 틀림없는 남자의 음성이었다. 그것도, 알파벳 활자를 똑똑한 발음으로 읊어대는 외국인의 음성.

형용할 수 없는 불안감이 전신에 일었다. 손끝부터 시작해 온몸이 딱딱하게 굳어버리는 것만 같았다. 온몸에서 핏기가 확 가신다.

'설마하니 아닐 거야. 아니겠지? 설마 그런 불행한 일이 내게 일어날 리 없어.'

등골을 스치는 불안감을 억누르며 나라가 경직된 뒷목을 꼿꼿이 세웠다. 아닐 것이다. 절대 그런, 신의 장난과도 같은 일이 자신에게 일어날 순 없었다. 최면을 걸듯 수도 없이 되뇌며 나라는 느릿한 움직임으로 뒤를 돌아보았다. 하지만 그 순간.

쿵!

나라의 바람을 완벽히 배반한 이국의 푸른 바다가 위태롭게 흔들리는 까만 동공 위로 적시듯 밀려들어 왔다. 시리도록 푸른 아쿠아빛 눈동자가 마주 닿은 시야를 날카롭게 가로질렀다. 심장이 순식간에 발밑으로 곤두박질쳤다. 질식시킬 듯 아름다운 그 빛에 나라는 순간 눈이 멀고 귀가 멀어 버렸다. 숨이 턱 막히며 모든 사고 회로가 정지되었다. 꿰뚫어 볼 듯 날렵한 눈매로 그녀를 주시하던 남자가 굳게 닫힌 서늘한 입매를 열어 그녀를 향해 물었다.

「당신이 오늘 나를 즐겁게 해준다던 그 여자인가?」

치명적인 유혹, 카인 G. 맥클레인(Cain Gerald MacLean). 그와의 첫 만남을 시작으로 바람 한 점 없었던 보나라의 인생에 거대한 강풍이 휘몰아쳤다.

2
이해불능

사랑은 부지불식간에 찾아온다.
그리고 그것은 종종 이해 못 할 상황을 낳기도 한다.
바로 이들의 첫 만남처럼.

「당신이 오늘 나를 즐겁게 해준다던 그 여자인가?」

날렵한 눈매 안에 담긴 푸른 바다가 그녀의 시야를 뒤덮었다. 뒷목을 긁어 내리는 자극적인 허스키 보이스에 나라는 등골이 움찔 튀어 올랐다.

남자다운 선을 그리며 떨어지는 강인하고도 날렵한 턱 선, 투명한 피부 위에서 정확히 한 획을 긋고 뻗은 매끄러운 콧날, 매력적인 저음의 목소리가 흘러나오는 육감적인 입술, 그리고 엷은 쌍꺼풀이 근사한 늘씬한 눈매까지. 한순간에 그녀의 주의를 앗아 가버린 그는 흡사 공들여 만든 다비드 조각상과도 같았다.

하지만 그 탄성을 절로 자아내는 외모에도 불구하고 정작 나라의 숨을 멈추게 한 것은 따로 있었다. 그것은 바로 남자의 가늘게 뜨인 눈매 안에 박힌 강렬한 코발트블루였다. 마치 이국의 푸른 심연을 옮겨 담아 놓은 듯한 짙은 색채의 푸른 눈동자에 나라는 남자의 외모에 감탄할 새도 없이 심약한 심장이 밑밑으로 곤두박질침을 느껴야 했다. 놀란 입이 떡 벌어진다. 이어 그 사이로, 그녀가 유일하게 애용하는 실생활 영어 한 마디가 느릿하게 빠져나왔다.

"오 마이 갓."

그야말로 설상가상이었다. 같은 한국인이라 해도 이 상황을 뭐라 설명해야 할지 막막할 판에 말도 통하지 않는 외국인이라니. 나라는 순식간에 머릿속이 새하얘졌다.

2년 전, 어학연수 겸 영국에 1년간 머물렀을 적에도 도대체 영어에는 젬병인 그녀였다. 보통 그쯤 머물러 있으면 자연히 기본적인 회화는 습득하게 마련인데, 어떻게 된 속인지 그녀는 어찌어찌로 알아듣기는 알아듣되 도통 제 할 말은 옮기지를 못했다.

입술이 딱 얼어붙어 도무지 떨어질 줄을 모른다. 꼴깍, 하고 마른침이 긴장한 목구멍을 타고 넘어갔다. 그녀를 바라보는 남자의 눈초리가 유난히도 날카로웠다. 나라는 떨리는 마음을 애써 추슬렀다. 일단 인사부터 하고 보자.

"저…… 하, 하이?"

경직된 입꼬리를 씨익 어설프게 끌어 올리며 나라가 말했다. 꿰어진 실에 의해 억지로 당겨진 것 같은 입매가 버거운 듯 꿈틀댔다. 가만히 들어 올려 인사를 하듯 흔들고 있는 손끝 또한 미세하게 떨려왔다.

'배우가 되고 싶어 하는 여자라더니 연기 실력은 형편없군. 무서워서 바들바들 떨고 있는 주제에 그래도 목적이 있어 추파는 던지는 건가? 노력이 가상해.'

한 상무가 여자를 언급하면서 했던 말을 떠올리며 카인은 무시하듯 여자로부터 시선을 거둬들였다. 그러곤 손에 들린 와인 잔을 무심하게 입가에 기울였다. 여자가 무안했던지 곧 흔들던 손을 말없이 내려놓았다. 잔뜩 주눅 든 표정이었다.

카인 G. 맥클레인. 푸른 눈동자와는 이질적인 짙은 흑발의 머리카락과 순수 유럽피언 같지 않은 마스크를 지닌 그였으나 국적은 영국이었다. 그는 한국 나이로는 31세라는 젊은 나이에 영국 굴지의 유통업계 기업 IBMC에서 중역을 맡고 있는 촉망받는 사업가로, 그 특출한 능력을 인정받아 한국 지사의 선략기획팀 이사로 부임하게 되었다. 덕분에 그는 뉴욕에서 가진 경영 세미나 직후 13시간이나 되는 지루한 비행까지 감수하며 한국에 입국하게 되었다. 그것만으로도 모자라 쉴 틈도 없이 이어진 한국의 능구렁이 간부진들과의 미팅까지. 살인적인 스케줄 때문에 피곤했던 만큼 카인은 오늘만큼은 별다른 방해 없이 혼자만의 아늑한 휴식 시간을 갖고 싶었다. 그런데 빌어먹을 상무라는 자가 주제넘은 짓으로 그것을 방해한 것이다.

'여러가지로 귀찮게들 하는군.'

유독 소란스럽던 여자로 인해 생각지도 못한 방해를 받게 되자 카인은 불쾌함이 일었다. 보아하니 억척스럽게 버틸 여자 같아 보이진 않았지만 괜한 뒤처리까지 하게 되자 짜증이 치밀었다.

'빌어먹을 늙은이들 같으니라고.'

눈앞에서 우물쭈물하며 서 있는 여자를 보곤 낮게 욕설을 뱉은 카인이 밀끔하게 비워낸 와인 잔을 바(Bar) 스탠드 위에 내려놓았다. 냉정한 시선을 그녀의 등 뒤편으로 던지며 그는 여자 쪽으로 걸음을 옮겼다. 빨리 여자를 쫓아내고 싶었다.

스윽.

옷깃이 스치는 소리와 함께 나라는 잠시 멍해 있었던 시선을 바로잡아 소리의 근원지로 빠르게 초점을 옮겼다. 그러자 그녀의 앞으로 성큼 다가오는 다비드 조각상이 눈에 잡혔다.

'뭐야! 이 남자, 왜 갑자기 내 쪽으로 다가오는 건데!'

갑작스러운 그의 움직임에 불안해하던 중, 겁에 잔뜩 질린 나라의 눈에 그녀에게로 뻗쳐 오는 남자의 팔이 포착되었다. 상황은 다급했다. 순간 머릿속이 백지장처럼 새하얘지며 나라는 더 이상 이도 저도 생각할 겨를이 없어졌다.

"노!"

우렁찬 외침이 실내 차가운 벽에 부딪혀 요란스럽게 울려 퍼졌다. 그녀의 등 뒤 진열장에 놓인 키를 잡으려 뻗고 있던 카인의 손이 순간적으로 움직임을 멈췄다. 가늘게 뜨인 푸른 눈동자가 또한 번 여자를 향한다. 그녀의 비명 이후로 짙게 깔리기 시작한 어색한 정적이 둘 사이를 팽팽하게 메웠다. 바짝 긴장한 채 웅크리고 있던 나라는 그 엄숙한 분위기를 감지하곤 감고 있던 눈을 소심하게 떴다. 그러자 가늘게 뜨인 푸른 눈동자가 기다렸다는 듯 그녀의 시야를 파고들었다. 순간 질겁한 나라가 떨리는 손을 세차게 저어가며 횡설수설 외쳤다.

"노노노! 베리 노 땡큐! 아임 낫! 아임 낫 가라오케 걸!"

가라오케 걸. 한국의 노래방 도우미를 생각하며 한 말이었다. 유흥주점에서 일하는 여자가 아니라고 말하려던 것이었는데, 그를 대신할 마땅한 단어가 생각나지 않아 멋대로 조합해 외친 것이었다. 하지만 막상 말을 던져 놓고 보니 푸른 눈을 가진 이국의 사내가 노래방 도우미 따위를 알고 있을 리 만무하다는 사실이 떠올랐다. 대답도 없이 더욱더 가늘어지는 그의 눈매를 보아하니 정말 못 알아들은 모양이었다. 가슴이 철렁했다.

'가라오케 걸이라고? 뭔지는 모르겠지만 반응이 재미있군.'

굳게 닫힌 서늘한 입매가 경계심을 풀고 조금 느슨해졌다. 그녀의 예상대로 그는 그 말을 전혀 알아듣지 못했다. 20년이 지나 다시 찾은 한국의 문화를 그가 알 리 만무했다. 하지만 불청객이라 생각했던 여자의 반응이 무료한 하루 끝에 예기치 않은 재미를 더하자 조금 흥미가 생기기 시작했다. 키를 향해 뻗던 손을 거두며 카인은 팔짱을 낀 채 비딱이 서서 그녀를 내려다보았다. 그 묵직한 시선에 당황한 나라가 격앙된 목소리로 또 한 번 외쳤다.

"미, 낫 셀링 바디!"

남자의 눈이 한층 더 가늘어졌다. 또 못 알아들었나 싶어 나라가 갸웃거리며 그를 올려다보았다. 혹시 발음이 너무 안 좋아서 그러나 싶은 마음에 나라가 최대한 혀를 꼬며 반복해 외쳤다.

"헤이, 낫 셀링 바디. 아임 낫 가라오케 걸. 오케이? 두 유 언더스탠?"

여자가 딱딱하게 경직된 혀로 외쳐 대는 말들에 카인은 이번엔 피식 웃음마저 새어 나올 뻔했다. 반응이 재밌어서 과연 어디까지 가나 잠자코 두고 보려 했더니 이건 단순한 재미 정도가 아니라 거의 위험 수준이었다. 겨우 첫 만남일 뿐인 여자를 상대로 제법 귀엽다고까지 느끼는 걸 보니. 자꾸만 웃음이 번지려 하자 카인은 포커페이스를 유지하기 위해 그의 반듯한 미간을 일부러 구겼다.

"낫 셀링 바디! 두 유 언더스탠?"

여자가 또 한 번 외쳤다. 이번엔 오기까지 난 모양이다. 외치는 목소리에 악이 실려 있었다. 어쩌면 그렇게 대답 한 번 하지 않을 수 있느냐는 식의 원망스런 눈길도 보내고 있었다. 금방이라도 울음을 터뜨릴 것만 같은 표정에 카인은 반대로 웃음이 터질 것만 같았다. 그는 웃는 얼굴을 가리기 위해 손끝으로 이마를 쓰는 척하며 유려한 입매를 말아 올렸다. 미치겠군.

'어쩜 저래? 아무리 못 알아들었어도 그렇지 두 유 언더스탠이라고까지 물었는데 예스든 노든 대답 하나 없다니. 정말 너무한 거 아니야?'

자신의 안타까운 몸부림이 줄곧 외면당하자 나라는 이젠 무섭기를 떠나 점점 화가 나기 시작했다. 눈앞의 이방인이 원망스러워, 악을 가득히 품은 검은 눈동자로 그를 매섭게 노려보았다. 그러자 남자가 시선을 피해 고개를 돌려 버린다.

'어쭈, 이젠 눈까지 피하시겠다?'

남자를 노려보는 까만 눈동자에서 짧게 스파크가 튀었다. 이렇게 된 거 어차피 말도 통하지 않는데 어떻게 하든 상관없을 것 같앉다. 될 대로 되라, 라는 심산으로 나라가 걸릴 것 없이 바락바락 외쳤다.

"이씨! 이 망할 포리너야! 귓구멍이 썩었니? 낫 셀링 바다라니까! 아임 낫 가라오케 걸이라고!"

"다른 건 모두 이해가 갔는데 당신이 말한 그 가라오케 걸이라는 건 조금 이해하기가 힘들군."

악에 받친 외침 사이로 흘러든 낯선 음성에 금방 울 듯하던 나라의 표정이 뚝 멈췄다. 절대 미동치 않을 것처럼 보이던 다비드 조각상의 입술이 벌어지고 있었다. 금방이라도 눈물을 쏟아낼 것 같던 나라의 눈동자가 뻥 터질 듯 팽창했다. 그 위로 은은한 아쿠아빛이 적시듯 스며들었다. 남자의 늘씬한 눈매가 그녀를 내려다본 채 유연하게 휘었다.

'지금 이 사람…….'

나라는 자신의 귀를 의심했다. 남자가 한국말을 하고 있었다. 외모는 분명 이국적인데 뱉은 말은 다름 아닌 한국어였다. 그것도 버터 한 방울 발리지 않은 단정한 어조의 딱 부러지는 한국말.

"가라오케 걸이 무어냐고 물은 것 같은데 그에 대한 대답은 안 해줄 생각인가?"

남자의 매력적인 입매가 유연한 곡선을 그렸다. 안이 비쳐 보일 듯 투명한 검은 눈동자가 점점 경악스러움에 젖어간다. 곧 울 것 같기에 그만 놀리려 했더니 더 재밌는 반응을 보여주고 있었다.

"하, 하, 한국말을 하네요?"

여자가 놀란 토끼마냥 두 눈을 휘둥그렇게 떴다. 순간 카인의 머리에 내려앉아 있었던 피곤함이 어느새 씻은 듯 자취를 감췄다. 어쩌면 이 여자와 오늘 밤을 함께하는 게, 홀로 휴식을 취하는 것보다 더 좋은 효과를 발휘할지도 모른다는 생각이 들었다.

"그러니까 이게 어떻게 된 거냐 하면요. 사실 제가 오늘 남…… 아니, 친한 친구랑 이 호텔 라운지에서 저녁을 먹었거든요."

한편 그가 한국말을 알아들을 수 있다는 사실에 용기를 얻은 나라는 차근차근 자신이 처한 상황을 설명하기 시작했다. 물론 그녀가 연인을 차디찬 호텔 방에 홀로 남겨두고 줄행랑을 쳤다는 사실은 생략했다.

"근데 조금 전 어떤 배불뚝이 아저씨가 저를 다짜고짜 여기로 끌고 왔어요. 아무래도 저를 이 방에 오기로 한 유흥업소 아가씨로 착각하신 것 같은데 저 절대 그런 사람 아니거든요. 전 단지, 친구랑 잠깐 여기서 만났다가 그 이상한 아저씨에게 영문도 모르고 끌려온 것뿐이에요. 그러니까 저, 이 문 좀 열어주시면 안 될까요?"

어지간히도 억울한 게 많았던지 한참을 쉼 없이 조잘거리던 나라가 드디어 벌새처럼 푸드덕거리던 손을 바로 하며 말을 맺었다. 하지만 웬일인지 남자는 가늘게 뜬 눈으로 그녀를 주시할 뿐 아무 말이 없었다.

"제 말 다 알아들으셨어요? 혹시 못 알아들으셨으면……."

"이해는 되지만 과연 곧이곧대로 믿어야 할지는 의문인데."

"네?"

그로부터 돌아온 예상치 못한 말에 나라의 표정이 굳어졌다. 혹시 내 설명이 부족했나? 아니면 말이 너무 빨라 잘못 알아들은 건가? 아무리 능숙하게 한국어를 구사하는 사람이라도 빠르게 쏟아지는 말을 단번에 이해하는 건 조금 무리였나 보다. 나라가 그를 설득하기 위해 다시 한 번 입을 열려던 때, 카인이 냉정한 목소리로 말했다.

"한 상무가 당신을 술집 여자로 오해하고 내 앞에 데려왔다. 당신이 하고 싶은 말이 이거 아닌가?"

그녀가 횡설수설하게 떠들어 댄 말을 간단명료하게 정리하는 그의 말에 나라는 말문이 턱 막혔다. 못 알아들은 것이라 생각했건만 못 알아듣기는커녕 그는 당사자인 그녀보다도 훨씬 상황 파악을 잘하고 있는 듯싶었다.

'그런데 왜?'

나라의 눈길이 품은 의아함의 뜻을 읽기라도 한 듯 카인이 이윽고 위엄 있는 목소리로 말을 이었다.

"내 앞에 있는 당신은 지금 무엇 하나 확실한 게 없지. 하지만 당신을 내게로 데려온 한 상무는 적어도 당신보다는 신원이 확실한 사람이야. 이런 일에 허튼 여자를 데리고 와 문제를 일으킬 사람도 아니고. 그런데 내가 어째서 한 상무가 아닌 정체불명인 당신의 말을 믿어야 하는 거지? 내가 그 말을 믿을 만한 증거라도 가지고 있나?"

남자의 한국말은 거의 수준급이었다. 국적이 한국이라 해도 전혀 이상하지 않을 수준이다. 그의 말에는 어느 것 하나 틀림이 없었다. 그에게 있어서 불명확한 신변인 나라의 말을 믿을 이유란 아무것도 없었다. 그렇다고 해서 이대로 물러설 수도 없는 노릇이었다. 나라는 무언가를 마음먹은 듯 숨을 크게 들이켰다.

"그럼 증거를 대면 되겠군요?"

나라는 백에서 핸드폰을 꺼내 들었다. 남자의 말인즉, 자신의 말이 썩 믿음이 가지 않는다는 것이니 그것을 전화를 통해서라도 증명해 보이면 될 일이었다.

그녀를 내려다보는 남자의 눈동자가 짙게 가라앉으며 가늘어졌다. 그 눈동자에 올곧게 맞서며 나라는 보란 듯이 핸드폰 화면을 켰다. 그러곤 정말 증거라도 대겠다는 듯 익숙한 번호를 따라 통화 버튼을 눌렀다. 하지만 그 순간, 자신이 지금 누구의 번호를 누르고 있는지를 불현듯 깨닫곤 손길을 멈추고 말았다. 지금 그녀는 강우에게 연락을 취하려 하고 있었다. 자신에게 프러포즈에 가까운 구애를 하곤 느닷없이 기절을 당한 채 객실 바닥에 초라하게 남겨진 그에게.

그를 버리고 줄행랑칠 땐 언제고 정작 자신이 절박해지자 염치없이 구해달라 연락을 하려 하다니. 아무리 상황이 급하더라도 그건 도리가 아니었다.

"무슨 일이지?"

나라가 하는 양을 가늘게 내리깐 시선으로 바라보던 카인이 머뭇거리는 그녀를 향해 물었다. 핸드폰을 닫곤 한참 말이 없던 나라가 카인의 눈을 피하다시피 하며 우물거렸다.

"증거를 대기가 힘들 것 같아요."

"흠?"

"하지만 사실이에요. 절대 거짓말이 아니에요. 지금 그 사람에게 연락을 할 사정이 못 돼서 이러는 거지 다른 이유가 있어서 그러는 건 아니에요."

나라가 조급한 마음에 서둘러 덧붙였다. 누가 뭐래도 결백한 자신이 왜 이렇게까지 변명을 늘어놔야 하는 건지 이해할 수 없었지만 어쩔 수 없었다. 하지만 역시 예상대로 남자의 반응은 냉담했다.

"그래서 무작정 믿어달라?"

남자가 팔짱을 끼곤 비딱하게 서서 말했다. 나라를 내려다보는 그의 사파이어 동공에는 그녀의 말을 믿지 못하겠다는 확고함이 들어차 있었다. 절박하던 나라의 표정이 오기를 품고 서서히 일그러진다. 자비심 없는 눈동자에서 남자의 의중을 파악한 나라가 부탁의 빛이 역력하던 표정을 일순간 싹 바꾸었다. 사람을 믿지 못하는 상대에게 호소를 해봤자 헛수고였다. 지금까지의 수그리던 자세와는 판이하게 달리 턱 끝을 치켜들곤 나라가 기세 좋게 그를 마주했다.

"믿지 못하겠으면 관두시죠. 강요는 안 할 테니까. 비굴하게 이해를 구하는 건 자신이 켕기는 구석이 있을 때나 하는 짓이거든요. 하지만 저는 결백해요. 그러니까 빨리 이 문 열어주세요."

당당하게 말을 맺으며, 나라는 자신을 비딱하게 내려다보고 있는 카인의 시선을 무시한 채 돌아섰다. 생각해 보니 말이 안 됐다. 아무 잘못도 없는 자신이 저 남자 앞에서 저자세로 나간다는 것이. 그러곤 문 쪽으로 막 걸음을 옮기려는데 진열장 위를 스치던 나라의 눈에 열쇠로 추정되는 쇳덩이가 잡혔다. 그 열쇠에는 뭐라고 숫자까지 적혀 있는 것 같았다.

'설마…… 이게 이 방의 열쇠인가? 저기 적힌 저 숫자가 이 방의 비밀번호고?'

문득 스쳐 지나간 생각에 나라의 두 눈이 가늘어졌다. 만약 그녀의 직감이 맞는다면, 그녀는 굳이 남자를 설득할 필요도 없이 이 방에서 나갈 수 있을지도 몰랐다. 그래, 밑져야 본전이다. 우선 저 열쇠를 손에 넣자. 그 같은 생각과 함께 나라가 열쇠를 향해 막 손을 뻗었을 때였다.

"무례하군."

별안간 나타난 커다란 손이 그녀의 손을 앞질러 열쇠를 손에 넣었다. 화가 난 듯 낮게 가라앉은 남자의 목소리가 여린 목덜미를 거칠게 긁었다. 등 뒤로 와 닿는 남자의 열기가 델 듯 뜨거웠다. 화들짝 놀라 황급히 돌아서자 짙게 가라앉은 다크블루가 사납게 시야를 찔러왔다. 지나치리만큼 가까운 거리에 심장이 씨근댔다. 나라는 애써 동요를 감추며 태연자약하게 대꾸했다.

"무례하다니요?"

"허락도 없이 남의 물건에 손을 대는 게, 한국에서는 예의 있는 짓인가?"

남자가 비아냥거리는 투로 반문했다. 순간 나라는 할 말이 없어져 이를 꽉 물고 남자를 노려보았다. 남자의 오만한 푸른 눈동자가 시야를 짓누른다. 잘못한 것도 없는데 괜히 위축될 필요는 없었다. 남자의 기세에 더는 물러서지 않겠다는 듯 나라가 허리를 곧추세우며 가슴을 폈다. 이왕 이렇게 된 거 정면 승부다.

"그거 이 방 열쇠죠?"

"그렇다면?"

"이리 돌려주세요."

뻔뻔하다 싶게 자신의 요구를 주장한 나라가 남자의 앞에 불쑥 손을 내밀었다. 척 내밀어 진 작은 손을 내려다보는 카인의 눈매가 눈에 띄게 구겨졌다.

"돌려달라는 말은 그 물건이 자기 것일 때 하는 말로 아는데."

"그럼 빌려주시던지요."

내민 손을 거두지 않으며 나라가 말했다. 맹랑하군. 피식 웃음이 새어 나왔다. 나라에게 향한 시선이 사냥감을 노리는 육식동물의 눈동자처럼 탐욕스럽게 빛났다.

'이봐, 가라오케 걸. 자꾸 그렇게 내 흥미를 당기면 당신 정말 위험해질 텐데. 진짜로 내보내기 싫어지니까.'

카인이 한 치의 흐트러짐도 없이 올곧게 부딪쳐 오는 까만 눈동자를 꿰뚫을 듯 직시하며 입을 열었다.

"내가 왜 당신에게 이걸 빌려줘야 하지?"

"필요하니까요."

"필요라……."

카인이 그녀가 하는 말을 나른하게 따라 읊었다. 흥미로운 듯 말려 올라간 입매가 어쩐지 기분 나빴다. 신경에 거슬린다.

"내내 말했잖아요. 이 방에서 나가게 해달라고. 일부러 문을 여는 수고를 덜어드릴 테니 열쇠를 빌려달라는 게 뭐가 잘못됐나요?"

"잘못되지야 않았지. 하지만."

잠시 웃는가 싶던 남자의 눈동자가 돌연 냉정하게 바뀌었다.

"애석하게도 난, 당신이 이 방을 나가도 된다고 허락한 기억이
없거든."

"저 또한 당신에게 허락을 구한 기억은 없어요. 부탁은 했지
만."

한마디도 지지 않는 나라의 말에 카인이 처음으로 소리를 내어
웃었다. 허락을 구한 게 아니라 부탁이란다. 겁에 질려 바들바들
떨 땐 언제고, 수가 틀린다 싶으니 금방 자세를 바꿔 까탈스러운
고양이처럼 발톱을 세우고 덤벼드는 모습이 꽤 마음에 들었다. 하
지만 그런 그와는 달리 의도하던 바와 자꾸만 엇나가는 상황에 짜
증이 치민 나라는 더 이상 참지 못하며 까칠한 음성으로 그를 불
렀다.

"이봐요."

"카인 G. 맥클레인(Cain Gerald MacLean)이다."

웃던 표정을 싸늘하게 가라앉힌 남자가 오만한 어조로 말했다.
남자의 강압적인 시선이 나라의 시야를 무자비하게 억눌러 왔다.
기가 막혀 잠시 헛웃음을 뱉던 나라는 결국 졌다는 듯 그의 성을
불렀다. 그러곤 나긋하게 말을 이어 나갔다.

"그래요, 미스터 맥클레인. 지금 이러는 거 체력 소모에, 시간
낭비라는 생각 안 들어요? 저와 이런 시시한 말장난이나 벌이고
있을 바에야 차라리 종전의 그 사람에게 다른 여자를 불러달라 하

는 편이 낫잖아요.”

“내가 왜 그래야 하는 거지?”

“그야 난!”

'당신이 부른 그 여자가 아니니까 그렇지!'

답답한 마음에 그렇게 외치려는데, 불쑥 다가온 남자가 나라의 말을 가로막았다.

“미안하지만 난 다른 여자 따윈 필요 없어. 왜냐하면…….”

낯선 손길이 별안간 그녀의 턱 끝을 들어 올렸다. 남자의 조각 같은 얼굴이 순식간에 코앞까지 무너져 내렸다. 뜨거운 열기가 훅, 하고 표피를 덮었다. 천장에 박힌 백열등이 남자의 얼굴 뒤로 사라진다. 옅게 휘어 올라간 육감적인 입술이 그녀의 귓가에 대고 은밀하게 속삭였다.

“그쪽이 꽤 마음에 들었거든.”

쿵!

나른한 음성이 귓바퀴를 싹— 핥았다. 심장이 그 길로 바닥까지 추락했다. 머릿속에서 사이렌이 울려 온다. 위험했다. 더 이상 이 방에 있어선 안 될 것 같았다.

“그만 가겠어요.”

남자를 떠밀고 그의 곁에서 벗어나며 나라는 황급히 문 쪽으로 걸음을 옮겼다. 하지만 이 방을 들어선 순간부터 복병이었던 그것이 여지없이 눈앞을 가로막아 왔다. 그가 가진 열쇠나 비밀번호가 없이는 결코 꼼짝도 않을 바로 이 문이.

“문 열어주세요. 이 문 열어줘요, 빨리!”

나라가 새하얗게 질린 표정으로 카인을 향해 외쳤다. 그러자 전혀 그럴 생각이 없어 보이는 무심한 눈동자가 시야를 따갑게 관통해 왔다. 검게 그을린 남자의 눈동자를 보자 바짝 위축된 여린 등골이 오싹거렸다. 나라는 황급히 문 쪽으로 돌아서 번호를 누르기 시작했다. 열리지 않을 것을 알고 있었지만 위압적인 남자의 시선을 보자 마음이 다급해졌다. 조바심과 짜증이 온몸을 에워싸고 옥죈다.

"좀 전에 분명히 말한 걸로 알고 있는데."

어느새 등 뒤로 바짝 다가온 남자의 억센 손길이 나라의 가느다란 손목을 거칠게 잡아챘다.

"허락한 적이 없다고."

자신을 마주 보도록 나라를 돌려세운 카인이 그녀의 코앞으로 바짝 다가와 낮게 으르렁거렸다. 그는 실로 머리끝까지 화가 치솟고 있었다. 평온하던 자신의 하루에 허락도 없이 무단 침입해 뒤흔들어 놓은 것도 모자라, 또 이렇게 훌쩍 손아귀에서 벗어나려는 여자를 보자 괘씸한 마음이 들었다. 그녀의 손목을 비틀듯 거머쥔 거친 손길에 힘이 실렸다.

"이, 이 손 놔요! 지금 당신 뭐하는 거예요! 놓으란 말이야! 당장 이 손 못…… 까아!"

카인의 단단한 팔이 그에게서 벗어나려 저항하는 나라의 가느다란 허리를 강하게 휘감아 당겼다. 가녀린 여체가 남자의 다부진 품에 완전히 갇혔다. 전신에 휘도는 낯선 이의 열기를 느낀 몸이 크게 떨렸다. 우악스런 손길에 턱 끝이 들리며 남자의 시선이 닿앉다. 처음 마주칠 때만 해도 잔잔한 호수와도 같았던 푸른 눈동자가 이제는 마치 모든 걸 집어삼킬 성난 파도처럼 검게 일렁이고 있었다.

"뭔가 크나큰 착각을 하고 있나 본데, 난 아직 너에게 그럴듯한 증거를 받지 못했어. 증거를 대지 못하는 한 넌 나에게 팔려온 몸 이상, 그 이하도 아니라는 거야. 그건 곧 네 사정이야 어찌 되었건 오늘 밤, 너에게 선택의 여지는 없다는 말이기도 해."

귀밑으로 쫙 소름이 일며 위험을 감지한 본능으로부터 적신호가 울렸다.

'이 남자 위험해!'

"사실 나 여기 연인과 같이 온 거예요!"

다급해진 나라가 반사적으로 강우의 존재를 입 밖에 내버리고 말았다. 호텔 방에 홀로 남겨둔 채 줄행랑칠 땐 언제고, 상황이 다급해지자 그를 연인이라 칭하는 스스로가 무척이나 염치없게 느껴졌다. 하지만 살기 위해서는 어쩔 수 없었다. 직전의 외침과 함께 허리에 옭아져 있던 카인의 팔에 잠시 동요가 인다. 그 틈을 타 나라가 황급히 그의 품에서 벗어났다.

"연인과 호텔 방에 있다가 사정이 생겨서 먼저 나오던 길이었어요. 아직도 그 사람은 그 방에 있고요. 룸 넘버를 내라면 댈 수도 있어요. 정말이에요. 그러니 이러지 말아요."

'연인이라고?'

카인은 여자가 뱉은 말을 곱씹음과 동시에 애써 다스리고 있던 심기가 험악하게 구겨지는 것을 느꼈다. 형용할 수 없는 불쾌함이 카인의 뇌리를 좀먹었다. 손안에 거머쥐고 있던 먹잇감을 날로 도둑질당한 기분이었다. 두 눈이 차갑게 식어 내리고 온몸에는 반대로 걷힐 수 없는 불길이 일었다. 솟구치는 화에 눈앞이 아득하다. 절대 건드리지 말아야 했던 구석이 나라의 경솔함으로 인해 적나라하게 자극당해 버렸다. 하지만 그런 그를 알지 못한 나라가 카인의 반응들을 단순한 동요쯤으로 여기며 계속해서 말을 이었다.

"그래도 못 믿으시겠다면 룸 넘버 가르쳐 드릴게요. 그 사람 이름은 서강우고 룸 넘버는……."

탁!

카인의 손이 별안간 나라의 양 귓가를 스쳐 벽으로 달려들었다. 순식간에 그녀는 남자의 품에 꼼짝없이 갇힌 꼴이 되어버렸다. 카인의 갑작스러운 행동에 적잖게 놀라서 나라는 더 이상 말을 잇지 못하고 그를 올려다보고 말았다. 그의 섬뜩한 시선이 곧게 뻗어 그녀의 시야를 관통한다.

여자의 말이 사실이라는 건 처음부터 알고 있었다. 뭔가 목적이 있어 온 여자라 치기에는 지나치게 저항하는 모습들이 확신을 심어 주었다. 하지만 그럼에도 불구하고 믿지 못하겠다며 증거를 가져오라 했던 것은 일종의 구실이었다. 모처럼 발견한 흥미로운 사냥감을 놓치지 않기 위한 구실. 그런데 연인이라고? 이곳에 다름 아닌 연인과 함께 온 거라고? 그러니 자신이 끼친 여파 따위 상관없이 내 손아귀에서 빠져나가겠다고?

'웃기지 마.'

그는 그녀의 여린 턱 끝을 우악스럽게 잡아 올렸다.

"왜 이래요! 애인과 함께 왔다고 말했잖⋯⋯ 앗!"

나라는 그의 가슴팍을 밀며 격하게 몸을 비틀었다. 하지만 카인이 곧 팔을 뻗어 허리를 휘감아 그녀의 움직임을 저지해버렸다. 여자의 나른하고 달콤한 향내가 코끝에서 떠돌았다. 못난 사내자식의 꼴사나운 오기라 해도 좋았다. 잠잠하던 승부욕을 부추기고 멋대로 흥미를 끌어 놓곤 나 몰라라 도망치도록 놔두지는 않겠다. 움켜쥔 턱을 당겨 서로의 숨결이 오가는 가까운 거리까지 얼굴을 밀착시켰다. 여자의 몸이 크게 떨렸다. 그 떨림을 묵살시킬 고압적인 어조로 카인이 거칠게 읊조렸다.

"미안하지만 그 입 그만 다물고 오늘 밤 내게 안겨줘야겠어."

"당신 대체 무슨 말을!"

명령조의 말이 떨어지자마자 카인의 입술이 나라의 입술을 순식간에 강탈했다. 턱 끝을 쥔 손을 뿌리치며 반박하려 했으나 소용없었다. 태양을 품은 듯 뜨거운 입술이 작고 여린 입술을 사납게 짓눌러 왔다.

'마, 말도 안 돼!'

나라는 수치심과 함께 위험을 느끼고 반항했다. 하지만 그를 밀어내기 위해 뻗어졌던 손은 도리어 그의 힘센 손에 붙들려 저지당해버렸다. 손목을 비트는 힘이 고통스럽도록 강해 나라의 막힌 입에서 악 소리가 내질러졌다. 그 틈을 놓치지 않은 뜨거운 입술이 작게 벌어진 틈새로 깊숙이 맞물려 들어왔다. 낯선 감촉에 화들짝 놀라 고개를 틀며 벌어진 입술을 다물려 했다. 하지만 카인은 그녀의 턱을 움켜쥔 손에 힘을 주어 자꾸만 악물리려는 입술을 더욱더 벌렸다. 그러곤 그녀의 입안 깊숙한 곳으로 매끄럽게 혀를 밀어 넣었다. 여자의 달달한 향내가 혀끝에서 진하게 녹아들었다.

"흐읍…… 이러지…….”

집요한 혀가 입천장을 살살 간질인 뒤 혀끝을 시작해 뿌리 쪽까지 강하게 훑어 내렸다. 거부할 수 없을 정도로 아찔한 자극이었다. 처음에는 무조건적으로 저항을 하던 그녀도 나중에 가서는 결국 더는 견디지 못해 야트막한 신음을 흘리고 말았다. 숨이 목구멍에 걸려 할딱였다. 머금어 내지 못한 서로의 타액이 한데 엉켜 턱을 타고 흘렀다. 남자의 억센 힘에 붙들린 채 경련하듯 떨리던 작은 손에서 서서히 힘이 빠져나갔다. 몸 구석구석에 밴 긴장감 또한 사라지며 온몸에서 힘이 풀렸다. 머릿속이 혼미해지고 정신이 나갈 것만 같았다.

이럴 때가 아님을 알고 있었지만 관능에 젖어 흐려진 이성이 모든 걸 그릇되게 만들었다. 봄바람처럼 나른한 기운이 전신을 덮쳤다. 몸이 무너져 녹아, 그에게로 모두 흡수되어 버릴 것만 같았다. 그렇게 이성을 잃고 신음하던 어느 순간, 빠르게 되돌아온 이성이 별안간 그녀의 머릿속을 거칠게 강타했다.

'보나라, 너 지금 뭐 하는 거야!'

수치심을 동반한 충격이 전신을 왈칵 뒤덮어 왔다. 강우와의 키스에서조차 이런 적이 없었던 그녀였다. 그런데! 까무룩 하려는 이성을 부여잡고 나라는 입술과 혀에 닿는 남자의 감촉 모두를 부정했다. 말도 안 되는 일이며, 말이 되어서도 안 됐다. 이성을 되찾은 나라가 그녀를 가둔 남자의 가슴을 떠밀려던 그 순간이었다.

풀썩!

남자의 무게가 고스란히 실린 가는 몸이 그대로 뒤로 넘어갔다. 매트리스가 출렁이는 느낌이 드는가 싶더니, 곧 가냘픈 등줄기에 폭신하고 부드러운 시트의 감촉이 와 닿았다. 질끈 감겨 있던 두 눈이 번쩍 뜨였다. 시트와 마주 닿은 등줄기로부터 오소소 소름이 일었다. 분명 문 앞이었는데, 어느새 침대까지 오게 된 것이다.

"으읍!"

급박한 상황을 감지하곤 나라는 죽을힘을 다해 남자를 밀어냈다. 그러곤 아슬아슬하게 말려 올라간 원피스 밑단을 다급하게 끌어내리며 남자를 향해 외쳤다.

"당신 미쳤어? 당신 이러는 거 범죄야! 알아? 외국에서는 어떨지 모르지만 한국에서는 성범죄를 제일 엄벌로 다스린다고!"

협박을 했다. 제아무리 기고만장한 외국인이라도 법을 들먹인다면 절로 움찔할 수밖에 없을 것이었다. 냅다 도망치고픈 마음이 굴뚝같았지만 그래 봤자 바로 잡힐 것을 알았기에 나라는 차라리 협박을 해 겁을 주기로 했다.

"법이라……."

남자가 나른하게 되뇌며 피식 웃었다. 입매가 비웃듯 비틀려 올라가 있었다. 기분이 나쁘다. 또다시 수작을 부리러 들 것 같아 나라는 겁에 질린 두 눈을 억척스럽게 붙들어 남자를 노려보았다. 이번에야말로 다가오면 가만두지 않을 거야. 손톱이 손바닥에 파고들 정도로 주먹을 꽉 거머쥐었다. 그때, 남자가 표독스럽게 빛나는 검은 눈동자를 조소를 띤 시선으로 핥듯 스치며 그녀로부터 몸을 돌렸다.

저렇듯 순순히 돌아서다니. 흐트러진 옷매무새를 가다듬으며 나라는 불안한 시선으로 남자의 뒷모습을 바라보았다. 그런데 채 안도의 한숨을 몰아쉬기도 전, 테이블에서 지갑을 들고 돌아온 남자가 나라의 눈을 똑바로 응시하며 수표 몇 장을 꺼내들었다. 남자의 뇌쇄적인 입매 끝이 가늘게 말려 올라갔다.

"거기에 원조가 있었다고 하면, 과연 얘기가 어떻게 될까."

촤악!

남자가 말을 맺음과 동시에 그의 손에 들린 지폐들이 나라의 눈앞에 비처럼 흩뿌려졌다. 그녀의 위로 흐느적거리며 떨어지는 지폐 사이로 오만하게 빛나는 푸른 눈동자가 강렬하게 새겨들어 왔다.

"겨우 그 정도로 나를 겁줄 수 있다고 생각했다면 오산이지."

가슴이 철렁였다. 씨알도 먹히지 않았다. 먹히기는커녕 오히려 그를 부추긴 꼴이 되고 말았다. 악랄한 악마가 눈앞에서 보란 듯이 미소 짓고 있었다. 그 모습에 나라가 질겁하며 소리를 내질렀다.

"신고할 거야! 이거 놔! 이거 노…… 악!"

하지만 저항은 매번 실패로 끝났다. 우악스런 손길이 가녀린 어깨를 붙잡아 침대 위로 밀어 넘어뜨렸다. 어깨를 짓누른 힘이 무서울 정도로 강압적이었다. 마구 몸을 비틀며 발버둥 쳤지만 소용없었다. 어깨를 감싸고 있던 숄이 거침없이 벗겨지고 낯선 손길이 스커트 자락 안으로 망설임 없이 파고들어왔다.

"남자를 모르는군. 혹시 그거 아나?"

나른한 속삭임과 함께 강인한 몸이 가녀린 허벅지 사이를 가르고 들어와 온몸을 억눌렀다.

"남자는 여자가 저항하면 저항할수록 더욱더 욕심을 내지."

축축이 젖은 음성이 귓비퀴를 저나라하게 핥아 내렸다. 귀밑 솜털이 일제히 일어난다. 스커트 자락 안으로 파고든 손길이 데일 듯 뜨거웠다. 그 소름끼치는 감각을 견디지 못하고 버둥거리자 단단한 허벅지가 가녀린 다리를 꽉 잡아 억눌렀다. 남자의 마디가 굵은 손가락이 미끈하게 뻗은 허벅지를 어루만지듯 쓸어 올렸다.

"함락하기 어려운 성일수록 정복한 뒤에 돌아오는 만족감이 큰 법이니까."

은밀하게 속살거리는 말을 마지막으로 불에 달군 인두처럼 뜨거운 입술이 귓불을 짓눌렀다. 터지려는 비명을 참으며 격렬하게 몸을 비틀었지만 역시 여자의 힘만으로 사내를 뿌리치기란 역부족이었다. 그에게서 벗어나려 묘책을 찾던 바로 그때 협탁 위에 놓인 재떨이가 나라의 눈에 들어왔다. 그것을 본 나라의 눈동자가 살기를 띠며 번뜩였다. 최대한 티를 내지 않으려 꾸준히 저항을 하면서 나라는 재떨이 쪽으로 슬금슬금 손을 뻗었다. 곧 작은 손아귀에 물건이 붙들리고, 남자의 입술이 목덜미 위로 묻혔다.

'이때다!'

나라가 손에 쥐고 있던 재떨이로 남자의 머리통을 가차없이 내려쳤다.

탁!

"말이 통하지 않는군."

머리 쪽으로 위험스럽게 달려든 나라의 손놀림을 남자가 가볍게 저지했다. 억센 손길이 손목을 부러뜨릴 듯 거머쥐었다. 힘이 바짝 들어간 손끝이 떨리며 억척스레 쥐고 있던 재떨이가 바닥으로 나가떨어졌다. 가슴이 덜컹였다.

"이, 이거 놔! 이거 못 놔!"

"저항하면 할수록 더 타오른다고 분명히 말했을 텐데."

카인의 다부진 손이 나라의 손가락 사이로 단단히 악물려 깍지 꼈다. 짙게 가라앉은 다크블루가 시야로 묵직하게 떨어졌다. 몸이 오들오들 떨리고 겁에 질린 눈자위가 축축이 젖어들었다.

"놔! 이거 노, 놓으란 말이야."

남자의 고개가 숙여지며 열기 높은 입술이 목 언저리에 닿았다. 간질거리는 아찔한 감촉에 나라는 소름이 일었다. 뜨거운 불덩이가 여린 살갗을 물고 뜨겁게 지분거렸다. 애써 억누르던 비명이 더는 견디지 못하고 터져 버렸다.

"나쁜 자식! 가만 안 둬! 정말 가만 안 둘……. 핫!"

수천 개의 돌기가 일어선 혀끝이 까칠하게 살갗을 자극했다. 난 생처음 느끼는 자극이 낯선 쾌감을 동반하며 등줄기를 할퀴었다. 이성은 아니라고 하지만 쾌락의 물살에 휩쓸려 이성의 지배에서 벗어나 버린 몸은, 남자의 자극적인 손길에 애타게 신음하며 그녀 스스로도 이해 못 할 상황을 낳고 있었다.

카인 또한 처음은 약간 놀려 주다 말 생각이었다.

서툴게 늘어놓는 그 말들이 우습고 무료하던 차에 잠시 놀아 볼

까라는 생각으로 시작한 장난이었다. 하지만 그것은 곧 흥미로운 장난감을 자칫 눈앞에서 빼앗길지도 모른다는 위협감을 주며 묘한 승부욕과 함께 카인의 신경을 자극해 왔다. 실로 여자의 입술을 맛보고, 보드라운 살결을 맛보게 되자 가벼웠던 장난은 어느새 무게감이 실려 그 정도를 넘어서기 시작했다. 곧 욕정이 치밀고 정말로 이 여자를 품고 싶어졌다. 분명 시작할 적에는 자그마했던 호기심이 어느새 사춘기 소년의 그것처럼 절제되지 않는 욕망으로 바뀌었고, 그것은 급기야 걷잡을 수 없을 정도로 그 크기가 증폭되고 말았다.

마치 첫 경험을 눈앞에 둔 소년처럼 조급해하는 자신의 모습이 스스로조차도 낯설었다. 하지만 카인은 그렇게 자신에게 되묻고 또 되물으면서도, 그 주체되지 않는 욕망을 기어코 거부하지는 않았다. 지금 이 순간 그 무엇보다도 확실한 것은 욕망 그 자체였다.

"앗! 안 돼……!"

카인의 손이 나라의 원피스 지퍼를 끌어 내린다. 열기를 머금은 입술이 나라의 가녀린 어깨에 촉촉 입을 맞추었다. 나라가 자신의 옷을 벗겨 내리는 그의 손을 저지하려 했으나, 이미 몸으로부터 떨어져 나간 옷은 그의 이에 물린 채 마치 흐트러지는 꽃잎처럼 바닥으로 떨어져 내렸다.

그녀에게서 이탈한 검정색 원피스 아래로 그녀의 뽀얀 살결이 여실히 드러났다. 그때마다 카인의 뜨거운 입술이 쉼 없이 자리를 옮겨가며 그녀의 우유빛 살결 위에 붉은 잔상을 새겨갔다. 화인과도 같은 붉은 기가 여린 살결 위에 꽃잎처럼 곱게 파묻혔다. 아찔한 관능이 등줄기를 세차게 내리친다. 가면 갈수록 희미해지는 정신이 쾌락에 능욕적인 그 모습까지도 인지하지 못하게 했다. 허리께에서 날카롭게 올라서는 시큰한 감각을 뿌리치지 못하며 나라는 거듭 신음했다. 이성이 초토화됐다. 이래선 안 된다는 걸 알면서도, 머리로는 아는 그것이 실상 몸에서는 말을 듣지 않았다.

카인의 입술과 손길이 계속해서 나라의 몸 구석구석을 배회하며 그녀를 쾌락의 길로 인도했다. 그녀의 움푹 파인 쇄골에 묻힌 입술이 점점 더 노골적으로 내려가기 시작했다. 포물선을 그리며 내려가는 자극적인 입술이 브래지어에 억눌린 채 부풀어 오르기 시작한 가슴골로 향했다. 까칠한 혀가 뱅글 돌며 여린 살갗을 자극했다. 그때마다 나라는 카인의 손길 하나하나에 평소에는 요지부동이던 자신의 신경세포들이 유난히도 민감하게 반응하는 것을 느껴야 했다. 마치 그의 손길이 치명적인 독이라도 되는 것처럼……

그 독은 아찔하리만치 자극적인 여운을 남기며 나라의 입에서 가쁜 숨을 쉴 새 없이 끌어 올렸다. 덕분에 나라는 숨 쉬는 것조차 버거워 점점 더 정신이 혼미해져 오고 있었다. 손끝에서 힘이 쫙 빠지며 머릿속 한구석에서 하얀 점점이 일어서기 시작했다. 숨이 부족하다 싶을 정도로 당겨지며 이윽고 눈앞이 아득해졌다. 한계가 다가오고 있었다. 더는 견뎌내지 못할 것 같다 느낀 그때, 남자의 뜨거운 손길이 브래지어 사이로 거침없이 밀고 들어왔다.

"You are caught in my trap."

탁하게 가라앉은 목소리가 귓바퀴를 훑었다. 희뿌연 점점이 머

릿속을 왈칵 뒤덮음을 느끼는 것을 끝으로 나라는 결국 끊어진 전
선줄이 퉁기듯 힘없이 정신을 놓아 버리고 말았다.

창을 뚫고 새들어온 눈부신 햇살이 침대 위에 엉긴 두 남녀의
위로 해사한 포말(泡沫)이 되어 부서져 내렸다. 눈꺼풀 위로 내려
앉은 빛살 덕분에 나라의 눈 안에 어렴풋한 반짝임이 일었다. 그
밝은 빛에 나라의 고운 미간이 작게 구겨졌다. 이리도 햇살이 비
쳐 오는 것으로 봐서는 서둘러 출근할 준비를 해야 함이 분명했
다.

"으음, 따뜻해……."

맨살에 닿아오는 따뜻한 온기와 이마 치에 부는 나른한 미풍이
좀처럼 이불 밖으로 나가고자 하는 마음을 들지 않게 했다. 두터
운 솜이불이 몸을 에워싸기라도 하듯 피부로 따뜻하게 감겨오는
체온과 이마를 기분 좋게 간질이는 더운 숨결. 그 열기를 조금이
라도 더 취해 보려 나라는 무의식중으로 그를 꼭 끌어안았다. 그
러곤 제 뺨에 닿는 탄탄한 그것에 자신의 뺨마저 비벼가며 그 기
분 좋은 열기를 만끽하고 있었을 때였다.

두근…….

심장 고동 소리와도 같은 작은 울림이 나라의 귓속으로 나지막
하게 울렸다. 동시에 머리 위로 떠오르는 느낌표.

'심장 소리라고?'

이불이 심장을 달고 태어났을 리 없건만 심장의 고동이라니. 감
겨 있던 눈꺼풀이 번쩍 들렸다. 그러자 쏟아지는 햇살을 뒤로한

나라의 시야로 남자의 널찍한 가슴이 의미심장하게 파고들어왔다.

'이게 대체 무슨 일이야!'

눈앞에 벌어진 그 믿을 수 없는 광경에, 의아함과 당혹감을 품은 나라의 눈동자가 터질듯 부풀어 올랐다. 그러다가 문득 제 정수리쯤에서 느껴지는 숨결에 나라가 얼어붙은 입을 다물다 만 채로 느릿하게 고개를 들었다.

막 빛에 적응하기 시작한 눈동자로 아름답게 넘실거리는 푸른 심연이 적시듯 밀려들어 왔다. 훤해진 시야로 아찔하리만치 유혹적인 미소를 짓고 있는 남자의 얼굴이 보였다. 나라의 눈동자가 점점 더 커지며 남자의 얼굴이 완전히 시야에 찼다. 머릿속이 새하얘지며 이윽고 공황 상태가 찾아왔다.

'이 남자는?'

그리고 그때. 마치 그녀로 하여금 망각의 저편에 걸려 있던 자신의 존재를 일깨우려는 듯, 남자가 가라앉은 음성으로 나지막하게 속삭였다.

"Good morning, 가라오게 걸."

남자의 목소리와 함께 잠시나마 잊고 있었고 또 잊혀지기를 절실히 바랐던 어제의 기억이 나라의 머릿속을 덮쳤다. 동시에 나라는 그의 품에서 황급히 빠져나와 이 한 마디를 날리며 그의 물건을 냅다 걷어차 버렸다.

"이 변태 양키!"

햇살이 유난히도 눈부셨던 그 날의 아침은 스물여섯 보나라 평생 가장 소란스럽고도 야한 아침이었으며, 나라의 앙칼진 고함 소리는 그녀의 잠잠했던 일상에 거대한 풍랑이 휘몰아칠 것을 예고라도 하듯 적막한 아침을 가르며 온 방 안에 쩌렁쩌렁하게 울려 퍼지고 있었다.

3

데굴데굴, 그대 운명의 수레바퀴가 돌아가는 소리

「괜찮으십니까?」

"That's okay."

데릭이 안색을 살피며 물어오는 말에 카인은 짧게 답하곤 돌아 섰다. 뱉는 목소리가 그답지 않게 신경질적이었다.

말은 그렇게 했지만 아직까지도 뜨끈한 뒤통수가 뒤에서 당기 듯 욱신거렸다. 생애 통틀어 굉장했던 아침이 불현듯 떠올랐다. 눈을 뜨자마자 물건을 걷어차여 신음하던 순간, 재떨이를 쥔 무자 비한 손길에 급습 당했으니 괜찮을 리가 없었다. 뒤통수가 찢기지 않은 게 오히려 놀라울 정도였다. 하지만 데릭이 전한 소식을 듣 고 치밀어 오르기 시작한 화에 그 아릿한 통증마저도 점점 무뎌져 가고 있었다. 카인은 구겨진 눈매로 거울 속 자신을 날카롭게 응시한 채 채우다 만 셔츠 단추를 마저 채워 넣으며 물었다.

「그래서, 그 여자를 놓쳤다고?」

「보스께 연락을 받았을 때는 이미 그 여자분이 모습을 감춘 뒤였던 지라…….」

「그럼 그 여자 소재는?」

「우선 한 상무에게 연락을 취해 보았습니다만, 간밤에 실수로 사람을 잘못 보냈었다는 소리만 하고 있어서.」

"Shit!"

순간 손가락에 힘이 실려 채우던 단추가 구멍에서 어긋났다. 낮은 욕설이 입술을 비집고 흘러나왔다. 잔뜩 긴장한 표정으로 선데릭이 난처한 듯 그의 보스를 살폈다.

「찾아.」

데릭의 손에 들린 블랙 스트라이프 타이를 건네받으며 카인이 건조하게 말했다.

「CCTV를 뒤져서 그 여자가 탄 차 번호를 조회하든 어젯밤 호텔에 체크인 했던 모든 투숙객들의 정보를 조회하든, 그 여자를 찾아내. 무슨 수를 써서라도.」

"Yes, Sir."

고압적인 어투로 말을 맺곤 그는 난정하게 각이 잡힌 넥타이를 목까지 단단히 조여 맸다. 데릭이 우직하게 답하곤 몸을 돌려 룸을 빠져나갔다.

카인은 거울 속 자신에게 시선을 둔 채 슈트 재킷에 팔을 끼워 넣곤 검정색 가죽 소재의 시계를 단단히 채웠다. 블랙 슈트에 휩싸인 날렵한 몸이 무척이나 위압적이었다. 냉정하게 빛나는 눈동자가 허공을 스쳐 거울 옆 탁자 위로 향했다. 여자가 도망치듯 룸을 빠져나가며 유일하게 남겨두고 간 손수건이 그 위에 얌전히 놓여 있었다. 뼈마디가 굵은 커다란 손이 그것을 뭉개듯 거머쥐었다. 간밤에 콧속을 휘저었던 달콤한 향내가 비강을 찔러 왔다. 둔기에 휘둘려 아찔했던 정신 너머에서 여자가 마지막으로 외치던 말이 귓전에서 끈질기게 떠돌았다.

"이 변태 양키! 지옥 불에 떨어져서 고자나 돼버려, 이 망할 자식아!"

"하!"

낮은 실소가 비릿하게 터졌다. 천하의 카인 G. 맥클레인이 그런 유치한 말이나 던지고 사라지는 여자에게 뒤통수를 맞고 쓰러졌다는 사실에 기가 막혔다. 손수건 위에 수놓인 붉은 꽃송이를 내려다보는 눈매가 날이 선 칼날처럼 가늘어졌다. 기분이 아주 더러웠다. 실로 맛이라도 봤다면 이 정도로 분하진 않았을 것이다. 손안에 쥐고 있던 먹잇감을 맛도 보지 못한 상태에서 놓친 것도 모자라 매끈한 뒤통수에 별안간 혹이라는 훈장까지 달게 되다니. 꼴이 우스워도 너무 우스웠다.

기가 막힌 심정에 낮게 조소를 뱉으며 그는 맞물린 어금니를 꽉 악물었다. 비릿하게나마 웃음기가 서렸던 얼굴이 금세 얼음장처럼 차갑게 굳었다.

'그런 식으로 내게서 도망칠 수 있을 거라고 생각하지 마. 분명히 말했을 텐데. 저항하면 저항할수록 더 불타오르는 법이라고. 도발을 했으면 그 대가를 치르셔야지.'

여자의 손수건을 내려다보는 눈동자가 검푸른 빛을 띠며 뜨겁게 타올랐다. 이렇게 된 이상 어떻게 해서든 찾아내고 말 것이다. 설령 나중에 이쪽에서 먼저 질려서 버리게 될지언정 감히 제멋대로 도망칠 수 있도록 잠자코 보지는 않겠다.

검게 그을린 눈동자가 지독한 소유욕을 담고 싸늘하게 번뜩였다.

「기필코 찾는다.」

그것이 바로 나, 카인 맥클레인의 방식이니까.

그는 재차 손안에 든 손수건을 꽉 움켜쥐었다. 얇은 천 조각이 뼈마디가 튀어나올 듯 주먹 쥔 손아귀에서 마른 꽃잎처럼 바스러졌다.

"어이, 미스 보! 지금 이게 시방 뭐 하자는 짓거리여? 간이 배 밖으로 튀어나왔는가? 이 바쁜 시기에 말도 없이 무단결근이라니! 이게 말이나 되는 소리여?"

나라의 눈앞에는 때아닌 정월 대보름이 두둥실 떠 있었다. 이마가 반쯤 벗겨진 사내의 격앙된 목소리가 장맛날의 비처럼 쏟아지는 침 무더기들과 함께 날카롭게 과장실에 울려 퍼졌다. 남자가 서류 파일을 쥔 손을 쉬지 않으며 신경질적으로 책상을 내려쳤다. 그리고 그 앞에 서 있는 나라는 아무 말도 못 한 채 연신 고개를 조아리며 자신을 향해 무섭게 달려드는 그의 침을 온몸으로 받아 내고 있었다.

"연말정산이다 뭐다 혀서 바쁜 거 아는 감, 모르는 감? 휴가도 미루고 책상머리 앞에 앉아서 서류 더미 붙들고 있는 자네 동료 직원들 보기 부끄럽지도 않은가? 주둥이 있으면 말을 혀보랑께!"

남자가 주리 틀린 오리마냥 꽥 외쳤다. 어지간히도 성이 났는지 은박지처럼 번쩍번쩍 광택이 나는 이마에 핏대가 서기 시작했다.

물론 나라도 사람인지라 입이야 당연히 있었다. 하지만 입이 있다고 다 말을 할 수 있는 건 아니었다. 특히 자신이 저지른 잘못을 누구보다도 잘 알고 있는 사람이라면 더욱더. 일방적인 호통에도 묵묵부답인 채 죄인인 양 고개만 숙이고 있는 나라에게 침까지 튀겨 가며 열변을 토하던 김 과장이 광택을 발하는 이마를 손바닥으로 쭉 훑으며 짜증스럽게 소리쳤다.

"워매, 답답한그. 그놈의 주둥이는 어쯔코롬 됐는가 한마디를 않고마이. 더 이상 떠들어 봤자 내 입만 아프재. 아, 됐은께 당장 제자리로 돌아가! 글고 당장에 시말서 작성해서 제출해! 알았는가? 사람이 이렇게나 정신 상태가 해이해서야, 쯔쯧!"

그의 혀 차는 소리를 마지막으로, 나라는 '죄송합니다' 라는 말과 함께 꾸벅 고개를 조아린 뒤 돌아섰다. 과장의 호통에 혹사 당한 귀가 쩽하니 아려 왔다. 축 처진 어깨를 한 채 수심에 젖은 한숨을 푹 내쉬며 나라는 문고리를 돌려 잡았다. 그러자마자 한 아녀자의 몸뚱아리가 그녀의 눈앞으로 휘청였다. 같은 회사에서 근무하는 동료이자, 고등학교 시절부터 친구인 다연이었다.

"너, 지금 여기서 뭐 하는 거야?"

과장실 문에 귀를 대고 엿듣고 있기라도 했던 모양이다. 갑자기 문이 열린 바람에 미처 가누지 못해 앞으로 기우뚱거린 몸을 황급히 다잡는 그녀를 보며 나라가 차갑게 뇌까렸다.

"지금 여기서 뭐 하는 거냐고."

"아니, 그냥 너를 본 지가 하도 오랜만이라 빨리 보고픈 마음에…… 하하!"

어색하기 짝이 없는 너털웃음을 지으며 다연이 멋쩍은 표정을 지었다. 나라는 그런 다연을 아랫입술을 꾹 깨문 채 가시 돋친 눈길로 말없이 쏘아보았다. 보아하니 한마디 내지를 태세였다. 그에 질세라 다연이 선수를 쳤다.

"아 거참, 살짝 구경 좀 한 걸 가지고 되게 무섭게 그러네! 된통 깨질 줄 알았더니 무단결근한 것치고는 별로 욕먹지도 않더만!"

다연을 바라보는 나라의 눈매가 한층 더 날카로워졌다. 과장에게 깨진 직후라 아무래도 영 저기압인 모양이다. 혹시 잘못 건드린 건가 싶어 다연이 나라에게서 쏟아질 공격에 방어 태세를 갖추려 할 때였다. 예상과는 달리, 살쾡이마냥 치켜뜨고 있던 눈매를 축 떨구며 나라가 풀이 죽은 모습으로 말없이 곁을 스쳐 지나갔다.

'어라? 이게 아닌데?'

묘하게 맥이 빠진 다연은 그런 나라의 모습을 멍한 시선으로 좇

앉다.

여고 시절부터 쭉 함께해 온 나라와 다연은 상대가 갖고 있는 팬티 무늬가 무언지도 속속들이 알고 있을 정도로 절친한 사이였다. 하지만 친하면 으레 그러하듯 봤다 하면 소소한 시비가 붙는 앙숙 사이이기도 했다. 그러니 방금 또한 한마디 사납게 내질러줘야 상황에 맞을진대, 어째 받아치는 나라의 반응이 평소와는 달라도 너무 달랐다.

"야! 보나라, 너 삐졌어?"

다연이 빠르게 나라의 뒤를 쫓으며 외쳤다. 나라는 그것을 무시한 채 그저 걸었다. 평소 같았으면 사람들이 다 돌아보도록 사납게 한마디 쏘아붙여 줬을 테지만 지금의 그녀에게 다연과 시시껄렁한 말장난이나 할 기력 따위는 없었다. 이틀 전의 그 불행한 사건이 시간이 흐른 지금까지도 마치 현재처럼 생생하게 머릿속을 부유하고 있었으니까.

기억하기도 싫은 그날의 일이 떠오르자 어김없이 관자놀이가 지끈거렸다. 눈을 뜬 그 당시의 것처럼 생생한 충격이 온몸을 내려쳤다. 아직도 쉬이 믿어지지 않는 잔혹한 현실에 입술이 바들바들 떨려 왔다.

한창 바쁠 시기에 더는 자리를 비울 수 없어 결국 출근했지만, 지금 나라는 무언가를 해내고 생각할 만한 정신이 아니었다. 그 일이 있은 후 이틀 동안 내내 그랬다. 괜한 일로 부모님과 오빠들을 걱정시킬 순 없어 별다른 내색은 않았지만, 마음을 진정시킬 시간이 필요했다. 몸이 안 좋다는 핑계를 대고 이불 속에 틀어박혀 두 눈두덩이 불어터진 어묵이 될 때까지 구슬프게 울었다. 새하얀 머릿속에는 어김없이 그때의 상황이 적나라하게 스케치 되었다. 기억을 잃기 전 남자의 입술과 손길이 살갗을 쓸고 흔적을 새기던 감각이 생생하게 되살아나 나라는 미칠 것만 같았다.

정신을 잃은 사이 대체 무슨 일이 있었는지는 모를 일이었다. 하지만 눈을 뜨고 마주한 그 상황이 의미하는 바를 찾으라면 떠오르는 건 한 가지뿐이었다.

실오라기 하나 걸치지 않은 알몸, 그런 자신을 품에 안은 채 잠들어 있던 이방인. 마치 기억하지 못하는 사실을 대변이라도 하듯, 몸 구석구석에 짙게 새겨진 붉은 잔상들.

그 빌어먹을 변태 양키 자식이 기절한 저를 가만뒀을 리는 없다. 십중팔구 순결을 빼앗겼음이 틀림없었다. 눈자위로 왈칵 눈물이 치달았다. 무던히도 운 탓에 눈물에 긁힌 눈 밑이 아릿하니 쓰라려 왔다.

정말 그렇게 된 걸까? 정말 이름도 성도 출신도 모르는, 눈알이 새파란 외국인에게 26년 동안 철통같이 지켜온 순결을 빼앗겨 버린 건가.

"그나저나 대체 어떻게 된 거야?"

나라의 무응답에도 불구하고 과장실에서부터 꾸준히 뒤를 쫓아 온 다연이 그녀의 옆에 슬쩍 서며 물었다.

나라는 말하고 싶었다. 묻고 싶었다. 어떻게 하면 좋겠냐고. 대체 어떻게 해야 하는 거냐고 다연에게 묻고 싶었다. 하지만 마음은 마음일 뿐, 입이 떨어지질 않았다. 아무리 서로 모르는 것 없이

다 아는 다연이라도 그런 것까지 말할 수는 없었다. 결국 운도 떼어보지 못한 나라가 고개를 정면으로 둔 채 대꾸도 않고 걸음을 옮겼다.

"지각은 해도 꼭 회사는 나오던 애가 말도 없이 무단결근을 다하고 말이야. 것도 낭군님이랑 이러쿵저러쿵하기로 한 다음 날…… 아, 맞다!"

나라의 무시에도 불구하고 태연히 수다 중이던 다연이 문득 무언가가 생각난 듯 무릎을 탁! 치며 나라의 앞을 가로막았다.

"그러고 보니까 너 서 팀장님이랑은 대체 어떻게 됐어? 거사 마치면 전화 준다고 철썩 같이 약속한 기지배는 전화 한 통 없이 깜깜무소식이지, 거기다가 서 팀장님은 이마에 웬 이따시만 한 혹을 가지고 달걀로 비비면서 출근하시질 않나. 내가 얼마나 궁금했는지 알아, 이 기지배야! 너희 그날 무슨 일 있었지? 그치, 그치? 뭐가 잘 안 된 거야?"

무척이나 궁금한 듯 두 눈을 초롱초롱하게 빛내며 다연이 물었다. 동시에 나라의 뇌리로 따가운 섬광이 스쳐 지나갔다.

'강우 씨!'

머릿속에 한 사람의 이름이 울려 퍼지며 몸이 크게 동요했다. 회사에 출근하자마자 과장에게 된통 깨지느라 정신이 없는 나머지 깜빡하고 있었다. 출근과 동시에 그와 회사에서 대면해야 한다는 사실을.

결근을 하고 집에 처박혀 있는 내내 그로부터 수도 없이 많은 전화가 걸려왔지만 받지 않았다. 핸드폰이 불통이자 급기야 집으로까지 전화가 걸려왔지만 그 또한 거부했다. 받지 않았다기보다는 받을 수 없었다는 표현이 더 맞았다. 그를 내팽개치고 도망친 것도 모자라 의지야 어찌 되었건 다른 사내와 잠자리를 나눈 불순한 몸으로 도저히 그의 앞에 설 용기가 나질 않았다. 그런데 회사에 출근한 이상 그를 마주할 수밖에 없다는 사실이 떠오르자 걱정이라는 이름의 파도가 전신을 덮쳤다.

그 앞에 어떤 모습으로 설 것이며, 무슨 말을 해야 할 지 생각조차 않고 있었다. 한데 이런 상태로 그를 마주해야 하다니. 가슴 한 구석이 근심으로 인해 꽉 죄어왔다. 핏기가 가신 창백한 얼굴 위로 짙은 그림자가 드리웠다.

"왜, 언니가 말해준 테크닉이 잘 안 먹히디? 만리장성 못 쌓……."

나라의 절박한 속을 모르고 장난스레 말을 건네려던 다연이 눈에 들어온 나라의 표정을 눈치채곤 말을 멈췄다. 조그마한 얼굴 만면에 수심이 가득했다. 그것만으로도 모자라 눈시울까지 젖어 있었다. 거사 다음 날 심각한 표정으로 출근했던 강우도 그렇고 나라의 갑작스러운 결근도 그렇고, 뭔가 이상하다 싶긴 했지만 이건 어째 생각했던 것보다도 훨씬 심각해 보였다. 감이 안 좋았다. 다연이 걱정스러운 기색이 역력한 표정으로 넌지시 물음을 던지려 했을 때였다.

"야, 보나라. 너 혹시 무슨 일 있……."

"보나라 씨."

익숙한 음성이 별안간 냉한 온기를 가르며 그들의 귓속으로 파고들었다. 그 순간, 나라의 걸음이 바닥에 달라붙은 듯 우뚝 멈춰 섰다. 수심에 젖어 있던 얼굴이 말라붙은 석고상처럼 굳어 내렸다.

"안녕하세요, 서 팀장님. 야, 보나라. 너 뭐 해? 서 팀장님이시잖아."

다연이 상사인 강우를 보며 어색하게 인사를 한 뒤 나라를 툭 쳤다. 다연의 채근에도 불구하고 나라는 정면만을 바라본 채 꼼짝도 않고 있었다.

"잠깐 얘기 좀 나눴으면 하는데, 시간 좀 내줄 수 있나."

미동 없이 정면만을 바라보고 있는 나라를 향해 강우가 귓속을 얼어붙게 만들 듯한 차가운 어조로 말했다. 그 목소리를 듣고서야 나라는 비로소 몸을 돌려 그를 마주했다. 마지못해 돌아본 그곳에는, 엊그제 그녀가 선사한 혹 하나를 잘생긴 이마에 그대로 매달고 있는 강우가 있었다.

"내가 널 얼마나 찾았는지 알아?"

강우의 입에서 거칠게 빠져나간 목소리가 회의실 내벽에 부딪혀 산산이 부서졌다. 나라의 어깨가 흠칫 떨려왔다. 단정한 은테 안경 너머의 눈동자에는 화기가 어려 있었다. 가녀리게 떨리는 어깨가 눈에 들어왔지만 강우는 며칠간 참고 참았던 화가 쉽사리 가라앉질 않아, 높아진 목소리를 낮추지 않았다.

"대체 뭐 하자는 거야! 전화는 또 왜 안 받은 건데! 핸드폰은 불통에다 집 전화는 거는 족족 무시하고! 연락도 일체 차단한 채 회사에도 이틀째 코빼기도 비치질 않다니! 누구 피 말리려고 작정이라도 했어? 그런 거냐고!"

그로부터 뿜어져 나오는 엄청난 화기가 나라의 온몸을 덮쳤다. 화를 내는 게 당연했다. 자신을 그 상태 그대로 내버려 둔 채 줄행랑을 친 연인을 곱게 볼 이는 아무도 없을 테니 말이다. 게다가 이틀 동안 깜깜무소식으로 지내기까지 했으니 화를 내지 않으면 그게 더 이상할 터였다. 하지만 그렇게 생각하면서도 생전 처음 마주한 그의 화난 모습이 무섭게 느껴지는 건 어쩔 수 없었다.

"젠장, 미치겠군."

벌 받는 아이처럼 선 나라의 모습에 강우가 넥타이를 거칠게 잡아끌며 낮은 욕설을 뱉었다. 나라에 대한 화와 부족한 스스로를 향한 분노가 그의 내부에서 극렬하게 충돌했다. 시야를 가리는 은테 안경을 신경질적으로 벗어낸 뒤 그는 그것을 데스크 위에 내던지듯 놓았다. 강우가 움직일 때마다 경직된 나라의 몸이 움찔거리며 반응했다. 그런 나라를 곁눈질로 바라보고 있던 강우의 입에서 낮은 한숨이 흘러나왔다.

호텔 객실에서 정신을 깨고 보았을 땐, 이미 나라가 그곳에서 사라진 뒤였다. 처음에는 어처구니없는 상황이 황당하고 그녀에게 화가 났지만 차분히 마음을 가라앉히고 생각하자, 그렇게밖에 할 수 없었던 나라의 심정이 곧 이해되었다. 확실히 자신은 너무 성급했고, 그 때문에 나라는 많이 당혹스러워했다. 아마 초조한 마음에 저지른 실수로 느닷없이 기절까지 한 그를 보며 나라 역시 많이 놀라고 당황스러웠을 것이다. 거기다가 깨고 나서 어떻게 마주해야 할지 막막함도 들었을 테고.

하지만 거듭 연락을 시도했음에도 도무지 연락이 닿질 않자 점점 걱정이 되었다. 결국 걱정은 망상으로까지 치달았다. 혹시나 호텔을 나서던 중 무슨 일이 있었던 건 아닐까. 가던 길에 사고라도 당한 건 아닐까, 하는. 그러던 차 다행히도 그녀의 부모님으로부터 나라가 감기 때문에 몸이 좋지 않아 출근을 못 했다는 소식을 접하게 되었다. 그와 동시에 내내 그를 초조하게 했던 걱정거리들은 사그라졌지만, 반대로 그간 그녀 때문에 마음을 졸였던 것을 생각하자 화가 치밀었다. 그러던 화가, 그녀를 보자마자 여지없이 폭발한 것이다.

이렇게까지 화를 낼 생각은 없었는데…….

깊게 몰아쉬는 한숨과 함께 단정하게 정돈된 머리카락을 쓸어 올리며 강우가 말했다.

"미안해."

불같이 화를 낼 거라 믿어 의심치 않았던 그의 입에서 나온 뜻밖의 말에, 나라가 오늘 그를 마주한 뒤 처음으로 강우를 제대로 바라보았다. 그녀가 잘못 들은 게 아니라면 그날의 일을 따져들며 계속해서 다그쳐도 시원찮을 강우가 지금 미안하다고 말하고 있었다.

"조금 화가 났었어. 그렇게 사라져 버린 뒤로 아무리 해도 연락이 닿질 않으니까 혹시 무슨 일이라도 난 건 아닐까 많이 걱정했었어. 그런데 이렇게 괜찮은 널 보니까 안심이 되면서도 한편으로는 화가 나더라. 이렇게까지 화를 낼 생각은 아니었는데, 미안하다."

못 본 이틀 사이 많이 수척해진 강우가 나라를 마주하지 못한 채 허공을 응시하며 읊조리듯 말했다. 강우의 다정한 목소리가 귓가에 적시듯 와 닿았다. 그의 입을 통해 거푸 뱉어지는 미안하다는 말이 나라의 마음을 무겁게 했다. 무슨 말이라도 해야 할 것만 같아 나라가 입을 열었다.

"강우 씨, 그날 일은……."

"그날 일은."

강우가 두 눈을 지그시 내리감으며 차분히 말했다.

"이해해. 충분히 그럴 수 있는 상황이었다고 생각해. 많이 무서웠겠지. 그날 나…… 무척이나 성급했으니까. 널 갖고 싶다는 생각에 눈이 멀어서 너무 여유 없이 굴었다는 거 내 자신이 더 잘 알고 있어. 내가 너였더라도 많이 두려웠을 거야. 잘못이 있다면 널 궁지로 몰아간 내 잘못이지 네 탓이 아니야."

강우는 원래부터가 다정한 사람이었다. 연애를 하면서도 다툼이 생기면 무엇이든지 자신이 먼저 양보하고 한발 물러서 주었다. 바로 지금처럼. 하지만 평소와 지금은 상황이 달라도 너무 달랐다. 어떻게 그것들이 그의 잘못이 되고, 어째서 그가 사과를 한단 말인가. 사과를 할 이는 강우가 아니라 바로 나라 자신이었다.

"강우 씨."

"이제 그 얘기는 그만하자."

나라가 무슨 말인가를 건네려 하자 강우가 무 자르듯 그녀의 말을 잘랐다.

"그 이야기는 그만하고 싶어. 시간이 많이 늦었다. 결근까지 해서 할 일도 많이 쌓여 있을 텐데 더 이상 시간을 뺏어서야 안 되지."

한숨 어린 목소리로 말한 그가 평소처럼 다정하게 미소 지으며 나라의 머리를 두어 번 토닥였다. 그러곤 그만 나가 보려는 듯 몸을 돌렸다. 그 순간, 이렇게 이번 일을 마무리 지어서는 안 된다는 생각이 불현듯 나라의 뇌리를 스쳤다.

"잠깐만요, 강우 씨."

회의실을 빠져나가려는 강우를 나라가 다급히 불러 세웠다.

"나, 강우 씨한테 할 말 있어요."

지나치게 의미심장한 목소리에 강우는 발걸음을 멈추고 그 자리에서 얼어붙었다. 할 말이라는 단어에 뭔가 감이 안 좋았다. 나라가 호텔에서 자신을 뿌리쳤던 순간부터, 연락이 닿지 않아 초조했던 내내 마음속에 일던 그 불안감이 현실이 될 것만 같았다. 나라가 그 순간 자신을 뿌리쳤던 것이 '사랑하지 않아서'라는 잔인한 이유 때문일까 봐. 엄습하는 불안감에 떨리는 목소리를 애써 다잡으며 강우가 말했다.

"결재 받아야 할 기획안이 있는데 시한이 빠듯해. 나중에 얘기하……."

"아니에요!"

돌아서 가려는 그를 외침으로 붙잡으며 나라가 말했다.

"강우 씨는 내가 그날 그렇게 행동한 이유를 단지 무서워서 그런 거라고 말했지만, 아니에요. 실은 나 그때……."

"그만해."

담담하게 내뱉어지던 그의 목소리가 크게 동요하고 있었다. 그의 뒷모습을 바라보는 나라의 가슴이 아려왔다. 그럼에도 나라는 그의 동요를 애써 무시하며 계속해서 말을 이으려 했다.

"강우……."

"그 말만은 하지 마."

그의 앞으로 다가온 나라의 어깨를 강우가 와락 끌어안았다. 나라를 품 안에 가둔 강우가 무슨 말을 들을지 알기라도 하는 듯 떨리는 목소리로 절박하게 애원했다.

"그 말만은 하지 마, 나라야. 헤어지자는 말만은…… 제발, 그 말만은 하지 마."

강우의 애절한 목소리에 나라의 가슴이 아릴 듯 저려왔다. 놓칠세라 도망갈세라 품에 끌어안은 채 간절하게 속삭이는 강우의 모습에 나라의 눈가가 어느새 촉촉하게 젖어들었다. 방금까지만 해도 거침없이 내뱉으려 했던 말이 목구멍에 걸려 나오질 못했다.

'왜 강우 씨가 미안해요? 지금 미안해야 할 사람은 난데……. 죄인은 서강우가 아니라 나, 보나라인데 어째서 아무런 죄도 없는 강우 씨가…….'

제까짓게 무어라고 이 잘난 사람이 이토록 애원을 하는 건지. 사랑 앞에 나약해진 연인의 모습에 나라의 가슴 한구석에 자리 잡고 있던 강우에 대한 미안함과 죄책감이 걷잡을 수 없이 부풀어 그녀의 심장을 무겁게 억눌렀다. 희뿌연 물안개가 나라의 눈자위를 왈칵 뒤덮었다.

제 생애 자신을 이토록 사랑해 줄 사람이 어디 또 있을까. 1년간 연애를 하면서도 단 하루도 빠짐없이 사랑한다, 사랑한다 간절하게 속삭여 주었던 그였다. 자신의 모자란 부분까지도 모두 사랑한다며 온전히 받아주었던 그였다. 사고뭉치에 덜렁이인 제가 일을 칠 때면 어김없이 달려와 보듬어주고 도와주었던, 제겐 너무도 과분한 사랑을 한없이 쏟아 주었던 사람이었다. 그런데 그런 그에게 자신이 무슨 짓을 했던가. 그를 향한 미안함과 죄책감에 나라는 헐거워진 가슴이 미어지는 것만 같았다.

할 수만 있다면 이틀 전, 그때로 시간을 되돌리고 싶었다. 그랬더라면 절대 그를 팽개치고 룸을 빠져나가는 무모한 짓 따윈 하지 않았을 텐데. 하지만.

"미안해요, 강우 씨⋯⋯."

"나라야."

"미안해요. 정말 미안해요, 강우 씨. 우리⋯⋯ 헤어져요."

그의 애원에도 불구하고 결국 나라는 그에게 이별을 고하고 말았다. 그녀의 말에 충격을 받은 듯 강우가 나라의 어깨에 묻고 있던 고개를 들어 그녀를 바라보았다. 나라를 마주한 그의 눈동자가 사나운 풍랑에 휘말린 부표처럼 위태롭게 흔들리고 있었다.

"나라야?"

"미안해요, 미안해요 정말⋯⋯."

"나라야!"

그녀를 끌어안고 있던 강우의 가슴팍을 밀어내곤 나라는 눈물을 흩뿌리며 뒤돌아설 수밖에 없었다. 직후, 나라의 힘에 떠밀려 뒤로 나자빠진 듯싶은 강우가 '쿵!' 하는 마찰음과 함께 고통 어린 신음 소리를 뱉어냈지만 나라는 그런 강우에게 찰나의 시선도 주지 않으며 도망치듯 회의실을 빠져나와 버렸다.

'미안해요, 강우 씨. 정말 미안해요. 부족한 날 아껴주고 과분할 정도로 사랑해 준 고마운 당신을 외면해야 하는 마음이 찢어질 듯 아프지만 어쩔 수가 없어요. 이런 부정한 모습으로 어떻게 당신에게 돌아가겠어요. 난 이미 예전의 보나라가 아닌데. 당신이 순결하다 믿었던 보나라는 이미 이틀 전, 변태 양키에게……. 미안해요, 정말. 떳떳하지 못해 당신을 떠날 수밖에 없는 날 제발 용서하세요.'

그렇게 강우를 등진 채 비운의 여주인공처럼 돌아선 나라는 그 길로 그녀가 어렵게 입사한 회사에 사직서를 제출했다. 끝이 유난히도 어수선했던 나라의 스물여섯 그 해. 나라는, 자신의 순결에 이어 유일한 일자리마저도 잃어버리며 그렇게 처량한 백조가 되고 말았다.

변(辨), 변(便), 변(變)

윤기 어린 긴 생머리의 여자가 함박눈이 소복이 쌓인 거리를 바라보며 잔을 기울였다. 스커트 슬릿 사이로 드러난 늘씬한 각선미가 무척이나 인상적이었다.

엷은 쌍꺼풀이 진 늘씬한 눈매와 그 안에 담긴 우수에 찬 눈동자. 눈 아래 그늘이 질 정도로 가늘고 기다란 속눈썹. 우유빛 피부 위에서 매끄럽게 뻗은 오똑한 콧날, 그리고 붉은 장미를 연상케 하는 선이 고운 입술까지. 지극히 단정한 치마정장을 입고 있을 뿐인데도 지나치게 고혹적인 묘령의 여인의 모습에 카페 내에 있는 남자들의 시선이 모두 그쪽으로 집중되었다.

"하아……."

창밖에 시선을 둔 채 애달픈 표정을 지으며 나라는 깊게 한숨을 내쉬었다. 내쉬는 한숨과 함께 손에 쥐고 있던 잔을 테이블 위에 조심스레 내려놓았다. 그러고선 길고 가는 손가락을 성에가 낀 뽀얀 유리창 위로 슬며시 뻗었다.

—보나라……. 백조. 백조. 백조.

나라의 궁상맞은 백조 생활은 오늘로 꼬박 일주일째에 접어들었다. 곱게 말해 백조지, 막말로 그녀는 개털이나 다름없었다.

26년 동안 지켜온 순결은 웬 눈알 파란 변태 양키에게 쥐도 새도 모르게 빼앗겨 버린 데다가, 1년이 넘도록 교제해 온 연인에게는 결국 이별을 고했다. 한데 그것만으로도 모자라 청년 실업 백만 돌파를 코앞에 둔 이 시기에 황금 같은 직장까지 제 발로 기어 나와버렸으니……. 무직에, 솔로에, 작년 이맘때와는 판이하게 다른 올해 겨울이 나라는 유난히도 춥게 느껴졌다. 한숨이 쉬지 않고 입술을 오르내렸다. 그때 카페 문이 열리는 소리와 함께 다연이 성난 멧돼지마냥 요란하게 등장했다.

"백조 주제에 고상한 척하긴! 지랄한다, 아주 지랄을 해!"

"어, 왔어?"

나라가 기울던 잔을 놓으며 다연 쪽을 올려다봤다. 다연이 푹신한 의자 위에 몸을 내맡기곤 한심하다는 듯 혀를 찼다.

"아니, 왜. 눈물이라도 흘리지 그러서? 하루아침 사이에 애인 잃어, 직장 잃어. 지가 봐도 지 인생이 청승맞기 짝이 없을 텐데."

정곡을 찌르는 다연의 말에 나라가 멋쩍은 표정으로 찻잔을 기울였다. 그러곤 흘러내려 온 긴 머리카락을 느릿하게 쓸어 넘기며 태연한 척 말을 건넸다.

"너도 차 한잔 할래?"

"됐어, 기지배야. 백조 년이 돈이 어디 있다고. 시켜 봤자 계산하는 건 나일 거 아니야!"

머뭇거리는 나라의 물음에 다연이 곧바로 날카롭게 쏘아붙였다. 물은 것 자체가 잘못이었다. 200원짜리 자판기 커피 앞에서도 벌벌 떠는 위인께서 몇천 원짜리 카페 커피를 마실 리 만무했다. 카페 종업원을 향해 우렁찬 목소리로 '여기 얼음물 한 잔 갖다주세요!'를 외친 다연이 핸드백에 든 노란색 서류 봉투를 꺼내 테이블 위로 던졌다.

"옛다. 이거나 받아라."

"이게 뭐야?"

제 앞으로 떨어진 서류 봉투에 나라가 의아한 듯 두 눈을 휘둥그렇게 떴다. 종업원이 가져다준 물을 속이 탄 듯 벌컥벌컥 들이켠 다연이 입안에 담긴 얼음을 아그작아그작 씹으며 말했다.

"모긴 모야. 오드득…… 보면 몰아? 입샤 시청셔쟈나(뭐긴 뭐야. 보면 몰라? 입사 신청서잖아)!"

입안에 얼음을 머금고 말하는 게 영 불편했던지 다연이 그것을 이가 부서질 정도의 마찰음을 내며 무서운 속도로 씹어 삼키고선 다시 말을 이었다.

"IBMC라고 너도 알지? 외국계 유통 회사. 친구가 다니고 있는데 이번에 기획실에 자리 하나가 났다더라. 될지 안 될지는 모르지만 밑져야 본전이니까 한번 접수나 해봐. 그 외에도 자리 난다는 데 또 있으면 연락 줄게."

다연의 뜻밖의 호의에 나라는 코끝이 찡해졌다. 항상 하는 말마다 딴지 걸며 밉살맞게 쏘아붙이는 다연이었지만 역시 그녀는 자신에게 있어 둘도 없는 진정한 친구였던 것이다. 회사를 그만둔 이래로 연락 한 번 없다가 갑작스레 전화가 와 만나자길래 또 욕이나 실컷 먹는 건 아닌가 내심 걱정했건만 이리도 자신을 생각해 주고 있을 줄이야……

나라가 눈물이 그렁그렁한 감동 어린 눈동자로 다연을 바라보며 두 손을 마주 잡았다.

"정말 고마워, 다연아. 내가 이 은혜 절대 잊지 않을게."

"놀고 계신다. 이게 징그럽게 왜 이래?"

제 손을 꼭 감싸 쥐는 나라의 손을 뿌리치며 다연이 말했다.

"그러게 누가 앞뒤 생각 않고 멀쩡한 직장 때려치우래? 헤어진 거면 헤어진 거지 회사까지 그만두길 왜 그만두냔 말이야! 아무튼 대책 없는 건 알아줘야 한다니까. 하루아침에 이게 뭐니, 이 등신아! 어유, 내가 다 속이 탄다."

다연이 답답하다는 듯 가슴팍을 두드리며 냉수를 들이켰다. 다연의 말에 고운 구석이라고는 하나도 없었으나 나라는 그것들이 욕으로 들리지 않았다. 제 품 안에 있는 이 금쪽 같은 입사 원서가 다연의 손길을 통해 제게 온 것이었기 때문이다. 항상 속없이 웃고 있었지만 나라 또한 사건사고가 끊이지 않는 제 옆에서 제 뒤치다꺼리를 도맡아 하느라 다연이 얼마나 고생하고 있는지 너무도 잘 알고 있었다. 때문에 그녀는 그런 다연을 봐서라도 이번에 IBMC에 기필코 취직하고 말겠다고 굳게 다짐했다.

하지만 그때까지도 나라는 알지 못했다. 다연이 베푼 그 호의가 자신이 제 발로 악마의 소굴을 향해 기어들어 가는 결과를 낳게 했다는 사실을.

❖

"후우. 긴장하지 말자, 보.나.라."

깔끔한 잿빛 치마정장을 차려입고 긴 생머리를 포니테일 스타일로 단정하게 묶은 나라가 긴장한 듯 두근대는 가슴을 느릿하게 쓸어내리며 자기 세뇌를 시작했다. 스커트 자락을 쥐고 있는 나라의 손바닥은 온통 땀범벅이었다.

나라는 긴장되거나 초조할 때는 종종 이렇게 제 이름을 읊으며 가슴을 쓸어내리곤 했다. 그렇게 하다 보면 거칠게 일렁이던 파도가 잠잠해지듯, 제 페이스를 잃고 튀어 오르는 심장이 어느새 얌전해지기 때문이었다. 하지만 오늘은 웬일인지 그 방법이 좀처럼 먹혀들질 않았다.

"보나라야, 제발 진정 좀 해라. 너답지 않게 자꾸 왜 이러니, 보나라야."

대망의 수능시험을 치르던 날에도 이전에 다니던 회사에 면접을 보러 갔을 때에도, 강우로부터 설레는 고백을 받았을 때에도 두세 번 정도 가슴을 쓸어내리면 쉽사리 긴장이 풀리곤 했던 나라였다. 한데 처음도 아닌 면접에 새삼스레 두근거리다니. 스스로도 의아했다.

그랬다. 오늘은 바로 며칠 전 다연이 건네준 입사 지원서에 적혀 있던 회사인 IBMC의 면접을 보는 날이었다. 물론 부모님께서는 나라가 회사를 그만뒀다는 사실을 아직도 모르고 계시지만 오늘 면접만 성공적으로 마치면 그간 부모님을 속인 것은 쉽게 무마될 수 있는 일이었다. 한데 오늘따라 묘하게 심장이 두근거리는 것이 나라는 자꾸만 불안했다.

'오늘 면접 정말 잘 봐야 하는데. 이러다 긴장해서 실수라도 하는 거 아니야?'

단순히 긴장했다기보다는 설렌 듯 두근거리는 심장의 조짐이 나라는 어쩐지 불길했다. 들뜬 심장을 가라앉히려 숨을 끌어 올려 보기도 했지만 방정맞은 심장은 더욱더 튀어 오르기만 할 뿐 도무지 가라앉을 줄을 몰랐다.

"청심환이라도 하나 사 먹어야겠네."

"한낱 평사원 뽑는 일에 이리 번거롭게 해드려 죄송합니다. 괜히 이사님을 귀찮게 해드린 건 아닌지 모르겠습니다."

"괜찮습니다. 회사에 어울리는 직원을 선정하는 것 또한 제 소임이니까요."

연신 고개를 조아리는 과장을 향해 카인이 지극히 사무적인 미소와 어투로 대답했다. 그러곤 자신의 뒤를 따르는 데릭을 향해 건조하게 물었다.

「지난번에 맡긴 일은 아직도 진척이 없나?」

「아직은 그렇습니다.」

데릭의 대답에 카인의 반듯한 미간이 살짝 구겨진다.

「너답지 않게 이번엔 꽤 시간을 끄는군.」

「연초라 호텔에 방문객들이 많았던 탓에 그 여자분이 나서던 시간대에 인파가 몰려서 CCTV로 확인이 불가능했습니다. 전날 밤 동시간대에 체크아웃을 한 투숙객들의 정보도 확인을 해보았습니다만, 그분으로 추정되는 사람은 찾을 수 없었습니다.」

이어지는 데릭의 변에 카인의 표정은 더욱더 굳어져 갔다. 이유야 어찌 되었건 결국 여자를 찾지 못했다는 말이었다. 또한 그것은 그녀를 찾을 확률이 거의 희박하다는 말이기도 했다. 벌써 2주가 다 되어가건만, 기필코 찾아내고 말겠다던 자신감이 무색하게 여자의 이름 하나도 알아내지 못하다니.

"Damn it……."

희미한 기억 속에서 점점 더 신기루처럼 번져 가는 여자의 얼굴을 떠올리며 카인은 낮게 욕설을 뱉었다. 쉽지 않을 거라는 걸 알고 있었지만, 이렇게까지 까마득할 거라고는 생각지도 못했다. 여자를 만나게 한 그 황당한 상황이 외려 날이 제대로 선 가위가 되어, 그녀와 카인을 이어 주던 끄나풀을 무자비하게 절단시키고 있었다.

재킷 안주머니에 간직한 여자의 손수건에서 묻어난 향취가 문득 그녀를 떠올리게 만들며 머릿속을 달구어 왔다. 형체로서 거머쥘 수 없음에 점점 더 갈증이 나고 짜증이 치밀었다. 쓸데없는 승부욕과 오기임을 알지만 도무지 멈춰지지가 않았다. 하지만 자신이 이렇게 번뇌하는 순간에도 아마 그 여자는 자신을 생각조차 하지 않고 있으리라. 낮게 가라앉은 푸른 눈동자가 그 순간 섬뜩하게 빛났다.

이렇게까지 농락당한 이상 더욱더 놓칠 수 없었다. 이건 카인 맥클레인의 자존심이 걸린 문제였다. 기필코 찾아낸다. 무슨 수를 써서라도, 반드시. 다짐을 되새기듯 읊조린 카인은 실마리를 찾아 기억 속을 헤집었다.

뭔가 방법이 있을 것이다, 뭔가.

그때, 기억의 저편에 있던 희미한 이름 하나가 그의 머릿속을 스쳤다.

"사실 나 여기 연인과 같이 온 거예요!"

"그 사람 이름은 서강우고 룸 넘버는……."

그래, 눈앞에서 놓쳐 버린 먹잇감의 주인이라던 자. 바로 그 이름. 왜 일찍이 생각하지 못한 것일까.

「서강우라고 했었다.」

「네?」

「그때 그 여자가 말했던 연인이라는 자의 이름이야. 그날 투숙자 중 그런 남자가 있는지 조회해 봐.」

카인이 고압적인 어조로 명령했다. 그의 말에 충실히 대답하던 데릭의 시선이 조금은 의아한 빛을 띠며 그에게로 향했다. 여자와 관련된 구체적인 인물을 기억해 낸 셈이니 다행이긴 했지만, 어쩐지 보스의 이런 모습이 데릭은 낯설었다. 본래가 한 번 문 먹이는 놓지 않는 사람이라지만, 그 대상이 다름 아닌 '여자' 라는 것에 의아함을 감출 수가 없었다.

단 한 번, 그것도 우연처럼 스쳐 지나간 여자를 왜 저렇게까지 쫓는 것일까. 그저 단순한 승부욕일 뿐일까.

의구심을 품은 갈색 눈동자가 그의 보스에게로 향한 채 가느다랗게 말려 올라갔다. 명령이 떨어졌음에도 데릭에게서 대답이 없자 카인의 냉정한 시선이 곧장 그에게로 박혔다.

「멍하니 서서 뭘 하는 거지. 대답은 안 하나?」

「네, 바로 조회해 보겠습니다.」

카인의 차가운 시선에 흠칫하며 데릭이 재빨리 답했다. 그런 그를 냉랭한 시선으로 훑어 내리며 카인이 과장이 안내하는 쪽으로 걸음을 옮겼다. 간담을 서늘케 하던 냉정한 시선에 가슴을 쓸며, 데릭 또한 그 뒤를 우직하게 따라 들어서려던 그때였다.

"청심환이 필요해. 청심환이."

코끝을 스치는 여자의 향기에 면접실로 향하던 데릭이 옮기던 걸음을 우뚝 멈춰 세웠다. 어디선가 맡아본 적이 있는 익숙한 향기였다. 뭐지? 고개를 갸웃거리던 데릭은 이내 빠르게 그리로 시선을 옮겼다. 그곳에는 초조한 듯 중얼거리며 어디론가 향하고 있는 한 여자가 있었다. 이미 저만치 멀어진 탓에 얼굴은 희미했지만 언뜻 드러난 바디라인만큼은 심플한 스커트 정장을 입었을 뿐 인데도 꽤나 고혹적이었다. 갸름한 얼굴형 덕분인지 단정한 포니 테일 또한 무척이나 잘 어울리는 여자였다.

'어디선가 본 적이 있었던가?'

멀어져 가는 여자를 보며 데릭은 두 눈을 가늘게 떴다. 방금 전 코끝을 스친 향기가 묘하게 그의 주의를 붙잡았다. 데릭은 덩치가 산만한 탓에 자칫 둔해 보였지만, 직감만큼은 누구보다도 예리했 다. 그런데 지금, 그의 예리한 직감이 그를 향해 신호를 보내오고 있었다. 뭔가 재미있는 일이 벌어질 것 같은 예감이 들었다.

"이수진 씨, 마케팅 활동에서 특히 중요하다고 생각하는 것이 무엇입니까?"

"상품 판매를 좌우하는 것은 물론 제품의 질입니다만 효과적인 마케팅 활동이 뒷받침되지 못해 빛을 보지 못하고 사장되는 경우 가 상당하다는 것은 그만큼……."

면접관들이 저마다 단조로운 어투로 지원자들을 향해 질문을 던진다. 반복되는 질문들과 하나같이 판에 박힌 듯 똑같은 대답들 을 연거푸 들으며 카인은 심드렁한 표정을 한 채 관자놀이를 긁었 다.

'한국의 입사 면접이라는 건 꽤 각박하고 지루하군.'

로마에 오면 로마 법을 따르라 했지만 그는 좀처럼 지루함이 가 시지 않았다. 촉박한 시간 내에 이렇듯 사람들을 밀어 넣고 여유 없이 이어지는 면접이 얼마나 사람을 제대로 판단해 낼지도 의문이었으며, 짧은 시간 동안 사람들이 줄줄이 밀어닥치는 터라 그 사람이 그 사람처럼 여겨지기까지 했다.

건조한 푸른 눈동자에 짙은 무료함이 서렸다. 이 지독한 무료함을 희석시켜 줄 무언가가 필요했다. 그때, 면접 직전 잠시 볼일이 있다며 나갔던 데릭이 면접장 안으로 들어섰다. 면접에 방해가 되지 않도록 뱅 둘러 안으로 들어선 그가 카인의 옆으로 다가왔다.

"Boss."

카인은 고개를 들어 데릭을 바라보았다. 뭔가 할 말이 있는 듯한 표정이었다. 무슨 일이냐는 듯 짙은 눈썹을 까닥거리자 데릭이 곧 허리를 숙여 카인의 귓가에 대고 속삭였다. 데릭의 말을 듣고 있는 카인의 얼굴 위로 짧은 동요가 스친다. 반듯하던 미간이 구겨지고 권태로움에 젖어 있던 푸른 눈동자가 커졌다.

카인은 방금 들은 그 말을 재확인하듯 가늘게 뜬 눈매로 냉철하게 데릭을 올려다보자, 데릭이 대답 대신 고개를 끄덕였다. 며칠간 차갑게 굳어 있던 심장이 다시 뛰기 시작했다. 데릭으로부터 전해들은 그 말이 다시 한 번 카인의 뇌리를 더듬듯 훑었다.

「그 여자 분을 찾았습니다. 수험번호 24번, 보나라. 이 입사 면접의 수험자 중 한 명입니다.」

'24번 보나라. 보나라라……'

그는 곧 눈앞의 지원서를 뒤적여 그 이름을 찾아냈다. '보나라'라는 세 글자 옆에 똑똑히 박힌 낯익은 얼굴이 그의 재킷 안주머니에 자리한 향취와 함께 그의 심장을 거세게 휘저었다. 심장 밑바닥으로부터 더운 기운이 상승하기 시작했다. 그리움과 분노가 한꺼번에 밀려들어 와 그를 뒤흔들었다.

'움켜쥘라치면 손 틈새로 빠져나가 버리는 물처럼 내내 내 눈을 피해 잘도 도망쳐 다니더니. 결국은 이렇게 제 발로 호랑이 굴까지 걸어 들어왔단 말이지.'

짙게 가라앉은 코발트블루가 섬뜩하게 빛나며 일자로 굳어 있던 유려한 입매 끝이 서늘하게 휘었다. 필름에 인쇄된 얼굴 위로 박힌 눈동자가 그 형체를 동공에 품고 탐욕스럽게 빛났다. 뜨거운 손끝이 그녀를 매만지듯 사진 위를 쓸어내렸다.

'분명히 말했었지. 기필코 찾고 말겠다고. 그리고 또 말했었다. 다시 내 손에 들어왔을 때는 망가지고 질리기 전까지는 결코 놓아주지 않겠다고.'

나직이 읊조리며 카인은 그녀의 얼굴 위로 올곧게 박힌 눈길을 떼었다. 그러곤 바라보았다. 며칠간 지독히도 그를 괴롭혔던 그녀가 환영이 아닌 실물로서 들어설 운명의 문을.

"24번 보나라 씨, 안으로 드세요."

자신의 이름이 불리자 긴장된 마음을 가라앉히기 위해 나라는 깊게 숨을 들이마셨다. 그러곤 다부지게 쥐어진 주먹으로 제 가슴을 툭툭 두어 번 치고선 속으로 읊조렸다.

'떨지 마, 보나라. 잘할 수 있어. 잘할 수 있을 거야.'

그때까지만 해도 나라는 잘해낼 수 있을 것만 같았다. 오늘따라 심장이 유난히도 변덕스럽게 반응하고 있긴 하지만 오늘 일이 잘 돌아가기 위한 예비종일 뿐이라고 그녀는 생각했다. 지금까지의 제 인생을 미루어 보았을 때 자신이 제게 주어진 기회를 놓친 적은 한 번도 없었다. 때문에 정말 자신을 기다리고 있는 것이 무엇인지 감히 짐작치도 못한 채 나라는 당당한 걸음새로 면접장 안으로 발을 들여놓았다. 그러곤 어느새 당당한 커리어우먼의 자세를 갖춘 모습으로 올곧은 시선을 면접관들에게 던지던 그때였다.

"안녕하십니까. 24번 보나라 입니……."

제 소개를 마저 다 하기도 전, 다섯 명의 면접관들 사이에 자리 잡은 한 남자를 두 눈으로 확인하자마자 나라의 심장이 발밑으로 쿵 추락해 버렸다.

'저 사람은!'

검은 동공이 터질듯 부풀고 손끝이 바들바들 떨렸다. 면접관들만이 자리한 그 자리에 앉아, 어디선가 잃어버렸다 생각했던 제 손수건을 쥐고 보란 듯이 흔들어 보이는 남자의 모습에 나라는 순간 턱하고 숨이 막혔다. 두 눈을 씻고 다시 볼 필요도 없었다. 눈앞의 남자는, 바로 그였다. 얼마 전 자신의 인생을 거침없는 소용돌이 속으로 내몰리게 했던 바로 그 변태 양키!

"벼, 벼, 변……!"

눈앞에서 악랄하게 미소 짓고 있는 그를 향해 삿대질을 하기 시작한 나라의 입에서는 비명과도 같은 한 음절들이 사시나무 떨리듯 흘러나왔다. 하지만 너무도 당혹스러운 탓에 그녀가 말하고자 하는 그 단어는 차마 이어지지 못한 채 공중으로 흩어지고 있었다.

"면접 중에 갑자기 무슨 일입니까. 보나라 씨!"

지원자의 갑작스러운 행동에 당황한 한 면접관이 격앙된 목소리로 그녀를 향해 외쳤다. 그제야 자신의 현 상황을 깨달으며 나라는 냉큼 입을 다물었다. 그러곤 당황한 나머지 한참을 우물쭈물하다가 어처구니없는 그 한마디를 그들의 면전 앞에 뱉고 말았다.

"아니. 벼, 벼, 변이 갑자기 마려워서요."

변(辨), 변(便), 변(變).

변(辨)명을 하기 위해 그 자리에서 변(便)을 논했던 나라는 그렇게 스스로 자신의 변(變)을 자초하고 말았다.

5

파렴치한

사무실로 들어선 카인은 손에 들려 있던 파일을 책상 위로 내던지며 의자 위로 몸을 놓았다. 그의 등 뒤로 투명한 통유리 너머 한눈에 들어오는 복잡한 서울이 넓게 드리워졌다. 그는 긴 다리를 모아 책상 위에 비스듬히 올린 뒤 목을 답답하게 조여 매고 있는 넥타이를 느슨하게 풀었다. 그러곤 등받이 너머로 머리를 젖히며 눈을 감았다.

지그시 감겨 내리는 눈꺼풀 아래로 짙게 가라앉은 푸른 눈동자가 숨어 들어가 모습을 감추었다. 한참 유지되는 침묵. 그 얼마간의 정적 끝에서 일자로 굳어 있던 입매 끝이 희미한 호를 그리며 매력적으로 말려 올라갔다. 카인의 육감적인 입술이 침묵을 삼키듯 천천히 떼어졌다.

"보. 나. 라……."

느릿하지만 또박또박 읊어진 이름 석 자가 사무실 안 짙게 깔린 적막감을 깨뜨리며 낮게 울려 퍼졌다. 머리에, 가슴에 새겨 넣듯 느릿하게 읊은 그는 그 이름을 마지막으로 또 한동안 침묵을 지켰다. 하지만 그로부터 얼마 지나지 않아 그의 입술 새로 빠져나온 나직한 바람 소리를 시작으로 호탕한 웃음이 터져 나왔다.

"쿡…… 하하하!"

듣는 이마저도 기분 좋게 만드는 유쾌한 웃음소리가 드넓은 사무실 안을 가득 채웠다.

"당신이란 여잔 정말……."

여전히 입가에 웃음을 머금은 카인의 머릿속으로 그로 하여금 환한 미소를 짓게 한 그녀가 다시 떠올랐다.

"벼, 벼, 변이 갑자기 마려워서요."

역시 그녀는 예상을 빗나가는 여자였다. 카인 역시 예상치 못했던 상황이었던 만큼, 그녀가 자신을 보자마자 당황하며 날뛸 것이라는 것 정도는 이미 예상하고 있었다. 아니, 그러지 않았다면 오히려 더 섭섭했을 것이다. 그녀를 당황스럽게 할 작정으로 그녀가 남기고 간 손수건을 들어 보란 듯이 흔들어 보이기까지 했으니까.

하지만 설마하니 재회를 하자마자 듣게 된 첫말이 '변이 마려워서요'가 될 줄은 몰랐다. 덕분에 그는 며칠간 꽁꽁 숨은 채 지독히도 자신을 괴롭혔던 여자에게 화가 났던 것도 잠시, 황당한 말을 뱉곤 새빨간 사과마냥 익어가는 그녀의 모습에 터져 나오려는 웃음을 참아내려 곤욕을 치러야 했다. 아마 그녀가 하려 했던 말은 '변태 양키'였을 것이다. 아무 일도 없었던 다음 날 아침, 그녀가 그의 물건을 걷어차면서 외쳤던 바로 그 단어.

거기까지 생각이 미치자 카인은 그녀에게 박수를 치고 싶어졌다. '변태'를 '변(便)'으로 대체시키는 순발력이라니. 그 뛰어난 임기응변에 그는 속으로 찬사를 보냈다.

하지만 그녀가 어떤 이유로 '변'이라는 궁색한 단어를 꺼내게 되었는지 알지 못하는 면접관들은 그녀의 폭탄 발언에 하나같이 경악을 금치 못할 뿐이었다. 입을 떡 벌린 채 얼어붙어 있던 면접관 중 한 사람이 황당함에 젖은 표정을 어쩌지 못한 채 뒤늦게 사태를 수습하려는 듯 외쳤다.

"보, 보나라 씨! 신성한 면접장에서 변이라니 이 무슨 망측한 소립니까! 보나라 씨에겐 이 면접이 어린아이 장난 같아 보입니까!"

"됐습니다, 이 과장님."

"네?"

"긴장하면 그럴 수도 있는 것 아니겠습니까. 이해해 주도록 하죠."

언성을 높이려는 과장을 중재하며 카인이 태연한 목소리로 나라를 향해 말했다.

"이런 자리에서 그렇게 다급하게 외칠 정도면 꽤 급했던 것 같은데 이런 말 하게 돼서 미안하지만 보나라 씨, 괴로워도 면접이 끝날 때까지 좀 참아주었으면 하는데 괜찮겠습니까?"

카인의 말을 들은 나라의 얼굴이 종전에 말을 뱉은 직후보다도 더 새빨갛게 달아올랐다.

괜찮을 리가 없었다. 지금 바로 제 눈앞에 며칠 전이 그 변태 양키가 떡하니 버티고 있는데, 그것도 제 면접관이랍시고 코앞에 앉아 있는데 어찌 괜찮을 수 있겠는가! 한데 그런 자신과는 달리 너무도 태연한 눈앞의 남자를 보자 어찌 저리도 뻔뻔스러울 수 있는지 기가 막혀 말이 나오질 않았다. 얼어붙은 동태마냥 입 한 번 뻥긋거리지를 못하는 그녀를 보다 못한 이 과장이 카인의 눈치를 살피며 넌지시 말을 건네었다.

"이사님, 그러지 마시고 그냥 그만 내보내시는 게……."

"내가 분명, 괜찮다고 하지 않았던가요."

남자가 미처 말을 다 하기도 전 카인의 싸늘하게 식어 내린 다크블루가 사내를 향해 날카롭게 달려들었다. 진하게 변한 사파이어 동공에는 '입 다물고 내가 시키는 대로 해'라는 무언의 압박이 담겨 있었다. 그의 기세에 덜컥 겁을 집어먹은 남자가 놀란 숨을 삼키며 급히 입을 다물었다. 그를 확인하고서야 사나워진 눈매를 조금이나마 유하게 돌린 카인이 송전과는 판이한 나긋한 목소리로 나라에게 물었다.

"그럼 다시 한번 묻겠습니다. 보나라 씨, 괜찮겠습니까?"

"네!"

방금 전, 과장이란 자에게로 향했던 그의 싸늘한 눈동자를 기억

한 나라가 저도 모르게 반사적으로 대답해 버렸다. 그러곤 곧장 '아뿔싸!' 라고 제 실언을 인지했을 땐 이미 늦은 뒤였다. 진퇴양난. 덕분에 나라는 정말로 도망치지도 못하게 되어버렸다.

"좋습니다. 자리에 앉으세요."

면접의 시작을 알리는 말이 떨어졌다. 카인의 말이 떨어지기가 무섭게 나라는 마치 의자와 그녀의 엉덩이 사이에 인력이라도 작용한 듯 그 위로 털썩 주저앉았다. 아무래도 하느님께서 그에게 자신을 조종하는 리모컨이라도 주신 모양이었다. 이어 숨을 돌릴 틈도 없이 면접이 시작되었다.

"보나라 씨, 현 백화점 업계가 당면하고 있는 과제가 무엇이라고 생각합니까?"

"아, 저…… 음……. 현 백화점 업계의 당면 과제란, 그게 그러니까……."

면접을 오기 전 오늘 아침까지도 거울 앞에 서서 몇 번씩 연습했던 것들이었다. 하지만 그를 마주한 순간부터 머릿속이 새하얗게 변색된 나라는 그토록 달달 외웠던 것들이 모두 백지화된 양 아무것도 생각나질 않았다. 나라는 오로지 지금 당장 이 자리를 박차고 나가고 싶다는 마음만이 간절했다. 머릿속이 마치 컴퓨터가 포맷된 것마냥 새하얘졌다. 대체 어떻게 이 난국을 헤쳐 나가야 할지 답이 서질 않아 눈앞이 깜깜했다.

"보나라 씨, 시간이 너무 지체되고 있습니다."

"아, 죄송합니다. 그러니까 현 백화점 업계가 당면한 과제란……."

그녀를 보다 못한 면접관의 말에 나는 그제야 현 상황을 깨우쳤다. 밖에는 아직도 면접을 보지 못한 지원자들이 수두룩했다. 한데 긴장한 자신의 편의를 봐준답시고 언제까지 시간을 지체할 수는 없는 노릇이었다. 나라는 망연함에 젖어 있던 두 눈을 똑바로 떴다. 그러곤 곧 폐부 밑자락에 깔린 숨을 끌어 올려 크게 한번 내쉬었다.

"현 백화점 업계가 당면하고 있는 가장 큰 과제란 극심한 소비 위축을 어떻게 극복하느냐 하는 것입니다. 특히 그중에서도 상당수의 소비자들이 저가 제품을 선호하면서 할인점 등으로 이동하고 있는 것에 대한 대책이 절실히 필요하다고 생각합니다. 이를 위해서는 타 업체와의 차별화를 꾀하는 한편, 소비자를 끌어들일수 있는 독자적인 방법을 모색해야 하는데, 귀사의 경우 매장별 특화 전략을 통해 다양한 고객층을 창출하고 있다는 점에서 매우 적절하게 대응하고 있다고 생각합니다. 여기에 고객관리 활동의 강화와 서비스의 질 향상에도 더 많은 노력을 기울인다면 좀 더 많은 소비자들을 확보할 수 있지 않을까 합니다."

나라는 머릿속에 숨어 있던 생각을 거침없이 펼쳐냈다. 나라가 탐탁지 않아 혀를 차고 있었던 면접관들이 어느덧 하나둘씩 구기고 있던 인상을 펴고 있었다. 그들을 살피며 나라는 후우 하고 안도의 한숨을 몰아쉬었다. 꽤나 성심성의껏 준비한 것을 풀어놓고 보니 그제야 조금은 긴장이 풀리는 듯싶었다. 어차피 이 면접은 떨어질 게 뻔한 것이었다. 그래도 이로써 최후의 노력이라도 해본 셈이 됐으니 그나마 다행이었다.

"보나라 씨."

"네?"

싸늘한 냉기를 품은 허스키 보이스에 나라가 화들짝 놀라며 시선을 돌렸다. 급하게 닿은 시선 위로 시리도록 차가운 짙은 코발트블루가 날카롭게 파고들어왔다. 그제야 나라는 카인이 제 눈앞에 있었다는 사실을 다시금 깨달았다. 긴장이 풀린 나머지 그가 제 앞에 있다는 사실조차 잠시 망각하고 있었던 것이다.

"목에 난 그 붉은 상처는 뭡니까?"

다짜고짜 물어오는 그의 말에 나라가 질겁한 눈동자로 그를 바라보았다.

"뭐냐고 물었습니다."

카인이 몰아세우듯 싸늘하게 읊조렸다. 질문의 상대가 아닌, 곁에서 듣고 있는 이들마저도 꽁꽁 얼어붙게 만드는 냉랭한 목소리였다. 면접장 내 모든 이들이 잔뜩 경직된 눈초리로 그를 바라보았다.

끓어오르는 분노를 가까스로 삭이곤 있었지만, 그는 지금 피가 거꾸로 솟는 것만 같았다. 오랜만에 마주한 그녀를 살피던 중 그녀의 목덜미에 새겨진 희미한 자국을 발견한 그때부터 그는 이미 면접 따위는 안중에도 없었다. 자신이 그날 그녀의 몸에 붉은 각인을 새긴 것은 이로부터 일주일도 더 전의 일이었다. 일주일이면 키스마크 따위는 이미 사라지고도 남았을 시간이다. 그런데 그녀의 목덜미에 붉은 자국이 있다는 것은 일주일 새 자신 이외의 다른 사내가 그녀를 품었음을 의미했다. 내가 아닌 다른 남자라고?

지독한 소유욕이 그를 움켜쥐고 송두리째 흔들었다.

반면, 카인의 반복된 물음에 그제야 비로소 그가 말한 '붉은 상처'의 정체를 깨달은 나라는 난처함과 함께 당혹스러움을 맛봐야 했다. 어차피 볼장 다 본 면접이라지만 면전에서 벌어진 당혹스러운 상황 앞에서마저 태연함을 가장할 순 없었다. 나라가 황급히 제 목을 손으로 가리며 앙칼지게 소리쳤다.

"이, 이건⋯⋯!"

'당신이 만든 거잖아!'라는 뒷말이 목구멍까지 치달았다. 하지만 그 같은 말들을 차마 입에 담을 수는 없었다. 나라는 피부가 무척이나 예민한 편이었다. 손목이 조금만 세게 붙잡혀도 금방 붉은 생채기가 생길 정도이니 단순히 예민한 것을 떠나 그것은 유난스럽기까지 한 수준이었다. 때문에 남들은 3, 4일이면 없어질 키스마크가 일주일을 넘은 지금까지도 그 모습을 완전히 지우지 못했던 것이다. 하지만 면접관들이 있는 앞에서 그런 오해의 소지가 충분한 말을 늘어놓을 수는 없는 노릇이었다.

"이 면접과 상관없는 질문 같습니다."

말이 끝나기 무섭게 카인이 완고한 어조로 그녀의 말을 되받아쳤다.

"상관있습니다. 유통업은 고객을 대하는 것이 주 업무입니다. 물론 보나라 씨가 현장에 나가 상품을 셀링(Selling)하는 셀러(Seller)는 아니지만 큰 의미로 보았을 때 기획 안건 관련 기업체의 사람들 또한 어떻게 보면 보나라 씨에게는 고객이 됩니다. 고객은 저마다 각기 다른 성향을 지니고 있죠. 때문에 언제 무슨 일이 닥

칠지 모르므로 다양한 상황들에 효과적으로 대처하기 위해서는 뛰어난 임기응변이 필요합니다. 그리고 지금은, 바로 그러한 것을 테스트하는 단계입니다."

모두가 숨을 죽인 채 카인의 말에 귀를 기울였다. 그 또한 막힘 없이 말을 내뱉고 있긴 하지만 자신이 지금 얼마나 사적인 감정에 얽매어 있는지 모르는 건 아니었다. 하지만 자신이 모르는 새 그녀가 다른 남자에게 안겼을 거라는 생각이 들자 치밀어 오르는 화를 억누를 수가 없었다.

불같이 타오르는 카인의 화기가 멀리 떨어져 있는 나라에게까지 여실히 전해져 오는 것 같았다. 그가 왜 저리도 매서운 눈동자로 자신을 바라보고 있는지 그녀는 도무지 이해가 되질 않았다. 하지만 오목조목 설명까지 해주는 그에게 더 이상 버틸 수는 없는 노릇이었다. 난감 한 듯 한참 눈알을 뱅글뱅글 돌리는가 싶던 나라가 결국 떨리는 목소리로 머뭇머뭇 대답했다.

"모, 모기한테 물렸습니다."

"모기라……. 한국에는 겨울에도 모기가 있나 보군요."

오만한 눈동자로 나라를 직시한 채 카인이 한껏 비아냥거리며 되물었다. 추궁이 깃든 비꼬인 말투에 나라는 울컥 화가 치밀었다. 당장 싸잡아 죽여도 시원치 않을 판국에 지금 누가 누구 앞에서 화를 낸단 말인가?

"그러게요. 저도 몰랐는데 있더라구요! 그것도 아주 파렴~치한 모기가!"

나라가 쏘아붙이는 투로 카인에게 답했다. 어느새 불이 붙어버린 두 사람에겐 주변의 면접관들 따위는 이미 안중에도 없었다. 면접관들 또한 지금 이 시간이 신입 사원을 뽑기 위해 면접을 보는 시간이라는 사실도 잊은 듯 두 사람의 묘한 신경전을 흥미진진한 눈동자로 주시하고 있었다.

'모기라……. 날 두고 하는 소린가?'

화기에 휩싸여 있던 짙은 코발트블루가 의문을 품고 엷게 가라앉았다. 원망스러워 죽겠다는 표정으로 자신을 바라보며 쏘아붙이는 그녀의 반응에 카인이 그 의문을 확인하듯, 가늘게 뜬 눈매로 나라를 응시했다. 그러자 맹랑한 까만 눈동자가 일말의 흔들림도 없이 당당하게 부딪쳐 왔다. 한 치의 거짓도 없는 순수한 눈동자. 그 눈빛을 보고 자신을 향한 그녀의 반응을 믿어 보기로 하며 카인이 말했다.

"좋습니다, 보나라 씨. 겨울에도 모기가 있다는 그 말 믿어보기로 하죠. 그리고 참고로 저는……."

직전까지만 해도 벨 듯 날카로웠던 눈매를 느슨하게 휘며, 그가 뱉던 말끝에 희미한 여운을 남겼다. 나라가 잔뜩 상기된 표정을 한 채 뒤이어 나올 말을 기다리고 있었다. 그는 올곧게 마주 대한 시선으로 반들거리는 까만 눈동자를 꽉 움켜쥐었다. 그러곤 그녀의 시선이 오직 그만을 보게 되었을 그때, 드디어 입술을 떼었다.

"파렴치한 모기가 아니라 카인 G. 맥클레인입니다."

자신이 그 같이 말한 직후 나라가 지었던 우스꽝스러운 표정을 카인은 아직까지도 생생히 기억하고 있다. 울상을 짓듯 눈꼬리를 축 늘어뜨린 채 눈썹을 팔(八)로 만들곤 입을 '허!' 하고 벌리고 있던 바로 그 표정을.

「변태 양키에 이어 파렴치한 모기라……. 역시나 재미있는 여자로군.」

그는 의자 깊숙이 묻고 있던 몸을 들어 책상 위에 던져진 파일로 손을 뻗었다. 지원서 위에 박힌 자그마한 얼굴이 그의 시선과 심장을 단숨에 잡아끌었다.

기필코 찾아낼 것이라고 했었다. 하지만 그렇게 호언장담을 했음에도 불구하고 실마리 하나 없이 점점 신기루처럼 희미해져만 가는 그녀의 존재 앞에서 조금씩 희망을 잃고 무너졌던 것 또한 사실이었다. 그런데 이런 뜻밖의 재회가 기다리고 있을 줄이야. 이건 운명이라고 밖에는 설명되지 않는 기막힌 재회였다.

그 같은 생각을 하며 카인은 그윽한 눈길로 나라의 사진을 바라보았다. 찾아냈으니 이제 남은 건 손에 넣는 일뿐이다. 카인이 손끝으로 그녀를 느끼듯 나라의 사진 위를 느릿하게 쓸어 내렸다.

「한국에서의 생활이 생각 보다 재밌어 질지도 모르겠군.」

"어? 우리 딸. 오늘은 웬일로 이렇게 일찍 왔……."

콰앙!

앞치마를 두른 채 제게 말을 붙여오는 엄마를 빠르게 지나치며 나라는 방 안으로 들어갔다. 손에 들려 있던 핸드백을 바닥에 패

대기쳐 버리곤 축 늘어진 몸마저도 침대 위로 내던져 버렸다.

풀썩!

그녀의 몸을 받아낸 침대가 아래로 꺼졌다가 곧장 제자리를 찾아 돌아왔다. 넘실대는 파도처럼 흔들리는 매트리스 위에서 대자로 뻗어 있던 나라는 손에 닿은 베개를 끌어 얼굴을 묻어버렸다.

"아아—아아악!"

빵 먹은 소리처럼 억눌린 비명 소리가 온 방 안에 가득 울려 퍼졌다. 베개에 막혀 있어 그 정도지 만약 베개가 아니었더라면 접시 열댓 개는 깨부수고도 남았을 비명 소리였다.

"참고로 나는 파렴치한 모기가 아니라 카인 맥클레인입니다."

나라의 비명 소리가 허공으로 흩어지자마자 유혹적인 미소를 지으며 속삭이듯 말하던 그의 나른한 목소리가 마치 환청처럼 나라의 귓가에서 웅웅거렸다. 그 소리를 막아보려 손에 쥐고 있던 베개를 잡아끌어 귀를 틀어막았다. 하지만 그때마다 남자의 목소리는 사라지거나 더러 작아지기는커녕, 마치 확성기라도 대고 말하듯 종전보다도 더욱더 또렷해져만 갈 뿐이었다.

"참고로 나는 파렴치한 모기가 아니라 카인 맥클레인입니다."

"파렴치한 모기가 아니라 카인 맥클레인입니다."

"모기가 아니라 카인 맥클레인입니다."

"카인 맥클레인입니다."

견디다 못한 나라가 베개를 내던지며 신경질적으로 소리쳤다.

"맥클레인이건 맥도날드건 내가 알게 뭐야!"

그리고는 이불 속으로 쏙 들어가 버렸다. 나라의 고운 눈망울에 그렁그렁 눈물이 맺혔다.

'하느님, 어찌하여 제게 이런 시련을 주시나이까.'

제 인생이 이렇게까지 꼬일 거라고는 단 한 번도 생각지 못했었다. 화목한 가정에서 태어나 부모와 세 명의 오빠들의 귀여움과 사랑을 한몸에 받고 자라며 무엇 하나 남부러울 것 없이 살아온 그녀였다. 그런데 이 무슨, 테러 수준의 날벼락이란 말인가.

26년 동안 철통같이 지켜오던 순결 뺏겨, 1년 넘게 교제해 온 애인과 이별해, 청년 실업 백만을 육박하는 시대에 직장 잃어, 그도 모자라 면접 보러 간 곳에서 제 순결을 앗아간 파렴치한 변태 양키까지 마주치게 되다니. 다른 곳도 아닌 면접장에서, 그것도 면접관으로 말이다.

운명의 장난이라고 밖에는 여겨지지 않는 제 인생에 나라는 눈물과 한숨이 절로 나왔다. 제발 이 모든 게 꿈이었으면 싶었다. 악연도 이런 악연이 있을까. 이미 면접도 제대로 망친 마당에 이제 와서 후회해도 소용은 없었지만 아무래도 억울한 마음이 들어 나라가 후회스러운 듯 중얼거렸다.

"이렇게 될 줄 알았으면 그 변태 양키 거시기 한 번 더 걷어차고 오는 건데."

아침이 밝았다. 매일 그러했듯이 직장 버젓한 커리어우먼처럼 아침 일찍부터 일어나 준비를 마친 나라는 부어 있는 제 눈자위를 매만지며 한숨을 내쉬었다. 어제 많이 울긴 울었던지 어지간히도 부어오른 눈꺼풀 덕분에 눈동자가 제대로 보이지 않을 정도였다.

"오늘도 면접 볼 곳이 두 곳이나 있는데 큰일 났네."

이 상태로 대체 어찌 면접을 볼 참인지, 부어오른 눈자위만큼이나 걱정 또한 태산같이 불어났다.

"그 변태 양키만 아니었어도 내가 이 고생을 할 일은 없었을 텐데…… 으드득."

자신을 이렇게 만든 작자를 떠올리며 분노하던 나라는 그를 떠올리며 불길하게 하루를 시작하고 싶지 않다는 생각에 곧장 머리를 도리질 쳤다. 쓸데없는 생각 말고 어서 빨리 분발해서 취직을 하는 게 우선이었다.

거울에 비친 자신의 모습을 가다듬은 뒤 나라는 여유 있는 발걸음으로 방을 빠져나왔다. 구수한 된장찌개 냄새가 떠도는 집에서는 언제나와 다를 바 없는 평온한 아침이 펼쳐지고 있었다. 화목한 집에 생기를 불어넣듯 언제나처럼 발랄한 목소리로 나라가 또랑또랑하게 외쳤다.

"엄마 아빠, 저 회사 다녀올게요."

"오냐."

"그래, 우리 딸. 회사 가서 돈 많이 벌어와~"

화장실에서 양치질을 하고 계시던 아빠와 부엌에서 일을 하고 있던 엄마가 밖을 내다보며 상냥한 목소리로 답했다. 그런 부모님을 보자 나라는 문득 미안한 마음이 일었다. 딸이 회사를 때려치운 것도 모른 채 매일같이 일찍부터 일어나 아침을 준비하고 있는 부모님을 속이는 게 너무도 죄송하고 또 죄스러웠다.

'엄마 아빠, 죄송해요. 오늘은 꼭 취직해서 돌아올게요.'

지난 며칠 동안 무던히도 약속했던 그 말을 또다시 반복하며 나라는 신발장에서 구두 한 켤레를 꺼내어 들었다. 그러곤 구두에 왼발 하나를 집어넣었을 때, 막 잠에서 깬 듯싶은 윤이 부스스한 머리를 긁적이며 계단을 타고 내려왔다.

"오, 우리 사랑스러운 여동생 이제 출근하냐?"

입을 쩍 벌리곤 거하게 하품을 하며 윤이 말했다. 뉴욕에서 회사를 다니고 있는 맏이 보준과 프로축구팀에서 뛰느라 집에 들를 새도 없는 둘째 보민과는 달리, 윤은 프리랜서로 활동하며 세 오빠 중 유일하게 집에 붙어 있는 사람이었다. 프리랜서라지만 웬만한 샐러리맨보다도 훨씬 바쁜 사람이 웬일로 늦게까지 늦장을 부리는 걸 보니 모처럼 만에 휴일을 맞은 모양이다.

"응. 오빠는 모처럼 쉬는 날인가 보네. 나 다녀올게. 이따 봐."

윤을 향해 싱긋 웃어 보이며 나라가 가녀린 발목에 스트랩을 채웠다. 그런 나라를 힐끗 보곤 부엌으로 온 윤이 냉장고에서 꺼내든 우유를 잔에 따르며 제 엄마에게 말을 건넸다.

"어머니, 저 녀석 요즘에 좀 이상하지 않아요?"

조리한 음식의 간을 보고 있던 전 여사가, 국자에서 입을 떼며 윤의 말을 받아 나직이 소곤거렸다.

"네가 보기에도 그러니? 잘은 모르겠지만 내가 보기에도 좀 눈치가 이상하긴 이상하더라. 어제도 일찍 집에 와선 도통 방 밖으로 나오질 않더라니까."

"얼핏 보니까 울었는지 눈도 부은 것 같던데. 정말 무슨 일 있는 거 아니에요? 아무래도 이상한데. 어느 놈들이 감히 우리 귀한 여동생 괴롭히고 있는 거 아니야?"

"어머, 설마? 우리 딸이 어디 나가서 밉보일 상은 아닌데? 아무튼 아무래도 요즘 회사 생활이 많이 고된 모양이야. 연초라 바쁜 건 알겠다만 애를 너무 혹사시키는 것 같아. 혈색도 영 좋질 않고. 정말 보약이라도 한 재 달여 먹어야 할까 보다."

전 여사가 걱정스러운 듯 말한 뒤 다시금 아침상을 차리기 시작했다. 아무래도 동생이 신경 쓰이는 마음에 윤은 잔에 든 우유를 단숨에 들이켜곤 현관으로 눈길을 돌렸다. 하지만 나라는 이미 집을 나서고 그 자리에 없었다.

하나밖에 없는 여동생을 그 누구보다도 잘 알고 아끼는 사람으로서 단언하건대, 분명 무슨 일이 있는 게 틀림없었다. 나라가 아무리 태연한 척 위장해도 이 오빠들의 눈만은 절대 피할 수 없다. 그렇게 생각하며 윤은 나라의 영원한 기쁨조인 자신이 어떻게 여동생의 기운을 북돋아 줄 것인지 방법을 모색해 보기로 했다.

'오늘이야말로 이 지긋지긋한 백조 생활을 탈출하고 말 거야. 두고 봐. 내 운명은 내가 개척하고 말 테니까!'

당차게 문을 열고 나온 나라가 굳게 다짐하며 문 밖으로 발을 붙였다. 그러곤 그 다짐을 되새기듯 제 옷매무새를 단단히 살피고 있는데, 웬 은빛 벤츠 한 대가 나라의 시야로 들어왔다.

'저 번쩍번쩍거리는 차는 뭐지?'

나라의 집에서 저런 휘황찬란한 차를 몰 사람은 없었다. 대관절 집 앞에 떡하니 주차되어 있는 차의 정체가 의심스러워 나라는 두 눈을 가늘게 떴다.

"뭐야? 왜 경우 없이 남의 집 앞에 주차를 한담. 지나가다가 확 개똥이나 밟아 버려라."

나라가 애꿎은 차에 대고 악담을 퍼부었다. 좀처럼 괜한 사람에게 시비를 거는 일이 없는 그녀였지만 어째 저 차에는 실컷 욕을 퍼부어 주고 싶었다. 아마도 저 차가 지나치게 반짝여서이리라. 주인 모를 차를 향해 길게 혀를 내민 나라가 그 차를 등지곤 막 뒤로 돌아섰을 때였다.

"Hey."

귀에 익은 허스키 보이스가 차가운 대기를 가르며 나라의 뒷목을 긁어 내렸다. 나라의 잠잠하던 심장이 그 순간, 그 목소리의 주인공이 누구인지 깨달은 듯 격하게 튀어 올랐다. 아침부터 암담해져 오는 먹구름을 제 자력으로 헤쳐 내려는 듯, 나라가 발걸음을 멈추곤 느릿하게 뒤를 돌아보았다.

"굿모닝, 가라오케 걸."

눈앞에 선 그의 모습을 확인하자마자 나라의 두 눈이 언덕길에서 데굴데굴 구르며 불어나는 눈덩이마냥 커져 갔다.

"다, 당신이 어, 어떻게!"

뜬금없는 카인의 등장에 당혹스러움을 감추지 못하며 나라가 더듬더듬 말을 뱉었다.

"아침부터 어딜 가려던 중인가 보군. 아직 무직인 걸로 알고 있는데 이 시간에 어디 볼일이라도 있는 건가?"

그를 눈앞에 두곤 마치 귀신을 본 듯 어안이 벙벙해 있는 나라의 앞으로 카인이 어느새 성큼 디기와 물었다. 그제야 그의 더운 열기가 제 코끝에 미칠 정도로 그와 자신이 밀착되어 있음을 깨달은 나라는 뒤늦게 주춤 물러섰다. 하지만 곧 카인이 그녀에게로 한 발짝 다가와 멀어진 간격을 좁혔다. 멍해 있던 나라의 표정이 곧 경악으로 물들었다. 터질듯 팽창한 검은 동공에 대고 유혹적인 미소를 지으며 카인이 능청스럽게 물음을 던졌다.

"이런, 많이 놀란 모양인데. 혹시 내가 반갑진 않나?"

얼토당토않은 그의 물음에 나라는 철이 지난 개그지만 '어이를 찾고 싶다' 라고 말하고 싶었다. 하지만 지금은 따지기보다는 줄행랑을 쳐야 할 시기임을 그녀는 그 누구보다도 잘 알고 있었다.

"사람 잘못 보셨습니다. 그럼 전 바쁜 일이 있어서 이만……."

"잘못 본 기억 따윈 없어."

카인의 데일 듯 뜨거운 열기가 나라의 가녀린 손목 위로 뱀처럼 감겨왔다. 붙잡힌 가는 손목을 억세게 끌어당기는 손길과 함께 그녀의 가녀린 여체가 카인의 완고한 품 안에 완전히 갇혔다. 그 틈을 놓치지 않고 나라의 턱 끝을 잡아 올린 카인이 그녀의 코앞으로 바짝 따라붙으며 위협적으로 속삭였다.

"코끝에서 달콤하게 흩어지는 숨결도, 품 안으로 부드럽게 파고드는 이 몸의 감촉도, 당신의 향기도 모두가 그날 밤처럼 생생하니까."

"지금 뭘 하려는 거예요!"

입술이 닿을 듯 가깝게 다가온 그로부터 다급히 떨어져 나오며 나라가 앙칼지게 소리쳤다.

"그때처럼 또 당할 거라 생각했다면 오산이에요! 지금 이 순간 이후로 내 몸에 손끝 하나라도 댔다간 당신 가만 안 둘 거니까 알아서 하라구요!"

그러곤 막 그를 등지고 돌아서려는데, 앞서 한 경고를 말끔히 무시한 더운 손이 나라의 손을 붙잡았다. 이 남자가 정말! 발작처럼 그를 뿌리친 나라가 두 눈을 성난 암고양이처럼 치켜뜨며 그에게로 향했다.

"내 몸에 손대지 말라고 했……!"

"그렇게 소리 지르기 전에, 스커트 윗자락부터 확인하는 게 어때?"

'스커트 윗자락이라고?'

비긋이 웃으며 말하는 그의 뻔뻔함에 화가 치밀면서도 나라는 그의 말에 따라 반사적으로 시선을 돌렸다. 그런 그녀의 스커트 허리 부근에는 어느 틈에 끼어 놓았는지 모를 웬 종이 한 장이 꽂혀 있었다.

"이게 뭐예요?"

그 종이의 출처가 무엇인지 알 길이 없는 나라가 휘둥그렇게 뜬 두 눈으로 어리둥절한 듯 바라보았다. 그런 나라를 주시하고 있던 카인이 늘씬한 눈매를 하현달처럼 가늘게 휘며, 유혹적인 미소와 함께 말했다.

"IBMC 합격을 축하합니다, 보나라 씨. 앞으로 잘해봅시다. 이사와 그의 비서로서."

아무래도 바로 이런 걸 마른하늘에 날벼락이라고 하는가 보다.

다람쥐와 쳇바퀴

휘이이잉.

겨울의 칼바람이 나라의 몸을 싸늘하게 훑고 지나갔다. 차갑게 얼어붙은 벤치에 맞닿아 있는 엉덩이로부터 찬 기운이 올라왔다. 스산한 바람 가운데 놓인 몸이 바들바들 떨렸다. 하지만 온몸이 서릿발마냥 차갑게 얼어붙는 가운데도 나라의 머릿속만은 철철 끓어오르는 용광로처럼 여전히 뜨겁기만 했다.

나라가 썩은 동태 눈알마냥 초점이 풀린 눈으로, 가늘게 떨리는 손에 아슬아슬하게 붙들려 있는 웬 종이를 가만히 내려다봤다. 그 상단에는 '합격 통지서'라는 문구가 정확히 적혀 있었다.

"IBMC 합격을 축하합니다. 보나라 씨. 앞으로 잘해봅시다. 이사와 그의 비서로서."

카인이 늘씬하게 끌어 올린 관능적인 입술 새로 매력적인 허스키 보이스를 흘려냈다. 남자에게 격분해 있던 나라는 그와 함께 순간 모든 움직임을 멈추고 말았다.

'뭐라는 거야? 합격을 축하한다니? 앞으로 잘해보자니? 이사와 그의 비서? 비시…… 비서?'

그가 했던 말을 되뇌던 중 '비서'라는 단어에서 사고가 멈추며 머릿속에서 스파크가 번쩍 튀었다. 머지않아, 멍하게 풀려 있었던 동공의 초점을 되찾으며 나라가 당황에 찬 소리를 내뱉었다.

"지금 뭐라고 했어요? 비서라니요? 제가 그쪽의 뭐라구요?"

며칠 취업난이랍시고 걱정 근심에 휩싸여 살았더니 기가 허해져 헛소리를 들은 것이다. 나라는 그렇게 믿고 싶었다. 하지만 그것을 환청이라 여기기에는 육감적으로 움직이는 뇌쇄적인 입술과 그 사이로 흘러나오는 남자의 목소리가 너무도 적나라하게 제 말초신경을 자극하고 있었다.

"들은 그대로야. 당신은 오늘부로 내 비서가 됐어."

"지금 대체 무슨 말을 하는 거예요!"

남자가 말을 마치자마자 나라가 새된 소리를 내질렀다.

"면접을 그 지경으로 봤는데 채용이 되다니요! 말이 되는 소린가요?"

"말이 안 될 건 또 뭐지? 어제 보니 임기응변이 뛰어나던데."

"그걸 지금 말이라고 하는 거예요? 그쪽도 봤으니 잘 알 거 아니에요, 어제 면접이 어땠는지! 그런 면접을 치르고도 채용되다니, 이건 지나가던 개가 다 웃을 일이라고요. 아니, 잠깐만, 그러고 보니 면접이 문제가 아니지. 왜 제가 그쪽 비서예요? 전 분명 기획부에 지원했다고요."

이 상황을 도무지 받아들일 수 없다는 듯 나라가 격앙된 목소리로 소리쳤다. 지금까지 숱한 면접을 봤지만 지원한 부서가 아닌 다른 부서로 채용된다는 소리는 듣도 보도 못했다. 하지만 카인은 시종일관 여유로움을 내비치며 나라에게 말했다.

"무슨 의문이 그렇게 많은지 모르겠군. 따지기 전에 실업자에서 벗어났다는 것 자체에 기뻐해야 순서가 맞는 것 아닌가?"

"뭐예요?"

"듣자 하니 실직했다는 사실을 집에 알리지 못하고 있는 것 같던데. 들키기 전에 다행히도 취직을 하게 됐으니 잘된 일이지 않느냐 이거야."

"하!"

어느새 뒷조사까지 마친 모양이다. 남자의 말에 하도 기가 막힌 나머지 나라는 저도 모르게 헛웃음을 뱉어내고 말았다. 물론 그의 말대로 단순히 취직이라는 카테고리였다면 나라도 펄펄 날뛰며 좋아했을지도 모른다. 하지만 자신이 아무리 맹하다 하여도 이것이 저 남자의 사악한 계략이라는 것쯤은 어렵지 않게 알 수 있었다.

"그 자리 포기하겠어요."

"그게 무슨 소리지?"

단칼에 무 베듯 말하는 나라의 말에 카인의 단정한 입매가 일자로 굳어졌다.

"입사를 거부한다는 말이에요. 부당한 자리에는 앉고 싶지 않거든요. 아무래도 그 자리는 제 자리가 아닌 것 같네요. 그러니 이 합격 통지서도 돌려 드리겠습니다."

딱 잘라 거절의 의사를 밝히며 나라는 자신의 손에 쥐어져 있는 통지서를 카인 앞으로 내밀었다. 하지만 남자는 가만히 내려다볼 뿐 그것을 받아 들지 않았다. 더 기다려 봤자 남자가 받아 들지 않을 것이라 판단을 내린 나라는 카인의 번쩍이는 은색 벤츠 위에 통지서를 내려놓고 등을 돌렸다.

"그럼 저는 이만."

탁⋯⋯!

미처 한 걸음을 뗄 새도 없이 뜨거운 열기가 나라의 가녀린 손목을 옭아맸다. 순식간에 몸이 돌려세워 졌다. 일순 소름이 일며 등골이 움찔 튀어 올랐다. 놀란 두 눈이 화등잔만 하게 뜨인다. 거칠게 일렁이는 짙은 다크블루가 그녀의 시야를 삼켰다. 그 사나운 기세에 놀라 급히 숨을 들이켜며 나라가 겁에 질려 뒤로 주춤거렸다.

"왜, 왜 이래요? 이거 놔요."

"You⋯⋯."

카인은 뒤로 물러서려는 나라의 양어깨를 거칠게 붙잡이 그에게로 바싹 끌어당겼다. 붙잡힌 몸이 움찔 떨린다. 놀란 나머지 숨조차 내쉬지 못하는 그녀에게로, 그는 서로의 숨결이 혼전(混戰)을 이룰 정도의 거리까지 가깝게 밀착했다.

"You don't really have any choice in this matter. Just

follow my word(애초에 너에게 선택권이란 없어. 넌 내 말만 따르면 돼)."

집어삼킬 듯 거칠게 으르렁거린 카인이 얼마간의 정적 후, 으스러뜨릴 기세로 거세게 부여잡고 있던 나라의 어깨를 천천히 놓아주었다. 그러곤 자신의 자가용 위에 놓인 통지서를 들어 가늘게 떨고 있는 나라의 손에 다시금 쥐어 주며 말했다.

"출근은 기왕이면 내일부터 해줬으면 좋겠습니다. 첫날이니 출근시간은 10시로 하죠."

변덕이 죽 끓듯, 종전과는 판이하게 달라진 그의 감미로운 목소리에 나라가 겁에 질려 경직된 눈동자를 그에게로 느릿하게 옮겼다. 어느새 그의 푸른 눈동자는 본연의 빛을 되찾고 기분 좋게 휘어 있었다. 의지를 잃고 멍해 있는 까만 동공을 호수와 같이 잔잔한 눈동자로 포근하게 품은 카인이 나라의 흐트러진 재킷을 다정하게 여미며 나른하게 속삭였다.

"See you tomorrow, 가라오케 걸."

그러곤 유혹적인 미소를 마지막으로 나라로부터 완전히 돌아섰다. 그의 벤츠가 먼발치만큼이나 멀어진 후에야 나라는 비로소 정신이 돌아왔다. 하지만 억울한 마음을 주체치 못하고, 그에게 자신의 목소리가 닿지 않을 것을 알면서도 방방 뛰며 발악을 하듯 외쳤다.

"내가 변태 맥도날드 당신 아래서 비서 노릇 따위를 할 것 같아? 어림 반 푼어치도 없어, 웃기지 마!"

겨울의 찬바람 속에서 일찍이 흩어져 버린 자신의 목소리가 한 참이나 지난 지금에 와서까지도 그녀의 귓가에 맴돌았다.

"대체 뭘 어쩔 속셈인거야. 아아."

나라가 오랜 생각 덕에 쥐가 나려 하는 머리를 쥐어 잡고선 탄 식을 뱉어냈다. 하지만 언제까지고 이렇게 탄식만 하고 있을 수는 없는 일이었다.

나라의 인생은 이미 구불구불 꼬인 길로 들어서 버렸다. 오늘 있었던 두 개의 면접까지 불참했으니 아마 당분간은 제 인생에 취 업이란 단어를 찾기가 힘들 것이다. 그렇다고 그 변태 양키의 계 략에 빠져들 수도 없는 노릇이니, 결국 방법은 한 가지뿐이었다.

청명한 하늘을 올려다보며 나라가 다부진 결심을 하듯 두 주먹 을 불끈 움켜쥐었다.

"그래, 그냥 솔직히 말하는 거야. 회사에서 잘렸다고."

나라는 제 집 문 앞에 선 채 침을 꼴깍 삼키며 나직하니 중얼거 렸다. 자신에게 닥칠 화를 예상하곤 연신 두근거리는 그 심장을 잠재우려는 듯, 나라는 땀이 배어 축축한 손바닥으로 제 가슴을 연거푸 쓸어내렸다. 그러곤 문고리를 잡았다.

"후욱."

회사를 그만뒀다는 말에 사납게 구겨질 아빠의 표정과 고막을 찢어발길 듯 할 엄마의 노성을 생각하자 무거운 숨이 제법 거창한 소리를 내며 나라의 입술 사이를 비집고 나왔다.

나라는 빌었다. 부디 지금 이 순간 엄마의 손에 들려 있는 것이 다리미 따위가 아니기를. 역정이 나면 여지없이 손에 들린 물건을 상대방에게로 내던지는 엄마가 제발 다리미나 청소기 같은 무시무시한 살상 도구를 손에 쥐고 있지 않기를.

찰칵.

나라는 조심스레 문고리를 잡아 돌렸다. 그러곤 고양이처럼 살금살금 거실 쪽으로 걸음을 옮겼다. 그렇게 도둑마냥 눈치를 보며 눈알을 살살 굴리던 때였다. 화려한 꽃무늬의 무언가가 별안간 시야를 가로막았다. 그와 함께 머리 위에서 살벌한 목소리 하나가 낮게 울려 퍼졌다.

"뭘 그렇게 눈치를 보면서 들어오니, 딸?"

가르마 위를 싸늘하게 훑고 지나가는 냉랭한 목소리에 나라는 슬금 거리던 발걸음을 멈추고 느릿하게 시선을 끌어 올렸다. 그러자 살며시 웃는 표정으로 그녀를 내려다보고 있는 엄마의 모습이 눈에 들어왔다. 언뜻 보면 상냥해 보이는 모습이었지만 미묘하게 떨리고 있는 안면 근육의 움직임이 심상치가 않았다. 마음을 가다듬고 다시 보자 핏기가 가실 정도로 힘이 가해진 손안에 쥐어진 국자가 시선에 잡힌다. 이것은 필시…….

"윤이한테서 전화 왔더라. 너 회사 때려치웠다고."

맙소사, 나라는 그 길로 다리에 힘이 풀려 풀썩 주저앉고 말았다. 늦기 전에 이실직고하려 했던 그녀의 계획이 물거품이 되는 순간이었다.

"네 오래비가 너희 회사에 가서 보나라라는 직원을 찾는다고 했더니 얼마 전에 사표 제출하고 회사 때려치웠다고 했다더라. 그게 사실이니?"

여전히 온화한 미소를 머금은 채로 화연이 물었다. 하지만 그녀가 미소를 지으면 지을수록 나라의 턱은 더욱더 오들오들 떨렸다.

"엄마 그, 그게 어, 어떻게 된 거냐 하면 말이지."

이 상황을 어찌한단 말인가. 일이 이렇게 돌아갈 것이라고는 생각조차 못했던 나라는 두려움에 휩싸인 몸을 떨며 자신의 엄마를 바라보았다. 그것이 화근이었던 듯, 화연이 방금 전까지만 해도 설마를 되뇌던 두 눈초리에 확신을 담곤 이를 악물며 말했다.

"사실이구나. 뚫린 입 가지고도 제대로 대답을 못 하고 있는 걸 보니 윤이 말이 사실이긴 사실인 모양이야."

"엄마, 있지 그게……. 내가 오늘 사실대로 이실직고하려고 했는데 그게……."

"어쩐지 요즘 들어 이상하게 일찍 퇴근한다 싶더니. 너, 지금이 얼마나 불황인 줄 알면서. 그걸 알면서……."

화연의 등 뒤로 드리워져 오는 검은 아우라가 포착되었다. 그와 함께 국자를 쥔 채 바르르 떨리고 있는 엄마의 손이 눈에 들어왔다. 콩알만 해진 심장이 밑으로 쑥 꺼졌다가 하늘로 솟아올랐다가를 반복했다. 이대로 가다가는 정말이지 사달이 날 터였다. 국자를 쥔 엄마의 손길이 제게로 직격탄을 날려 오기 전에, 무언가 서둘러 결단을 내려야 함이 분명했다.

"사실 나……."

상황이 절박함에도 쉽사리 결단이 서지 않아 나라가 말끝을 흐리며 두려움에 찬 시선으로 제 엄마를 바라보았다. 그 눈길에 경고라도 하듯, 국자를 쥔 참을성 없는 손이 별안간 부엌 형광등을 찌를 듯 높이 치켜들렸을 때였다.

"보나라, 네 이년!"

제 재킷 안주머니에 고이 간직해 두었던 꾸깃한 종이를 재빠르게 꺼내 든 나라가 그것을 엄마의 면전 앞에 펴들며 다급히 외쳤다.

"스, 스카우트 제의 받았어!"

그렇게 26년 보나라 인생에 절대 피하고 싶었던 최고의 파란만장 시대가 결국 도래하고야 말았다.

그리하여 다음 날 아침 나라는, 스카우트 된 줄 모르고 오해해서 미안하다며 친히 기사 노릇을 해주겠다는 윤으로 인해 번쩍거리는 IBMC 건물 입구에 서고 말았다.

'이대로 이 회사에 들어가야 하는 건가? 그 변태 양키 맥도날드 아래서 비서 일을 하는 게 내 운명인 거야? 그래?'

개똥 같은 현실에 망연자실한 나라는 들어가지도, 그렇다고 돌아서지도 못한 채 사람들에게 밀려 분주히 돌아가는 회전문을 명하니 바라보았다. 쉬지 않고 뱅글뱅글 돌아가는 저 회전문이 쳇바퀴 같고 그 안으로 빨려 들어가는 이들이 꼭 다람쥐 같아 보였다. 동시에 그 다람쥐가 자기 자신으로 형상화됐다.

"이대로 그 빌어먹을 변태 양키의 다람쥐가 되어야 하는 거야?"

나라가 가느다란 한숨을 내쉬며 망연자실한 표정으로 고개를 바닥으로 떨궜을 그때였다.

"오셨습니까, 맥클레인 이사님."

익숙한 이름이 나라의 뇌리를 강하게 후려쳤다. 정신이 번쩍 들어 황급히 뒤를 돌아보았다.

"좋은 아침입니다. 다들 이른 아침부터 고생이 많으시군요."

은빛 벤츠에서 내려서 제 앞에 선 사람들과 인사를 나누고 있는 푸른 눈동자의 사내가 나라의 시선에 빠르게 파고들었다. 동시에 나라는 생각할 것 없이 곧바로 제 몸을 정면으로 돌려버렸다. 남자를 눈에 담자 방금 전까지만 해도 잠잠했던 나라의 심장이 격하게 튀어 오르기 시작했다.

'내가 대체 어쩌자고 여기까지 온 거지?'

카인을 보자 나라는 제가 들어설지 말지 망설이는 이 회사가 악마의 소굴임을 분현듯 깨닫게 되었다. 이윽고 나라는 결국, 여태껏 어찌해야 할지 몰라 묻고 또 묻던 물음들에 거침없는 마침표를 찍어 넣었다.

'도망치자!'

이것이 제 운명이건 무엇이건 간에, 혹은 이 모든 것이 신의 계시건 혹은 농락이건 간에 저 남자에게서 벗어나야 했다.

탁!

나라의 가녀린 손목을 더운 열기를 품은 강한 힘이 빠르게 잡아챘다. 이윽고 강한 완력이 나라의 몸을 반대편으로 놀려세웠다. 놀란 나머지 제 크기를 잃고 팽창된 나라의 까만 동공 위로 푸른 바닷빛이 짙게 밀려들어 왔다.

"어딜 그렇게 바쁘게 가는 겁니까, 보나라 씨."

그녀의 모습을 담은 아쿠아빛 눈동자가 기분 좋은 듯 가늘게 휘어들었다. 어느 순간에 자신을 발견한 건지. 제 딴에는 빨리 돌아선다고 돌아섰건만 어느새 눈앞에서 사악한 미소를 날리고 있는 그였다.

"입구는 그쪽이 아니라 여긴데. 첫 출근이라 잘 몰랐나 보군."

나라가 무엇 때문에 돌아섰는지 잘 알면서도 일부러 천연덕스럽게 말하며 카인이 붙잡은 나라의 손목을 이끌었다. 그러곤 회사 안으로 들어서려 걸음을 옮겼다.

"잠깐만요!"

나라가 기사회생으로 자신의 손목을 옭아매고 있던 카인의 손길을 야멸치게 뿌리쳤다.

"어제 말했잖아요! 난 이 회사에 취직할 생각 없다니까요! 내가 지금 이 앞에 있는 이유는!"

"이유는?"

"그러니까 이 앞에 있는 이유는!"

"흐음."

"그건 그러니까……."

건조하게 물어 오는 카인의 기세에 한참이나 대답을 하지 못하던 그녀가 드디어 입을 떼었다.

"순전히 택시 기사의 실수였어요. 아무튼 난 이만 가볼게요."

저 사람과 더 이상 대화를 해봤자 말재주 없는 자신이 그를 이길 리란 만무했다. 그러니 남자에게서 벗어날 수 있는 방법은 최대한 빨리 거리 차를 벌려 놓는 것이다. 하지만 아무래도 하늘은 그녀의 편이 아닌 모양이었다.

"아얏!"

우지끈하는 소리와 함께 말짱하던 나라의 구두 굽이 느닷없이 부러졌다. 동시에 막 한 발을 내민 나라의 오른발이 홱 꺾여 버렸다. 그길로 나라는 몸의 중심을 잃고 휘청이며 요란한 소리와 함께 볼썽사납게 바닥으로 고꾸라지고 말았다.

'뭐야? 굽이 나갔어?'

정말이지 운이 없어도 지독히도 없었다. 재빨리 뛰어 달아나도 모자랄 판에 구두 굽이 부러지다니. 자신의 신세를 한탄하던 순간, 나직한 웃음소리가 나라의 귓전을 간질였다. 이윽고 바닥에 고꾸라져 있는 나라의 위로 어둠의 그림자가 드리워졌다. 나라의 앞에 한쪽 무릎을 꿇고 앉은 그가 나라의 발에서 벗겨진 구두를 내려다보며 말했다.

"이런 어쩌나. 택시 기사가 길을 잘못 든 것도 모자라 구두 굽까지 부러지다니. 도망치긴 이미 그르신 것 같은데 이쯤에서 그만 포기하시고 얌전히 안으로 드시죠, 비서님."

악마처럼 사악하게 속삭이며 카인이 육감적인 입매 끝을 살짝 말아 올렸다. 그의 오만방자한 말투에 나라는 구두 굽이 부러졌다는 사실조차도 잊고 그 자리에서 벌떡 일어났다. 그러곤 카인을 흘겨보며 앙칼지게 쏘아붙였다.

"지금 누구더러 비서라는 거예요? 웃기지 말아요! 그때도 말하고 조금 전에도 말했지만 난 그쪽 아래서 일할 마음 같은 거 눈꼽, 아니지, 코딱지만큼도 없어요!"

"뭐?"

"정말 사람 여러 번 수고하게 만드네! 다시 한 번 말해줘요? 난 파렴치한 변태 이사님 아래서 비서 할 생각 따위 추호도 없다고요!"

나라가 제 말에 마침표를 찍자마자 그 순간 카인의 짙은 눈썹이 무섭게 휘어 올라갔다.

'흥! 꽤나 신경에 거슬렸나 보지? 어디 실컷 맛 좀 봐라.'

카인의 반응에 자신의 말이 그의 신경을 자극했다는 우월감이 들어, 나라는 요염한 고양이마냥 치켜뜬 두 눈으로 거만하게 카인을 올려다봤다. 그러곤 언제 돌아올지 모르는 카인의 반격을 피하기 위해 늦기 전에 돌아서려 했을 그때였다.

"그럼! 이만 가보겠습니다. Bye."

"Shit……. 미치겠군."

한쪽 발은 맨발인 채 절뚝이며 걷는 가관인 모습으로 돌아선 나라의 몸이 별안간 공중으로 붕 떠올랐다.

"꺄아아!"

이윽고 붕 떠오른 나라의 몸이 카인의 넓은 어깨 한편에 걸쳐지며 나라의 입술 새를 뚫고 자지러질듯한 비명 소리가 날카롭게 빠져나갔다. 그와 함께 사람들의 시선이 한데 모여 나라와 카인에게 집중됐다.

"꺄아! 지금 어디에 손을! 안 내려놔? 내려놔!"

벌건 대낮에 대관절 쌀자루가 되어 외간 남자의 어깨에 얹어지다니. 나라는 기가 막혀서 말조차 제대로 나오질 않았다. 거기에 남자의 엉큼한 손길이 제 엉덩이를 마음대로 농락까지 하고 있었다. 그에 질겁한 나라가 발버둥을 치고, 불끈 쥔 두 주먹으로 카인의 등을 세차게 두드리며 있는 대로 저항했다.

"당신 미쳤어? 꺄아! 이거 놔! 이거 놓으라니까!"

"좋은 말로 할 때 사무실에 도착할 때까지 입 다물고 있는 게 좋을 거야."

카인이 나직한 목소리로 나라를 향해 경고조의 말을 던졌다. 그럼에도 나라가 저항을 그치지 않고 소리를 내지르려 했을 바로 그때였다. 카인의 입술을 비집고 나온 그 말과 함께 출근하는 이들의 귓전을 따갑게 하던 나라의 요란한 비명 소리가 거짓말처럼 쏙 들어가 버렸다.

"첫 출근부터 회사 사람들에게 딸기무늬 팬티로 강렬한 인상을 남기고 싶은 게 아니라면 말이지."

'맙소사!'

그랬다. 나라의 구두 굽이 부러지던 순간 사달이 난 것은 나라의 구두 굽만이 아니었던 것이다. 덕분에 더 이상 카인에게 저항할 수 없게 되어버린 나라는 그의 어깨에 쌀자루마냥 얹어진 채 다람쥐 쳇바퀴 같은 회전문을 통과할 수밖에 없었다. 그렇게 나라는 제 생애 가장 화려한 첫 출근을 맞이하게 되었다.

7

선녀와 나무꾼

"그만 눈을 뜨시지, 보나라 씨."

카인이 무거운 숨을 몰아내며 나라에게 말한다. 제 몸이 푹신한 소파에 내려짐을 느꼈으면서도 부끄러운 마음에 미동조차 않고 있던 나라가 그제야 내내 질끈 감겨 있던 눈꺼풀을 소심하게 들어 올렸다. 바늘구멍만 하게 뜨인 나라의 시야로 갑갑한 듯 넥타이를 풀고 있는 카인의 모습이 들어왔다. 그의 모습에 종전의 일이 다시금 떠올라 나라는 무르익은 석류마냥 또다시 얼굴을 붉혔다.

'대체 요즘 들어 왜 자꾸 이런 일만 생기는 거야. 말짱하던 구두 굽이 왜 부러져. 말짱하던 치마 엉덩이 단이 대체 왜 거기서 터지느냐고! 게다가 하필이면 딸기무늬 팬티가 뭐니, 딸기무늬

팬티가…….'

창피한 마음에 그를 바로 보지도 못하며 나라가 잠시 그에게 머물렀던 시선을 곧장 바닥으로 떨궜다. 그러곤 초조한 듯 제 무릎치에 있는 치맛자락을 꼭 부여잡은 채 터진 치마를 어떻게 해보기라도 하려는 듯 엉덩이를 꼬물댔다.

그런 나라를 말없이 바라보고 있는 카인은 반듯한 미간을 일부러 구겼다. 구두 굽이 부러지고, 그녀가 터진 스커트 사이로 앙증맞은 딸기무늬 팬티를 내보였을 때까지는 그런대로 참을만했으나 소파에 앉은 채 엉덩이를 꼬물대는 그녀를 보자 정말이지 웃음이 터져 버릴 것만 같았다. 하지만 아직은 웃을 타이밍이 아니었다.

'왜 아무 말도 안 하는 거야.'

차라리 무슨 말이라도 해주었으면 좋겠건만 작정이라도 한 듯 말이 없는 그가 나라는 야속했다. 수치심과 부끄러움 탓에 아무 말 없이 그의 침묵에 동조하고 있던 나라가 결국 그 어색한 기류를 디는 건지도 못하고 먼저 입술을 뗐다.

"그러게…… 왜 싫다는 사람을 억지로 붙잡고 그래요."

"뭐?"

"거기서 그쪽이 날 붙잡지만 않았어도 이런 일은 없었을 거 아니에요. 창피하게 이게 뭐예요, 대체."

카인은 짧게 실소를 뱉었다. 물에 떠내려가는 놈 구해줬더니 도리어 보따리 내놓으란다고, 나라가 딱 그 짝이었다.

"이봐, 보나라 씨."

카인이 짙은 브라운 톤의 머리칼을 느릿하게 쓸어 넘기며 그녀를 불렀다. 제가 말해놓고도 양심에 찔렸던지라 잔뜩 긴장하고 있던 나라가 움찔했다.

"내가 당신을 붙잡는 바람에 일이 이렇게 됐나?"

"그래요!"

카인의 기세에 지지 않겠다는 듯 나라가 분명한 어조로 외쳤다. 그런 나라를 보곤 카인이 또 한 번 비웃듯 웃었다.

"그래. 당신이 하필이면 IBMC 앞에서 그런 일을 벌이게 된 건 당신을 채용한 내 책임이 클지도 모르겠군. 하지만 말은 바로 했으면 좋겠는데."

"무슨 말이죠?"

"당신의 멀쩡한 구두 굽을 부러뜨린 게 나였나? 하다못해 내가 당신을 붙잡는 바람에 당신 구두 굽이 부러졌던가? 그래서 당신 치마가 찢어졌던 거고?"

"그건……."

"내가 기억하는 바로는 당신의 그 구두. 당신이 내게서 도망치겠답시고 서툴게 뒤돌아서 걷다가 부러졌고, 딸기를 훤히 보인 그 치마 또한 그 때문에 찢어진 거였어. 분명 난 손끝도 대지 않은 상황이었단 말이지. 내 말이 틀린가?"

"그렇지만……."

허를 찌르는 말에 나라의 얼굴이 한층 더 붉게 물들었다. 그가 말한 대로 정확히 그가 자신을 붙잡기도 전에 일들은 터졌다. 하지만 어찌 보면 그 또한 모두가 그의 탓이 아니던가. 자신이 그리도 급하게 도망치려 했던 이유가 바로 그에게서 벗어나기 위해서였으니 말이다.

"그렇지만?"

카인이 나라의 잘린 말 귀퉁이를 나직하게 따라 읊으며 그녀에게로 바짝 다가섰다. 자신의 코끝에 닿는 그의 매혹적인 향기를 느끼며 나라는 당황한 듯 외쳤다.

"오지 마요!"

그의 은근한 밀착을 마냥 방심하고 있다가 그녀는 연거푸 당한 기억이 있었다. 때문에 별것 아닌 행동에도 절로 긴장이 되어 나라는 진저리를 치며 그를 경계했다. 하지만 지나치게 당황하는 그 모습이 오히려 카인의 흥미를 자극했다.

"오지 말라니까 더 다가가고 싶은데. 내가 계속해서 다가간다면 어떻게 할 거지?"

"그런 말이 어디 있어요! 오지 말라면 오지 마요!"

수상쩍은 뉘앙스를 풍기는 그의 말에 나라가 잽싸게 뒤로 물러섰다. 그녀가 그러면 그럴수록 카인은 더욱더 사정거리를 좁혀가며 나라에게로 바짝 다가설 뿐이었다. 카인의 농도 짙은 아쿠아 향이 시원하게 코끝을 휘감아 왔다. 그와는 이질의 자극적인 열기가 피부 위를 핥고 간질인다. 달콤한 숨결이 동그란 콧방울을 톡톡 두드려 왔다. 머릿속이 아찔하고 정신이 나갈 것만 같아 나라는 결국 견디다 못해 질끈 두 눈을 감아버렸다.

살짝 깨물린 체리빛 입술이 눈앞에서 그를 유혹했다. 순간, 그녀의 뺨을 감싸 쥐고 진하게 입을 맞추고 싶다는 충동이 그의 내부에서 격렬하게 일었다. 하지만 실제로 행할 수는 없었다. 두려운 듯 파르르 떨리는 긴 속눈썹이 엷게 솟은 물기에 젖은 채 그의 욕망을 수면 아래로 끌어 내렸다. 몇 번이나 강탈하듯 빼앗았던 입술이다. 그때야 홧김에 몇 번 그랬다지만 또다시 그런 못난 짓을 반복할 순 없었다. 맹렬히 이는 충동을 가까스로 억누르며 카인은 나라에게서 몸을 뗐다.

"이제 그만 눈뜨지, 보나라 씨."

조금 전과는 좀 떨어진 감이 있는 거리에서 그의 목소리가 들려왔다. 나라는 눈꺼풀을 황급히 들어 올려 정면을 바라보았다.

"그렇게 다소곳이 두 눈까지 감다니. 뭘 기대하기라도 한 건가?"

어느새 자리를 털고 일어난 그가 소파에 덩그러니 앉아 있는 자신을 보며 싱긋 웃고 있었다. 그의 말을 듣고서야 나라는 자신이 그의 장난에 보기 좋게 놀아났다는 사실을 깨달았다. 흐트러진 넥타이를 바로 잡으며 카인이 재미있다는 듯 입매 끝을 당겼다. 나라의 얼굴이 확 붉어진다. 그런 그녀를 뒤로 한 채 카인이 자신의 데스크 앞으로 걸음을 옮겼다.

"아무래도 더 이상 들을 얘기는 없을 듯싶군. 그런 일로 잘잘못을 따지는 것도 우습고."

여태까지 조롱당했다는 생각과 함께 화가 치밀어 나라는 돌아선 카인의 뒷모습을 날카롭게 쏘아보았다.

'정말이지 맘에 드는 구석이라곤 쥐똥만큼도 없는 남자라니까. 묘한 분위기 풍기면서 다가선 사람이 누구였는데 내가 기대하긴 뭘 기대했다는 거야?'

속으로 숱하게 구시렁대며 들으란 듯이 콧방귀를 뀌었다. 그러곤 그의 널찍한 등을 뚫어 버리겠다는 듯 오기를 실어 그를 노려보았다. 그에게 향한 나라의 눈동자로 유리창을 뚫고 새들어오는 찬란한 빛살을 온몸으로 받아들이고 있는 카인의 모습이 들어왔다. 방금 전까지만 해도 카인을 향한 분노에 삐죽거리던 나라의 입이 순간 그 움직임을 멈추었다.

처음 봤을 때부터 이미 느꼈지만 그는 정말 아름다운 남자였다. 조각 같은 외모는 물론이며 강인함을 드러내듯 넓은 어깨. 그리고 슈트 위로 그 굴곡이 적나라하게 드러난 환상적인 등 근육까지. 그의 자태는 흡사 늘씬하게 잘빠진 흑표범과도 같았다.

사람에게 있어 취약한 부분이 있다면 그중 하나가 바로 미(美)라고 했던가. 그를 향해 아득바득 이를 갈던 것도 잠시, 어느새 나라는 그의 모습에 완전히 빠져들어 넋을 잃고 말았다. 조금 전까지만 해도 성난 고양이처럼 날카로웠던 시선이 뭉근한 기운을 품곤 그의 모습을 쓸어내렸다. 그렇게 한참이나 그를 설레는 눈초리로 감상하고 있을 때였다.

"언제까지 그렇게 넋을 놓고 앉아 있을 작정이지?"

"네?"

카인의 목소리가 몽롱해져 있는 나라의 뇌리를 따갑게 스쳐 지나갔다. 그를 탐닉하듯 바라보던 자신의 모습을 들킨 것만 같아 나라는 귀까지 확 붉히며 당황에 찬 목소리로 답했다. 카인이 데스크 위에 놓인 파일로 뻗던 손을 거둬내며 무미건조한 어투로 다시 물었다.

"아직도 내게 할 말이 남아 있나, 보나라 씨."

"아니요."

"그럼 그만 나가서 일 봐. 첫날이라 따로 지시할 사항은 없으니 업무가 주어지기 전에, 우선 비서 수칙부터 철저히 숙지하도록 해."

"아, 알겠습니다."

여태까지와는 판이하게 다른 지극히 사무적인 어투에 순간 경황이 없어졌다. 나라는 엉겁결에 대답을 하곤 허둥지둥 몸을 일으켰다. 하지만 그의 술수에 말려들어 잊고 있던 사실이 불현듯 머릿속을 스쳤다.

"……가 아니지! 이봐요, 저기요!"

"저기가 아니라 카인 맥클레인이라고 일전에 말했던 걸로 기억하는데."

"그런 거야 아무래도 상관없잖아요? 앞으로 다시 볼 사이도 아닌데."

신경을 노골적으로 긁는 나라의 말에 카인의 짙은 눈썹이 사납게 휘어 올라갔다. 그에 응수라도 하듯 나라가 곧은 시선으로 카인을 마주하며 또박또박 말했다.

"어쩌다 보니 상황이 의도치 않게 흘러가 착각을 하게 해드린 것 같은데요, 여기까지 절 둘러메고 오시느라 아침부터 수고는 많으셨지만 애석하게도 어제, 그리고 오늘 아침 말씀드렸던 제 생각에는 여전히 변화가 없습니다. 그쪽 밑에서 비서로 있을 생각 따윈 '추호도' 없단 말이에요."

나라가 의도적으로 힘을 주어 말한 단어에 카인의 눈동자가 사납게 구겨졌다. 하지만 따갑게 뻗어오는 시선을 무시하며 나라는 그를 등지고 돌아서 버렸다.

"할 말 다한 것 같은데 그럼 전 이만 나가 보죠."

"정말 여러 가지로 사람 짜증나게 하는군."

탁!

카인이 손에 쥐고 있던 파일을 데스크 위로 신경질적으로 내던진 뒤 빠르게 걸음을 옮겼다. 어느새 나라의 등 뒤까지 따라붙은 그가 그녀의 가녀린 손목을 거칠게 잡아채 돌려세웠다. 그의 숨결에 스민 여실한 화기가 피부 위를 따갑게 긁어왔다.

"당신이란 여잔 둔한 건가, 아니면 멍청한 건가?"

"뭐라구요?"

"이쯤이면 알 때도 된 것 같은데 도통 눈치를 못 채니까 하는 소리야. 이봐, 보나라. 당신이 날 벗어나려고 할 때마다 상황이 어떻게 되는 지를 좀 봐. 그래도 모르겠나? 신도 더 이상 당신편이 아니라는 걸."

붙잡힌 손목이 끊어질 듯 아릿했다. 먹이를 눈앞에 둔 야생동물의 그것처럼 섬뜩한 그의 눈동자가 두려움을 실은 채 어지럽게 뒤흔들리는 나라의 시선을 잔인하게 먹어 치웠다. 뒷목이 뻣뻣해지고 온몸이 경직되었다. 비단결 같은 검은 머리칼이 뼈마디가 굵은 손끝에 휘감겨 그에게로 당겨졌다. 그는 신마저도 자신의 편으로 만들어 버리고 말 것 같은 오만함과 자신감을 실어 나직하니 속삭였다.

"However you may struggle desperately, you can never escape from me. Because god is on my side(당신이 아무리 빌버둥 쳐봤자 당신은 내게서 못 벗어나. 신은 내 편이니까)."

그녀의 시선을 움켜쥔 채 카인은, 막 말을 맺은 그 입술을 손끝에 휘감긴 나라의 머리칼 위로 보란 듯이 묻었다. 뇌쇄적인 붉은 입매가 자극적으로 말려 올라가며 나라의 눈동자로 박혀든다. 몸 구석구석에 배어있던 힘이 발밑으로 무참히 떨어지고 있었다. 그는 손끝에 휘감긴 머리카락을 천천히 놓아주며 그녀에게 바짝 밀착되어 있던 몸을 떼고 돌아섰다.

"얘기 끝났으면 그만 나가 봐. 첫날부터 goofing off(농땡이) 해서야 안 되지."

막 돌아선 카인의 뒤에서 나라가 작은 목소리로 말했다.

"당신은 아무렇지도 않은 건가요?"

"뭐가?"

"그 날……."

'호텔에서의 일, 당신은 아무렇지도 않은 거냐구요.'

나라가 하려던 말을 삼키곤 아랫입술을 잘근 깨물었다. 묻고 싶었다. 비록 하룻밤이었다 할지라도, 스치듯 지나친 짧은 시간이었다 할지라도…… 당신과 관계를 가졌던 여자와 한 회사에서 일을 한다는 사실이 당신은 아무렇지도 않은 거고. 하지만 아무리 두서가 없는 물음이었다 할지언정 못 알아듣진 않았을 사람이 마치 그런 사실 따위는 생각조차 안 했다는 듯 무심하게 물어오자 나라는 차마 뒷말을 이을 수 없었다. 메마른 혀끝으로 씁쓸함이 번졌다.

"아, 그러고 보니 이거."

카인이 문득 무언가 떠오른 듯 슈트 상의를 벗어 나라에게로 던졌다. 엉겁결에 그것을 받아 든 나라가 의아한 듯 그를 올려다봤다. 그러자 카인이 눈동자를 가늘게 휘며 장난스러운 어투로 말했다.

"당신 엉덩이에 있는 Strawberry를 가릴 게 필요할 것 같아서 말이야."

'엉덩이에 있는 Strawberry라고?'

이 남자가 대체 무슨 말을 하는 건지. 나라가 카인의 뜬금없는 발언에 두 눈을 크게 떴다. 하지만 곧, 그것이 무엇을 뜻하는 것인지를 깨닫곤 얼굴을 확 붉히고 말았다.

'스트로베리? 딸기!'

이어 나라가 그의 말에 뭐라 반박할 새도 없이 야속하게도 그는 나라를 향해 또 한 번의 일침을 가했다.

"아무래도 이제부터는 가라오케 걸이 아니라 Strawberry 걸이라고 불러야겠는걸."

콰앙!

양 볼이 붉게 상기된 나라가 결국 한마디도 제대로 하지 못한 채 그로부터 건네받은 재킷으로 엉덩이를 가리며 잽싸게 이사실을 빠져나갔다. 얄궂게 너스레를 떤 주제에 그녀가 문 너머로 모습을 감추기까지도 능청스럽게 서류나 넘기던 카인이 그제야 비긋이 말려 올라간 입술 사이로 나직이 웃음을 뱉었다.

"쿡. 쿡…… 하하……."

본래 카인은 웃음이 많은 사람이 아니었다. 그에게 있어 웃음은 지극히 사무적인 이유로만 존재할 뿐 감정을 드러내는 도구는 되지 못했다. 한데 그녀를 만난 이후 부쩍 웃음이 늘었다. 그래서 더 붙잡아 곁에 두고 싶은 것일지도 몰랐다. 빛깔 없이 퇴색된 일상에 이따금씩 색을 입혀주는 유일한 사람이니까.

아니, 말은 비록 거창하게 하고 있지만 결국은 꼴사나운 오기로 부터 비롯된 그릇된 욕심 때문일지도 모른다. 그것도 아니라면…….

카인은 이내 생각하는 것을 멈추었다. 내내 오기와 자존심을 들먹이며 그녀를 붙잡고 말겠다고 했던 주제에 자신에게는 너무도 낯선 '그 감정'을 가볍게 떠올리는 스스로가 우스웠다. 물론 결코 아닐 것이라고 부정하는 것도 아니었다. 세상에서 가장 어려운 것이 있다면 그것이 바로 스스로의 감정변화에 정의 내리는 것일 테니까. 그리고 그것은 또 그만큼 가변적인 것이기도 하다.

그 무수한 감정 중 지금 이 순간 유일하게 확실한 것이 있다면 그것은 그녀를 곁에 두고 싶다는 이 원초적인 욕망뿐이다. 존재 여부조차 확실치 않은 것에 고민하고 번뇌할 바에야, 차라리 형체라도 갖추고 있는 이것에 휘둘리는 편이 훨씬 나았다. 이것이 단순한 소유욕으로 그칠지 아니면 다른 깊은 감정으로 가속화될지는 좀 더 두고 보면 알게 되겠지.

카인은 더 이상 복잡한 생각에 매달리기 싫다는 듯 데스크 위에 쌓인 서류들 위로 손을 뻗었다. 그러다가 그녀를 놀리는 재미에 빠져 미처 생각지 못하고 있던 사실이 떠올라 허공에서 멈춘 손을 돌려 데스크 위에 놓인 수화기를 들었다.

"이 팀장님, 번거로우시겠지만 부탁 좀 드려야겠습니다. 여사원 중 한 명에게 근처 부티크에 가서 여자 스커트슈트와 구두 한 켤레 좀 준비해 달라고 전해주십시오. 사이즈는…… 한국 사이즈는 제가 잘 모르겠고 UK 사이즈로 옷은 8, 구두는 4 정도면 될 것 같군요. 예, 부탁드립니다."

카인이 무미건조한 어투로 말을 맺은 후 수화기를 내려놓았다.

"당신은 아무렇지도 않은 건가요?"

나라가 사무실을 나서기 전 망설이듯 물었던 말이 불현듯 그의 머릿속을 스쳐 지나갔다. 그는 깊은 생각에 잠긴 듯 엄지 끝으로 자신의 아랫입술을 느릿하게 쓸었다. 나라의 물음에 무슨 뜻인지 모르겠다는 듯 무심하게 대답했지만 그녀가 무엇에 관해 물은 것인지 실로 몰랐던 것은 아니었다.

"그날……"

그녀는 하려던 말을 채 잇지 않고 아랫입술을 꾹 깨물었지만 그녀가 언급한 '그날'이 무엇을 의미하는지 당연히 알고 있었다. 하지만 심각하게 물어오는 것으로 봐서, 그녀는 그날 밤의 '진실'에 대해서 전혀 모르고 있는 듯싶었다. 그같이 곧 울 것 같은 표정을 짓는 바람에, '그날 밤, 당신과 나 사이에는 아무 일도 없었어' 라고 말해 줄까, 잠시 망설임이 일기도 했지만 카인은 흔들리는 마음을 곧 다잡았다. 카인이 그녀에게 굳이 사실을 말하지 않은 건 그것이 일종의 족쇄였기 때문이었다. 나라를 제 옆에 메어두기 위한 족쇄.

어렸을 적의 기억 속에 있는 한국의 설화 중 그런 이야기가 있었다. 나무꾼이 선녀에게 반한 나머지 선녀의 날개옷을 훔쳐 그녀와 결혼했지만 사슴의 말을 듣지 않고 옷을 보여줬다가 결국 선녀를 잃어야 했다던.

카인이 쥐고 있는 그날 밤의 '진실'은 그 설화의 '날개옷'과 비슷한 것이었다. 진실을 알리는 것은 안 그래도 제 손아귀를 빠져나가려는 그녀에게 자신의 존재를 훌훌 털어낼 여지를 주는 격이 될 테니.

"미안하지만 그렇게는 안 되지."

생각에 잠겨 있던 카인의 푸른 눈동자가 그 순간 냉정하게 빛났다. 자신이 여자를 상대로, 그것도 여자를 제 옆에 붙잡아 놓기 위해 사기나 치는 유치한 짓을 하게 될 줄은 몰랐지만 그는 그런 쓸데없는 것에 의구심을 품고 고민하는 낭비스러운 짓은 그만두기로 했다. 감정변화에 따른 사람 자체의 변화는 저로서도 어찌할 수 없는 불가항력의 일이기에.

카인은 잠시 손에서 놓았던 황금빛 만년필을 다시 쥐었다. 그러다가 문득 떠오른 이미지에, 웃음기가 걷혔던 입매에 다시금 웃음을 비추고 말았다. 그가 쥐고 있던 만년필로 'Strawberry' 라는 단어를 적은 뒤 매끈한 턱 끝을 쓸며 웃음 섞인 목소리로 중얼거렸다.

"그러고 보니 속옷도 하나 준비해 달라고 할걸 잘못했군."

❖

"웃기지도 않아, 진짜!"

나라는 로비를 빠져나오며 신경질적으로 외쳤다. 회사 정문을 오가는 사람들이 힐끗거리며 그녀를 바라봤지만 그런 건 아무래도 좋았다. 억척스러운 걸음새로 로비를 나서며, 좀 전 카인이 제게 쇼핑백을 건네며 했던 말을 떠올렸다.

"이건 첫 출근 선물이야. 화려한 첫 출근으로 기획실 사원들을 즐겁게 해줬으니 그에 합당한 대가를 지불해야겠지."

"아니, 내가 무슨 동춘 서커스단이야? 즐겁게 하긴 뭘 즐겁게 해? 사람 우습게 만들어놓고 이런 옷이랑 구두 하나 던져 주면 다인 줄 알아!"

나라가 욕지기를 토해내듯 신경질적인 말들을 애꿎은 하늘 위로 날카롭게 뱉어냈다. 시종일관 조롱하듯 비아냥대는 그 외국인의 언사에 나라는 기가 목구멍까지 턱턱 차올랐다. 하지만 그러는 와중에도 유일하게 마음에 드는 게 하나 있다면…….

"뭐, 그래도 어떻게 사이즈는 딱 맞췄네. 흥!"

입어보고 산 것이 아닌데도 그가 건네준 옷과 구두가 맞춘 양 제게 꼭 맞는다는 것이었다. 나라가 제 발을 감싼 블랙 톤의 구두를 내려다봤다.

'암만 놀리듯 건넸다지만 이렇게 막 받아도 되는 걸까?'

예기치 않게 흘러가는 상황에 출근하던 그때처럼 다시금 한숨을 내쉬며 걸음을 옮기고 있을 때였다.

"나라야!"

막 IBMC 건물을 뒤로한 나라의 등을 익숙한 음성이 내리쳤다. 그다지 달가운 감으로 다가오지 않는 그 목소리에 나라가 미간을 작게 구기며 걸음을 멈췄다.

"야, 보나라!"

'이 목소리는!'

목소리를 귀에 담자마자 나라의 신경 줄이 파닥거렸다. 지난 며칠 간 억지스레 잠재우고 있었던 화가 머리카락 끝부터 스멀스멀 피어올랐다. 나라는 굳이 돌아서 확인하지 않아도 알 수 있었다. 그 목소리의 주인이 누구인지를. 그녀는 게슴츠레하게 치켜뜬 두 눈을 느릿하게 돌려 뒤를 보았다.

"기지배, 내가 준 원서로 취직까지 했으면서 여태 언니한테 한마디 말이 없어?"

나라의 눈길이 향한 그곳에는, 다시 재회하게 되면 결코 살려 두지 않으리라 다짐했던 모든 재앙의 원흉인 강다연이 서 있었다.

"이게 왜 이렇게 말이 없어? 간만에 일하려니까 힘들었나 보네.

그래도 그렇지, 인마. 오랜만에 봤는데 반가운 척이라도 해라. 요것 봐라. 원서 건네받을 때만 해도 아주 감동해 마지않는다는 눈동자로 사람을 부담스럽게 바라보더니 이제 취직했다 이거냐?"

카페에 온 내내 새치름하게 입술을 앙다물고 앉아있는 나라의 분위기가 신경 쓰인 다연이 장난스럽게 말을 붙였다. 하지만 다연의 너스레에도 불구하고 나라로부터 돌아오는 건 여전히 싸늘한 정적뿐이었다.

"이게 왜 이래? 너 그 회사 로비에서 나오길래 취직한 줄 알았더니, 그런 거 아니었어?"

"했어."

나라가 다연을 마주한 이래 처음으로 입을 열었다. 하지만 나라의 입술을 비집고 나온 그 목소리는 평소 나라의 것과는 달리 냉랭하기가 그지없었다. 기사회생으로 새 직장을 얻게 되었으니, 자신에게 고맙다고 절을 해도 모자를 판국이건만 무게 잡고 앉아있는 나라의 눈치가 요상했다.

"근데 왜 그래? 회사 분위기가 영 별로든?"

"……"

또다시 입을 다물어버린 나라에게서 더 이상의 대답은 없었다. 덕분에 답답해진 다연이 나라를 향해 채근하듯 물었을 그때였다.

"야, 인마! 말을 해봐! 거기 기지배들이 신참이라고 너한테 텃새 부려? 아니면 상사한테 첫 출근부터 까였어?"

"나, 이사 비서로 채용됐어."

"그래? 비서 좋네. 수입도 다른 직책보다 짭짤…… 에엑……?"

나라의 말을 무심결에 흘려듣던 다연이 스치듯 지나친 단어에 괴상한 소리를 내지르며 두 눈을 화등잔만 하게 떴다.

　"자, 잠깐! 네가 왜 비서야? 너 기획부 면접 안 봤어?"

　"봤어."

　"그런데, 왜……."

　"내가 묻고 싶은 말이야. 넌 대체 친구니, 웬수니?"

　다연의 묻는 말에 나라가 되레 두 눈을 서슬 퍼렇게 치켜뜬 채 싸늘하게 받아쳤다. 다연이 나라의 뜬금없는 반응에 영문을 모르겠다는 듯 되물었다.

　"이 기지배가 대뜸 무슨 소릴 하는 거야?"

　"강우 씨랑 호텔에 간 그날."

　"그날이 왜?"

　아무리 물어봐도 그날 일에 대해서는 도통 말을 않더니 뜬금없이 그날 일을 꺼내는 나라가 의아해 다연이 두 눈을 가늘게 떴다. 그러자 나라가 무겁게 몰아쉰 한숨을 시작으로 여태 가슴속에 묻어두었던 그 이야기를 입 밖으로 꺼내기 시작했다.

　"아무래도 안 되겠어서 강우 씨 뿌리치고 나오다가 어떤 이상한 아저씨한테 다른 여자로 오해받고 끌려가서, 호텔 스위트룸에 있던 외국인한테 순결을 빼앗겼어."

　"에?"

　속사포처럼 뱉어지는 나라의 말에 다연의 머릿속이 멍해졌다. 이어, 그 이야기를 머릿속으로 정리할 새도 없이 나라가 다음 말을 뱉었다.

"그리고 그 외국인을 IBMC 면접실에서 면접관으로 다시 만났어."

"뭐어?"

다연이 경악에 찬 소리를 꽥 내지르며 자리에서 일어났다. 카페 내에 자리한 사람들의 시선이 순식간에 둘에게로 모아졌다.

"이제 왜 내가 너한테 네가 친구냐, 아님 웬수냐고 물었는지 알겠니?"

나라의 말에 다연은 순간 머릿속이 핑 돌았다.

"야, 자, 잠깐……."

원망스러운 눈길로 저를 흘기는 나라를 향해 '잠깐'이라며 손짓을 해 보인 다연이 뻐근해져 오는 관자놀이를 짚어 내리며 다시금 자리에 주저앉았다. 그러니까 나라의 말인 즉, 강우와 호텔을 간 그날에 강우가 아닌 웬놈의 코쟁이에게 순결을 빼앗겼으며, 그것만으로도 모자라 그 코쟁이 놈을 다름 아닌 바로 이 회사에서 마주했다는 것이었다. 제가 원서를 건네준 바로 이 회사에서.

"아이고. 아이고, 두야."

다연은 불현듯 뒷골이 당겨왔다. 어째서 나라가 강우와의 일에 관해 그토록 입을 닫고 있었나 했더니, 이런 큰 사건이 숨겨져 있었으리라고는 생각지도 못했다.

"널 내 하나밖에 없는 친구이자 은인이라고 철썩 같이 믿었는데! 어떻게 네 말대로 하면서부턴 되는 일이 하나도 없니!"

"잠깐. 그럼 너 비서 됐다는 게, 그 변태 양키 비서를 말하는 거야?"

"그래."

"그 말은 즉, 그 사람이 직접 널 자기 비서로 고용했다는 거잖아."

"맞아."

"하! 대체 무슨 생각으로?"

나라의 대답에 다연이 기가 찬 듯 헛웃음을 '툭' 놓으며 물었다. 거듭되는 인연의 악순환도 기가 막혔지만, 그 상황에 나라를 비서로 고용했다는 남자가 다연은 도무지 이해되지 않았다. 하지만 다연조차도 이해되지 않는 그것을 나라가 이해할 수 있을 리는 만무했다.

"그거야말로 내가 묻고 싶은 거야! 나도 그 변태 양키 속을 도저히 모르겠다구! 이제 나 어떡해! 정말 나 어떡하면 좋니, 다연아."

이 모든 게 다연의 탓이라며 그녀를 원망하면서도 나라는 결국 칭얼대고 말았다. 이 절박한 심경을 맘 놓고 털어놓을 이는 다연밖에 없었던 것이다. 그렇게 한참 '나 어떡해!'를 연발하는 나라의 곡소리가 카페 내를 채우는 순간, 그 변태 양키라는 이가 외국인이라는 사실에 불현듯 누군가가 떠오른 다연이 이마 치를 짚고 있던 손을 떼며 나라에게 물었다.

"그 변태 양키라는 게, 혹시 여의도 지사에 얼마 전에 부임했다는 그 영국인 이사야?"

다연의 물음에 나라가 아랫입술을 잘근 깨물며 '응'하고 말했다. IBMC에 얼마 전에 부임한 영국인 이사라면, 일전에 친구로부터 나라에게 전해줄 원서를 받으러 왔을 때 먼발치에서 힐끗 본

적이 있었다. 친구로부터 전해 들은 말도 있었지만, 직접 눈으로 본 그는 그저 스치듯 지나치는 이들의 눈길마저도 단번에 사로잡을 정도로 흡인력 있는 잘난 외모를 지니고 있었다. 말이 가볍고 단순해 미남이지, 그리스 로마 신화의 최고 미남이라 일컬어지는 아폴론이 환생하면 저 남자 같겠구나 싶을 정도였다.

나라의 처지가 안됐다는 생각도 잠시. 어떻게 된 게 나라는 순결을 빼앗아 간 불한당마저도 그리 잘났나 싶어 다연은 살짝 골이 났다.

"그래도 순결을 내준 놈이 용케 진상은 아니네."

"뭐?"

"외국인이라 그러길래 매부리코에 영 못난 놈일 줄 알았더니, 그나마 그런 나이스 가이한테 순결을 내줘서 다행이란 소리야."

"너 지금 그게 나한테 할 말이니?"

다연의 짓궂은 장난질에 화가 치민 나라가 빽 소리를 내질렀다. 어찌 보면 저를 이 지경까지 몰아붙인 게 모두 다연이나 마찬가지 건만 위로는 못 해줄망정 어떻게 된 게 사사건건 말장난이란 말인가. 이런 걸 친구라고, 분에 받쳐 씩씩대고 있는데 다연이 카페라떼에 꽂힌 스트로를 휘저으며 불쑥 물었다.

"너 그때 피임은 제대로 했어?"

"야!"

직전에 화를 냈는데도 하는 말이 고작 그거라니, 자리에서 벌떡 일어난 나라가 사시미마냥 날카롭게 치켜뜬 눈으로 다연을 쏘아보았다.

"그렇게 두 눈 시퍼렇게 뜨고 보지 마, 기지배야. 놀리는 게 아니라 좀 더 현실에 접근하려는 거니까."

다연이 그런 나라의 눈동자를 똑바로 바라보며 건조하게 말했다. 종전과는 달리 사뭇 진지한 기색을 비치는 다연의 말에 나라가 흘기던 눈길을 거뒀다. 그러곤 삐죽거리는 아랫입술을 잘근 깨물며 의자 위로 털썩 앉았다.

"기억 안 나."

나라의 짤막한 말에 다연이 눈꺼풀을 느릿하게 들어 올리며 의아함을 품은 눈동자로 바라봤다.

"중간에…… 정신을 잃었단 말이야."

말을 마친 나라가 더 이상 김이 피어오르지 않는 찻잔 위에 시선을 내리깔았다.

"첫 경험에 정신을 잃을 정도라니. 그 남자가 그렇게 잘하디?"

"그, 그런 게 아니라!"

다연의 말에 나라가 손을 엇갈려 저으며 벌겋게 달아오른 얼굴을 연신 도리질 쳤다. 가늘게 뜬 다연의 눈이 다시금 저를 마주하자 나라가 다 기어들어 가는 목소리로 말했다.

"뭐가 어떻게 되기도 전에 기, 기절해 버렸단 말이야."

"에?"

나라의 말을 잠자코 듣고 있던 다연의 머리 위로 불안한 생각이 할퀴고 지나갔다. 뭐가 어떻게 되기도 전에 기절을 했다는 그 말은 즉, 남자가 미처 일을 치르기도 전 전희만으로 정신을 놓아 버렸다는 소리였다.

'에이, 설마.'

막 피어오르기 시작한 불안한 생각을 얼버무리며 다연은 고개를 내저었다. 아무리 그래도 나라가 그 반 토막 난 기억을 내세워 순결을 잃었다 우길 정도로 바보는 아닐 것이다. 그래도 혹시 또 모를 일이리, 다연이 니라를 향해 조심스럽게 되물었다.

"보나라 너…… 너 그 다음 날 일어나서 아프긴 했냐?"

"뭐가?"

"이 기지배 봐라. 뭐가라니? 처녀가 거사를 치렀으면 통증이 있었을 거 아니야, 통증이!"

"어? 그런 거…… 없었는데."

"뭐시라?"

나라가 순진무구한 눈동자로 다연의 불안감에 '쾅!' 하고 종지부를 찍어 넣었다. 다연이 기가 찬 듯 숨을 뱉으며 두 눈을 서슬 퍼렇게 치켜떴다.

"하이! 그런 게 없어? 그런 게? 내 이 년을 진짜! 야! 보나라, 이 쳐 죽일 기지배야! 너 진짜 내 손에 죽어 볼래?"

"뭐, 뭐야, 느닷없이?"

"그래 놓고, 그래 놓고 감히 내게 책임을 논해? 나한테 웬수를 논해?"

그야말로 느닷없는 다연의 말에 당혹스러워진 나라가 두 눈을 화등잔만 하게 떴다. 그러자 다연이 맞물린 이를 으드득 갈며 외쳤다.

"보나라, 이 화상아! 멀쩡하잖아! 네 그거 탱탱하니 아직도 멀쩡하잖아!"

"무슨······."

그리고 이어, 다연의 날카로운 노성이 적요해야 했지만 그리하지 못한 카페 내를 요란하게 채웠다.

"네 처녀막 아무 하자 없이 건재하다고, 이 기지배야!"

결국 선녀는 지난 2주 동안 잃어버렸다고 철썩 같이 믿고 있었던 제 날개옷을 다른 곳도 아닌 바로 제 다리 밑에서 그렇게 찾았다.

8

과오

제 몸 주변을 에워싸는 바람마저도 물리칠 듯 성마른 걸음새로 걸어가는 나라의 뺨을 겨울의 찬 기운이 날카롭게 할퀴었다. 야무진 걸음으로 회사 로비를 들어선 이래로도 그녀는 여전히 무섭게 씩씩거리며 엘리베이터 위로 올라섰다.

'가만두지 않을 거야.'

이가 갈렸다. 엘리베이터에 같이 탑승한 사람들이 그 소름 끼치는 소리에 흘끗 그녀 쪽을 바라봤지만 사람들의 시선 따윈 아랑곳하지 않았다. 그녀는 서슬 퍼런 빛을 띠며 매섭게 희번덕거리는 눈동자로 오로지 엘리베이터의 숫자판만을 주시할 뿐이었다.

[10층입니다.]

그새 도착한 건지, 10층에 당도했음을 알리는 기계적인 목소리가 좁디좁은 공간 안에 울려 퍼졌다. 굳게 닫혀 있던 엘리베이터 문이 열리자마자 나라는 제 앞에 선 사람들을 헤치고 빠르게 내려 섰다. 그러곤 성난 숨을 몰아쉬며 복도를 타고 걸어갔다.

"어? 저 사람 오늘 들어온 이사님 비서 아니야?"

"한 시간쯤 전에 퇴근하지 않았었어?"

조금 전 퇴근했던 나라가 갑작스레 재등장하자 기획실 직원들 이 저마다 의아한 눈초리를 그녀에게 보냈다. 하지만 그마저도 제 신경에서 철저히 배제시키며 '이사실'이라는 푯말이 붙은 문 앞 으로 거침없이 걸음을 뻗었다. 이어 나라는 노크도 않은 채 벌컥 문을 열어젖혔다.

「그럼 그 일은 그렇게 처리…….」

콰앙!

시내 한복판에 원자폭탄이라도 떨어진 것 같은 굉음이 사무실 내에 묵직하게 울려 퍼졌다. 데스크에 앉아 데릭에게 지시를 내리 던 카인은 하던 말을 멈추곤 눈살을 찌푸리며 문 쪽으로 시선을 뒀다. 데릭 또한 그를 따라 시선을 옮겼다. 문 앞에는 한 시간쯤 전, 먼저 퇴근하라 일렀었던 나라가 발갛게 달아오른 얼굴로 식식 숨을 몰아쉬며 서 있었다.

"당신이 여긴 웬일이지?"

카인은 서류 위에서 매끄럽게 움직이던 손을 거두며 나라를 바 라보았다. 앙다물고 있던 입술을 떼며 나라가 무언가를 억누르는 듯한 목소리로 느릿하게 물음을 뱉어내었다.

"사실인가요?"

물어오는 목소리와 치켜뜬 눈동자가 평소와는 달랐다. 주먹을 쥐고 있는 자그마한 양손이 바들바들 떨리고 있었다. 뭔가 터질 것을 예감하며 그는 데릭에게 말했다.

"Go out, Deryck. I'll call you."

"Yes, Mr. MacLean."

데릭이 물러가자 카인이 담배 한 가치를 꺼내 물며 건조하게 되물었다.

"사실이냐니 무슨 말이지?"

"그날 밤, 당신과 나 사이에 아무 일도 없었다는 게 사실이냐구요!"

카인의 말이 떨어지기가 무섭게 날카로운 고함 소리가 그를 향해 날아들었다.

'역시 그것 때문인가.'

삼킨 연기를 천천히 뱉어내며 카인은 통유리 너머 넓게 펼쳐진 서울을 향해 몸을 돌렸다. 러시아워 무렵의 서울 시내는 혼탁하고 갑갑했다. 시간이 멈춘 듯, 도로 가득 정차되어 있는 차들이 영원처럼 천천히 행렬하고 있었다.

"그나저나 예절 교육부터 다시 받아야겠군. 자신이 모시는 상사의 사무실 문을 노크도 없이 박차고 들어온 것도 모자라 고함까지 지르다니."

천연덕스럽게 대꾸하는 카인의 말에 기가 막힌 나라가 그의 뺨을 향해 당장이라도 날아가려는 손을 힘주어 쥐었다.

"말 돌리지 말아요."

"말 돌린 적 없어. 다만 대답할 필요성을 못 느끼는 질문이라 대답을 않은 것뿐이지."

여유롭게 탐한 담배를 느릿하게 지져 끄며 카인이 나라 쪽으로 몸을 돌렸다. 그의 몸 주변에 이는 회색 연기가 그와 그녀를 정확하게 이분하고 있다. 무심하고 건조한 푸른 눈동자가 뻔뻔하게 그녀에게로 부딪쳐 온다. 나라는 이를 악물었다.

"대답할 필요성이 없는 질문이라고 했나요? 그날 밤 일 때문에 내 모든 것이 엉망진창이 돼버렸는데 필요성이 없는 질문이라구요?"

"말은 바로 하도록. 없다가 아니라 못 느낀다 였어."

"그게 그거잖아요!"

"엄연히 다르지. 대답할 필요성이 없다는 내 말은 그 질문에 내가 꼭 대답을 해야 하는 의무가 없다는 뜻이었으니까. 그 질문이 가진 가치가 아닌."

나라와는 달리 카인은 시종일관 여유 넘치는 차분한 어조로 말을 이어 나갔다. 차라리 제 잘못이 아니라며 같이 화를 내고 나섰더라면 덜 얄밉기라도 했을 것이다. 이 사태와는 너무도 이질된 남자의 그 느긋함에 나라는 안 그래도 한계에 다다른 인내심이 극한까지 끌어 올라감을 느껴야 했다.

"의무와 가치라. 어쩜 한국인인 나보다 더 한국말을 잘 하시네요."

나라의 비틀린 말 가운데 풍겨 오는 비린 어조에 반듯하던 카인의 미간이 흐릿하게 구겨졌다.

"하지만 어쩌죠. 댁은 대답할 의무가 없을지 몰라도 내겐 당신에게 질문을 할 권리가 있거든요. 그날 일 때문에 인생이 송두리째 흔들려 버린 내겐."

앙다문 잇새로 읊조리듯 말을 뱉었다. 나라의 곧은 시선이 카인의 짙은 다크블루 위로 쐐기처럼 박힌다. 그 시선에는 단순한 화를 떠난 증오가 스며 있었다. 누군가에게 미움을 받는 것쯤이야 아무렇지 않은 그였지만 어쩐지 그녀에 한해서만큼은 그것이 썩 석연치 않았다.

"질문을 받는 사람에게는 언제나 묵비권이 허용되는 법이지."

"소송인들이 법정에서 묵비권을 사용하는 건, 그것이 자신에게 불리하게 작용한다 싶었을 때죠. 이 상황에서 당신이 묵비권을 행사한다는 것 또한 당신의 잘못을 인정하는 의미로 받아들여도 괜찮은가요?"

말이 끝나기가 무섭게 나라가 냉정한 어조로 되받아쳤다. 뱉는 말의 한 마디 한 마디가 날이 선 칼날처럼 예리하다. 카인은 짧게 한숨을 뱉었다. 단정한 머리카락을 느릿하게 쓸어 넘기며 그가 말했다.

"사람을 한순간에 죄인으로 몰아가는군. I got it, 그렇다면 나도 한 가지 묻지."

눈을 잠시 내리깔았다가 들어 올리며 그가 곧은 시선으로 나라를 바라보았다.

"내가 단 한 번이라도 당신에게 그날 밤 우리 둘 사이에 무슨 일이 있었다고 말한 적이 있었던가?"

없었다. 그가 제게 그날 밤 둘 사이에 무슨 일이 있었다고 말한 적은 단 한 번도 없었다. 하지만.

"없다고 말한 적도 없죠."

나라가 답했다. 팔짱을 끼고 선 채 오만함이 드리운 푸른 눈동자로 그녀를 내려다보며 카인이 계속해서 말을 이었다.

"말 그대로야. 난 당신에게 아무 말도 하지 않았어. 그 말은 즉, 상황을 이렇게까지 왜곡시킨 건 내가 아니라 보나라 당신이라는 거지."

그가 나라의 앞으로 한 걸음 다가서 고개를 기울인다. 그러곤 제 얼굴을 그녀의 얼굴에 바짝 밀착시키며 은근한 어조로 낮게 속삭였다.

"정확히 말해 당신의 망상이 말이야."

"내가 그런 말도 안 되는 망상을 하게 만든 건 바로 당신이었어!"

애서 평정심을 유지하던 나라의 표정이, 카인이 조롱하듯 뱉은 망상이라는 단어에 대번에 일그러졌다. 지독한 수치스러움이 그녀의 정수리부터 시작해 손끝 발끝까지 순식간에 뒤덮어 내렸다.

"내가 정신을 놓은 뒤 하던 짓을 정말 멈췄다면 굳이 그런 흔적을 남기지 않아도 됐잖아! 발가벗겨져 있던 데다가 그런 곳에 그런 흔적까지 있는데 날더러 어떻게 그런 생각을 않을 수 있다는 거야? 차라리 당신이 정신을 잃은 나를 그 상태 그대로 버려놓고 사라졌더라면 적어도 이렇게 오해하는 일 따위는 없었을 거야!"

"상황이 그랬더라도 모두가 당신처럼 그런 쪽으로 생각하지는 않지."

"하!"

실소가 터졌다. '모든 게 내 책임이다' 라는 말까지는 바라지도 않았다. 알게 된 지 얼마 되지는 않았지만 저 남자의 성품이 그런 말을 할 수 있을 만큼 유하지 않다는 건 나라도 알고 있었다. 하지만 이건 뻔뻔해도 너무 뻔뻔했다. 그의 그 말은 결국 이 모든 게 그녀의 잘못이라는 뜻이나 다름이 없었다.

시종일관 무표정을 유지한 채 건조한 어투로 상황을 이어가는 그를 마주한 나라의 눈동자에 어느덧 뼛속까지 얼어붙일 듯한 냉기가 서렸다. 머리끝까지 무서운 속도로 모여 들끓던 피들이 그 순간을 기점으로 차갑게 식어 내린다. 머리가 식고 심장 또한 식었다. 나라는 차분하지만 한없이 냉정한 어조로 그를 향해 말했다.

"그래요. 모두가 그런 쪽으로 생각하지는 않겠죠. 내가 미련했네요. 아주 대단히 미안하게 됐어요. 하지만."

얼음장처럼 차가운 눈동자가, 자신이 비아냥대는 말에 미간을 구기고 있는 남자의 푸른 동공을 꿰뚫을 듯 응시했다.

"나로 하여금 오해하게 만들려 했던 의도가 전혀 없었다고 맹세할 수 있나요? 만약 그렇다 하더라도 그 왜곡을 바로잡을 수 있는 기회가 있었음에도 말하지 않은 건, 무슨 의도로 받아들여야 하는 건데요? 당신에겐 충분히 기회가 있었어요. 오해를 하고 있는 내게 그날의 진실을 설명해 줄 기회가. 바로 오늘 아침이 그 기회였죠. 아무렇지 않은 거냐고 묻는 내 말을, 그렇게나 잘나신 맥클레인 이사님께서 설마 못 알아들으셨을까요? 정말로 내가 '망상' 따위를 하게 할 의도가 없었다면 당신은 그때 내게 말했어야 했어요. '너와 나 사이에는 아무 일도 없었으니 관계없다' 라고."

숨 한 번 흩트리는 것 없이 속사포처럼 뱉어지는 말들은 한 점의 감정도 없이 차분했다. 하지만 시선만큼은 살기가 등등한 채 반들거리고 있었다. 카인은 두 눈을 가늘게 떠 그녀를 마주했다. 그러곤 역시나 차분하고 무감정한 어조로 그녀에게 말했다.

"그러면 뭔가가 달라지나?"

나직이 속삭이며 그가 나라에게로 한 발짝 가까이 다가섰다.

"당신은 내가 만약 당신이 했던 그 물음에 그렇게 대답했더라면 꼭 뭔가 달라졌을 것처럼 얘기하는군. 설마하니 이미 지나가 버린 일을 다시 돌이킬 수 있을 거라 생각하나?"

그렇게 물으며 남자는 나직이 웃었다. 명백한 비웃음이다. 오만하게 빛나는 짙은 다크블루가 가까워진 그 거리만큼의 중량으로 나라의 시야를 억눌렀다. 나라는 이를 악물고 그를 올려다보았다. 조롱하듯 휘어있던 남자의 시선이 냉정하게 제자리를 찾아 돌아온다. 남자의 뜨거운 숨결이 나라의 콧잔등 위로 부서져 여린 가슴에 붉은 생채기를 내었다.

"과오는 과오일 뿐이야. 내가 아는 한 이 세상에 과거를 돌이킬 수 있는 사람은 아무도 없어. 물론 과거에 범한 실수를 그 시간에서 지워 버릴 수 있는 사람도. 당신이 이 세상에 존재치 않은 그

한 사람일 리는 더욱 만무하지."

눈자위로 뜨끈한 기운이 체류하기 시작했다. 차마 밑으로 떨어지지 못한 눈물이 눈 밑 가장자리를 타고 또르르 굴렀다. 곧 흘러내릴 것만 같아 나라는 악착같이 참아 내려 아랫입술을 피가 날정도로 꽉 깨물었다. 바들바들 떨리는 두 손도 익척스럽게 거머쥐었다.

"그에 대한 단적인 예로……."

분에 겨워 바들바들 떨고 있는 나라를 빤히 바라보며 카인이 자신을 향해 쳐들어진 그녀의 턱 끝을 기다란 검지 끝으로 들어 올렸다.

"당신 또한 모든 사실을 안 지금까지도 여기 와서 이렇게 무작정 따져대기만 할 뿐이잖아? 내게 와서 어린아이 생떼 쓰듯 조르는 것 이외에, 당신이 할 수 있는 게 또 있나?"

매혹적으로 휘어든 눈동자가 조롱의 빛을 담아 나라를 내려다보았다. 악랄한 푸른 눈동자가 악마처럼 사악하게 속살거린다. 꽉 깨물린 이 아래로 비릿한 맛이 툭하고 퍼져 나갔다. 동시에 팽팽하게 조여져 있던 인내의 끈 또한 뚝 끊어져 버렸다.

"그러니 그만 소란스럽게 하고 돌아가."

"이 개자식!"

퍽!

나라의 오른발에 걸려 있던 브레이크가 해제되며 예의 없는 발이 그의 물건을 직격으로 걷어차 버렸다. 동시에 내내 나라의 앞에 서서 비아냥거리고 있던 카인이 고통 어린 신음을 낮게 뱉으며 그녀의 발치 앞에 주저앉았다.

"Shit…… 보…… 나…… 라……."

거친 숨을 힘겹게 몰아쉬며 카인이 낮게 욕설을 중얼거렸다. 그의 물건을 걷어찼음에도 성에 안 차 길길이 날뛰던 나라가 그를 내려다보며 사정없이 욕을 쏟아붓기 시작했다.

"한국말을 그리 잘하시니 개자식이 욕이라는 것쯤은 잘 알겠지! 아마 너 같은 자식을 보고 영어로는 선 오브 비치라고 하지? 에라, 이 선 오브 비치야! 아니! 이 선 오브 비치 이하야! 넌 선 오브 비치 축에 끼지도 못해! 넌 그 이하야, 이하! 알아?"

나라가 손에 휘감아 쥐고 있던 핸드백으로 카인의 등을 후려쳤다. 방금 전에 날아든 나라의 발길질로 인해 말 못 할 고통을 삼키고 있는 카인이야 그런 자잘한 마찰과 욕설 따위 안중에도 없었지만 정작 그를 열심히 때리고 있는 나라는 더욱더 열이 뻗쳐 미칠 지경이었다.

"정말, 너 그러는 거 아니야! 얼굴 좀 생기고, 잘났다고 이렇게 사람 우습게 만드는 거 아니야! 너! 당신은 장난이었을지 어떨지 모르지만 당신의 그 장난 덕분에 난 26년 동안 고수해 온 모토가 완전히 일그러졌어! 당신이란 인간한텐 그날 일이 아무 일도 아닌 일이었겠지만! 나에겐, 나에겐……."

'26년 평생 가장 특별한 순간이었어. 좋았던 좋지 않았던.'

비록 그 모든 게 거짓이고 오해였지만 적어도 나라에겐 그러했다. 그 순간이 소중했다고까지는 못 할지라도, 적어도 특별한 순간이긴 했다. 당신에겐 장난이고 놀이였던 그 순간이…….

내내 악으로 고수하던 나라가 아랫입술을 꽉 깨물며 차마 잇지 못한 뒷말을 목구멍 속으로 삼켜 넣었다. 카인을 내려다보는 나라의 눈가에는 내내 그녀의 눈자위를 왈칵 뒤덮고 있던 눈물이 흥건히 배어 있었다. 그것을 손등으로 급히 훔쳐낸 나라가 그의 등을 힘없이 내려치고 있던 손을 거두곤 냉정하게 몸을 돌렸다. 주저앉아 고통을 호소하던 카인이 그제야 느릿하게 고개를 들어 나라를 바라보았다. 그런 카인을 향해 나라는 또 한 번 악담을 퍼부었다.

"카인 맥클레인! 넌 내 생애 최고의 변태였어! 이 망할 맥도날드 자식아! 내 두 번 다시 맥도날드 햄버거를 먹나 봐라!"

거푸 울먹이면서도 나라는 '흥!' 하고 콧방귀를 뀌는 것을 잊지 않았다. 그러곤 곧 쫓기듯 말을 맺곤 빠르게 사무실을 빠져나갔다. 멀어져 버린 나라의 등 뒤로, 그녀가 이 안으로 들어설 때만큼이나 요란한 굉음이 '쾅!' 하고 사무실 내에 울려 퍼졌다.

나라가 떠난 뒤, 카인은 드넓은 사무실에 비참한 모습으로 홀로 남겨졌다. 고통으로 잔뜩 일그러진 눈동자가 그녀가 모습을 감춘 문 너머로 느릿하게 향한다. 고통이 가시지 않아 탁하게 갈라진 목소리로 그가 나직이 중얼거렸다.

"Shit…… 굉장하군. 게다가 날더러 맥도날드라니. 하."

고통스러워 입매를 비틀고 있으면서도 그는 결국 그 비틀린 입매 사이로 기막힌 듯 웃음을 뱉고 말았다.

❖

"주문하신 아메리카노 나왔습니다."

에이프런을 깔끔하게 차려입은 카페 종업원이 나라 앞에 조심스럽게 찻잔을 내려놓았다. 사색에 잠겨 줄곧 창밖을 응시하고 있던 나라는 느긋하게 찻잔을 들어 올렸다. 향긋한 아메리카노 향이 코끝을 데워 왔다.

오늘도 나라는 여지없이 이른 아침부터 집을 나서야 했다. 바로 그제 스카우트를 받았다 큰소리 떵떵 쳤던 주제에 그날 바로 실업을 했다 말할 수 있는 배짱이 나라에겐 없었다. 엄마의 국자에 두들겨 맞아 죽사발이 되는 것보다는 이편이 나으리라.

"하아."

내 인생은 어쩌면 이리도 귀소본능이 강한 것인지. 드디어 백조 신세를 면하나 싶었더니 하루도 채 되지 않아 또 이 모양이라니.

제 입에서 거푸 새어 나오는 한숨이 깨끗하게 닦인 창문 위에 성에를 만드는 것도 모르며 나라가 쥐고 있던 찻잔을 작게 기울였다. 혀끝에 닿은 아메리카노가 쌉쌀한 맛을 남기며 입안에 퍼졌다.

"그러면 뭔가가 달라지나?"

무심하다 싶을 정도로 차디찬 다크블루의 남자의 말이 문득 떠올랐다.

그의 말대로 그가 사실을 말했다 하여 달라질 것은 아무것도 없다. 과오는 그저 과오일 뿐이니까.

그를 떠올리자 또다시 나라의 눈동자 위로 말간 빛이 서렸다. 대체 그런 못된 남자를 상대로 제가 왜 이런 정체불분명의 감정을 느껴야 하는 것인지 억울해졌다.

의식치 않던 사이에 자연스레 그를 떠올리고 있는 자신을 깨달으며 나라는 고개를 도리질 쳤다. 그러곤 입안에 퍼진 쌉싸래한 맛을 지우려 냉수를 벌컥 들이켰다. 냉수 한 모금에 깨끗이 씻겨 가는 이 아메리카노 향처럼 아주 잠시였지만 제 인생에 발을 들여놓았던 그라는 존재 또한 씻은 듯 사라져 버렸으면 싶었다.

테이블 한 귀퉁이에 놓인 계산서를 집어 들며 나라는 자리를 털고 일어났다. 카운터에 가 찻값을 지불하곤 문밖으로 나섰다. 카페에서처럼 유리창도, 그 외의 아무런 방패막이도 없는 세상은 겨울이라는 계절과는 절대 어울리지 않는 해사한 하늘을 하고선 나라를 내려다보고 있었다. 차디찬 겨울 공기 사이로 그와는 이질적인 찬란한 빛살을 내리쬐고 있는 태양을 가만히 올려다보던 나라가 제 손목에 채인 시계 위로 시선을 옮겼다. 때는 12시.

"오늘은 또 뭘 하지?"

벌써 2주가 다 되어가지만, 이놈의 백조 생활은 좀처럼 적응이 되질 않았다.

❖

"당장 그쪽으로 계약서와 프레젠테이션 자료를 보내드리죠. 이

번 기획을 맡은 저희 쪽 실무진 한 명도 며칠 내로 그쪽으로 보내 도록 하겠습니다. 그럼 좋은 소식 기다리겠습니다."

통화를 마친 카인이 목을 꽉 조여 오는 넥타이를 신경질적으로 잡아당겼다. 그다지 버거웠던 대화도 아니었으나 그는 숨을 돌리 듯 한숨을 뱉었다. 그러곤 곧 수화기로 손을 뻗어 비서실을 호출 했다.

[Yes, sir.]

들려오는 데릭의 음성에 그는 짧게 말했다.

「보나라 씨는?」

잠시 머뭇거리는 듯싶던 데릭이 이내 조심스럽게 답했다.

[결근입니다.]

젠장, 낮게 욕설을 뱉으며 카인은 수화기를 내려놓았다. 짙게 가라앉은 푸른 눈동자가 참혹하게 일그러졌다. 이미 잔뜩 흐트러 져 버린 넥타이를 그는 거칠게 빼내 바닥에 내던졌다. 목까지 단 단히 채워진 셔츠 단추도 두 개 정도 풀어버렸다. 그럼에도 목을 조이는 답답함과 조급함이 조금도 물러서지 않고 그의 숨통을 옥 죄어왔다.

곧 돌아올 것이라고 생각했다. 아니, 돌아올 수밖에 없을 거라 고 생각했다. 나라는 실업자였으며, 직장이 절실히 필요한 상태였 다. 그와의 일이 마음에 걸리지만 일자리 때문에라도 다시 돌아올 수밖에 없을 것이다. 그렇게 생각하며 따로 붙잡을 생각을 않고 그녀가 제 발로 걸어 들어오기만을 기다렸다. 하지만, 그것은 순 전히 그의 억측이고 자만이었다.

벌써 3일째였다. 그렇게 그의 물건까지 걷어차며 회사를 나간 그녀는 첫 출근을 끝으로 벌써 3일째 내리 결근을 하고 있었다. 내일은 돌아오겠거니 생각하며 기다렸지만 아니었다. 자신이 그녀의 화를 너무 과소평가한 것이었다.

Rrrrrrrr!

전화기가 울렸다. 손을 뻗어 수화기를 들려 했으나 내키지 않았다. 짜증과 화만 날 뿐 아무것도 손에 잡히지 않았다. 그녀가 눈에 보이지 않은 이후로, 그는 내내 이런 상태였다. 고작 여자 하나 때문에 이러는 자신이 한심스럽고 어처구니가 없었지만 그런 생각들이 그를 본래의 자신으로 되돌려 주는 건 아니었다.

"Damn it."

뜨거운 이마를 쓸어내리며 그는 눈을 감았다. 귓전에서 요란하게 울려대는 전화 소리가 그의 신경을 긁어왔다. 날카롭게 귓전을 할퀴는 소리를 뒤로하며, 카인은 감아 내린 눈꺼풀 덕에 새까매진 시야 위로 그녀를 떠올렸다. 그저 떠올리는 것만으로도 그녀의 향기가 콧속을 훑고 머릿속을 뒤흔들어 왔다.

이대로는 안 된다. 이러다가는 사냥감을 맛보기도 전에 그가 먼저 무너질 지도 몰랐다. 어떻게 해서 다시 손에 넣은 사냥감인데 이대로 놓칠 순 없었다. 나중에는 어떻게든 되더라도, 그의 흥미가 아직 끝나지 않은 지금은 아니다.

잠시 고민을 하는가 싶던 카인은 곧 자리를 털고 의자에서 일어났다.

겨울이라 그런지 해는 빨리 졌다. 그새 날은 어둑해져 골목에는 땅거미가 졌다. 이렇게 또 하루가 가고 있었다.

하루 동안 대체 무엇을 했는지 기억조차 나질 않았다. 수험생 시절에 공부를 하던 때보다도 더 열심히 놀았던 것 같다. 크림스 파게티와 토마토스파게티 두 개를 시켜 없는 배가 튀어나올 정도로 먹은 뒤 홀로 노래방에 들어가 한 시간동안 미친 척 노래도 불러 보았으며, 근래 들어 좀처럼 방문할 기회가 없었던 극장에도 가 보았다. 하필이면 장르가 로맨틱 코미디인지라 커플들이 대부분이었지만 그들의 낮 뜨거운 애정 행각에도 아랑곳 않으며 팝콘과 버터구이 오징어를 연인 삼아 영화를 감상했다.

헛생각에 사로잡힐 틈 없이 바쁘게 놀아댄 덕분인지, 시간을 때우고 귀가하는 발걸음은 무겁기가 그지없었다. 이 상태로 집에 들어가면 쓸데없는 생각을 할 겨를도 없이 바로 잠에 곯아떨어지리라. 그렇게 하루 동안 열심히 제 자신을 혹사시킨 나라가 터덜터덜 축 늘어진 걸음새로 길을 따라 걸었다.

"꽤 늦는군."

벌써 몇 시간째 나라의 집 앞에서 그녀를 기다리고 있던 카인은 차체에 몸을 기댄 채 가만히 하늘을 올려다보았다. 푸르렀던 하늘이 변색되어 있었다. 어둠을 맞이하려 해를 삼킨 하늘에는 서로를 집어삼키듯 스며들고 있는 보랏빛과 주황색으로 인해 붉은 노을이 지고 있다. 담배 한 가치를 꺼내어 입에 물곤 불을 붙였다. 깊숙이 숨을 들이마셨다가 뱉어냈다. 아스라이 피어오른 푸른 연기가 하늘로 향한 그의 시선 위를 자욱이 드리웠다. 물감이 물에 번져 나가듯 천천히 하늘로 스미던 그것은 곧 공기 중으로 흩어져 완전히 자취를 감추었다. 그 모습이 꼭, 지금 그가 하염없이 기다리고 있는 그녀 같았다.

새까맣게 타들어 간 꽁초 끝의 붉은 점점이 그로부터 그의 손가락 한 마디만큼의 거리를 뒀을 즈음, 그는 물고 있던 담배를 바닥에 떨어트려 발로 비벼 껐다. 그의 발밑에는 벌써 많은 양의 담배꽁초가 짓이겨진 채 여기저기 널브러져 있었다.

원래가 기다리는 건 잘하지 못했다. 어렸을 적, 밤낮으로 어떤 이를 기다렸던 기억 이후로 그는 기다림이라는 단어 자체를 인생에서 지워 버렸다. 하지만 나라를 만나고부터 그는 항상 기다려야 했다. 그녀가 첫 만남 이후 사라져 버렸을 때에도 그랬고, 오늘까지도 그랬다.

잠자코 기다리는 것이 성미에 맞지 않아 막무가내로 쳐들어 가 볼까도 했지만, 이내 단념했다. 안 그래도 잔뜩 미움을 받고 있는데 또 신경을 거슬려선 안 된다. 구차하더라도 최대한 저자세로 나가야 했다. 필요하다면 사과도 해야 할 것이다. 그는 인내심을 갖기로 하며 한숨을 내쉬었다. 그러곤 땅거미가 지기 시작한 어둑한 골목 쪽으로 눈길을 돌렸다.

그러던 그의 눈길에 한 여자의 모습이 잡혔다. 그녀를 담은 짙고 푸른 눈동자가 서서히 팽창했다. 축 늘어진 어깨를 한 채 터덜터덜 걸어오고 있는 사람은 그가 기다렸던 그 사람, 나라였다. 반가움이라 하기도, 그렇다고 화라 하기도 뭐한 어정쩡한 감정이 그의 심장을 울컥 짓눌러 왔다. 내내 어디선가 시간을 때우다가 퇴근 시간에 맞춰 돌아오는 모양이었다.

그는 차체에 맞닿아 있던 등을 뗐다. 그녀가 이곳에 있는 그를 본다면 분명 또 줄행랑부터 치려 할 것이다. 그러기 전에 먼저 손을 뻗어 그녀를 붙잡아야 했다.

"……?"

그녀를 향해 몸을 움직이려는데, 그녀의 뒤를 따라붙고 있는 검은 그림자가 그의 눈에 포착되었다. 눈 옆에 스크래치만 있으면 그 아래 백만 달러의 현상금이 걸려 있어도 전혀 어색하지 않을 것 같은 외모의 사내가 나라의 목을 움켜쥘 듯한 포즈로 그녀의 뒤를 살금살금 따라붙고 있었다. 거기다가 남자의 입가에는 웬 공포영화에서나 등장할 법한 스산한 웃음까지 띠어져 있었다.

'저 자식은 뭐지? 설마……'

가만히 그자를 따라붙던 카인의 눈동자가 불길한 예감과 함께 싸늘하게 번뜩였다. 어둑한 골목길을 전전하며 아녀자를 희롱하는 건달임에 틀림없었다. 나라의 뒤를 따르던 녀석이 음흉한 두 손을 들어 슬금슬금 그녀에게로 뻗고 있었다. 이윽고 건달의 솥뚜껑 같은 손이 나라의 어깨를 확 움켜쥐었을 그때.

"나라야, 왁……!"

퍼억!

카인의 주먹이 사내의 얼굴을 거칠게 강타했다. 나라의 어깨를 움켜쥐려던 남자의 몸뚱아리가 그길로 바닥으로 나가떨어졌다.

'뭐, 뭐야?'

정신을 반쯤 놓고 걷던 나라는 느닷없이 귓전을 내려친 둔탁한 마찰음에 화들짝 놀라 정신을 차렸다. 그녀의 눈길이 향한 곳에는 얼굴을 움켜쥐고 바닥으로 나가떨어져 있는 한 사내와 그 앞에 살기등등한 기세로 선 또 다른 한 사람이 있었다. 카인이었다.

"너, 너 이 자식 대체 뭐야!"

입가에 배어난 피를 훔쳐내며 사내가 황당하다는 시선으로 카인을 올려다보았다. 하지만 카인은 오금이 저릴 듯 섬뜩한 시선으로 남자를 노려볼 뿐 아무 말도 하지 않았다. 생각 같아서는 당장에 목덜미를 움켜쥐고 이 자리에서 숨통을 끊어 버리고 싶었으나 나라가 곁에서 보고 있기에 참는 중이었다. 그는 사내의 얼굴을 강타했던 주먹을 털어내며 곧 몸을 돌렸다. 놀라움과 당혹스러움을 머금은 까만 동공이 크게 팽창한 채 그의 시선 위로 부딪쳤다.

"다, 당신이 어떻게 여기에⋯⋯."

"가지."

제 눈앞에서 벌어진 일보다도 눈앞에 선 카인의 존재에 그녀는 더 놀란 듯 보였다. 하지만 냉정한 시선으로 허공을 할퀸 채 그는 아무런 대답도 하지 않았다. 카인이 얼어붙은 듯 서 있는 나라의 어깨를 말없이 감싸 안아 품으로 끌어들였다. 그러곤 나라를 이끌고 막 걸음을 옮기려 했을 그때였다.

"이런 씨! 야 이 새끼야! 이게 지금 어디다 손을 대!"

바닥에서 벌떡 일어난 사내가 별안간 악을 내지르며 카인에게 달려들었다. 곁에 있던 나라는 놀란 비명을 지르며 두 손으로 얼굴을 가렸다. 사내의 투박한 주먹이 카인의 얼굴을 향해 무섭게 날아들었다. 하지만 뛰어난 반사 신경으로 가볍게 피한 카인이 자신에게로 날아든 그 주먹을 그의 한 손으로 재빠르게 잡아챘다. 그러곤 사내가 미처 반격할 틈도 없이, 붙잡은 사내의 팔을 거세게 꺾어 등 뒤로 붙여버렸다.

"윽……! 너 이 자식! 이거 놔! 이거 못! 악……!"

"미수로 그쳐서 그냥 넘어가 줄까 했더니 안 되겠군."

남자가 한 팔이 자유롭지 못한 채로 거칠게 저항했다. 카인이 그런 그의 팔을 꺾은 손길에 보다 더 힘을 실으며 그의 귓가에 대고 섬뜩하게 속삭였다.

"어떻게 해줄까. 유치장에 처넣어 줄까? 아니면 지금 당장 이 자리에서 네놈 숨통을 끊어 줄까."

나직이 속삭이며 카인은 손아귀에 붙잡힌 팔을 더욱더 가차 없이 꺾어 올렸다. 사내가 고통스러운 듯 신음하며 버둥댔다. 내지르는 신음 소리가 하도 끔찍해 나라는 차마 눈을 뜨지 못하고 고개를 돌려버렸다.

"으악! 너 이 자식! 내 손에 죽고 싶…… 아악! 너 이 개자식!"

"여전히 입이 살아있는 걸 보니 아직도 정신을 못 차린 모양이군."

카인은 팔을 움켜쥔 손끝에 보다 더 힘을 실었다. 어느 정도 겁만 주고 보내줄 생각이었건만 끝까지 뉘우침 없이 세 치 혀를 놀리는 사내를 보자, 그의 인내심이 점점 바닥을 드러내었다.

"그렇게나 죽는 게 소원이라면 원대로 해주지."

의미심장하게 읊조린 그가 정말로 본때를 보여주겠다는 듯 팔을 꺾어 올린 손에 바짝 힘을 실어 비틀려 했을 그때였다.

"끄아아악……! 나라야! 오빠 죽어! 네 오빠 죽는다!"

차마 그 끔찍한 광경을 눈 뜨고 볼 수 없어 두 눈을 질끈 감고 있던 나라의 눈이 악을 지르는 사내의 음성에 번쩍 뜨였다. 동시에 나라는 곧장 시선을 돌려 목소리의 근원지를 바라보았다. 카인에게 붙들려 고통스러워하는 남자의 얼굴이 어둑해진 주변으로 인해 어렴풋이 모습을 드러내었다. 그리고 그 순간, 나라는 경악했다.

"오빠라고? 어디서 그딴 말도 안 되는 개수작을."

"이봐요, 지금 뭐 하시는 거예요!"

나라가 비명에 가까운 고함을 지르며 그들에게로 다가왔다. 그러곤 사내의 팔을 붙잡아 꺾고 있는 카인을 바라보며 앙칼지게 외쳤다.

"당장 그 손 못 놔요?"

"뭐?"

카인이 황당하다는 듯 그녀를 바라보았다. 그녀를 희롱하려던 건달 녀석에게 본때를 보여주려는 자신에게 되레 화라니. 그가 도무지 납득할 수 없다는 표정으로 그녀를 바라보았다. 그러자 나라가 곧 두 눈 가득 경악감을 머금은 채 울먹이듯 외쳤다.

"당신에게 붙잡힌 그 사람, 바로 우리 셋째 오빠란 말이에요!"

그랬다. 카인이 변태라 오해하고 온갖 폭력을 행사했던 그 사람

은 바로 다름 아닌 나라의 셋째 오빠 보윤이었던 것이다. 그것이
바로 카인 G. 맥클레인 인생에 있어 가장 막대하고도, 결코 되돌
릴 수 없는 첫 번째 과오였다.

9

Scout

관자놀이가 지끈거렸다. 대체 어떻게 돌아가는 상황인지 정리조차 되지 않았다. 어째서 그가 집 앞에 있었던 건지. 어쩐다고 윤과 주먹다짐까지 한 것인지. 그리고 어째서 이 사람이……

"제가 이런 대접을 받아도 되는 건지 모르겠습니다."

"어머, 그런 말씀 마세요. 우리 나라가 모시는 분이신데 저녁 정도는 대접해 드려야죠."

"아니, 그런 게 아니라."

"괜찮아요. 괜찮아요. 차린 건 없지만 부담 갖지 말고 어서 드세요. 호호호호."

우리 집에서 함께 저녁까지 먹게 된 것인지.

걸게 차려진 식탁 위로 간드러지듯 미끄러지는 웃음소리를 들으며 나라는 길게 한숨을 내쉬었다. 종전까지의 정황으로 미루어 보았을 때는 절대 이루어질 수 없는 상황이었다. 이루어져서도 아니 됐다. 그런데…… 나라는 생각을 멈추고, 욱신거려 오는 관자놀이를 가만히 눌러 짚었다. 나라의 곁에 앉아 분한 듯 터진 아귀를 씰룩이던 윤이 전 여사를 향해 서운한 목소리로 냅다 악을 질렀다.

"어머니! 어머니 눈엔 지금 제 얼굴이 안 보이세요?"

"시끄러워, 이 녀석아! 어디 손님 계신 앞에서 큰소리야."

"건달로 오해받고 쥐어 터지기까지 한 건 저예요. 저 사람이 아니라고요!"

"입 다물지 못해!"

엄마의 손에 들려 있던 국자가 윤에게로 날아갔다. 가까스로 피하긴 했으나, 윤은 자신에 대한 어머니의 홀대에 더욱더 충격을 받은 듯싶었다. 완전히 주객이 전도된 상황이었다.

사건의 전말은 이러했다. 근처에 차를 주차하고 오던 윤은 집으로 돌아오던 나라의 모습을 발견했다. 바로 아는 체를 할까 싶었으나, 문득 장난기가 일어 그는 나라를 놀래켜 주기로 하며 슬금슬금 그녀의 뒤로 다가섰다. 그 모습을 때마침 집 앞에서 그녀를 기다리고 있던 카인이 본 것이었다.

윤의 인상이 동생인 나라와는 달리 워낙에 우락부락하고 험상 궂어 나라의 오빠일 거라고는 미처 생각지 못한 그가 윤을 동네 건달쯤이라 여기며 무작정 주먹을 날렸다. 그렇게 소란이 일어났고, 밖에서 나는 소리에 급기야는 집에서 저녁상을 차리고 계시던 엄마까지 밖으로 뛰쳐나왔다. 덕분에 그는 어쩔 수 없이 그녀의 오빠와 어머니께 나라의 직장 상사라 통성명을 하게 되었고 그렇게 이 집에 들어오게 된 것이었다.

물론, 오해를 하고 먼저 주먹을 날린 것은 카인 쪽이었으니 그가 푸대접을 받아야 마땅했다. 하지만 어째서 상황이 이렇게 되어버렸느냐 함은, 다름 아닌 전 여사님 때문이었다. 카인의 로열 페이스에 홀라당 넘어가 자신이 배 아파 낳은 아들까지 뒷전으로 치고 주책을 부리고 있는 그들의 어머니, 바로 전화연 여사.

"저, 종전의 일은 죄송했습니다. 미처 보나라 씨의 오빠일 거라고는 생각을 못 했습니다."

카인이 난처한 표정으로 윤을 바라보며 말했다. 그러자 전 여사가 여지없이 그를 두둔하고 나섰다.

"아유, 괜찮아요. 알고 그러신 것도 아니고 모르고 그러신 건데 뭘 그렇게 미안해하세요. 우리 아들놈이긴 하지만 제가 봐도 저 녀석 인상이 썩 좋은 건 아니거든요. 거기다가 다 큰 녀석이 저 나이 먹어가지고 제 동생 놀래키겠다고 수상쩍은 짓거리까지 했으니. 쯔쯧, 내 저놈의 소도둑놈 같은 인상 때문에 언젠가 일 치를 줄 알았어."

"어머니!"

끝까지 맹목적으로 카인을 감싸 도는 전 여사의 말에 윤은 분개하며 외쳤다. 그렇게 낳아줬으니 낳아준 대로 태어난 것뿐인데 자식에게 소도둑놈이라니. 정말이지 해도 너무한다 싶었다.

"아닙니다. 순전히 제 불찰이었습니다."

의도치 않은 상황에 당혹스러운 건 카인도 마찬가지였다. 곁에 앉아 전 여사로부터 뜻밖의 대접을 받고 있는 그 또한 마음이 편치는 않았다. 이번 일은 누가 뭐래도 자신의 불찰로 인해 비롯된 것이었다. 당장에 쫓겨났으면 쫓겨났지 이렇게 저녁까지 대접받을 처지가 아니었다. 하지만 나라의 모친이 되레 자신을 두둔하고 나서니 그로선 당연히 더욱더 난처하고 부담스러울 수밖에 없었다. 그는 자존심이 강하긴 했으나, 자신이 잘못했을 시에는 순순히 인정할 줄 아는 남자였다. 카인은 고개까지 숙여가며 윤에게 정중히 사과했다.

"정말 죄송합니다. 만약 보상이 필요하시다면 부차적인 면까지 모두 책임지도록 하겠습니다."

"됐수다!"

윤이 단단히 골이 난 듯 그의 말에 콧방귀를 뀌었다.

"이 녀석이 어디서!"

라는 고함 소리와 함께 또 한 번 전 여사의 숟가락이 윤에게로 날아갔다. 방심하다가 미처 피하지 못한 윤이 그것을 고스란히 이마에 들이받고 말았다.

"아야! 어머니 정말 너무하시는 거 아니에요?"

붉은 기가 서린 이마를 붙잡으며 윤이 분한 듯 외쳤다. 하지만 화연은 들은 척도 않으며 카인에게로 시선을 돌렸다.

"어머, 이사님. 죄송해요. 저 녀석이 아들 셋 중에서는 막내라 워낙에 철이 덜 들어서."

"아니……."

"자, 이제 괜한 생각 그만하시고 어서 식사 좀 잡수세요. 마침 우리 바깥양반도 늦는대서 남는 음식 어쩌나 싶었는데. 호호호호 호."

전 여사의 은쟁반에 옥구슬 굴러가는 듯한 웃음소리가 나라와 윤의 신경을 득득 긁어댔다. 딸의 타들어 가는 속도 모르고 불한 당에게 손수 밥까지 지어주는 엄마를 보며 나라는 속이 들끓었다. 윤의 험악한 인상 또한 날짜 지난 우유를 먹은 양 붉으락푸르락 변해갔다. 그렇게 한참 이를 아득바득 갈고 있던 윤은 결국 더는 자리를 지키지 못하고 부엌을 나가 버렸다. 그 옆에 말없이 앉아 있던 나라는 방으로 올라가는 오라비의 뒷모습을 안타까운 눈초 리로 바라볼 뿐이었다.

엄마도 정말 너무하지. 소도둑놈처럼 낳아주니 그리 태어난 오 빠가 무슨 죄라고.

한숨을 폭 내쉬며 나라는 엄마에게로 눈길을 돌렸다. 어울리지 않게 난처한 표정을 지으며 좌불안석인 그를, 엄마는 식탁 위에 턱까지 괴고 앉아 황홀함에 젖은 눈동자로 노골적이다 싶게 바라 보고 있었다. 엑소니 비스트니 하면서 TV를 보고 극성을 떨 때부 터 알아봤어야 했다. 아빠가 이 자리에 없는 게 그나마 다행이라 여기며 나라는 깨작깨작 밥알을 집어 먹기 시작했다.

상황이 이상하게 돌아가 예기치 않게 그를 집안으로 들이게 돼 버리긴 했지만, 나라는 이 상황이 너무도 거북스럽고 싫었다. 그 렇게나 거만하게 지껄이던 사내가 어째서 갑작스레 자신의 집까 지 찾아온 것인지도 의문이었지만, 악연으로 꼬인 그가 집에 있는 것이 마치 언제 터질지 모르는 시한폭탄을 품에 안고 있는 것만 같아 불안하기도 했다. 오직 이 남자를 냉큼 집에서 쫓아내고 싶다는 마음만이 간절했다.

그녀는 새치름한 표정으로 카인 쪽을 힐끗 보았다. 남자는 속을 알 수 없는 표정으로 식탁 위로 걸게 늘어진 음식들을 말없이 내려다보고 있었다.

저 남자의 사악함을 안다. 아무런 계획도 의미도 없이 이 집으로 찾아올 남자가 아니었다. 또 무언가 사악한 계략을 품고 있는 게 틀림없다. 나라는 쌀인지 돌멩이인지 가늠 안 되는 밥알들을 꾸역꾸역 입안에 집어넣으며 경계를 늦추지 않았다. 어서 이 끔찍한 저녁 식사가 끝났으면 싶었다.

"어서 드세요. 서양분이시라 음식이 입에 맞으실지 모르겠네."

"고맙습니다."

전 여사의 채근하는 듯한 말이 들려오고서야 카인은 망설이듯 조심스럽게 젓가락을 들었다. 20년 만에 잡은 물건의 기운이 서늘하게 손가락 사이로 감겨들었다. 한국 땅에 발을 딛고도 그는 단 한 번도 한식을 먹은 적이 없었다. 일부러 먹지 않았다. 용기 있게 발을 딛긴 했으나, 20년 전 한국에서 있었던 기억들을 되새기고 되짚는 것에는 여전히 거부감이 들어서였다.

그는 처음 젓가락질을 해보는 아이처럼 가만히 손가락을 움직여 보았다. 태어나 처음 젓가락질을 가르쳐 주던 이의 생각이 불현듯 떠올랐다. 무어라 정의를 내리기 어려운 감정이 왈칵 치솟는다. 가슴 한구석이 시큰거렸다. 움직이던 손가락을 멈추었다. 그러곤 그는 들고 있는 젓가락을 음식으로 뻗을 생각을 않은 채 그 저 가만히 내려다보기만 했다.

"아, 혹시 젓가락이 불편하세요?"

"아닙니다. 괜찮습니다."

조심스럽게 물어오는 선 여사의 말에 태연하게 답하며 그는 다 시금 손가락의 마디를 움직였다. 밥 덩어리를 서툴게 들어 삼켰 다. 다음으로 숟가락을 들어 구수한 냄새가 풍기는 된장찌개 또한 가만히 삼켜 넣었다. 한국에 돌아왔으면서도 악착같이 뿌리치려 했던, 추억이라 하기에는 뭔한 옛 기억이 그의 혀끝을 점령했다. 표정을 멈추고 손길을 멈춤으로 그는 좋지 않은 기억들을 지우고 밀어냈다. 애써 덤덤한 척하고 있는 자신이 불현듯 한심하게 느껴 진다.

"왜요? 음식이 영 입에 맞지 않으세요?"

"아, 아니요. 굉장히 맛있습니다."

"다행이네. 내심 걱정했거든요. 제가 또 한 음식 솜씨 하는데, 서양분들 입맛은 도통 모르니."

전 여사는 어머니처럼 포근하게 웃으며 자리에서 일어나 싱크 대 앞으로 걸어갔다. 아닌 척하며 줄곧 남자를 지켜보고 있었던 나라의 두 눈이 실낱처럼 가늘어졌다.

'저 남자가 왜 저러는 거야? 매일 비싼 곳에서 칼질만 하다가 이런 밥 먹으려니까 입에 안 맞는다는 거야 뭐야?'

그에 대한 악감정 때문인지 나라는 그의 행동과 표정 그 모든 것이 심기에 거슬렸다. 그러기에는 그의 분위기가 이전까지 보아오던 바와 미묘하게 다르다는 것을 느꼈지만.

"그나저나 한국에 오래 계셨나 봐요? 어쩜 그렇게 한국말을 잘하신대? 잘하는 정도가 아니라 아예 한국사람 같으신데요?"

싱크대 앞에 서서 설거지를 하며 전 여사가 물었다. 남자를 어서 내쫓고 싶다는 생각도 잠시. 전 여사의 물음과 함께 나라 또한 궁금해졌다. 그러고 보니 처음 만났을 때부터 느낀 거지만, 남자는 그저 배워서 잘하는 것이라 하기에는 무리가 있을 정도로 한국어 실력이 유창했다. 옆에 따르는 사람도 외국인인 것이, 본래 한국에 살고 있는 사람 같지도 않았다. 그럼 혹시 부모님 중 한 분이 한국사람인가? 문득 궁금증이 일어, 나라는 호기심 가득한 까만 눈동자를 반짝였다.

"하하…… 네."

하지만 남자는 기대와는 달리 대답은 않은 채 다시 밥술을 뜨기 시작했다. 뭐야, 신비주의도 아니고. 기대하던 바가 충족되지 않자 나라가 뾰로통한 표정으로 고개를 돌리려 했다. 하지만 나라는 또다시 그에게서 눈길을 멈추고 말았다. 시선 위로 스치듯 잡힌 남자의 입매가 씁쓸하게 당겨 있었다.

'뭐지?'

새치름하게 떠 있던 눈매가 커지며, 불현듯 가슴이 아려왔다. 나라는 왈칵 조여드는 심장 부근을 다잡으며 다시 남자를 바라보았다. 하지만 묘하게 애달팠던 그 표정은 어디로 가고 감정 하나 없이 무표정한 얼굴만이 그녀의 눈으로 들어왔다. 혹시 잘못 본 건가 싶어 나라가 다시금 카인의 얼굴을 훑어 내렸을 때였다.

"……!"

빤하게 그에게로 향해 있던 까만 눈동자가 무심하게 주변을 두르던 푸른 눈동자와 허공에서 딱 마주쳐 버렸다. 심장이 쿵 튀어 올랐다. 그다지 걸릴 것도 없는데 꼭 뭔가 켕기는 사람처럼 얼굴이 느닷없이 달아올랐다. 나라는 화들짝 놀라 냉큼 카인의 시선을 피했다. 하지만 여전히 그녀에게로 향해 있는 그의 시선이 얼굴 옆면을 적나라하게 훑아왔다. 심장이 쾅쾅 울리고 숨통이 조여든다.

'이놈의 심장이 또 왜 이래!'

느닷없이 발작을 일으키는 심장 부근을 꽉 억누르며 나라는 침을 꼴깍 삼켰다. 입안이 바싹 탔다. 애써 태연한 척하려 나라는 들고 있던 젓가락을 놓고 물컵을 집어 들었다. 그러곤 막 냉수 한 잔을 들이키려 했을 때였다.

"아참, 그러고 보니 이사님께선 어쩐 일로 저희 집까지 오신 건가요?"

"아, 성난 비서를 달래려고 왔습니다."

"푸웁……!"

"어머, 나라야! 애는, 조심치 못하고!"

나라는 그만 입안에 담긴 물을 입 밖으로 내뿜고 말았다. 카인이 대답이랍시고 한 말에 경악을 하고 말았기 때문이었다.

'성난 비서를 달래려고 왔다니? 이 인간이 지금 무슨 소리를 하는 거야?'

나라는 기겁한 표정으로 냉큼 고개를 들어 엄마를 바라보았다.

혹시 엄마가 이상하게 생각했으면 어쩌나 하는 노파심에서였다. 하지만 전 여사께서는 나라의 불안과는 달리 오로지 그녀의 칠칠치 못한 행동에만 주의를 두며 혀를 차고 계셨다.

"으이구, 다 큰 처녀가 칠칠맞지 못하게 이게 뭐니? 아유, 여기어디 티슈가 있을 텐데."

"됐습니다."

닦을 것을 찾느라 두리번거리는 전 여사를 멈춰 세우며 카인이 손수건을 꺼내 나라의 앞에 내밀었다.

"자."

병 주고 약 준다는 게 바로 이런 걸 두고 하는 말인 모양이다. 자신을 이렇게 만든 장본인인 주제에 뻔뻔스럽게 손수건을 건네오는 그를 나라는 기가 찬 시선으로 바라보았다. 그사이, 때마침 전화벨이 울려 나라의 엄마가 거실로 나갔다.

"대체 무슨 생각이에요?"

전 여사가 자리를 비운 틈을 타 나라가 숨죽인 목소리로 잽싸게 물었다. 여전히 나라의 앞에 손수건을 내민 채 카인이 반듯한 미간을 살짝 구기며 능청스럽게 되받아쳤다.

"묻기 전에 우선 그 꼴부터 어떻게 하지 그래. 당신이 보나라가 아닌 섹시스타 안젤리나 졸리라 할지라도 그런 모습으로 올려다보는 건 그다지 매력적이지 않으니까."

신경을 의도적으로 건드리는 말에 귓불이 확 붉어졌다. 남자를 잠시 노려본 뒤 나라는 그의 손에 놓인 손수건을 빼앗듯 잡아채며 쌀랑하게 말했다.

"댁한테 매력적이게 보이고픈 마음 따위 쥐똥만큼도 없거든요."

"그러시겠지."

카인이 비틀린 입매 사이로 비아냥대듯 말했다. 옷에 묻은 물기를 닦아낸 나라가 발끈하며 앙칼지게 물었다.

"자꾸 머리 아프게 말 돌리지 말고 내가 묻는 말에 대답이나 해요. 대체 무슨 생각으로 여긴 찾아온 거예요? 대체 무슨 속셈으로?"

날카롭게 쏘아오는 물음에 카인이 느긋하게 밥술을 뜨며 말했다.

"속셈이라고 할 것까지 있나? 그리고 좀 전에 말했던 걸로 기억하는데. 성난 비서를 달래러 왔다고."

"말은 바로 해요. 달래러 온 게 아니라 골탕 먹이러 온 거겠죠."

"그럴 수도."

"하! 뭐예요?"

심드렁하게 되받아치는 카인의 말에 나라는 속에서 열불이 났다. 보자 보자 했더니 사람을 아예 보자기로 보나 보다.

"당신……!"

"사람이란 참 간사하지."

카인이 냉담한 어조로 나라의 말을 가로막았다. 그의 건조한 시선이 그녀의 시야로 차갑게 부딪쳐 왔다.

"상대가 그 대답을 원하는 것 같아 마지못해 원하는 대로 답을 해주면 되레 화를 내지. 지금의 당신처럼."

그의 말이 끝을 맺자마자 나라는 바로 합죽이가 된 양 입을 다물어야 했다. 그의 말이 맞았다. 그에게 그리 대담해라 윽박을 지르다시피 해놓곤, 막상 그가 그렇다고 하자 자신은 되레 화를 내려 했다. 마치 화를 낼 구실이 필요해 그를 닦달하기라도 했던 것처럼.

정곡을 찔리자 할 말이 사라진 나라는 아랫입술을 꽉 깨물며 그에게로 기울어져 있던 얼굴을 정면으로 돌려 버렸다. 참으로 못된 남자다. 한 번쯤은 져줄 만도 한데, 한 번도 그냥 넘어가는 법이 없다.

그가 야속하다는 생각에 나라는 삐친 입술을 쭉 내밀고 뾰로통한 표정을 지었다. 그런 그녀를 곁눈질로 지켜보던 카인이 물잔을 들어 입술을 축이는 척하며 낮게 웃었다. 그러곤 곧 되돌아온 씁쓸한 생각과 함께 다시금 입매를 굳히고 말았다.

그녀를 다시 보게 되면 저자세로 나가자고 생각했다. 인간관계는 필요충분에 의해 성립되는 것이며, 필요로 하는 쪽이 굽히고 들어가는 것이 당연했다. 그와 그녀 중 상대를 필요로 하는 쪽이 누구인지 굳이 따지자면 그것은 그였다. 이것이 어떤 의미에서의 필요이든 간에 그가 그녀를 필요로 하는 것임은 틀림없었다.

그러니 그는 자신의 필요를 위해서라도 그녀의 심기를 건드리지 않고 저자세로 나가야 했다. 꼭 그뿐만이 아니더라도 마음 한 구석에 자리하고 있는 미안함 때문에라도 그렇게 해야 되겠다고 생각했다. 나라를 속인 사실을 어떠한 이유를 가지고 억지로 정당화시키긴 했다지만, 속인 건 잘못이었으며 그 자리에서 그런 식으로 퍼부었던 것 또한 잘못이었다.

하지만 마음만 그렇게 먹었을 뿐, 뱉는 말들은 모두 의도와는 다르게 비틀려 있었다. 나라의 오빠와의 일처럼 전혀 의도치 않은 상황들이 그녀의 머릿속에서는 그가 의도한 상황처럼 되어버리고, 단지 그녀의 마음을 돌려 보겠다고 온 걸음이 악의로 받아들여지는 상황 앞에서 또다시 화가 났기 때문이었다. 아니, 어쩌면 서운했던 것일지도 모른다. 그녀가 눈앞에서 사라진 후로 초조함과 갈증 속에서 하루하루를 살았던 자신과는 달리, 냉혹할 정도로 차갑고 건조한 이 여자를 눈앞에 두며.

왜일까. 그런 널 보는 내 마음이 쓰린 이유가. 무엇일까. 상대의 감정이 자신의 감정을 따라오지 못한다는 것에 화가 나는 이 옹졸함의 정체가.

"죄송해요. 느닷없이 전화가 오는 바람에 오래 자리를 비웠네요. 어떻게, 식사는 맛있게 드셨어요?"

전 여사가 통화를 마치고 부엌으로 들며 물었다. 카인은 언제 무표정을 짓기라도 했냐는 듯 근사한 미소를 입에 걸며 살갑게 답했다.

"미모만큼이나 음식 솜씨도 좋으시군요. 덕분에 오랜만에 과식했습니다."

"어머, 이사님도 별말씀을. 호호호호."

전 여사가 또 한 번 간드러지게 웃었다. 옆에 앉아 그들의 모습을 번갈아 바라보고 있던 나라는 기가 찬 듯 실소를 뱉었다. 둘이 아주 죽이 착착 맞는다. 게다가 어머니라는 분은 아주 소녀가 따로 없으셨다. 나이 쉰에 수줍은 듯 볼까지 붉힌 모습이라니. 이 모습을 만약 아빠가 봤더라면 틀림없이 사달이 났을 것이다.

"이사님, 식사 다 하셨으면 커피라도 한잔 하실래요?"

"커피는 무슨 커피야."

나라가 자리를 털고 벌떡 일어나며 전 여사의 말을 가로챘다. 밥을 다 먹기까지 기다려 줬으니 이 정도면 많이 참은 것이다.

"이사님이 얼마나 바쁘신 분인데. 여기서 이렇게 계시게 한 것만도 이사님께는 민폐라구요, 엄마."

나라는 이를 악문 채 입꼬리를 끌어 올린 요상스러운 표정으로 카인에게 눈치를 보냈다.

"다 드셨으면 이제 그만 일어나시죠, 맥클레인 이사님. 안 그래도 바쁘신 분이 여기서 이렇게 지체하고 계셔서야 안 되죠. 쌓인 일이 산더미 같으실 텐데."

"어? 벌써? 네 아빠도 늦는다는데, 차라도 한잔 하고 가시지."

전 여사가 노골적으로 서운함을 표했다. 그럼에도 나라가 카인을 밖으로 끌어내고자 하는 의지를 굽히지 않으며 말하려 했을 때였다.

"글쎄, 안 된다니까. 이사님, 어서 일……."

"좋습니다."

"에?"

"아무리 바쁘대도 차 한잔 할 정도의 시간은 됩니다. 저야말로 민폐가 아닌지 모르겠습니다만, 부탁드리겠습니다."

나라는 이 남자가 대체 무슨 생각인가 싶어 경악이 어린 얼굴로 바라보았다. 그러자 카인이 유려한 입매를 보란 듯이 휘어 보인 후 그녀의 시선을 외면했다. 기막힌 웃음이 떡 벌어진 입술 새로 툭 터진다. 뭐, 이런 남자가 다 있어?

"봐, 이사님이 되신다잖아. 너도 앉아."

전 여사가 벌떡 일어나 버티고 서 있는 나라의 어깨를 눌러 앉혔다. 강제로 의자에 앉은 나라가 독기가 잔뜩 서린 눈동자로 카인을 노려보았다. 하지만 그는 시치미를 뚝 떼는 표정으로 정면만을 바라볼 뿐이다.

"그나저나 조금 전에 그러셨죠?"

원두를 내리고 있던 전 여사가 문득 무언가가 떠올랐는지 운을 뗐다.

"저희 집에 오신 게 성난 비서를 데리러라고 하신 것 같은데. 그게 무슨 말씀이세요?"

"아, 실은 보 비서가 사고를 조금 쳤습니다."

카인이 표정 하나 바뀜 없이 천연덕스럽게 받아쳤다. 이 사람이 또 이상한 말을 하진 않을까 걱정하던 나라는 '사고'라는 단어에 내심 찔려 괜한 헛기침을 했다. 사고는 사고였다. 이유야 어찌 되었건 제가 모시는 상사의 물건을 냅다 걷어찼으니.

"별일은 아니었습니다만 아무래도 지레 겁을 먹었던 모양입니다, 회사까지 안 나온 걸 보니. 그래서 별거 아니니 정상적으로 출근하라는 말을 전하려고 왔습니다."

"애는 또 첫날부터 무슨 사고를 쳐선."

전 여사가 다 내린 커피를 찻잔에 따르며 혀를 찼다. 그러곤 향긋한 커피 향이 물씬 나는 잔을 카인과 나라 앞에 내밀며 말했다.

"생전 해본 적 없는 비서 일 한다 할 때부터 알아봤어요. 제 몸 하나도 제대로 건사 못하는 녀석이 누굴 보필하겠다고. 회사에서는 어쩐다고 저런 녀석을 스카우트했는지 몰라요."

"스카우트요?"

"푸읍……!"

나라가 막 들이키려던 커피를 또 한 번 내뿜고 말았다. 카인과 전 여사의 시선이 동시에 나라에게로 향했다.

"아니, 이 녀석이 오늘따라 자꾸 왜 이래? 이사님 앞에서 지저분하게. 어여 닦아."

얼굴이 홧홧거리며 달아올랐다. 스카우트라 하면, 제가 얼마 전 엄마의 무시무시한 국자 놀림에서 벗어나려 충동적으로 뱉었던 변명거리였다. 그런데 그걸 지금 저 남자 앞에서 말하다니! 안 그래도 창피한 이 마당에 또다시 그런 굴욕을 당할 수야 없었다.

나라는 입 주변을 닦아낸 티슈로 입을 가린 채 전 여사를 향해 세차게 고개를 흔들었다. 하지만 전 여사는 나라의 그런 절박한 마음을 뒤로하며 그에게 말해버렸다.

"저 녀석이 왜 자꾸 저러는지 모르겠네. 아 그건 그렇고. 네, 맞아요. 스카우트. 이사님은 모르셨나 보구나. 우리 나라 그쪽 회사에서 스카우트한 거잖아요."

"아. 그렇습니까."

그리고 그 순간, 나라는 보았다. 남자의 단정한 입매가 자신을 비웃듯 늘씬하게 올라가는 것을. 나라는 두 눈을 질끈 감았다. 그리고 남자가 말했다.

"스카우트까지 해서 모셔온 인재시라니. 앞으로는 좀 더 각별히 대해야겠군요. 몰라봐서 죄송합니다, 보나라 씨."

정말이지. 엄마 때문에 오늘 하루 되는 일이 하나도 없는 나라였다.

"아이구, 이사님. 그럼 밤길 조심해서 가세요!"

"엄마, 주책 좀 그만 부리고 빨리 들어가!"

"기지배, 주책이라니! 아무튼 이사님, 종종 뵈어요!"

"아이참, 엄마! 빨리!"

로열 페이스에 미련을 버리지 못하고 마당까지 맨발로 걸어 나온 제 엄마의 등을 나라가 억지로 떠밀었다. 싫다는 저더러 극구 배웅을 하랄 땐 언제고, 가뜩이나 우스운 꼴을 많이 보인 남자 앞에서 자꾸만 주책없이 구는 엄마가 야속했다.

오늘처럼 엄마가 야속한 날이 없었다. 집 밖에 있는 이 남자를 집안으로 들인 것도. 개죽을 쒀줘도 시원찮을 이 남자에게 걸게 한 상 차려 저녁을 대접한 것도. 그리고⋯⋯ 제가 지난 날 별 수 없이 핑계로 댔던 '스카우트' 건을 이 남자에게 말한 것도.

카인이 그 말을 듣곤 보란 듯이 비웃던 것을 떠올리며 나라는 이 엄동설한에 태양이 귀를 집어삼킨 듯한 착각마저 들어야 했다.

모두가 이 남자 때문이다. 만약 인생에 선연과 악연, 이 두 종류의 인연만 존재한다면 자신과는 오로지 악연으로만 똘똘 뭉쳤을 이 사람, 카인 G. 맥클레인.

"그럼 가보세요."

전 여사가 모습을 감추자마자 나라는 곧장 걸음을 멈추며 건조한 인사말을 내던졌다. 그러다가 무언가가 생각난 듯 잠시 동작을 멈추고 차갑게 말했다.

"아참, 그리고 이런 식으로 마주치는 일 오늘이 마지막이었으면 좋겠습니다. 그럼 전 이만."

마주하면 마주할수록 차갑게 되쏘아오는 시선에 카인의 유려한 눈매가 천천히 구겨졌다. 하지만 겨울의 혹한처럼 냉혹한 여자는 남자의 그런 반응조차 무시하며 의기양양한 목소리로 인사를 마치고선 돌아서려 했다.

"다신 볼 일 없었으면 좋겠다는 그 말."

카인의 싸늘한 목소리가 그녀의 발목을 붙잡았다. 나라는 뒤를 돌아보지 않은 채 걸음을 멈췄다. 남자가 감정을 억누르듯 나직한 목소리로 물었다.

"앞으로도 쭉 회사에 출근하지 않겠다는 말인가?"

나라는 정면을 향해 있던 몸을 다시금 그에게로 돌렸다. 밤하늘을 얼어붙게 만들 듯한 싸늘한 검푸른 동공이 어둠을 파헤치고 그녀의 시야를 찢었다. 소리 없는 박력. 하지만 나라는 겁을 먹지도 물러서지도 않았다.

"제가 여태까지 한 말들 뭐로 들었어요? 입 아프게 다시 말해

드릴까요?"

"부모님께는 뭐라고 말씀드릴 생각이지?"

남자가 거두절미하며 물었다.

"오늘 이렇게 상사가 친히 집까지 방문해 출근하라 일렀는데 하루아침에 직장을 그만두게 된 이유를 이떻게 설명할 생각이냐고 물은 거다."

미처 생각지 못한 물음에 나라는 순간적으로 당황해 말을 더듬었다.

"그, 그건……."

"나와 있었던 일을 말할 건가?"

카인이 그녀의 앞으로 한 발짝 다가왔다. 그의 열기가 차가운 밤공기를 가르고 코끝으로 끼쳐왔다.

"연인과 함께 호텔 방에 갔다가 나오던 길에 오해를 받고 내게 겁탈당할 뻔했다. 그래서 도무지 그 사람과는 죽어도 일을 못 하겠다. 그렇게 말할 건가? 당신 부모님께?"

그가 나라의 코앞으로 바짝 다가서며 나직하게 속삭였다. 처음 1미터 정도 떨어져 있었던 남자는 어느새 그녀와 한 뼘 정도만의 거리를 두며 가깝게 밀착해 있었다. 나라는 저도 모르게 주춤 뒷걸음질을 치고 말았다. 그럼에도 남자의 모든 것은 그녀의 오감 곳곳을 적나라하게 파고들었다.

집요하게 따라붙는 시선이 시각을, 피부 위로 쏟아지는 뜨거운 열기가 촉각을, 입술 새로 파고들어 혀끝을 더듬는 숨결이 미각을, 진한 머스크 향이 후각을, 퇴폐적인 허스키 보이스가 청각을,

그녀의 모든 것을 흔들었다.

나라는 풀리려는 다리에 힘을 주었다. 어느덧 심장이 세차게 두 방망이질을 치고 있었다. 전혀 설렐 것 없는 남자의 행동에 오감이 곤두서다니. 미쳤음이 분명했다. 나라는 떨리는 턱 끝에 힘을 주어 그를 마주 대했다.

"내, 내 일은 내가 알아서 해요! 댁한테 내 일까지 걱정해 달라고 한 적 없으니까 남의 일에 신경 끄고 당신 할 일이나 똑바로 하시죠?"

"걱정한 적 없어."

잠시 틈을 둔 그가 무감정하고 느긋한 목소리로 그녀를 향해 응수했다.

"널 조롱한 거지."

말 그대로 조롱의 빛을 담은 푸른빛의 눈동자가 싸늘하게 동공을 훑는다. 나른하게 속삭이는 남자의 입매가 역겨울 정도로 비릿하게 말려 올라가 있었다. 천천히 생채기가 지는 자존심. 그 마저도 무참히 짓밟으며 카인이 말했다.

"배짱도 없으면서 괜한 오기 부리지 말고 좋은 말 할 때 나와. 아무것도 없는 자가 부리는 고집은 자존심이 아니라 허세일 뿐이니까."

비웃던 웃음기마저도 싸늘하게 지운 냉랭한 시선이 그녀의 얼굴을 스쳤다. 떨리던 심장이 순식간에 차가워졌다. 왈칵 눈물이 치솟을 것만 같아 나라는 여린 입술을 피가 날 정도로 꽉 깨물었다. 그가 돌아선다. 핏기 없는 하얀 손아귀가 꽉 조여들었다.

"안 가."

희미하게 귓속으로 파고드는 목소리에 카인은 걸음을 멈추었다.

"지하철역에서 거지 동냥질을 하게 되도 너한테는 안 가."

멈춘 걸음을 돌렸다. 금방이라도 눈물이 철철 넘쳐 흐를 듯한 물먹은 까만 눈동자가 그를 아프게 쏘아보며 말했다.

"그마저도 못 해서 뱃가죽이 등가죽에 들러붙어 굶어 죽게 되더라도 너한테는 절대 안 가, 이 나쁜 자식아."

뇌까리듯 뱉은 말을 마지막으로 나라는 돌아섰다. 나쁜 자식. 나쁜 자식. 백번도 더 넘게 되뇌며 돌아서 걸었다. 왈칵 복받치는 울음을 참아내는 게 버거워 숨이 막혀왔다. 그래도 흘릴 수 없었다. 저 남자 앞에서는 안 된다. 절대.

"왜."

카인은 나라의 손목을 붙잡아 거칠게 돌려 세웠다. 화기에 휩싸인 짙은 다크블루가 나라의 눈동자 위로 쐐기처럼 박혀왔다.

"왜 안 오는데."

"놔."

"너와 나 사이에 무슨 일이 있었다고 착각을 했을 때도 다닌다고 했던 회사야."

"이거 놔."

"그랬던 회사를 아무 일도 없었다는 걸 알게 된 이 시점에 와서는 왜 못 다니겠다고 하는 건데."

"이거 놔!"

"대체 이유가 뭔데."

"이거 놓으란 말 안 들……!"

"Why do you thrust me away(왜 날 밀어내는 건데)!"

나라의 어깨를 붙잡아 올리며 카인이 거칠게 소리쳤다. 그로부터 비롯된 지독한 화기가 나라의 숨통을 조였다. 방금 전까지 안간힘을 다해 저항하려 했던 그녀는 말과 행동을 멈춘 채 그를 마주 바라볼 수밖에 없었다. 상처 입은 듯한 푸른 눈동자가 아프게 심장을 관통해 왔다. 어째서 남자가 그런 눈동자를 하는 것인지, 그리고 왜 자신이 그렇게 느낀 것인지. 알지도 생각지도 못한 채 숨 쉬는 것도 잊어버리고 남자를 바라보았다. 원인을 알 수 없는 감정이 마음을 집어삼키고 짓이긴다.

"그날 밤, 너와 나 사이에 무슨 일이 있었어야 했던 거냐? 나와 원나잇을 하는 게 이 회사를 다닐 수 있는 이유야? 그래?"

고통스러운 듯 일그러진 눈매에 담긴 짙푸른 눈동자가 순간 섬뜩하리만치 싸늘하게 빛났다. 입술 표면 위로 부딪쳐 오는 남자의 거친 숨결이 탁한 목소리를 타고 산산이 부서진다. 마주한 채 맹렬하게 타오르는 짙은 다크블루가 점차 사납게 일그러져 갔다. 아프게만 느껴지는 그 눈빛을 더는 버틸 수 없다고 느낀 순간.

"만약 그런 거라면."

그가 마지막 숨을 놓듯 낮게 으르렁거렸다.

"만들어주겠어. 그런 것 따위."

협박조로 여겨져 괘씸하게만 느껴져야 했을 그의 말이 나라의 심장을 잡아 비틀었다. 그의 아픈 눈동자가 아픈 목소리가, 화를 갉아먹고 그녀를 무너뜨렸다. 식어 가는 눈동자와 함께 어깨를 옥죄던 손길이 서서히 떨어져 나갔다. 그의 숨결이 멀어지고 그의 체온이 멀어졌다. 그는 단정한 몸짓으로 돌아서 자신의 차 앞으로 나아갔다.

"두말할 것 없이 내일 9시까지 회사로 출근해. 그 시간, 그 자리에 없을 시 차후 벌어질 일은 당신의 상상에 맡기도록 하지."

의미심장하게 남긴 말을 마지막으로 그는 완전히 그녀에게서 멀어졌다. 어둠 속으로 빨려 들어가는 은빛 벤츠가 그녀의 시선 끝에서 사라짐과 동시에 그녀는 무너졌다. 한없이 미운 그 남자로 인해 어느새 심장이 삐거덕거리고 있었다.

우는 아이의 소리가 들렸다. 저 먼 곳에서는 젊은 여자의 애원 섞인 울음소리도 들려오는 듯했다. 이윽고 기계적인 음성이 그 둘 사이를 갈랐다. 각기의 울음소리는 벽을 두고 파열되고 사라졌다.

발자국 소리가 들려온다. 돌아서 내달리려는 여린 팔과 다리를 쇠사슬보다도 엄한 손길이 붙잡아 옥죈다. 다정한 듯 아이의 이름을 불러왔다. 눈꺼풀이 퉁퉁 부어 좁아진 시야로 옆게 휘어 올라간 입술이 칼침처럼 박혀든다. 아이는 발버둥 쳤다.

제발이라고 애원한다. 하지만 눈앞에서 잔혹하게 말려 올라간 입술은 고개를 내저으며 아이를 끌어당긴다. 아이는 울부짖고 뒤

돌아본다. 제발. 제발. 제발. 거짓된 웃음을 머금은 입술이 아이의
맑고 푸른 동공을 처참히 찢고 발긴다. 아이의 손이 아이의 몸을
앞서 당겨진다. 손끝으로 타인의 손이 닿아온다. 아이는 운다. 발
버둥친다. 닿아온다. 닿는다. 움켜쥔다.

"헉!"

카인은 깊게 숨을 삼키며 눈을 떴다. 어둠을 파헤치며 바깥으
로부터 희미하게 비추어오는 푸른 달빛이 시야를 둘렀다. 땀에
젖어 찰싹 달라붙은 머리카락의 기운이 서늘했다. 눈 밑 가장자
리를 타고 주룩 미끄러지는 물기와 함께 눈가가 시려왔다. 꿈이
었다.

바싹 탄 혀끝으로 침을 삼켜 넣으며 그는 몸을 일으켰다. 젖은
등에 맺혀 있던 식은땀이 등줄기를 타고 서늘하게 긁어 내렸다.
젖은 손끝 발끝이 끈적이듯 축축했다. 땀구멍을 뚫고 흥건히 배어
나온 물기가 그의 온몸을 적셔 내리고 있었다.

그는 땀에 젖어 잔뜩 흐트러진 머리카락을 느릿하게 쓸어 넘
기며 지그시 눈을 감아 내렸다. 그날이었다. 지금 부모님의 손을
잡고 영국행 비행기에 올랐던 그날. 20년 전, 한국에서의 마지
막이었던 그날. 살아생전 가장 잔인했던, 바로 그날의 기억이었
다.

언제부턴가 꾸지 않게 되었던 꿈이다. 기억 속에서는 자리하고
있을지언정 결코 영상으로는 나타나지 않았던 기억이다. 그런데
어째서…….

그는 버석거리는 입술과 함께 가벼운 탈수 증상을 느끼며 침대

에서 일어났다. 냉장고에서 생수병을 하나 꺼내들어 벌컥벌컥 들이켰다. 차디찬 기운이 식도를 타고 온몸을 축인다. 뇌가 차가워지고 살갗이 찌릿했다. 지독한 갈증이 조금은 해소되는 듯싶었다.

물기가 묻어난 입술을 슥 훔쳐내며 그는 끔찍한 악몽 속을 다시금 더듬었다. 갑작스레 꿈을 꾸게 된 것이 아무래도 지난 저녁, 나라의 집에서 먹었던 한식의 여파 때문인 것 같았다. 미련하다, 한심하다, 자신을 욕하며 그는 또다시 물을 들이켰다.

마른 혀끝을 축이고 거실로 나온 그는 벽에 걸려 있는 시계를 바라보았다. 시간은 이제 겨우 4시 10분을 지나고 있었다. TV 옆에 놓여 있던 담뱃갑을 들고 발코니로 나갔다. 새벽의 적요함과 함께 열린 문틈 새로 들어선 겨울의 싸늘함이 땀이 채 마르지 않은 그의 살갗 위로 서늘하게 감겨왔다. 온몸에 소름이 일듯한 그 느낌을 뒤로하며 카인은 라이터 불을 당겨 담배 끝에 불을 붙였다. 막 불이 붙은 담배머리는 그가 연기를 들이마시자 빨갛게 일어서며 붉은 점점이 되어 타올랐다.

연기를 서서히 삼키고 뱉어내며 그는 자신의 모습이 투영된 유리창을 마주 보았다. 그 위에는 그의 낙인인 푸른 눈동자가 어김없이 박혀 있었다. 입안에 머금은 담배 연기를 유리에 비친 자신을 향해 길고 느리게 뱉어냈다. 천천히 내뱉어진 잿빛 연기가 어둠을 물들인다. 솜이 물을 흡수하듯 그것은 어둠 속으로 검게 빨려 들어갔다. 하지만 그의 푸른 눈동자까지 잿빛으로 물들여 주지는 못했다.

이 눈동자를 뽑아 버리고 싶다 생각한 적이 있었다. 처음 친구라는 것을 사귀기 시작했을 때, 그리고 그들과 다름을 느꼈을 때, 이 눈동자가 특별함의 표식이 아닌 특이함의 의미를 품은 '낙인'임을 깨달았을 때, 그는 이 푸른 눈동자를 뽑아버리고 까만색으로 덧칠한 새 눈동자를 끼워 넣고 싶다고 생각한 적이 있었다. 그것이 한국 땅에서 사는 내내 가졌던 마음이며, 영국으로 감으로써 악착같이 도려내 버렸던 고통스러운 과거였다. 거기에는 원망도 그리움도 미움도 더 이상은 없었다. 그런데 어째서…….

그의 잠을 잠식했던 그날의 기억을 떠올리며 그는 눈을 감았다. 잠재운 가슴으로, 식어 내린 머리로, 망각으로 뻗는 한 공간을 지나갔다. 그 길목에서, 불현듯 그녀가 떠올랐다.

보나라.

서서히 몸의 온도가 상승하며 기분이 나아져 갔다. 그리움이, 열망이, 그의 내부를 격렬하게 끌어안았다.

붉디붉은 생채기가 진 기억을 끌어안고 들어선 한국에서의 생활이 사막처럼 건조할 거라고 그는 생각했다. 아니면, 미련과 자괴라는 이름의 질척이는 늪지에 빠져 습하고 찝찝한 삶이 될 거라고 생각했다. 하지만 그녀가 곁에 있는 순간만큼은 건조하지도 습하지도 않았다. 딱 알맞은 온도와 습도.

그 때문일까. 자꾸만 그녀에게 집착하는 이유가.

간밤, 그를 밀어내려는 그녀에게 소리를 지르고 화를 내고 꼴사납게 협박을 했던 자신을 떠올렸다. 그런 그 앞에서 그녀가 짓던 눈빛, 표정, 떨림, 숨결도 가만히 떠올려본다. 심장이 발작을 일으키듯 오그라든다. 열을 받아 수축과 팽창을 반복하듯, 그녀를 떠올리자 그의 심장이 그랬다.

나라를 곁에 두고 싶다. 이 열망에 어떠한 부차적인 감정이 따라붙을지는 모른다. 계산하고 따지고 싶지 않았다. 그저, 곁에 두고 싶다. 갖고 싶다. 소유하고 싶었다. 퇴색된 일상에 색을 덧칠하고 생기를 품고, 그러고 싶은 것뿐이다…… 나는.

"내가 돌아온 건, 절대 당신의 그 협박들이 무서웠기 때문이 아니에요. 그래, 절대."

벽면 한구석에 비치된 책상 위에 핸드백을 내려놓으며 나라가 강조하듯 힘주어 말을 맺었다. 다행히도 비서실은 인기척 하나 없이 휑했다. 그의 곁에 항상 따라다니는 걸리버 같은 사내의 자리가 비어 있는 걸 보니 아무래도 카인은 아직 출근을 하지 않은 모양이었다. 그제야 나라는 잔뜩 기합이 들어간 몸을 느슨히 풀며 제자리에 앉았다.

말로는 그의 협박이 무서워서가 아니라 하고 있지만, 아주 아니라면 그것은 거짓말이었다. 그가 말했던 대로, 무작정 회사를 그만둔 뒤 부모님께 뭐라 말해야 할지 막막했던 것도 사실이었다. 하지만 다시 돌아온 것이 꼭 그런 이유들 때문만은 아니었다.

"만들어주겠어. 그런 것 따위."

상처받은 듯한 눈동자로 바라보며, 심장이 갈가리 찢긴 듯 고통스러운 목소리로 읊조리던 그의 음성이 어제처럼 생생히 가슴을 적셔왔다. 밤새 삐거덕거리던 심장이 버퍼링이라도 걸린 듯 또다시 버벅대기 시작했다. 마음 한구석이 욱신거리고 자꾸만 신경이 쓰였다. 남자의 눈빛이, 목소리가, 그녀의 머릿속과 심장을 온통 잠식한 채 떠나질 않았다.

대체 왜 이러는 것일까. 마주했던 그 눈동자가 어째서 그토록 아프게 느껴지는 걸까. 포효하던 목소리가 어째서 그렇게 마음을 뒤흔드는 걸까. 어째서. 대체 무엇 때문에?

자신에게 연거푸 물음을 던지던 나라는 이윽고 도리질을 쳤다. 이유랄 게 따로 있을 리 없었다. 자신은 단지 직장이 필요했을 뿐이다. 그러한 마음이 절실해지다 보니 자신의 비굴함을 은폐하기 위해, 남자의 말과 행동이 아프게 느껴졌다는 등의 이유로 합리화시키게 된 것일 뿐이었다.

악연이라 저주하던 남자를 상대로 출처 불분명한 감정을 느끼는 스스로를 부정하며 나라는 벽에 걸린 시계를 바라보았다. 시침이 숫자 9를 훌쩍 지나치고 있었다.

"아니, 근데 이 남자는 자기가 9시까지 오라 해놓고 왜 아직까지 깜깜무소식이야?"

혹여 1분이라도 늦어 불호령이 떨어질까 서둘러 왔더니, 말한 당사자가 코빼기도 비추지 않자 나라는 괜스레 골이 났다. 어디 언제 오는지 한번 두고 보자. 그가 이사실로 드는 즉시 앙칼지게 쏘아붙여 주리라 다짐하며 나라가 이를 득득 갈며 애꿎은 시계를 노려보고 있을 때였다.

벌컥!

"오늘 오후에 있을 브리핑에서 이사님께서 참고하실 보고서입니다."

굳게 닫혀 있던 사무실 문이 느닷없이 열렸다. 긴장을 놓고 있던 나라가 그 소리에 화들짝 놀라 벌떡 몸을 일으켰다.

"알겠습니다. 그리고 일전에 말했던……"

불현듯 들려온 인기척에 카인은 하려던 말을 잠시 멈췄다. 그리곤 부장에게로 향해 있던 시선을 소리익 출처지로 옮겼다. 카인의 푸른 눈동자가 천천히 커진다. 나라가 크게 헛기침을 하며 그 시선을 외면했다. 그 순간 들려온 나직한 목소리가 침묵을 깼다.

"이사님?"

"아, 이 부장님은 이만 나가 보십시오. 잠시 후에 제가 따로 호출하도록 하겠습니다."

고개 숙여 인사를 한 부장이 눈치를 보듯 하다가 밖으로 나갔다. 데릭 또한 자리를 피해 주려는 듯 '잠시 나가 있겠습니다, 보스'라는 말과 함께 문밖으로 나섰다. '찰칵' 하는 소리와 함께 문이 닫히고 그 공간 안에 비로소 그와 그녀만이 남게 되었을 때 카인이 나직이 입술을 떼었다.

"와주었군."

나라는 내내 외면하던 눈길을 천천히 그에게로 향했다. 망설이듯 닿은 눈길에 느슨하게 당겨진 그의 입매가 잡혀왔다. 심장이 느닷없이 쿵 뛰어올랐다. 이유 없이 얼굴이 붉어져 왔다. 스스로의 갑작스러운 반응에 당황하며 나라가 성급히 외쳤다.

"내, 내가 돌아온 건!"

"당신이 돌아온 건?"

"저, 절대 당신의 그 혀, 협박들이 무, 무서웠기 때문이 아, 아닌 게 아니에요!"

'어라, 이게 아닌데?'

본래 생각하던 것과는 달리 횡설수설 나간 말에 나라는 당황에 찬 표정을 짓고 말았다.

"기다려 줄 테니까 마음 다스리고 다시 말해봐."

얄미운 남자. 팔짱을 끼며 느긋한 웃음까지 머금는 그를 보며 나라는 아랫입술을 꽉 깨물었다. 네 속을 다 알고 있다는 듯한 그 오만한 눈빛도 아량을 베푸는 듯한 어투도 모두 얄밉기 그지없었다.

"어쩌다 보니 실언이 나갔지만, 내가 다시 돌아온 건 어제 그쪽이 한 그 협박 때문이 아니에요. 단지 난 지금 실직을 한 상태고 직장이 필요했어요. 이런 상황에서 극구 일자리를 마다하는 건 사치스러운 오기를 부리는 것일 뿐이라고 결론을 내렸구요. 그래서 돌아온 것뿐이니까."

"정말 그것 뿐인가?"

"그, 그럼요! 그것 말고 다른 이유가 대체 뭐가 있겠어요?"

미심쩍다는 듯 넌지시 물어오는 카인의 말에 나라가 발끈하며 소리쳤다.

"다시 한 번 말하지만, 이건 순전히 이해타산에 따른 결정일 뿐이에요! 굴러들어 온 직장을 마다치 않고 받아들이는 게 수지에 맞으니 받아들이기로 한 것뿐이라구요. 그 이외의 이유란 파리똥만큼도 없어요! 그러니까 내 순수한 결정을 그쪽의 음흉함에 비춰서 불순하게 받아들이지 말았으면 좋겠어요! 더불어 그간 행해 왔던 이상한 수작들도 오늘로서 끝내주세요!"

나라가 뭔가를 숨기려다 들킨 것처럼 지나치게 당황하며 바락바락 소리쳤다. 슬며시 웃은 그가 장난스러운 어투로 받아친다.

"당연히 그래 드려야지. 스카우트까지 해서 모셔온 대단한 비서님이신데."

'스카우트'라는 단어에 나라의 얼굴이 대번에 귀까지 빨개졌다.

"바로 당신의 그런 비아냥대는 듯한 언사들이 맘에 안 든다는 거예요! 난 그쪽의 장난감이 아니라, 비서라구요! 비서!"

"누가 뭐랬나? 스카우트까지 해서 모셔온 유능한 비서님을 어느 누가 감히 장난감으로 취급하겠어."

"이……!"

사사건건 '스카우트'를 들먹이는 그의 말에 나라는 약이 바짝 올라 냅다 소리를 지르려 했다. 하지만 카인이 다시 한 번 그녀의 말을 가로챘다.

"이제 그만하지. 보나라 씨가 3일을 내리 skip 해준 덕분에 괜한 사람이 고생해야 했어. 스카우트까지 해서 모셔온 귀한 분이시니 이제 그만 놀고 당신의 능력을 보여 주셔야지. 인사이동에 관한 부서별 보고서 회수해서 가져와. 오늘 오후 브리핑에 참고할 보고서들도 제출하라고 전하고."

카인이 얄밉게 말을 던지며 돌아섰다. 그러다가 문득 무언가가 떠오른 듯 다시금 그녀 쪽으로 몸을 돌렸다.

"아 참, 향긋한 원두커피 한 잔도 부탁하지. 스카우트해서 모셔온 비서가 내린 커피 맛이 어떨지 은근히 기대되는군."

'저, 원두 분쇄기에 갈아 마셔도 시원찮을 맥도날드!'

돌아서는 그의 등 뒤에서 나라가 차마 입 밖으로 쏟아내지 못한 말을 맹렬히 아우성쳤다. 어쩜 하는 말마다 저리도 얄미운지. 맞물린 이를 득득 갈며 그의 뒷모습을 노려보았다. 자신의 등 뒤로 꽂히는 앙칼진 시선을 느끼면서도 카인은 단정히 몸을 돌리며 시원한 웃음을 입가에 걸었다.

어쩌면 그녀가 말한 대로, 이곳으로 돌아온 것이 순전히 일자리 때문이라는 것이 진실이고 그가 지금 받는 느낌들이 완전한 착각일지도 몰랐다. 하지만 만에 하나 정말 그렇다 하여도 크게 상관은 없었다. 중요한 건 그녀가 자신 앞에 있다는 사실이다. 현재는 불변한 것이지만, 앞으로 있을 미래는 지극히 가변적인 것이다. 현재가 어떠하건 간에 그녀가 지금 눈앞에 있는 이상, 가깝거나 혹은 먼 미래 속에서 자신과 그녀의 관계는 충분히 달라질 수 있었다. 아니, 달라지게 만들 것이다. 그리고 달라질 것이다. 틀림없이.

그는 나라의 시야로부터 유유히 벗어나면서 그녀를 향해 의미심장하게 선전 포고 했다.

'기대해. 당신에 이어 당신의 그 도도한 심장까지, 수일 이내로 철저히 스카우트해내고 말 테니까.'

10

사랑과 동전, 그들의 공통점

"오늘 스케줄이 어떻게 되지?"

카인이 곁에 선 데릭의 손에 서류 가방을 건네며 나라를 향해 물었다.

"11시에는 각 부서 팀장과 해외 지사 수익성 조사에 관한 브리핑이 있으며 1시에는 한성건설 이원후 전무님과 다래옥에서 오찬 약속이 있으십니다. 그리고……."

지극히 사무적인 나라의 어투에 카인은 미간을 살짝 구기며 돌아섰다. 사무실 안으로 쏟아지는 아침 햇살에 반사된 작은 얼굴이 가늘어진 눈매 사이로 오롯이 파고들어왔다. 그는 천천히 눈길을 옮겨 그녀의 얼굴 구석구석을 쓸어내렸다. 그런데도 나라는 그저 눈꺼풀을 내리깐 채로 수첩만을 내려다보고 있을 뿐이었다.

처음 이곳에 발을 들여놓던 당시만 해도 절대 비서 일 따위는 못 할 것처럼 말하던 그녀는 며칠 새 제법 비서로서의 면모를 갖추고 있었다. 커피 맛도 썩 좋은 데다가 사무적인 일 뿐만 아니라 기타 잡무 또한 곧잘 맡아 했으며, 그녀가 그토록 이를 갈았던 그에 관해서는 회사에서만큼은 자신이 모시는 상사로서 최대한 예우를 갖췄다. 허술할 거라 여기며 은근히 틈새를 공략하려고 노리고 있던 카인이 되레 맥이 빠질 정도였다.

'오늘도 완전 무장이군.'

카인은 그녀를 지긋이 내려다보며 피식 웃었다. 적에게 틈을 내보이지 않으려는 듯 아등바등하는 그 모습이 어쩐지 귀엽게 느껴졌다. 그는 짙게 가라앉은 푸른 눈동자로 나라를 빤히 바라보았다. 빼곡히 적힌 일정만을 주시한 채 사무적인 어투를 구사하고 있는 그녀의 입술 위로 천천히 눈길이 옮겨갔다. 사근사근 말을 뱉는 오렌지빛 입술이 육감적으로 움직이며 그를 매료시키고 있었다. 그는 엄지로 자신의 아랫입술을 슥 매만지며 두 눈을 가늘게 떴다. 문득 구미가 당긴다.

"오후 3시에는 오늘 M&N 측으로 보낸 실무진들이 이번 계약에 대한 상황 보고를……."

노골적이다 싶게 저를 바라보는 진득한 시선을 느꼈는지 나라가 하던 말을 잠시 멈추었다. 이어 지그시 내리깔고 있던 눈꺼풀을 느릿하게 들어 올린 순간, 카인이 그녀의 턱 끝을 살짝 들어 올리며 나른하게 속삭여왔다.

"립스틱 컬러가 바뀌었군."

새까맣게 타들어 갈 것만 같은 진한 다크블루가 노골적으로 그녀의 입술 위를 쓸었다. 그의 뜨거운 숨결이 코끝으로 진하게 엉겨 왔다. 하지만 그간의 경험으로 면역력이 생긴 나라는 한 치의 동요도 일지 않은 곧은 시선으로 그를 올려다보았다.

"이것도 사내 성희롱에 속하는 거 아시죠?"

성희롱이라. 나라의 되바라진 어투에 카인은 실소했다. 그는 곧졌다는 듯 나라의 턱을 들어 올리고 있던 손을 느릿하게 거둬들였다.

"딱딱하기도 해라."

"반대로 이사님께선 지나치게 능글맞으시죠."

"그거야말로 환상적인 조화로군. 유(柔)함과 강(剛)함이 적절하게 배치된 거니까."

"천만에요. 최악의 조화겠죠. 그 둘은 절대 어울릴 수 없을 테니."

나라는 음절 하나하나에 힘을 주어 말을 맺은 후, 손에 들고 있던 스케줄러를 접으며 한 발짝 뒤로 물러섰다. 그러곤 작게 묵례를 한 뒤 그로부터 냉정하게 돌아섰다.

"그 색깔."

막 발걸음을 내딛던 가는 발목이 멈추어 섰다. 그가 말한다.

"잘 어울려."

카인의 말을 귀에 담은 후 나라는 잠시간 미동조차 보이지 않은 채 굳은 듯이 서 있었다. 그녀의 고개는 오로지 정면만을 향해 있었다. 그러던 잠시 후, 나라는 등 뒤편을 한번 힐끔거리는 것을 마지막으로 요란한 소리와 함께 집무실을 빠져나갔다.

사라지는 그녀의 뒷모습을 바라보며, 그는 만족스러운 미소를 입가에 머금었다. 나라가 자신 쪽을 돌아보지는 않았으나, 그는 알 수 있었다. 내내 냉정한 척하던 그녀가 결국은 그의 도발에 넘어갔다는 것을. 단정하게 묶어 올린 머리카락 덕분에 훤히 드러난 양쪽 귀가 수줍은 듯 붉어져 있었기 때문이었다.

'이 게임에도 조금씩 가망이 보이기 시작하는 건가.'

그는 매력적인 입매를 늘씬하게 끌어 올리며 슈트 재킷을 벗었다. 잠시 잊고 있던 이의 목소리가 그의 귓속을 파고들었다.

「너무 놀리시는 것 아닙니까?」

「내가? 설마.」

벗어낸 슈트 재킷을 데릭에게 건네며 카인이 천연덕스럽게 대꾸했다.

「놀리는 게 아니라 그저 잠시 유희를 즐긴 것뿐이지.」

「그게 그거인 것 같습니다만. 그러다가 다시 도망치려 하면 어쩌려고 그러십니까?」

「걱정 마. 성급하게 굴 생각은 없으니까. 최대한 여유를 두고 천천히, 그리고 아주 조금씩 눈앞의 사냥감을 길들이고 먹어 치워갈 생각이거든.」

단정하게 매고 있는 넥타이를 느슨하게 풀어내며 카인이 말했다. 데릭은 느릿하게 시선을 옮겨 카인을 바라보았다. 야만적인 맹수가 먹음직스러운 먹잇감을 눈앞에 두고 탐욕스럽게 입맛을 다시고 있었다.

「이미 내 정원 안에 들어온 나비다. 굳이 섣불리 행동해 겁을 먹게 할 필요야 없지. 여린 것일수록 무섭게 불어닥치는 강풍보다는 살랑거리는 미풍에 더 쉽게 쓸려 오는 법이니까.」

카인은 나른하게 중얼거리며, 그 너머 나비가 있을 갈색 문을 등지고 돌아섰다.

그래. 필요 이상으로 조급해할 필요는 없다. 거세게 내몰아 봤자, 그것은 작고 여린 나비의 날개를 상처 내고 찢기게 할 뿐이다. 자신이 손에 넣고 싶은 것은 넝마가 되어버린 날개의 시들시들한 나비가 아니었다. 화려한 색채를 유지한 채 아름답게 날갯짓을 하는 생명력 넘치는 나비지.

그는 복잡한 서울이 한눈에 들어오는 통유리 쪽으로 천천히 걸음을 옮겼다. 푸른 눈동자에 담겨오는 10시의 서울은 흘러가는 시간이 무색할 정도로 느릿하게 행진하고 있었다. 마주 보이는 건물의 전광판 광고가 그의 눈을 잡아끌었다. 주황빛의 오렌지가 나오는 광고였다. 조금 전 그의 욕망을 충동질하던 매력적인 오렌지빛 입술이 문득 떠올랐다. 카인의 유려한 입매가 매끈한 턱 선을 타고 쓱 당겨진다.

"아무리 천천히라지만 그건 좀 구미가 당기는군."

정원에 들어온 나비를 향해 입맛을 다시며 그가 말했다. 하지만 곁에서 카인을 관찰하던 데릭은 그와는 다른 생각을 하고 있었다. 상대의 정원으로 들어간 나비는 어쩌면 보나라 그녀가 아니라, 그의 보스일지도 모른다고.

"아무튼, 한시도 맘을 놓을 수 없는 남자야!"

나라는 귀까지 새빨개진 채 씩씩거리며 손에 들린 스케줄러를 데스크 위로 사납게 내던졌다. 그녀가 IBMC에 입사해 유일하게 는 것이 있다면 저 남자의 능글맞음에 천연덕스럽게 대응하는 방법이었다. 그런데 내내 잘 버티다가 막판에 말짱 황이 되고 만 것이다.

"턱 추켜올리는 것까지도 잘도 참았으면서 그 말 한마디에 얼굴을 붉히긴 왜 붉히니! 왜! 으이구, 이 화상!"

저 나름의 기 싸움이었건만 그에 패한 것만 같아 억울한 마음에 나라는 자책을 하며 머리통을 두어 번 쥐어박았다. 그래 놓곤 아픈지 손바닥을 펴 슬슬 문지르며 종전에 그가 했던 말을 슬그머니 떠올렸다.

"그 색깔 잘 어울려."

금세 얼굴이 화끈거린다. 혈관을 타고 온몸으로 순환하는 피가 증발할 듯 뜨겁게 타오르는 것 같았다. 왼쪽 가슴 아래 온전히 자리한 심장이 얇은 살가죽 아래서 옅게 파닥였다. 그녀의 몸이, 심장이, 언제부터인지 그의 일거수일투족에 충실한 반응을 보이고 있었다.

"근데 참 자세히도 뜯어보셨네. 립스틱 바꾼 건 또 어떻게 알아서."

나라는 나지막이 중얼거리며 제 입술 위를 손끝으로 가만히 어루만져 보았다. 촉촉이 젖은 입술이 그 위에 머문 채 새까맣게 타들어 가던 그의 뜨거운 시선에 데기라도 한 듯 화끈거려 왔다. 잠시 멍해 있던 나라는 곧 두어 번 도리질 치며 스스로를 각성했다.

❖

—보나라

이름 석 자가 떠 있는 핸드폰 액정을 한참이나 망설이듯 바라보던 강우는 오늘도 통화 버튼을 누르지 못하고 폴더를 닫고 말았다. 두 손에 핸드폰을 마주 잡은 그의 입술 새로 짙은 한숨이 새어나왔다.

나라가 회사에 사직서를 제출하고 그를 떠난 지가 오늘로써 꼬박 3주일째였다. 연락을 해 볼까 하는 마음이 하루에도 수십 번씩 울컥 치솟았으나 그때마다 매번 망설임이 일어 포기하고 말았다. 그리고 오늘도 결국 망설임은 그의 손끝을 잡아채 핸드폰을 엎어버렸다.

강우는 연이어 새어 나오는 한숨과 함께 콧등을 짓누르고 있는 은테 안경을 벗어 책상 위에 내려놓았다. 근심 속에서도 그를 냉정해 보이도록 포장해 주던 유일한 물건이 그렇게 거두어지자, 얼마 전에 비해 한결 수척해진 그의 얼굴이 여실히 드러났다. 단정한 이마를 느릿하게 쓸며 그는 지그시 눈을 감았다.

연락을 하려는 이유가 나라를 설득해 이미 다 끝난 사이를 다시 시작하려는 속셈 때문은 아니었다. 그렇게까지 해서 나라의 마음을 무겁게 하고 싶은 생각은 없었다. 그저 그녀가 어떻게 지내고 있는지, 밥은 잘 먹고 다니는 건지, 새로운 직장은 구한 건지 그녀의 모든 것이 걱정스러울 뿐이었다. 미련과 그리움이 아주 없다면 그 또한 거짓일 테지만 그보다도 나라의 안위에 대한 걱정이 더 컸다. 물론, 이젠 아무 관계도 아닌 자신이 이런 걱정을 하고 있다는 것 자체가 어쩌면 우스운 것일지도 몰랐다. 하지만 다시 관계를 되돌리고자 하는 마음은 어떻게든 억누른다 하여도, 순수하게 쏠리는 이 마음까지 자력으로 어찌할 수는 없었다. 하지만 이런 자신의 마음 또한 나라에게는 부담이 될지도 모른다는 생각에 매번 마음만으로 그쳐야 했다.

그의 왼손 약지에 여전히 끼워져 있는 반지를 내려다보며 그는 낮게 한숨을 몰아쉬었다. 언제까지고 나라의 생각에 쫓기며 시간을 허비할 수는 없었다. 이달 말까지 마무리 지어야 할 프로젝트가 산더미였다. 그는 어지러운 머릿속을 잠재울 겸 잠시 바람을 쐬고 오기로 마음을 먹고 자리에서 일어났다. 그런 그의 발걸음이 막 커피 자판기 앞에서 멎었을 때였다.

"그래서 결국 그 남자 아래서 일하기로 한 거야?"

호들갑스러운 목소리가 그의 주의를 잡아챘다. 평소 남의 일에 관심을 갖는 성격은 아니었으나, 들려오는 목소리가 묘하게 귀에 익어 그쪽으로 비슷이 고개를 틀었다. 목소리의 주인공은 같은 부서에서 일하는 여직원, 다연이었다.

"그 남자도 참 이상하다. 그 정도면 서양의 쭉빵 미녀들이 너나 할 것 없이 치맛단 걷어붙이고 달려들게 생겼는데 그런 잘난 사람이 대체 뭐가 아쉬워 너 같은 애한테 협박까지 해 가며 목을 맨다니? 나로선 도저히 이해가 안 된다, 이해가."

뭐가 그렇게 이해가 안 되는지 고개까지 설레설레 흔들어가며 다연이 말했다. 친구와 통화라도 하는 모양이었다. 남의 전화 통화를 엿듣는 것만 같아 기분이 찝찝했다. 강우는 이만 그녀에게서 관심을 거두기로 하며 자판기에 동전을 넣었다. 그러곤 마시고자 하는 커피의 버튼을 누르려 했을 때였다.

"어찌 되었건 다행은 다행이네. 궁상맞은 백조생활 청산하고 하루아침에 비서 자리에 앉다니. 이건 다행 정도가 아니라 아주 팔자가 핀 거야. 팔자가. 이 억세게 운 좋은 보나라야."

버튼을 누르려던 강우의 손길이 허공에서 멈추었다. 주의를 거두어내려던 차 어렴풋이 들려온 이름 석 자가 그의 신경을 거세게 낚아챘다. 강우는 끝내 버튼을 누르지 못하고 다시금 다연 쪽으로 고개를 돌리고 말았다. 그러자 그가 방금 들은 이름을 재차 확인시켜 주듯 다연이 핸드폰에 대고 다시 한 번 말했다.

"그럼 그게 팔자 핀 거지. IBMC 기획이사 수행비서 자리가 어디 그렇게 호락호락한 자리냐? 무튼 보나라, 넌 참 좋겠다."

가슴 한가운데가 욱신거린다. 강우의 왼손 약지에 끼어진 백금 반지가 그리움에 반사되어 아련하게 빛났다.

❖

재떨이에 높게 탑을 쌓은 담배꽁초를 비우고, 이사와 그의 손님들이 마신 커피잔을 씻은 뒤 탕비실에서 나오자 어느덧 시침은 6시를 훌쩍 넘어서 있었다. 평사원일 때야 6시면 쏜살같이 칼퇴근을 했지만, 팔자에도 없던 비서질을 시작한 뒤로는 그 또한 녹록지 않았다. 싫건 좋건 간에 어쨌든 그는 자신이 모시는 상사였으며, 때문에 그의 하루 일정이 막을 내릴 때까지는 나라 또한 회사에 붙어 있어야 하기 때문이다.

다 늦은 시각 또 한 차례 울려온 전화를 받고 카인의 일정을 체크한 나라는, 조금 전 비운 재떨이와 가습기 통을 들고 이사실로 들어갔다. 노크까지 했으니 인기척을 느꼈을 법한데도 그는 눈길한 번 스치는 것 없이 데릭이라는 자와의 일에만 열중하고 있었다. 점심이 끝난 뒤부터 쭉 이어진 대화가 아직까지도 끝을 맺지 않은 모양이다.

나라는 유유히 그들을 스쳐 지나가 가습기 통을 교환했다. 그러곤 어느새 또 담배를 물고 있는 카인의 앞에 깨끗이 빈 재떨이를 가져다 놓았다. 아스라이 피어오른 푸른 연기가 그의 온몸 주변을 휘감고 시야를 자욱이 드리워 왔다. 매캐한 담배 냄새에 나라는 눈살을 찌푸리며 테이블 위를 더듬었다. 그 위를 스치듯 지나치려던 나라의 눈길이 카인의 옆에 놓인 찻잔 위에서 멈췄다. 잠시 재떨이를 비우러 간 사이 담배를 피웠는지, 붉은 장미가수 놓인 어여쁜 찻잔이 그 위에 무자비하게 짓이겨진 꽁초로 인해처참한 모습을 하고 있었다. 이게 한 세트에 얼마짜린데 여기다가 담배를 비벼 끄다니. 가진 돈은 얼마나 많을지 모르나 인간성은

참 없다 혀를 차며 나라는 가엾은 모습의 찻잔을 집어 들고 이사
실을 빠져나왔다.

카인을 알아 온 지 얼마 되지는 않았지만 나라가 그에 관해 파
악해 낸 몇 가지가 있다면 그것은 바로, 카인 맥클레인이라는 남
자가 그녀가 만나 온 어떤 남자들보다도 악랄하다는 것과 또한 그
악랄함만큼이나 지독한 헤비스모커라는 사실이었다. 어쩌다 이사
실에서 회의라도 있는 날에는 시간 차로 달려가 재떨이를 비워야
할 정도니, 그가 얼마나 지독한 니코틴 중독자인지는 두말할 것도
없었다. 그런데도 또 한 가지 불가사의한 점이 있다면, 그렇게나
담배를 피움에도 불구하고 어째서인지 그에게서는 스모커들에게
서 나는 그 특유의 탁하고 퀴퀴한 담배 냄새가 조금도 나지 않는
다는 것이었다.

참 이상도 하지, 혼잣말로 구시렁거리며 나라는 다시 책상 앞에
앉았다. 그러곤 카인이 내일 아침까지 정리하라 일렀던 자료들을
컴퓨터에 입력하기 시작했다. 별다른 일정은 잡혀 있지 않았으나
어차피 할 일도 남았고 하니 좀 더 회사에 남아있기로 했다.

배가 고픈지 납작하게 꺼진 뱃속이 요동을 칠 때가 돼서야 나라
는 다시 시계를 들여다보았다. 그러곤 여전히 굳게 닫혀 있는 이
사실 쪽으로 시선을 옮기며 혀를 찼다. 참으로 독한 인간들이었
다. 이건 그냥 독한 정도가 아니다. 저들은 인간이 아닌 트랜스포
머였다. 이미 해는 저만치 저물어 8시를 넘어서고 있건만 지들이
기름으로 꼴꼴 배를 채우는 로봇이 아니고서야 어찌 이 시간까지
저 안에서 한 발짝을 내놓지 않을 수 있단 말인가.

일도 일이라지만 배고픔을 외면하고서까지 이 이상 성실한 척을 할 수는 없었다. 나라는 작성한 부분까지 저장된 파일을 USB에 옮겨 담곤 컴퓨터의 전원을 끈 뒤 자리를 정리하기 시작했다. 책상 위를 말끔히 정돈한 뒤 옷걸이에서 잿빛 알파카 코트를 꺼내 걸쳤다. 그러곤 핸드백을 마저 집어 들려다가 잠시 멈칫했다. 인사를 하고 가야 할지 말아야 할지 망설여졌기 때문이었다. 어쩌나 싶어 잠시 고민을 하고 있는데, 굳게 닫혀 있던 이사실 문이 불쑥 열리며 두 트랜스포머가 문밖으로 걸어 나왔다.

"아직 퇴근하지 않았나?"

둘 중 잘생긴 트랜스포머 쪽이 눈앞의 나라를 보며 놀란 듯 물었다. 아직 퇴근하지 않았냐니. 그 말은 결국 지금까지 자신의 존재는 안중에도 두고 있지 않았다는 말이었다. 만에 하나 인사라도 했었다가는 더욱더 민망해 질 뻔했다. 그가 자신에게 관심을 두고 있는지 어떤지, 이쪽이야말로 진심으로 관심 없었지만, 막상 직접 절감하고 보니 그래도 비서라며 지금껏 남아 일을 한 자신이 미련하게 느껴졌다.

"이제 막 퇴근하려던 참이었어요. 아직 마무리 짓지 못한 일이 있어서요. 그럼 저는 먼저 가보겠습니다. 안녕히 계세요."

작세 묵례를 한 뒤 나라는 그들로부터 돌아섰다. 말없이 이사실을 빠져나오는데 묘하게 서운한 마음이 들었다. 서운하다니, 무엇이? 라고 습관처럼 반문하며 한적한 복도를 따라 걸음을 옮겼다. 자신이 그 남자에게 서운함을 느낀다니. 바퀴벌레가 더듬이로 손뼉을 치는 것보다도 말이 안 되는 소리였다. 그 남자가 아니라, 여태 남아 일한 자신의 노고가 괄시받았음에 분해서이겠지 라고 생각하며 나라는 터덜터덜 걸어갔다. 걸음이 어느새 엘리베이터 앞에 다다랐다. 문이 열리고 나라는 그 위로 올랐다. 엘리베이터의 문이 천천히 닫혀갔다.

"Wait."

밀폐된 공간 속으로 낮게 흘러드는 익숙한 목소리에 나라는 화들짝 놀라 발밑을 바라보고 있던 고개를 들었다. 거의 다 닫혀가던 문이 넓게 열려 있었다. 그리고 그 사이에는 더운 숨을 무겁게 몰아쉬고 있는 카인이 있었다.

"그렇게나 불렀는데도 뒤도 한 번 안 돌아보더군."

땀까지 흘리며 가쁘게 숨을 뱉는 그를 나라가 두 눈을 크게 떠 바라보았다. 그러자 카인이 손에 들린 물건을 그녀의 눈앞에 흔들어 보이며 비긋이 입매를 당겼다.

"두고 갔어. 당신 핸드백."

그의 말을 듣곤 나라는 황급히 자신의 손을 살폈다. 무색하게도 그녀의 손은 아무것도 든 것 없이 비어 있었다. 아무래도 사무실을 빠져나오던 도중 깜빡한 모양이었다. 얼굴이 화끈거린다. 나라는 민망한 마음에 그를 마주 보지 못하고 괜한 헛기침을 했다. 잠시 후 다시 고개를 들자 어느새 그는 엘리베이터 안으로 걸어 들어와 그녀의 옆에 서 있었다.

"언제까지 내게 여자 핸드백을 들고 있게 할 작정이지. 필요 없는 물건이라 두고 간 거였나?"

나라는 카인이 하는 말에 그제야 정신이 들어 핸드백 쪽으로 손을 뻗었다. 하지만 그녀의 손끝이 핸드백에 채 닿기도 전, 카인이 그것을 쥔 손을 그의 머리 위로 추켜올렸다. 또 놀리는 건가 싶어 미간을 찌푸리며 바라보자 카인이 말했다.

"그 전에 내게 할 말이 있을 텐데."

나라는 말없이 이맛살을 찌푸린 채 그를 올려다보았다. 카인이 들고 있는 핸드백을 살짝 흔들며 얄밉게 씩 웃어 보인다. 그를 노려보듯 힘이 들어간 까만 눈동자에 잠깐 오기의 빛이 서렸다. 하지만 잠시 후 나라는 마지못한 척 그에게 말했다.

"······고맙, 습니다."

"옳지, 착하군."

마치 말 잘 듣는 아이를 칭찬하듯 구는 그의 말에 발끈하여 노려보았다. 그러자 그가 하하, 하고 낮게 웃으며 핸드백을 건네주었다. 필시 고맙다는 소리를 못 들어 한 맺혀 죽은 귀신이 들러붙었음이 분명했다.

"늦게까지 남아서 일을 하는 건 좋지만 되도록이면 정신만큼은 남겨두지 말고 챙겨 가도록 해. 내게 그것까지 물어내 줄 능력은 없으니까."

장난스럽게 말한 뒤 그는 엘리베이터의 버튼을 눌렀다. 여태 10층에 정체되어 있던 엘리베이터가 그제야 기계적인 소리와 함께 움직이기 시작했다. 정말 심하게 정신을 놓았나 보다. 엘리베이터에 타곤 버튼도 누르지 않았었다니. 나라는 민망함을 느끼며 고개를 떨궜다.

엘리베이터가 10층에서 1층까지 내려가는 시간은 아주 잠시였다. 그런데 그 시간이 왜 이리도 길게 느껴지는 건지. 나라는 묘한 긴장감에 휩싸인 채 숨조차 제대로 내쉬지 못했다. 밀폐된 공간 안에 빈틈없이 들어찬 팽팽한 긴장감이 폐부를 꽉 짓눌러 왔다. 아마도 바로 옆에 있는 이 남자가 하도 속을 알 수 없는 남자라 경계를 늦출 수 없기 때문일 것이다. 나라는 생각하며 엘리베이터 바닥만을 향해있던 시선을 가만히 그에게로 옮겨 보았다. 힐끗거리듯 닿은 시선에 카인의 옆모습이 잡혔다.

카인은 바지주머니에 손을 찔러 넣은 채 정면만을 응시하고 있었다. 그 또한 인간임을 보여주기라도 하듯, 시종일관 여유 만만해 보이기만 했던 남자의 얼굴에는 나른한 피곤함이 묻어나 있었다. 단정하게 쓸어 넘긴 머리카락은 몇 가닥이 흘러내려 이마 위에 흐트러져 있었고, 출근할 무렵만 해도 넥타이까지 단단히 매여 있었던 셔츠는 타이는 없이 단추가 두 개 정도 풀어져 있었다. 그녀가 모시는 이는 다행히도 트랜스포머가 아닌 사람이었던 것이다. 나라는 새치름한 표정을 지으며 그로부터 시선을 거두었다.

[1층입니다.]

엘리베이터가 도착하고 그가 먼저 내려섰다. 나라 또한 그를 뒤따라 로비로 발을 디뎠다.

"아이고, 이사님. 이제들 퇴근하십니까?"

"네, 그럼 수고하십시오."

살갑게 인사를 건네오는 나이 지긋한 경비 아저씨를 지나쳐 회사 로비를 걸어 나왔다. 회전문을 통과해 나오자 회사 앞에는 카인의 은색 벤츠가 떡하니 받쳐져 있었다. 데릭이 어느새 먼저 내려와 차를 대기 시켜 놓은 모양이었다.

"그럼 전 이만 가보겠습니다."

나라는 고개를 숙여 인사하곤 돌아서려 했다. 하지만 미처 걸음을 떼기도 전, 카인의 손길이 돌아서는 나라의 손목을 붙잡았다.

"그냥 있지. 집까지 바래다줄 테니까."

"됐습니다. 혼자 가도……."

"말 들어."

카인이 강압 어린 투로 말했다. 말 들어, 라니. 그렇게 말고 조금 더 부드럽게 말할 수도 있을 텐데 꼭 재수 없게 저래야 하나? 나라는 눈썹과 눈썹 사이를 구기듯 모으며 그의 손아귀에 붙잡혀 있는 손목을 가만히 비틀어 빼냈다.

"아뇨, 피곤하실 텐데 어서 들어가서 쉬셔야죠. 호의는 감사하지만 사양하겠습니다."

가식적인 웃음과 가식적인 멘트로 말을 맺은 뒤 나라는 또다시 돌아섰다. 호의도 호의 나름이지 명령조로 던져지는 호의 따위는 트럭으로 가져다준 대도 노땡큐였다.

"그래. 당신이 말한 대로 지금 나, 굉장히 피곤해."

등 뒤로 바짝 따라붙은 나직한 허스키 보이스에 반사적으로 걸음이 멈추어졌다.

"그런데 그것도 알고 있는지 모르겠군."

어느 틈에 다가온 성마른 손길이 나라의 가는 팔목을 거칠게 잡아채 돌려세웠다. 붙들린 손목이 부러질 듯했다. 냉한 대기를 날카롭게 가로지른 짙은 화기가 그녀의 코끝을 덮었다.

"내 경우는 피곤하면 평상시보다도 더 난폭해진다는 사실을."

붙잡힌 손목이 그에게로 힘껏 당겨지며 여리고 가는 몸이 그의 단단한 품속으로 갇힐 듯 밀착되었다.

"좋은 말 할 때 내가 베푼 호의를 받아들이겠나. 아니면 입사 첫 출근 날의 아침처럼 오늘 밤, 당신 평생에 기억 남을 퇴근을 하게 해줄까."

닿을락 말락 한 자리에 떠오른 입술이 서늘한 미소를 머금고 있었다. 나른하지만, 거역할 수 없이 고압적인 투로 속삭여진 말들이 귓전을 서늘하게 휘감았다. 웃지만 웃고 있지 않은 맹수의 눈동자가 맹렬하게 시야를 쫓는다. 야금야금 잡아먹히기 시작한 심장이, 숨통이 끊기기 직전 마지막 발작을 일으키듯 가쁘게 몸서리쳤다. 섬뜩한 기운에 식은땀이 주룩 등골을 긋고 흘렀다.

남자는 항상 이랬다. 평소에는 장난기 어린 말과 행동으로 유순한 척을 하다가, 뭔가 심기에 거슬린다 싶으면 숨기고 있었던 사나운 송곳니를 가차 없이 드러내 그녀를 위협했다. 가끔씩 그 위협과 협박에 굴하지 않고 맞서고픈 오기가 들었지만, 오기는 오기일 뿐 정말로 그러지는 못했다. 알고 있기 때문이었다. 그가 드러내고 있는 저 날카로운 송곳니가 결코 허상이 아님을. 알고 있다면 우선은 피해야 되겠지. 위험천만한 육식동물 앞에서 그렇게 살길을 찾아 헤매던 초식동물은 결국 성질을 꺾고 마지못한 척 그의 말을 따르기로 했다.

"아, 알았어요. 타면 되잖아요, 타면!"

더듬더듬 말을 뱉으며 붙잡힌 손목을 뿌리쳤다. 살갗에 찰싹 밀착되어 있던 더운 열기가 떨어져 나가자 겨울임에도 불구하고 시원한 느낌마저 들었다. 잔뜩 심기가 뒤틀린 까만 눈동자로 카인을 차갑게 흘기며 나라는 그의 옆을 스쳐 은색 벤츠 앞으로 걸어갔다.

"극구 마다했는데도 타라고 하신 기니까 택시비는 안 낼 거예요."

도도하게 턱 끝을 치켜들고 외치는 나라의 말에 카인은 언제 그랬냐는 듯 솜사탕처럼 부드러운 미소를 지으며 뒷좌석의 문을 열어주었다.

"Of course, lady."

시원한 아쿠아빛을 띠는 푸른 눈동자가 밤하늘에 뜬 하현달 모양으로 유연하게 휜다. 심장을 송두리째 삼키려 드는 매혹적인 미소. 사나운 야수에서 한순간에 젠틀맨으로 바뀐 카인을 보며 나라는 생각했다. 이 남자는 아마 죽었다 깨어나도 모를 것이라고. 이러는 자신이 얼마나 얄밉고 재수 없는지를.

"꽤 늦네."

손목에 채워진 시계를 내려다보며 강우가 낮게 한숨을 뱉었다.

본의 아니게도 다연의 통화를 엿듣게 된 강우는 퇴근하자마자 나라의 회사 앞으로 오고 말았다. 오면서도 과연 이게 잘하는 짓인가 싶어 한참을 망설였지만, 먼발치에서나마 나라를 보고 싶다는 생각에 결국 발길을 옮기고 만 것이었다. 그녀의 전공도 아닌 비서직으로 채용되었다는 게 좀 의아하기도 했지만, 취업이 어려운 때에 늦지 않고 직장을 구했다는 것만으로도 다행이었다.

하지만 어떻게 된 일인지 기다린 지 2시간이 지난 지금까지도 나라는 코빼기도 보이질 않고 있었다. 퇴근 시간조차 당겨서 달려왔으니 나라가 먼저 퇴근을 했을 리는 없었다. 전화를 해보면 그만일 테지만, 그랬다간 나라가 자신을 피하려 할 것 같아 선뜻 전화를 걸 수도 없었다. 혹시나 하여 프런트 데스크에 가 물어도 보았으나 기획이사실 직원들은 아직 퇴근을 하지 않은 상태라 했다. 비서라더니 상관이 퇴근을 할 때까지 기다리고 있는 모양이라 생각하며 그는 조금 더 인내심을 갖기로 했다.

강우는 한참을 만지작거리던 핸드폰을 가만히 차 시트 위에 내려놓았다. 그러곤 그의 핸들 옆에 있는 작은 사진 위로 눈길을 옮겼다. 차에 부착된 동그란 틀 안에서 나라가, 세상 누구보다도 행복해 보이는 그를 꼭 끌어안은 채 해맑게 미소 짓고 있었다. 그는 핸들을 감싸 쥐던 손을 떼어 나라의 말간 얼굴 위를 느릿하게 쓸었다.

작렬하는 태양 빛에 허무하게 녹아 버리는 눈발처럼, 바로 한 달 전에 허망하게 끝나버린 사랑이었다. 하지만 그에게 있어서는 결코 과거가 될 수 없는, 추억으로 만들고 싶지 않은 소중한 그리움이기도 했다.

강우는 아려오는 가슴을 지그시 억누르며 차창 밖으로 시선을 던졌다. 그리움을 떠안은 채 그렇게 어둠 속을 배회하던 검은 눈동자가 막 로비 쪽으로 향했을 때였다.

"......!"

강우는 표정을 멈춘 채 한 곳을 바라보았다. 멀지 않은 곳에 닿아 있는 그의 시야로 한 여자가 들어오고 있었다.

허리까지 내려오는 검은 생머리. 자그마한 얼굴. 그 안에 자리한 오목조목한 이목구비들. 품 안으로 쏙 들어올 것 같은 가녀린 실루엣.

나라였다. 잘 지내고 있는지 걱정이 돼서, 먼발치에서만이라도 지켜보겠다고 찾아온 그녀였다. 답답한 차 안에 우두커니 앉은 채로 2시간을 기다린 끝에 드디어 볼 수 있게 된 그녀, 보나라. 그런데……

강우는 두 남녀에게로 닿은 시선을 재빨리 정면으로 돌리고 말았다. 순식간에 눈시울이 뜨끈해졌다. 가슴 한가운데가 턱 막히며 숨이 가빠온다. 핸들을 움켜쥔 손끝이 바들 떨렸다. 방금 전 시야에 잡혔던 그 장면이 그의 머릿속을 마구잡이로 파헤쳤다.

그녀. 순식간에 시선을 빨아들이고 심장을 옥지르는 그녀, 보나라. 그리고 그녀 옆에 선 또 다른 남자. 나 서강우가 아닌, 그런데도 불과 얼마 전까지만 해도 내가 있었던 그 자리에 보란 듯이 서 있는…… 다른 남자?

필름처럼 뇌리에 박힌 두 사람의 모습을 떠올리며 그는 눈앞이 아득해져 갔다. 그럴 리 없었다. 나라에게 다른 남자라니. 헤어진 지 고작해야 한 달도 채 되지 않았는데 다른 남자라니!

있을 수 없는 일이라 부정하며 그는 떨어지지 않는 시선을 가까스로 돌려 다시 로비를 바라보았다. 하지만 물기 어린 그의 망막 위로 맺혀든 장면은 그가 다시 한 번 현실을 부정하기에는 너무도 잔인한 것이었다.

나라의 팔을 붙잡고 허리를 감싸 안은 채 바짝 밀착해 있는 남자. 그리고 그 남자의 품에 안긴 채 아무런 저항도 하지 않고 있는 나라.

그들에게 들러붙어 있던 시선이 힘없이 떨어져 나가며 기막힘을 실은 웃음이 목구멍을 긁고 탁 터졌다. 날카로운 배신감이 심장을 갈가리 찢어왔다. 꽉 악문 아래턱이 분노와 질투에 휩싸여 바들바들 떨린다. 멍멍해진 그의 귓가로 나라가 마지막 날, 이별을 고하며 했던 말들이 어지럽게 엉켜 들었다.

"미안해요, 강우 씨. 정말 미안해요. 미안해요."

강우는 기가 막혔다. 제발 떠나지 말아 달라 붙잡고 애원하던 자신 앞에서 마지막까지 미안해요. 정말 미안해요, 라고 수없이 되뇌던 그 말의 참뜻이 바로 이런 것이었다니.

"하하…… 하하하하하……."

만감이 교차하는 가운데, 그는 기막힌 듯 연거푸 웃음을 터뜨렸다. 갑갑하게 조여드는 목이 시원하게 빠져나가려는 웃음을 방해했다. 목을 조이고 있는 넥타이를 느슨히 풀어 헤치던 그는, 결국더는 웃음을 유지하지 못하고 클랙슨을 사납게 내려치고 말았다.

빠앙― 울려 퍼지는 클랙슨 소리와 함께 그는 무너지듯 핸들 위로 고개를 내렸다. 지독한 질투심과 배신감이 그의 심장을 추악하게 집어 삼켰다. 차가운 얼음송곳이 가슴을 날카롭게 관통했다. 얼어붙은 심장이 쩍하고 갈라진다.

고통스러움에 바들 떨리는 손아귀를 꽉 움켜쥐며 그는 눈꺼풀을 질끈 감아 내렸다. 어둠을 집어삼킨 검은 눈동자 아래로 탁한 물줄기 하나가 주룩 미끄러져 내린다. 그의 왼손 약지에 끼워진 백금 반지가 어스름한 달빛을 받아 날카로운 칼날처럼 쩽하고 반사되었다.

차에 부착되어 있던 '추억'이라는 이름의 사진이 그 추억에 배신당한 남자의 손아귀 안에서 상처 입은 그의 심장만큼이나 참혹하게 구겨졌다.

동전이 지닌 양면성처럼 사랑, 그 새로이 시작되는 운명의 이면에서는 어둠에 가려진 한 남자의 처절한 슬픔이 아프게 흘러내리고 있었다.

11

식어버린 빈 잔, 그리고 흔들리는 빈(牝) 잔

비서실이 떠들썩하도록 울리는 전화 소리를 듣고 나라는 탕비실에서 후다닥 달려 나와 수화기를 잡았다.

"감사합니다. IBMC 이사실입니다."

한라전자 상무실 비서로부터 걸려온 전화였다.

"네. 아, 네. 수요일 1시요? 마침 스케줄이 비어 있네요. 이사님께 그날 개인적인 용무가 따로 있으신지 여쭤 보고 확인한 후에 오늘 중으로 다시 연락드리도록 하겠습니다. 네."

전화를 끊고 메모를 한 뒤에야 나라는 한숨을 돌리며 자리에 앉았다. 비서실에서 이사실로, 이사실에서 탕비실로 오전 내내 왔다 갔다 한 종아리가 동남아 순회공연을 한 양 욱신거렸다.

이사실에서 팀장들의 회의가 있는 날이면 늘 이러했다. 어찌나 커피들을 들이켜 대는지 그들이 열띤 회의를 하는 내내 나라는 새 빠지게 커피 심부름만 해야 했다.

양손으로 종아리를 주물럭거리고 있는데 허기가 졌다. 시간을 보니 벌써 2시가 넘어 있었다. 10시부터 시작된 브리핑이 여태 이어지고 있는 것이었다. 따로 점심 약속이 잡혀 있지 않은지라 점심시간에 상관없이 회의는 길어지고 있었다. 이럴 줄 알았으면 엄마 말 듣고 아침이라도 먹고 올걸 그랬나 보다. 나라는 주린 배를 움켜쥐며 이사실 문을 노려보았다.

좀 쉬었다가 할 것이지. 독한 인간들.

나라는 막간의 휴식을 마치고 다시 움직이기 시작했다. 커피포트 채로 들고 이사실을 들어서자 다행히도 브리핑은 막바지에 달해가고 있었다. 기획실 이 과장과 대화를 나누고 있는 맥클레인 이사 뒤에는 언제나 변함없이 그의 뒤를 따르는 걸리버 청년이 우직하게 지키고 서 있었다. 나라가 보기에는 그 모습이 꼭 '은행나무 침대'에 나오는 황 장군 같았다.

그러고 보면 나라는 매번 의아했다. 걸리버 청년은 왜 매번 저렇게 이사와 함께 회의를 참관하는 것일까? 저들이 하는 말들을 알아듣기는 하는 것일까?

근무를 한 지 한 달이 다 되어가나 나라는 지금껏 저 설리버 청년이 한국말을 하는 것을 단 한 번도 본 적이 없었다. 물론 대화를 나눠본 적도 없었다. 영어를 알아듣기는 하나, 직접 하는 것에 있어서는 심한 울렁증이 있었으니까.

아무튼 나라가 보기에는 저 걸리버 청년은 덩치도 산(山)만 하고 둔해 보여 암만 보기에도 카인의 보디가드나 하수인쯤으로밖에 보이지 않았다. 서 있는 모습 또한 영락없이 그러했다. 그런데 왜 항상 몇 시간이고 저기에 버티고 서 있느냔 말이다. 지루하게시리.

홀로 비서실을 지키는 것에 마음이 꽁해져 애꿎은 상대를 향해 괜한 심술을 부린 나라는 이사실을 빠져나왔다. 회의는 그 뒤로 나라가 두 번 정도 더 커피를 가지고 들락날락한 후에야 끝이 났다.

"수고하셨습니다. 다음 브리핑은 3일 후로 하죠. 그때까지 각 팀에서는 매장별 특화전략들을 한 가지씩 연구해서 자세한 기획 안과 프레젠테이션 자료를 작성해 오도록 하십시오. 시간은 그날 일정에 맞춰 따로 공지하도록 하겠습니다."

카인의 말이 끝남과 동시에 팀장들의 입에서 한숨이 터져 나왔다. 나라는 사람들이 어째서 맥클레인 이사를 향해 독하다 하는지 조금은 알 것 같았다.

이 짓을 일주일에 한 번도 아니고 3일에 한 번씩 하다니. 나라는 고개를 절레절레 흔들며 회의용 테이블 쪽으로 걸어갔다. 그리고 나라도 한숨을 뱉었다. 사람들이 빠져나가고 허하게 남겨진 테이블 위가 참담하기 그지없었기 때문이다. 많은 인원수만큼이나 여기저기 널브러진 찻잔과 쓰레기가 그녀로 하여금 한숨을 내쉬지 않고는 못 배기도록 만들었다. 먹은 것 없이 허한 뱃속에서는 그 안에 바글바글한 보나라 거지들이 배고프다며 우르릉 쾅쾅 항의를 해대고 있었다. 나라는 좀만 참아달라, 주린 배를 다독이며 찻잔들을 쟁반에 옮겨 담았다.

카인은 책상 앞에 앉아 조금 전 마친 브리핑 자료들을 다시 들춰 보았다. 이번 브리핑은 한국에 입점해 있는 IBMC 백화점의 매출액이 하향하는 이유를 찾고, 그 문제점에 관해 논의하기 위해 마련된 자리였다. 하지만 다들 문제점은 알되 하나같이 구체적인 방안은 제시하지 못하고 있었다.

영국에 뿌리를 두고 있는 IBMC는 한국을 비롯한 미국, 일본, 프랑스 시장 등에 기본적인 투자와 틀만을 제공할 뿐, 자세한 운영전략과 방침에 있어서는 직접적인 간섭을 하지 않았다. 그것은 각 나라마다 지닌 시장성이 다르기 때문에, 각 나라가 그들의 시장성과 소비성에 맞게 판매 및 운영전략을 짜고 영업하도록 하기 위해서였다.

그러한 뜻은 미국, 일본, 프랑스 등 온 나라 각지에서 통했고 그들은 모두 연간 수천억 달러의 수입을 거두어냈다. 하지만 어쩐 일인지 한국만은 그들과 달리 유독 바닥을 치고 있었다. 이 때문에 카인이 IBMC 회장으로부터 경영권을 일임받아 직접 한국으로 부임하게 된 것이다.

한국은 현재 전반적인 경기 침체로 인해 소비자들의 소비심리가 잔뜩 위축되어 있는 상태였다. 덕분에 대형 할인섬은 폭발적인 성장을 기록하고 있으나, 반면 백화점의 성장률은 점차 둔화되어 가고 있었다. 그 이유는 백화점이 너무도 고급화 전략만을 꾀하고 있기 때문이었다. 경기 침체에도 불구하고 미국과 유럽 정통 백화점들의 고급화 전략에 따라 고급 패션 상품과 기타의 고가품만을 강화하는 전략을 추구하고 있으니 소비심리가 위축되어 있는 소비자들의 발걸음이 절로 할인마트로 향하는 결과를 낳을 수밖에 없었다.

물론 그 또한, 성장 둔화와 할인점의 위협 속에서 불황의 영향을 받지 않는 고소득층을 주 고객으로 확보하자는 차원임을 모르는 바는 아니다. 하지만 상류층만이 향유하는 백화점 문화란 결코 있을 수 없었다. 고객층이란 상위 몇 퍼센트로 제한되는 것이 아니라 상향선도 하향선도 없는 '모두'가 되어야 했다. 그러기 위해서는 무언가 차별화된 전략이 필요했다.

카인은 마른 손끝으로 이마 위를 쓸어내리며 지그시 눈꺼풀을 내리감았다. 그리고 어떠한 방법이 있을지 생각하기 시작했다. 그런 그를 방해한 것은 불현듯 울려 퍼진 날카로운 파열음이었다.

쨍그랑!

생각의 고리가 탁 끊어졌다. 막 감아 내린 눈꺼풀이 들리고, 검푸르게 가라앉은 눈동자가 빠르게 소리의 근거지로 향했다. 나라가 발밑에 떨어져 산산조각이 난 파편들을 내려다보며 우왕좌왕하고 있었다. 그러다가 발아래 나뒹구는 조각을 주우려는 듯 몸을 숙이며 바닥에 무릎을 대었다.

"아야!"

"무슨 일이야?"

카인은 반사적으로 일어나 나라에게로 달려갔다.

"Shit."

그는 낮게 욕설을 뱉었다. 그녀의 왼쪽 무릎에서 피가 흐르고 있었다. 붉은 선혈을 시야에 담은 눈매가 아린 듯 구겨졌다.

꽤 깊이 찔렸는지 욱신거리는 제 무릎을 내려다보며 나라가 미간을 찌푸렸다. 간밤에 꿈자리가 뒤숭숭하다 싶더니 기어이 피를 보고 말았다. 하지만 무릎을 다친 것보다도 저만치 멀리 있었던 남자가 어느새 제 앞에 있는 게 더 놀라워 나라는 순간적으로 아픈 것도 잊어버렸다.

"괜찮아요. 실수로 컵을 깨서 주우려다가."

"이리 봐."

차갑게 나라의 말을 자른 카인이 몸을 구부려 무릎 쪽으로 손을 뻗어왔다. 무릎 뒤 예민한 살갗 위로 뜨겁게 감겨오는 낯선 감촉에 나라가 얼굴을 확 붉히며 다리를 뺐다.

"괜찮다니까요. 그냥 살짝 찔린 것뿐……."

"바보야? 괜찮긴 뭐가 괜찮다는 거야, 이렇게 피가 나는데!"

뭐라 말을 맺기도 전에 카인이 날카롭게 소리쳤다. 나라는 그의 갑작스런 반응에 더욱더 놀라 두 눈을 휘둥그렇게 떴다. 나라의 무릎에 시선이 박혀 있는 그의 표정은 마치 화가 난 사람 같았다. 다친 사람은 저인데도 자신이 그를 상처 입힌 듯한 착각마저 들 정도였다. 나라는 얼떨떨한 표정으로 그를 내려다보았다.

"아, 알았어요. 가만히 있으면 되잖아요, 가만히."

"정말이지 바보가 따로 없군."

나라의 무릎을 살피던 카인이 숙이고 있던 몸을 세우며 들으란 듯 중얼거렸다. 동시에 나라의 반듯하던 미간이 팍 구겨졌다.

"아니, 근데 왜 화를 내고 그러세요? 이게 내 무릎이지, 이사님 무릎……."

"앉아."

카인이 종알종알 떠드는 나라의 어깨를 떠밀어 의자에 앉혔다. 하려던 말이 또 한 번 막혀 버린 나라는 기막히다는 표정으로 그를 올려다보았다. 자신에게로 곧게 뻗어오는 빤한 시선에도 아랑곳 않으며 카인이 데릭을 향해 말했다.

"Deryck, Bring me a first aid kit here(데릭, 가서 구급상자 좀 가져와)."

무시당하는 것 같아 화가 난 나라가 또 한 번 목소리를 높였다.

"이봐요, 이사님! 지금 다친 사람은 저거든요? 근데 왜 이사님이 더 큰소리세요? 혹시 비싼 찻잔 깨먹었다고 이러시는……."

"조용히 하라고 했지."

데릭이 가져다준 구급상자를 받아 든 카인이 싸늘한 다크블루로 나라를 바라보았다.

"반창고로 시끄럽게 떠드는 그 입부터 먼저 봉해 줄까?"

남자의 섬뜩한 박력에 나라는 냉큼 입을 다물었다. 한마디라도 더 했다가는 당장에 입술을 봉해 버릴 기세였다. 불현듯 하얀색 반창고가 입술 위에 엑스자로 붙여지는 모습이 떠올랐다. 떼어내려면 꽤 아플 것이다. 그가 무서워서가 아니라 떼어낼 때 아플 게 무서워서라고 스스로를 합리화시키며 나라는 말 잘 듣는 강아지처럼 입을 다물고 두 눈을 내리깔았다.

그녀의 말대로 카인은 실로 화가 나 있었다. 하지만 그가 화가 난 이유는 그녀가 다쳐서도, 그렇다고 그녀가 말한 것처럼 깨진

컵이 아까워서도 아니었다. 정확히 따지자면 이 화는 스스로를 향한 화였다. 나라가 다쳤다는 사실 하나에 자신이 무엇을 생각하고 있었는지도 잊어버린 채 일도 내팽개치고 안절부절못하고 있는 스스로가 기가 막혀서.

이렇게 휘둘리려 회사로 끌어들인 게 아니었다. 나라를 회사로 불러 곁에 두려 한 건, 자신이 그녀를 휘두르기 위해서였다. 그런데 인식도 못 하는 사이 어느새 휘둘리는 입장이 되어버렸다. 하지만 이성이 그걸 알아차렸을 때는, 이미 감정과 몸이 이성을 배반한 후였다.

어쩌다가 이렇게까지 돼버린 거냐, 카인 맥클레인.

스스로도 어처구니가 없어 피식 웃으며 카인은 한쪽 무릎을 구부리고 앉아 나라의 상처를 들여다보았다. 상처가 생각보다 깊지는 않았으나 베인 부위가 길어서인지 그녀의 매끈한 다리를 감싸고 있던 얇은 스타킹 위로 핏물이 흠뻑 배어 있었다. 그는 유리에 찢겨 올이 나간 스타킹을 찢어냈다. 그런 후 구급상자에서 붕대와 소독약을 꺼내 들었다.

나라는 지그시 내리깐 까만 눈알을 허공을 향해 뱅글뱅글 돌리다가 힐끗, 아래쪽을 내려다보았다. 남자가 소독약을 적신 거즈로 흐른 피를 닦아내고, 연고를 꺼내어 조심스럽게 그녀의 상처 위에 발라주고 있었다. 무릎 위에 진 상처 부위를 떠도는 손길이 진귀한 도자기를 만지듯 섬세하고 조심스러웠다.

왼쪽 갈빗대 아래 부근이 아주 미약하게 통, 하고 튀어 올랐다. 귀가 조금 화끈거린다. 나라는 남자에게 닿은 시선을 얼른 떼어

243

버렸다. 땀이 밴 손끝으로 치맛자락을 꼭 부여잡았다.

첫 만남 이후로 죽이고 싶을 정도로 밉기만 했던 남자는 이젠 조금씩 그 미운 정도가 옅어지고 있었다. 아직도 이따금씩 얄밉고, 한 대 때려주고 싶을 때가 많지만, 이전처럼 죽이고 싶을 정도는 아니었다. 물론 호감이 가는 인물로서 인식되는 건 결코 아니었다. 그저, 내내 가슴에 품고 있던 미움의 앙금들이 흐르는 시간을 따라 조금씩 쓸려 가고 사그라지고 있다는 것, 그 정도였다. 그러고 보면 사람의 마음이라는 건 참으로 기이한 것이다. 아침에는 이랬다가도 저녁에는 저러고. 한마디로 변덕이 죽 끓듯 했다.

"아……."

사색에 잠겨 있던 나라는 상처 위로 스미는 약의 쓰린 감촉을 느끼고서야 현실로 돌아왔다. 야트막이 터진 소리에 카인이 움직이던 손길을 잠시 멈칫했다. 그러다 다시 말없이 손을 움직이기 시작했다. 행여나 또 아프다 할까 봐 최대한 주의하며 약을 발라주었다. 약을 다 바르고 붕대를 감기 시작하는데, 나라가 말했다.

"아파요?"

"뭐?"

카인은 줄곧 나라의 무릎에만 향해 있던 시선을 느릿하게 들어 그녀를 보았다. 나라가 그에게 머뭇거리듯 손을 뻗으며 말했다.

"아니, 여기를 잔뜩 찌푸리고 계시기에 혹시 이사님이 아프신 건가 해서요."

나라의 검지가 가리키는 곳은 카인의 눈썹 사이였다. 그는 그제야 나라가 하는 말을 알아들었다. 그도 모르는 새 찡그리고 있었던 모양이다. 카인은 그답지 않게 멋쩍은 마음이 들어, 나라에게 향해 있던 시선을 거두고 다시금 붕대를 감기 시작했다.

　"방금 잔을 깨뜨려 놓고 거기에 바로 무릎을 대는 바보가 어디 있나."

　"그래요, 제가 바보네요. 근데 남의 상처에 약 발라주면서 자기가 아픈 것처럼 얼굴 잔뜩 찌푸리고 있는 사람도 그에 맞먹는 바보 아닌가?"

　나라가 새침한 표정을 한 채 장난 어린 투로 조잘조잘 말했다.

　"어띤 교육학지의 이론에 따르면 자신의 관점과 타인의 관점을 구별하지 못해서 타인이 아프면 자신도 아프다고 느끼는 단계가 3세에서 6세의 유아기 때라고 하던데. 이사님은 아직도 그 단계에 머물러 계신가 봐요?"

　카인은 피식 바람 빠지는 소리를 내고 말았다. 그에게 바보 같다 한 것도, 6살 유아와 동급이라는 말을 한 것도 그녀가 처음이었다. 바보에 6세 유아라니. 웃을 만큼 기분 좋은 말은 아니었다. 물론, 기분 나쁘다 과민 반응할 말도 아니었다. 그런데 이상한 건, 조금도 기분이 나쁘지 않고 오히려 좋다는 것이다. 정확히는 즐거웠다. 그 말을 한 사람이 다른 이가 아닌, 바로 '그녀'라서 더 그런 걸지도 몰랐다. 카인은 피식 비어져 나오는 웃음을 가만히 삼키며 다 감은 붕대에 반창고를 붙여 하나하나 고정시켰다.

　"많은 걸 알고 있군. 그럼 그것도 알고 있나?"

나라는 허공을 향해 새치름하게 뻗어 있는 시선을 떨궈 카인을 바라보았다. 그는 여전히 무릎에 시선을 둔 채 붕대를 마지막으로 손보고 있었다.

"멀쩡한 사람을 한순간에 바보로, 6세 유아로도 만드는 그 장본인이."

마지막 반창고를 떼어 붙인 후 그가 뒷말을 잠시 길게 잡아 뺐다. 그로 인해 품게 되는 괜한 기대심리가 가슴속에 몽글거린다. 나라는 숙여 있는 카인의 얼굴을 빤히 내려다보았다. 붕대로부터 완전히 손을 뗀 남자가 아래로 내리깔고 있던 눈을 들어 그녀를 똑바로 마주한다. 깊이를 가늠할 수 없을 정도로 아득하게 가라앉은 푸른 눈동자. 알 수 없는 긴장감에 심장이 발작을 일으키듯 오그라든다. 그리고 그가 말했다.

"바로 당신이라는 여자라는 걸."

치맛자락을 부여잡고 있던 손끝이 바들 떨리며 서로를 어긋난다. 조금 전 통, 하고 튀어 올랐던 심장이 쿵, 하고 발밑으로 가라앉았다. 짙은 사파이어 동공을 마주한 까만 눈동자가 천천히 팽창하다가 중심을 잃고 흔들렸다.

나라는 차마 입술을 떼지 못한 채 눈앞의 그를 바라보기만 했다. 장난처럼 오가던 대화를 단숨에 끊어내듯 치밀하게 뚫고 들어온 남자의 말. 진지하게 다가오는 깊은 눈매. 밀폐된 공간을 꽉 틀어쥐는 듯한 숨 막히는 침묵. 세상이 멈춰 버린 것만 같은 착각이 들었다. 그 무거운 침묵을 깨우고 멈췄던 세상을 다시 움직이게 한 것은 나라의 뱃속에 사는 또 다른 보나라들이었다.

꼬르륵.

느닷없는 소리가 둘 사이를 민망하게 갈라 들어왔다. 얼굴이 삽시간에 붉어졌다. 양 귀가 홧홧거린다. 멈췄던 표정이 창피함을 떠안고 폭삭 구겨졌다. 그리고 잠시 후 터진 카인의 유쾌한 웃음소리가 달아오른 귓전을 더욱더 뜨겁게 감싸 안았다.

"아는 모양이군. 그것도 아주 잘."

카인이 웃음기 어린 목소리로 말했다. 나라는 애꿎은 아랫입술을 잘근 깨물며 두 눈을 감아버렸다. 어쩜 이리도 절묘한 타이밍에 자신들의 존재를 인식시켜 주는지. 할 수만 있다면 두더지가 되어 땅굴을 파고 숨어버리고 싶었다. 카인이 뱉은 말에 대한 여운을 느낄 새도 없이 극심한 민망함과 수치스러움이 몰려들었다. 빨갛게 달아오른 얼굴이 뻥, 하고 터져 저 하늘로 날아가 버릴 것만 같았다.

"Deryck."

한참을 하하하, 웃어대던 남자가 입가에 걸린 시원한 웃음기를 거두지 않은 채 데릭을 불렀다. 자리를 비켜주기라도 했던 듯 이 사실 밖에 서 있던 데릭이 문을 열고 안으로 들어섰다. 카인은 구부리고 있던 무릎을 펴고 자리에서 일어났다. 그러곤 육감적인 입술을 늘씬하게 휘며 데릭을 향해 말했다.

「나가서 런치 좀 사와. 아는 것 많은 여인께서 배가 많이 고프신 모양이니까.」

말은 데릭에게 하고 있지만 카인의 시선은 가늘게 휘어진 채 나라를 향해 있었다. 장난이 담뿍 담긴 시선이다. 나라는 수치스러운 마음에 얼굴을 잔뜩 붉히면서도 두 눈을 날카롭게 치켜떠 그를 노려보았다. 데릭이 나간 듯 문이 닫히는 소리가 들리고, 나라가 불쑥 물었다.

"이사님, 그럼 혹시 그거는 아세요?"

카인이 대답 대신 짙은 눈썹을 까닥 올렸다. 나라는 자리를 툭 털고 일어나 카인에게로 바짝 다가섰다. 갑작스레 일어난 탓에 무릎이 욱신댔지만 아랑곳하지 않았다. 카인 또한 한 치의 동요도 일지 않은 채 그녀를 바라볼 뿐이었다. 그런 그를 향해 고개를 들어 얼굴을 가까이 붙인 나라가 또렷한 어조로 속삭였다.

"이사님 진짜 재수 없으신 거요."

여자의 보드라운 숨결이 코끝에 닿았다. 옅은 베이비파우더 향이 콧속 점막을 간질였다. 눈꺼풀을 요염하게 치켜뜬 암고양이가 애써 가두고 있던 욕망을 세차게 두드리고 있었다. 카인은 손을 뻗어 나라의 손목을 꽉 그러쥐었다. 상황 파악 못 하고 그를 충동질하는 미련한 암고양이를 코앞까지 바짝 당겼다. 순식간에 당겨진 얼굴이 나라의 입술과 아찔한 간격을 두고 멈춘다.

"날 도발하지 마."

나라는 숨을 멈추고 눈을 크게 떴다. 검게 가라앉은 짙은 코발트블루가 놀란 듯 휘둥그레진 까만 동공을 탐욕스럽게 집어삼켰다. 괜히 건드렸나 싶었으나 이미 늦었다. 남자의 뜨거운 숨결이 입술 표면 위로 탁하게 부서져 내렸다. 벌어진 입술 새로 파고든 더운 열기가 혀끝을 적나라하게 더듬어 왔다.

남자가 입 맞출 듯 고개를 비스듬히 꺾어 바짝 다가왔다. 숨을 삼키고 눈을 크게 뜨자 남자의 뇌쇄적인 붉은 입매가 희미하게 당겨 올라간다. 마주한 열기가 점차 가까워져 왔다. 입술이 닿을 거라 생각한 순간, 밀착해 오던 남자의 얼굴이 방향을 틀어 그녀의 오른쪽 뺨을 스쳐 지나갔다. 남자의 열기가 그녀의 귓전에서 멈추었다.

"안고 싶어지니까."

나른한 허스키 보이스가 귓바퀴를 싹 핥았다. 붙잡은 손목을 스르르 놓아주며 남자가 무심하게 곁을 스치고 걸어갔다. 주변 가득 진득하게 휘돌던 남자의 더운 열기가 천천히 대기 중으로 물러난다. 헛숨이 탁 터지고 얼굴이 확 달아올랐다.

정말, 재수 없어.

"남자들은 보통 그러니?"

손에 쥔 녹색 빨대로 카페모카 위에 있는 휘핑크림을 살살 휘젓던 나라가 움직이던 손을 멈추며 물었다.

"아무 여자한테나 안고 싶다고 말하고, 불쑥 키스할 것처럼 다가오고. 보통 남자들은 다 그래?"

"왜, 누가 너한테 그랬어?"

다연이 입가에 기울던 머그잔을 테이블 위에 놓으며 되물었다. 나라는 순식간에 얼굴이 벌게져 말을 버벅거리고 말았다.

"어어?"

"그랬나 보구먼. 누가? 너네 변태 양키 이사가?"

눈치 빠른 다연이 두 눈을 가늘게 말아 올리며 또 한 번 넌지시 물었다. 빨갛게 홧홧 달아올라 절로 대답을 하고 있는 얼굴을 냉큼 떨구었다. 하얀색 거품이 넘칠 듯 성마른 손길로 빨대를 저으며 나라가 뚝뚝하게 말했다.

"어."

다연은 혀를 끌끌 찼다. 놓고 있던 머그잔을 들어 남은 커피를 후룩 들이켜며 나라에게 말했다.

"척 보면 몰라? 장난질이지. 너 갖고 노는 거 아니야."

"그냥 다 장난은 아닌 것 같은데. 하는 말들도 그렇고, 행동도 그렇고, 이번에 나 무릎 다쳤을 때 달려와서 붕대 감아준 것도 그렇고……."

"거기에 넘어가지 마, 기지배야."

다연이 다 비워낸 잔을 탁, 소리가 나도록 테이블에 내려놓았다.

"그게 바로 널 놀리는 거라고, 이 미련 곰탱아. 그럼 작업을 진짜처럼 하지, 가짜처럼 하겠니? 이거 순 맹탕 아니야."

답답하다는 듯 재킷 단추를 풀어 헤치고 다연이 두 손을 현란하게 움직이며 말하기 시작했다.

"생각을 해봐. 얼굴 잘생겨, 돈 많아, 능력 좋아, 거기다 집안도 틀림없이 빵빵할 거야. 영국 사람이라 했으니 어쩌면 영국의 명망 있는 귀족쯤 될지도 모르지. 그런데 그런 사람이, 동양의 쥐꼬리만 한 나라의 보나라라는 기지배한테 진심일 리가 있겠냐! 지나가던 삽살개가 코웃음 치면서 지랄 옆차기 할 소리야."

"아니면 아니지 무슨, 삽살개가 지랄 옆차기까지 할 소리냐, 그게."

나라는 어쩐지 맥이 빠져 시무룩하게 중얼거렸다. 다연이 그런 나라를 뜻밖이라는 듯 바라보았다.

"어라, 요거 봐라? 바로 얼마 전까지 아주 죽이네 살리네 그렇게 욕을 해대더니, 설마 한 달 새 마음이 돌아선 거야?"

"얘, 얘는! 미쳤니? 아니야! 그런 거! 난 그, 그냥 네가 말을 너무 막 하길래!"

"아니면 됐지 왜 그렇게 오버래. 스읍…… 요거 요거 아무래도 수상한데?"

미심쩍다는 듯 두 눈초리를 가늘게 뜬 다연이 실소를 내뱉으며 카페 의자에 몸을 활짝 기댔다.

"여자의 마음은 갈대라더니. 보나라의 마음은 갈대가 아니라 아주 풍향계구먼, 풍향계. 바람만 좀 불었다 하면 줏대 없이 이리저리로 뱅글뱅글 도는 풍.향.계."

"아니라니까!"

"아니긴 뭐가 아니야. 딱 보니까 이거 이미 반쯤 넘어갔어. 예끼, 이년아. 이제라도 단단히 맘 잡어. 괜히 엄한 놈한테 마음 홀딱 주고는 나중에 가서 내 인생 종 쳤네, 막 쳤네, 개 쳤네 해대지 말고, 이 등신아."

"글쎄, 아니라고!"

나라가 경을 치듯 외치며 의자에서 벌떡 일어났다. 카페 안 사람들의 시선이 순식간에 몰려들었다. 나라는 단단히 성이 났는지 씩씩대며 다연을 노려보았다. 그들에게로 쏟아지는 시선이 당혹스러워 다연이 나라를 냉큼 달래 자리로 끌어 앉혔다.

"알았어, 기지배야. 농담이다, 농담. 거 되게 무섭게 그러네."

나라는 마지못해 의자에 앉으면서도 계속해서 다연을 노려보았다. 모처럼 쉬는 날에 수다나 떨 겸 만나자 했더니, 친구라는 기지배가 오히려 속만 잔뜩 뒤집어 놓았다. 심사가 한껏 뒤틀려서 볼을 빵빵하게 부풀린 채 고개를 돌리고 있는데 다연이 말했다.

"보나라. 야, 삐졌냐? 내가 다 너 생각해서 한 소리야. 그 사람 덕분에 어떻게 직장은 얻었다만, 이 바닥에서 직장 상사랑 그런 식으로 엮여 좋을 건 없잖아. 그 인간 생긴 게 좀 잘생겼니? 내가 봐도 1초 만에 뻑가게 생겼더라. 그런데 하루 종일 보고 있는 넌 오죽하겠나 싶어서 미리 단속시키는 차원에서 내가 말한……."

나라의 눈이 한층 더 가늘어졌다. 그 사나운 시선에 다연은 뱉던 말을 냉큼 삼키고 말았다.

"알았다, 알았어. 이제 그만할게. 내 아예 이놈의 주둥이를 꽉 잠가 버릴게. 그러니까 그만 좀 째려보고 커피나 좀 마셔라. 이거 다 식겠다."

그제야 나라는 노려보던 시선을 거두고 잔을 들었다. 다연에게 들은 말 때문일까. 오늘따라 커피 맛이 유난히도 쌉싸래했다.

여전히 묵은 감정이 남아, 나라는 다연에게서 고개를 돌린 채 창밖으로 시선을 던졌다. 더운 실내와 추운 실외의 온도 차이로 생긴 물방울들이 미끈한 창문 위에 다닥다닥 맺혀 있었다.

불투명한 물기를 손바닥으로 죽 문지른 뒤 나라는 카페 바깥세상을 내려다보았다. 간밤 내린 눈 때문에 회색빛 얼음이 단단히 박혀 있는 도로는 아가가 걸음마를 하듯 아장아장 행렬하는 차들로 인해 북적대고 있었다. 길가도 그렇고, 매장 안도 그렇고 주말이라 그런지 유독 사람이 많았다. 그중 3분의 2는 연인이고 나머지 3분의 1은 자신들과 같은 동성 친구들이었다.

연인이라. 작년 이맘때쯤에는 나도 저들 사이에 끼어 있었는데.

나라는 미지근해진 카페모카를 가만히 삼켜 넣었다. 잔 밑바닥에 남은 모카 향이 혀끝에 달달하게 감겼다 씁쓸하게 퍼졌다. 그 씁쓸함의 끝에서 붙현듯 강우가 떠올랐다. 그러고 보니 강우를 잊고 있었다. 그립고 걱정된다면 가식이겠지만, 그가 어떻게 지내고 있는지는 궁금했다. 나라는 물고 있던 잔을 떼고 머뭇거리듯 입술을 열었다.

"다연아."

"어?"

나라를 따라 창밖을 보고 있던 다연이 그녀 쪽으로 시선을 돌렸다.

"이제 삐진 거 좀 풀렸나?"

"근데."

"근데 뭐."

"강우 씨는…… 어떻게 지내?"

나라가 조심스럽게 입술을 떼어 물었다. 다연은 잠시 표정을 멈쳤다가 시선을 떨어뜨려 텅 빈 머그잔을 내려다보았다.

"왜, 궁금해?"

"그냥 좀."

염치라는 게 있어서인지 나라는 멋쩍어지고 말았다. 다연이 카페 로고가 박힌 티슈 한 장을 꺼내 들어 립스틱 자국이 진 머그잔 입구를 깔끔하게 닦아내었다.

"서 팀장님 얼마 전에 부서 옮기셨어."

"부서를?"

나라는 놀란 표정으로 다연을 바라보았다. 머그잔 입구를 슥슥 문질러 닦으며 다연이 말을 이었다.

"응. 백화점 전략기획팀이었던가? 잘은 모르겠는데, 아무튼 그래. 서 팀장님이 부서 이동을 신청하셨나 봐. 워낙에 갑작스러워서 다들 놀랐지만. 뭐, 하던 일은 다 마무리 짓고 가셨으니까."

나라 또한 그의 갑작스러운 소식이 조금 당황스러웠다. 하지만 무슨 사정이 있었겠지, 생각하며 나라는 '그래' 라고 작은 소리로 답했다. 낮게 한숨을 내쉬며 다연이 물었다.

"연락은 아주 안 하니?"

"응."

"팀장님이 연락하면 받아주기는 했어?"

"초반에는 일부러 피했지만, 그다음부터는 강우 씨도 전화 없던데, 뭘."

나라는 머쓱한 기분이 들어 텅 빈 잔에 꽂힌 빨대를 애꿎게 매만졌다. 이럴 줄 알았으면 커피를 조금만 더 천천히 마실걸 하고 후회가 되었다. 다연이 가자미처럼 뜬 눈으로 흘기며 꾸중했다.

"야멸찬 년. 웬만하면 좀 받아주고 그러지. 팀장님, 너랑 그렇게 된 이후로 내내 얼굴 안 좋으셨어. 물론 워낙에 자기 관리 철저한 사람이라 웬만해선 내색 안 하셨지만, 숨기는 데도 정도가 있지 어떻게 그게 다 숨겨지겠니. 그늘진 팀장님 보면서 우리 팀 여사원들 여럿 울었다, 이 매정한 것아."

"에이, 몰라. 이제 다 끝났는데 뭐."

나라가 쿨한 척 말하며 손에 쥐고 장난질 치던 빨대를 내던지듯 놓았다. 저 녀석도 많이 답답한가 보구나, 생각하며 다연도 더는 말하지 않았다.

그래, 이미 끝난 사랑이었다. 이제 와 안타까워하고 아쉬워한다고 해서 되돌릴 수 있는 것이 아니었다. 그리고 무엇보다도 중요한 것은, 그때의 뜨거웠던 감정 자체가 이제는 소멸되고 없다는 것이었다.

나라는 옆자리에 걸어 놓았던 외투를 손에 들며 다연에게 말했다.

"계속 안에만 있으려니까 어쩐지 답답하다. 우리 이제 그만 나가자."

"나가서 뭐 할 건데?"

"글쎄. 뭐 할까? 쇼핑이나 할까?"

"날도 추워 죽겠는데, 쇼핑은 무슨. 얼어죽을. 게다가 말일이라 돈도 없단 말이야."

"그냥 눈요기나 하자 이거지. 가자."

"사지도 못할 건데 뭐 하러."

"그러지 말고 가게? 응? 가자."

나라가 배시시 웃으며 채근했다. 다연이 마지못한 척 일어나 주었다. 둘이 마신 머그잔을 카운터에 반납하고 오는데 가슴이 미약하게 시큰거렸다. 처음 손에 쥘 때만 해도 델 듯 뜨거웠는데, 언제 그랬냐는 듯 차갑게 식어버린 커피잔이 묘하게 마음을 잡아 끌었다. 뜨겁던 잔이 작년을, 식어 내린 잔이 오늘을 연상케 했다.

과연 내 비어버린 잔에 다시금 뜨거운 커피가 부어질 그때가 올까. 그리고 그 커피는, 또 얼마나 그 열정이 지속될까.

나라는 나직이 한숨을 뱉으며 무겁게 발걸음을 돌렸다.

"그게 지금 무슨 말입니까?"

기획회의가 끝나고, 이사실 정리를 할 겸 안으로 드는데 남자의 화기 어린 목소리가 날카롭게 귓전을 할퀴었다. 나라는 놀란 걸음을 멈추고, 무슨 일인가 싶어 소리의 근원지를 바라보았다. 카인이 짙게 가라앉은 코발트블루빛 눈동자를 사납게 구긴 채, 그의 맞은편에 선 기획실장을 향해 큰소리를 내고 있었다. 꽤 큰일이 터진 모양이다.

"샤넬과 페라가모 모두, 작년에 이어 부산 센텀시티점과 재계약을 앞두고 있다고 하지 않았습니까? 그런데 느닷없이 계약을 없던 걸로 할지도 모른다니요. 그것도 한두 브랜드도 아니고 한꺼번에 여섯 개씩이나 되는 브랜드가."

"실은 그게······."

나라에게까지 여실히 전해질 정도로 매서운 카인의 화기에 이 실장이 선뜻 말을 뱉지 못하고 우물거렸다. 냉정한 시선으로 남자를 바라보며 카인이 씹어뱉듯 말했다.

"꾸물대지 말고 빨리 말하십시오."

"다름이 아니라, Y&A 측에서 샤넬, 에르메스, 페라가모 등을 비롯한 다수의 명품 브랜드에 입점 조건으로 수수료 대폭 디스카운트라는 파격 조건을 제시했다고 합니다. 단, 단독 입점을 전제로요."

"제길."

카인은 낮게 욕설을 뱉으며 눈을 감았다. 화기가 몰린 이마가 뜨겁게 들끓었다. Y&A라면 부산 센텀시티에서 IBMC와 가장 치열하게 경쟁하고 있는 국내 대형 백화점이었다. 안 그래도 일이 잘 풀리지 않는 이 마당에, 명품 브랜드 유치전까지 제동이 걸리다니. 카인은 낮은 욕지기와 함께 단단히 조여 맨 넥타이를 거칠게 풀어 당기며 담배 한 개비를 꺼내 물었다.

"제시한 수수료율이 어떻게 됩니까?"

"Y&A와 조건을 제시받은 브랜드들이 철저히 비밀리에 붙이고 있어 정확한 수치는 알 수 없으나, 기존의 10~15%였던 수치에서 한 자릿수로 하향했다고 합니다."

"미치겠군."

한 자릿수라니. 이건 완전히 제 살 깎아 먹기였다. 백화점 마케팅에 있어서 아무리 명품 브랜드 유치가 치열하다지만, 수수료율을 한 자릿수로 낮춘다는 건 너무나 터무니없는 일이었다. 국내의 이류, 삼류 브랜드들에게 있어서는 감히 꿈조차도 못 꿀 일이다.

또한 백화점에 있어서도 절대 있을 수 없는 무리한 조건이기도 했다. 수수료에 대해서는 암묵적인 담합이 이루어지던 여타 경쟁사들 또한 한 곳에서 그렇게 나온 이상 그 무리한 계약 조건을 따라할 수밖에 없게 될 것이기 때문이다. 그렇게 된다면 이 유치한 공방전의 최고 수혜자는 그 수수료율을 제안받고 계약을 맺은 명품 브랜드가 된다.

대체 어쩌자고 Y&A 측에서는 이런 무리한 짓을 감행한 거지?

카인은 피우던 담배를 재떨이에 신경질적으로 비벼 껐다. 그러곤 두 눈을 지그시 내리감으며 생각에 접어들었다. 기업에서 경쟁을 위해 무리한 짓을 감행하는 건 당연하다 싶을 정도로 흔한 일이었으나, 이런 일은 유럽에서건 미국에서건 전례가 없는 일이었다. 어쩐지 감이 좋지 않았다. 사업적으로라기보다는 조금 미묘한 쪽으로.

카인은 어질한 머리를 조금씩 정리했다. 감이 좋고, 안 좋고를 떠나 우선 중요한 것은 능구렁이 같은 Y&A 측의 그 무리한 행각을 중단시키는 것이었다. 반칙이나 다름없는 짓이니, 따져 물을 명목도 충분히 있었다.

"보나라 씨."

카인은 서울이 넓게 펼쳐진 유리 벽으로부터 돌아서 나라를 불렀다.

"네, 이사님."

눈치를 보며 이사실 앞에 서 있던 나라가 얼른 들어와 답했다. 카인이 냉철한 눈동자로 나라를 보며 명했다.

"지금 당장 Y&A 기획실장실에 연락을 취해서 이번 사태에 대한 미팅을 요청한다고 말하세요. 때와 장소는 양자 간의 합의로 정하되, 최대한 빠른 시일 내에 이루어지도록 해야 합니다."

그리고 그로부터 정확히 이틀 후, 사건은 터졌다.

꼭 봄의 것과 흡사한 따사로운 햇살이 통유리를 뚫고 해사하게 쏟아져 내리고 있었다. 더할 나위 없이 좋은 날씨임에도 불구하고 나라는 묘하게 기분이 찝찝했다.

"오늘 스케줄이 어떻게 되지?"

카인이 언제나처럼 곁을 지키고 선 걸리버 청년에게 코트와 재킷을 건네주며, 나라를 향해 물었다. 나라 또한 언제나와 다를 바 없는 사무적인 어투로 그의 하루 일정을 읊어 나가기 시작했다.

"11시에는 각 부서 팀장과 조간 회의가 있으시고, 따로 오찬 약속은 잡혀 있지 않으십니다. 그리고 오후 3시에는 지난번에 추진하라 말씀하셨던 Y&A와의 미팅이 신라호텔 EFL 미팅룸에서 예정되어 있습니다."

"오늘이로군."

카인은 짙은 다크브라운 톤의 머리카락을 양손을 들어 느릿하게 쓸어 넘겼다. 나른하게 뜨인 눈꺼풀 속에 숨겨진 푸른 눈동자가 검게 가라앉아 있었다. 그 모습이 꼭, 느긋하게 몸을 풀며 사냥터로 나가기를 준비하는 맹수 같았다. 그런 그를 보는 나라는 어쩐지 마음이 불편했다.

그녀의 기분이 좋지 못한 이유는 모순된 날씨의 바깥세상 탓만은 아니었다. 실은 오늘 3시에 있을 그 미팅 때문이었다. 바로 Y&A와의 미팅.

Y&A는 나라가 IBMC에 입사하기 전 근무했던 회사였다. 또한 다연과 강우의 현 근무지이기도 했다. Y&A에서 근무하던 시절 백화점 사업부도 아니었을뿐더러, 영업부 말단 직원이었는지라 지금 벌어지고 있는 일이 얼마나 큰일인지는 잘 알지 못했다. 하지만 자꾸만 감이 좋지 않았다. 사태 심각성의 여부를 떠난 다분히 사적인, 여자로서의 직감이었다.

그저 제 발로 걸어 나온 회사와의 미팅 자리에 경쟁사 기획이사 비서로 나간다는 것 때문일 뿐인 걸까. 자꾸만 뭔가 개운치 못하고 께름칙한 기분에 나라는 오전 내내 이유 없는 불안에 떨어야 했다.

시간은 흘러 1시가 되었다. 따로 오찬 약속이 잡혀 있지 않아 팀장들과의 회의가 길어질 것이라는 나라의 예상은 100% 적중했다. 뱃속의 보나라 거지들은 어김없이 아우성치는데, 굳게 닫힌 이사실 문은 나라가 커피포트를 가지고 왔다 갔다 할 때를 제외하고는 도무지 열릴 줄을 몰랐다.

비서란 참으로 불쌍한 직책이다. 무슨 조선시대도 아니고, 상사가 밥술을 뜨기 전까지는 저 또한 쫄딱 굶어야 하니. 이러다가 또 골골대서 비싼 찻잔 두서너 개 더 깨부수지.

나라는 투덜대며 굳게 닫힌 갈색 문만 뚫어져라 바라보았다. 그로부터 30분 후, 드디어 회의가 막을 내렸는지 팀장들이 하나같이 녹초가 되어 이사실을 빠져나왔다. 나라는 기다렸다는 듯 냉큼 이사실로 걸어 들어가 카인에게 물었다.

"이사님, 점심은 어떻게 할까요?"

직전에 있었던 회의 자료와 기획안을 검토하던 카인이 활자 위에 머물러 있던 시선을 떼 손목시계를 내려다보았다.

"아, 깜빡하고 있었군. 3시에 바로 미팅도 있고 하니 간단하게 샌드위치로 때우도록 하지."

"네, 그럼 금방 다녀오겠습니다."

속으로 '아싸' 하고 외치며 나라는 꾸벅 인사를 하곤 돌아서려 했다.

"어딜 가."

"네?"

갑작스레 들려온 카인의 말에 나라는 잘못 들었나 싶어 어리둥절한 표정으로 그를 돌아보았다. 하지만 이미 그의 시선은 나라가 아닌 데릭에게 가 있었다.

「데릭, 가서 샌드위치 좀 사와.」

"Yes, Sir."

"아니, 저기! 제가 다녀와도 됩니다."

나라는 이사실 밖으로 걸어 나가려는 데릭의 앞을 막아서며 카인에게 말했다. 손에 들고 있던 서류들을 놓고 자리에서 일어난 그가 나라 쪽으로 다가왔다.

"그 다리로 어딜 다녀온다는 거지?"

붕대 위로 살짝 피가 배어난 나라의 무릎 쪽을 눈짓으로 가리키며 카인이 말했다.

"중요한 미팅을 앞두고 끼니를 거르고 싶은 생각은 없으니 보나라 씨는 잠자코 있어. 데릭."

그는 문 앞에 떡 버티고 선 작은 어깨를 끌어 데릭이 갈 길을 내주었다. 어찌해 볼 새도 없이 데릭이 굵직한 목소리로 'Yes, Sir'라 말하곤 이사실을 나가 버렸다.

나라는 한순간에 환자가 된 것 같아 황당했다. 불편할 줄 알고 배려해 준 그 마음은 감사했으나, 그가 뱉은 말들이 나라의 신경을 사각 긁어댔다. 괜한 오기가 발동했다. 이미 자신의 책상 앞으로 걸어가 담배 하나를 꺼내어 무는 그의 뒤에서 나라가 말했다.

"저기요, 이사님. 생각해 주신 그 마음은 감사하지만 저 이제 아무렇지도 않고 멀쩡하거든요? 저 이 다리로 쇼핑도 하고, 친구도 만나고, 보시다시피 커피 심부름도 하고, 출근도 하고 정말이지 잘만 돌아다니고 있습니다. 뼈에 금이 간 것도 아니고 살짝 벤 정돈데, 이런 걸 구실로 제 할 일을 다른 사람한테 떠넘기고 싶지 않……."

"내가 안 괜찮아."

나직이 가로막는 카인의 목소리에 나라는 하던 말을 멈추었다. 얼마 피우지 않은 담배를 재떨이에 지그시 비벼 끈 카인이 느릿하게 몸을 돌려 나라를 바라보았다.

"당신 그러고 다니는 거, 내가 괜찮지 않아서 그래."

나라는 숨을 멈추었다. 심장을 관통할 듯 빤히 마주 보는 그의 눈동자에, 가슴을 쓸어내리는 허스키 보이스에, 무심한 듯 진지해 보이는 그 표정에 순간 머릿속이 새하얘졌다. 갈비뼈 아래 자리한 심장이 묘하게 울렁인다. 유리 벽을 뚫고 새어 들어온 햇살을 온몸으로 흡수하고 있는 빛 속의 그를 보며 눈동자가 흔들렸다. 그때, 그녀의 기억 속에서 불현듯 나타난 다연이 며칠 전 카페에서 했던 말이 귓전에 낮게 속살거려 왔다.

"거기에 넘어가지 마, 기지배야. 그게 다 널 놀리는 거잖아, 이 미련 곰탱아."

앞서던 감정이 이성의 뒷자리로 밀려났다. 그래, 놀리는 거였지. 저 사람은 지금 날 놀리는 거야. 혀끝에서 쓴맛이 나는 것 같았다. 잠시 흔들린다 싶었던 눈동자를 다잡은 나라는 정색을 한 굳은 표정으로 말했다.

"그런 식으로 말씀하지 마세요."

마주 닿은 푸른 눈동자가 의아함을 품고 가늘어졌다. 그에게로 향한 까만 눈동자에서 억척스레 감정을 지워내며 나라가 차갑게 말했다.

"그런 말, 그렇게 아무렇지도 않게 뱉지 마세요."

'사람 심장 멋대로 쥐고 흔드는 말들, 그런 식으로 별거 아닌 듯 무심하게 뱉어내지 마세요, 놀리는 거라면.'

나라는 더 이어가고자 하는 말을 삼키며 그로부터 시선을 떼었다.

다연의 말대로 그의 말과 행동은 자신을 농락하는 장난질임이 틀림없는데, 그런 장난질에 보기 좋게 놀아나는 자신의 오감들이 나라는 끔찍하게 싫었다. 다연의 노파심처럼 저 야수 같은 남자에게 심장을 온통 잡아먹힌다든가 하는 우스운 일 따위는 결코 벌어지지 않을 테지만, 이렇게 아주 잠시 잠깐 흔들리는 것조차도 이젠 더 이상 용납하기 싫어졌다. 그래, 더 이상은.

나라는 더는 넘어오지 말라 선을 긋듯 깍듯한 인사를 한 후 그를 등지고 돌아섰다. 하지만 미처 걸음을 떼기도 전에 기민하게 뻗어온 서늘한 체온이 뱀처럼 손목으로 감겨들었다.

"그럼 어떻게 말해줄까."

그를 등지고 걷던 몸이 대번에 뒤로 돌려졌다. 남자의 바다처럼 짙고 푸른 동공이 묵중하게 시야를 억눌러 왔다. 코끝으로 훅 끼치는 그의 열기. 완고한 손끝이 자그마한 턱을 쥐어 들어 올렸다. 입술이 닿을 듯 말 듯 바짝 밀착되었다. 옅은 담배 냄새가 코끝을 덮쳐 왔다.

"입 맞추고 싶다고 할까? 안고 싶다고 할까? 아니면 널……."

은밀함을 조장하듯 잠시 틈을 둔 남자의 입술이 나른함에 젖은 짙은 목소리로 의미심장하게 속삭였다.

"갖고 싶다고 말할까?"

심장이 쿵 하고 떨어졌다. 애써 다잡은 눈동자가 또다시 흔들리려 했다. 안 돼, 라고 몸 안의 누군가가 단호히 다그쳤다. 나라는 화들짝 정신을 깨고 턱 끝을 잡아 올린 손길을 야멸차게 뿌리쳤다.

"제가 한 말이 무슨 뜻인지 도무지 이해가 안 되세요? 바로 이사님의 그런 말들이 불쾌하다는 거예요, 전! 처음 입사하기로 하면서부터 이미 말씀드렸었죠. 제게 괜한 수작 부리지 마시라구요. 전 이 회사에 비서로서 입사한 거지, 당신 장난감으로 놀아나려고 입사한 게 아니……."

"나야말로 알고 싶어."

또 말허리가 잘렸다. 뿌리친 손길이 다시금 손목을 힘주어 잡아당긴다. 시선과 시선이 바짝 밀착되었다. 그의 낮지만 거칠어진 음성이 귓전에서 탁하게 부서졌다.

"대체 내가 너에게 왜 이러는 건지 이쪽이야말로 궁금하다고."

남자가 나지막이 으르렁거렸다. 절제되지 않는 감정이 스스로도 벅찬 듯이 그렇게.

나라는 날카롭게 뻗어오는 진지한 눈동자를 피하지 못한 채 그대로 얼었다. 건조하지만, 데일 듯 뜨거운 손끝이 불현듯 그녀의 미간으로 닿았다. 연한 살결 위로 오소소 소름이 인다. 뿌리쳐야 하지만, 그러지 못했다. 마주한 눈동자가 그녀의 신경을 쥐고 놓아주질 않았다. 심장을 간질이듯, 미간을 따라 천천히 내려선 손끝은 이윽고 콧잔등을 스쳐 콧망울로, 그리고 인중을 스쳐 입술 위로 떨어졌다.

공기를 모조리 삼켜버린 듯한 긴장감이 밀폐된 공간 가득 감돌았다. 입술이 녹아내릴 듯하여 나라는 숨조차 내쉬지 못한 채 그를 바라볼 수밖에 없었다.

"내가 너에게 하는 말과 행동들은 이 알 수 없는 집착의 이유를 찾아내기 위한 일련의 과정이야."

입술 위에 머무른 손가락이 그의 입술을 대신하듯 아주 천천히 그녀의 입술 선을 더듬었다.

"그리고 그 이유를 알게 될 때까지는……."

넓고 큰 손이 살구빛 뺨 위로 감싸 쥐듯 닿았다. 살결 위로 감기는 체온이 사막처럼 뜨거웠다. 감싸 쥔 손길이 자그마한 얼굴을 들어 올렸다. 짙게 가라앉은 다크블루가 시야를, 심장을, 허기진 육식동물처럼 야금야금 먹어 치운다. 나라의 아랫입술에 닿은 두터운 엄지손가락이 입술이 맞붙은 사이를 느릿하게 파고들었다. 벌어지는 입술의 틈새로 그의 숨결이 밀려든다. 그리고 그가 말했다.

"널 내 손에서 놓아주지 않아, 절대."

나른한 허스키 보이스로 완고히 속삭인 그는 잠시 닿을 듯 밀착되었던 입술을 떼고 나라로부터 손을 거두었다. 시야 위로 떠오른 입매가 희미하게 당겨 올라간다. 소유욕 짙은 수컷의 푸른 눈동자

가 그가 노리는 암컷[牝]의 시선을 꽉 옭아맨 채 유혹적으로 휘어
들었다.

　나라의 빈 잔이, 그 안에 조금씩 따라지기 시작한 커피 소리를
따라 요란하게 짤랑댔다.

12

과거와 현재, 미래를 향한 그 아득한 갈림길 앞에서

어느덧 시간은 흘러 Y&A와의 미팅에 참석할 시간이 되었다. 차를 타고 신라호텔로 이동한 카인은 유리처럼 매끈한 대리석 복도를 타고 느긋하게 걸음을 옮겼다. 미팅 장소로 향하는 그에게서 사냥터로 나가는 숫사자처럼 강인하고 야성적인 오라(Aura)가 풍겨 나왔다. 시종일관 흐트러짐 없이 의연하고 당당한 모습이었다. 굵고 남자다운 손목에 찬 시계에 잠시 시선을 떨어뜨린 그가 물었다.

"보나라 씨, 미팅에 참석하기로 한 다른 사원들은 어떻게 됐지?"

"기획팀 이도원 실장님을 비롯한 각 부서 팀장님들은 먼저 미팅 장소에서 대기 중이십니다."

미팅 장소에 거의 다다랐을 즘, 카인이 걸음을 멈추고 돌아서 나라에게 말했다.

"보나라 씨는 들어올 필요 없어."

"네?"

나라는 무슨 말이냐는 듯 두 눈을 휘둥그렇게 떴다.

"미팅이 끝난 후 연락할 테니까 카페라도 가서 쉬고 있도록 해."

기껏 여기까지 따라왔는데 저 혼자 카페에 가서 시간이나 때우고 있으라니. 나라는 황당한 마음이 들어 그에게 반박하려 했다.

"어째서요? 여기까지 왔는데 저도 미팅 정도는."

"내 말대로 해."

군말하지 마, 라는 듯 짧게 말을 맺고 그는 몸을 돌렸다. 그러곤 데릭을 대동한 채 미팅룸으로 들어가 버렸다. 홀로 남겨진 나라는 뻥긋대던 입을 다물지 못한 상태로 굳게 닫힌 문만 멍하니 바라보았다.

어이가 없었다. 이럴 거면 애초에 데리고 오질 말던지 여기까지 끌고 와 놓고, 이제 와서 이게 무슨 문전박대란 말인가. 게다가 저는 필요 없다면서, 말은 제대로 알아듣는지 어떤지도 모르는 걸리버 청년은 또 왜 데리고 가느냔 말이다.

"뭐야, 진짜. 생각할수록 황당하네. 내가 여자라고 지금 무시하는 거야, 뭐야?"

나라는 괜스레 분하고 억울해져 이를 득득 갈았다. 카인은 평소에는 능글맞게 말을 붙이며 장난스럽게 굴다가도 사무적으로 대한다 치면 저딴 식으로 돌변했다. 천의 얼굴이라는 것이 바로 저 인간을 두고 하는 말이다. 유혹할 땐 사람 홀릴 듯 웃으면서 이제 와서는 정색을 하며 '넌 저리 꺼져라' 라니. 물론 그렇게까지 막말을 하진 않았지만, 적어도 자신에게는 그렇게 들렸다.

진즉에 저 인간 커피에 청산가리를 한 줌 타 넣었어야 했는데. 빌어먹을 맥도날드, 라고 중얼거리며 나라는 미팅룸으로부터 돌아섰다. 분하다지만, 상사의 말을 어기고 미팅에 억지로 낄 수는 없으니 그의 말대로 카페에 가 시간이나 축내는 것밖에는 별다른 방법이 없었다. 나라는 발걸음을 돌려 층계 엘리베이터 쪽으로 터벅터벅 걸음을 옮겼다.

엘리베이터 쪽으로 가려 커브를 막 도는데 맞은편 쪽에서 정장 차림을 한 십여 명의 사람들이 걸어오고 있었다. 이쪽으로 오는 걸 보니 Y&A 측 관계자들인 모양이었다. 나라는 그들을 잠시 보았다가 곧 바닥으로 눈길을 떨어뜨렸다. 이렇든 저렇든 자신과는 관계없는 일이었다. 제 회사 일이긴 하지만, 그 앞에서 문전박대 당한 자에게 이번 미팅에 대해 신경 쓸 자격 따윈 없었다.

"이번 미팅 완전 망해 버려라. 빌어먹을 맥도날드, 변태 양키, 맥(麥)보리 이사."

짜증이 치밀어 나라는 입에서 나오는 대로 투덜거렸다. 그러는 사이 맞은편에서 오던 이들과의 거리가 점차 가까워졌다. 나라는 시종일관 투덜거리며 시선을 바닥에 박은 채 힘없이 걸어 나갔다.

계속해서 좁아지던 그들과의 간격이 사라지듯 겹친 어느 한 지점에서 우뚝, 나라는 무의식중에 걸음을 멈추었다. 그녀의 오른편을 스쳐 지나간 어떤 이에게서 풍긴 익숙한 향이 코끝에 희미하게 감겨왔다. 숙이고 있던 고개가 반사적으로 들렸다.

나라는 그 향을 따라 느릿하게 몸을 돌렸다. 그녀를 스치듯 지나친 사람들이 이미 저만치 멀어져 가고 있었다. 모습이 희미했다. 하지만 잠시 잠깐 희미하게 감겨온 것이라 느낀 향은 계속해서 그녀의 코끝을 맴돌며 신경을 잡아끌었다. 가슴이 아릿거렸다. 죄어오는 왼편 가슴을 나라는 슬며시 움켜쥐었다. 커브를 돌아 사라져 버린 그 향이 집요하게 눈길을 당겼다.

"뭐…… 지?"

"오셨습니까, 이사님."

안으로 드는 카인 일행을 본 IBMC 측 관계자들이 자리에서 일어나 그를 맞았다. 카인은 짧은 대답과 고갯짓으로 인사를 받으며 자신의 자리로 걸어갔다. 나라를 미팅룸 밖에 내버려 두고 안으로 든 게 못내 마음에 걸렸던지 데릭이 조심스럽게 말을 건네 왔다.

「굳이 그렇게 하실 필요까지 있으십니까? 이왕에 온 거 곁에서 참관하게 하는 것쯤이야 괜찮았을 것 같습니다만.」

「안 돼.」

잿빛 코트를 벗으며 카인이 건조한 어조로 짧게 답했다.

「내가 신경 쓰이니까.」

단호한 그의 말에 데릭이 미간을 살짝 모으며 카인을 바라보았다. 그는 더는 대답을 않겠다는 듯 데릭의 빈손에 말없이 코트를 건넸다.

데릭의 말대로 굳이 그렇게까지 할 필요야 없었다. 하지만 그런데도 나라의 참관을 제지한 이유는, 나라가 아니라 바로 그 자신에게 문제가 있기 때문이었다. 자기 컨트롤조차 마음대로 못 할 정도로 보나라라는 여자에게 속수무책인 카인 맥클레인, 그 자신 때문에. 나라는 사무적인 태도로 오로지 미팅에 집중하겠지만 자신은 꼴사납게도 그녀의 행동 하나하나에 신경을 쏟을 것이 분명했다. 설령 매 순간 그렇진 않다고 하더라도, 미팅이 이루어지는 도중 적어도 한 번은 그러할 것이다. 다루지 못할 바에야, 애초에 그 싹을 자르는 게 현명한 방법이었다. 그리고 이곳에 들어온 이상, 그녀를 머릿속에서 완전히 밀어내야 한다.

카인은 그녀로 인해 어지럽혀진 머릿속을 정돈하며 앞으로 있을 미팅에 대해 생각하기 시작했다.

비록 Y&A 측에서 순순히 미팅 요청을 받아들이긴 했으나 이 자리가 협상의 자리가 될지, 피 튀기는 접전의 시작이 될지는 아직 장담할 수 없었다. 고급스러운 이미지로 정착된 백화점 사업에 있어서 명품 유치란 그 백화점의 이미지를 좌지우지할 정도로 중요한 사안이었다. 백화점의 사활이 걸린 일이다. 절대 그들의 뜻대로 밀어붙이게 해서는 안 된다. 그는 곱씹고 또 곱씹으며 Y&A 관계자들을 기다렸다.

때마침, 기다리던 그들이 하나둘씩 안으로 들어섰다. 그 순간을 기점으로 팽팽하게 경직되는 공기. 카인과 IBMC 측 관계자들은 모두 자리에서 일어나 Y&A 측 사람들을 마주했다. 그가 먼저 상대측 이사를 향해 정중하게 인사를 건넸다.

"안녕하십니까. 얼마 전 IBMC 한국 지사에 기획이사로 부임한 카인 맥클레인이라고 합니다."

"네, 소문은 익히 들어 알고 있습니다. 젊으신 데다가 굉장한 미남이시라고 들었는데 소문보다도 훨씬 굉장하시군요. 아 참, 그에 비해 한참은 늙다리인 이 사람은 Y&A 기획이사 김상원입니다."

경직된 분위기를 유하게 돌리려는 듯 남자가 농담을 섞어 말했다. 카인은 극히 사무적인 미소를 입가에 띠우며 악수를 건네는 손을 맞잡았다. 그의 생각처럼 처음부터 굳이 분위기를 무겁게 몰아갈 필요야 없었다.

"아, 그리고 참. 이번 일에 대해서는 저보다도 이 친구가 더 많은 말씀을 드리게 될 것 같은데. 이보게 서 실장, 자네 소개 드리게."

인사를 마친 남자가 자신의 오른편에 선 사내를 향해 말했다.

'저 자가 이번 기획을 추진한 사람이라는 소린가 보군.'

카인은 무겁게 가라앉은 푸른 눈동자를 돌려 남자가 가리킨 사내에게로 향했다. 그 순간, 차가운 은테 안경 속에 자리한 냉정한 잿빛 눈동자가 섬뜩하리만치 싸늘하게 달려들었다.

'뭐지?'

카인은 순간적으로 느껴지는 적나라한 적의에 절로 미간을 구기고 말았다. 마주한 눈동자가 폭우가 내리기 직전의 밤처럼 검고 또 공허했다. 이윽고 남자가 서늘하게 굳은 입매를 떼며 말했다.

"Y&A의 전략기획팀 팀장 서강우라고 합니다."

❖

"아야!"

나라는 욱신 아려오는 무릎 쪽으로 고개를 내렸다. 아직 완전히 아물지도 않은 상처가 테이블에 찧는 바람에 벌어진 모양이었다.

"에이, 이놈의 테이블까지 내 인생에 도움이 안 되네."

나라는 애꿎은 테이블을 발끝으로 소심하게 치며 제 무릎을 살폈다. 한 시간 전쯤에 갈아 붙인 사각 모양의 대일밴드 위로 희미하게 피가 배어 있었다. 딱지가 내려앉아 있던 살갗 부분이 찌릿했다. 징그럽게 운도 없다.

나라는 미간을 잔뜩 구긴 채 짜증스런 표정으로 가방 속을 뒤졌다. 밴드를 다시 갈아 붙일까 하고 자리에서 일어나려는데 가방 안에서 지잉— 소리가 들렸다. 가방 표면에 손을 대자 진동이 느껴졌다.

"여보세요."

[올라와.]

핸드폰 너머 사내가 짤막하게 말했다. 뭔가 싶어 핸드폰 액정을 다시 보았다가 저장되어 있지 않은 탓에 숫자로만 뜨는 번호를 확인하곤 다시 물었다.

"올라와가 누군데요?"

[하, 기가 막히는군.]

핸드폰 너머에서 터진 실소가 나라의 귀를 간질였다. '뭐야? 기분 나쁘게' 하고 생각하다가 나라는 방금 들려온, 사람 무시하는 듯한 그 건방진 목소리를 느릿하게 되새겨 보았다. 뇌리가 따끔했다.

"아, 이사님?"

[여태 자신이 보좌하는 상사의 핸드폰 번호도 저장을 안 해둔 건가?]

실수했구나. 나라는 아차 싶어 입을 열었다.

"아니 그게, 딱히 필요성을 못 느껴서."

[저장해.]

"네?"

[그리고 로비로 올라와.]

뭐라 말을 덧붙일 새도 없었다. 그는 할 말만 차갑게 뱉은 후 전화를 뚝 끊어버렸다. 나라는 기가 찬 표정으로 핸드폰 액정을 내려다보았다.

아무튼 재수 없는 남자다. 혀가 반 토막이라도 났나? 저장해, 올라와, 이러고 뚝 끊어버리면 끝이냔 말이다.

"오냐, 내 아주 근사한 이름으로 저장해 주마."

안 그래도 부아가 일던 차에 짜증이 치밀어 나라는 핸드폰을 열고 분노의 버튼 누르기를 시작했다. 손끝에 힘을 실어 버튼을 꾹꾹 누른 나라는 방금 전 떴던 그 번호 위에 정확히 '변태 보리빵'이라고 입력한 후 저장을 눌렀다.

보리빵이란, 기획실 여직원들이 그를 호칭할 때 맥클레인 이사를 약칭하여 '맥 이사'라 하던 것을 듣고 저 혼자 욕으로 중얼대던 것이었다. 나라는 핸드폰에 저장된 이름을 보며 흡족한 듯 미소 짓곤 자리를 털고 일어났다.

지하 아케이드에서 올라오자 미팅을 마치고 내려온 카인이 데릭과 함께 로비 입구에 서 있었다. 나라는 빠르게 걸음을 옮겨 그 앞으로 다가갔다. 미팅이 성공적으로 끝나지 않은 건지 남자는 험악하게 구긴 인상으로 여실한 화기를 뿜어대고 있었다. 어느 순간 눈이 마주치자 마주한 눈빛에 괜스레 움츠러든 나라는 눈치를 살피며 그에게 물었다.

"협상은 어떻게 되셨어요? 결렬되었나요?"

"이리 내봐."

카인이 대꾸도 없이 불쑥 손을 내밀었다. '무엇을?'이라는 듯 두 눈을 크게 뜨자 또다시 불쑥 뻗어온 손길이 그녀의 손에 쥐어진 핸드폰 쪽을 향해 왔다. 나라는 냉큼 손을 뒤로 뺐다.

"제 핸드폰을 이사님이 왜요?"

나라가 경계하는 눈초리로 그를 바라보았다. 카인이 고압적인 투로 말했다.

"주라고 했을 텐데."

"싫어요."

"세 번 말 안 해."

"그러니까 왜요?"

그 말을 마지막으로 나라는 더 이상 반박하지 못했다. 민첩하게 뻗어온 손이 등 뒤에 숨기고 있던 핸드폰을 우악스럽게 뺏어가 버렸다. 되찾아 보려 뒤늦게 낑낑대며 안간힘을 썼으나 소용없었다. 나라보다 머리 하나쯤은 더 있는 그가 그녀를 등지고 돌아서 핸드폰을 열어 보았다. 그러곤 곧 어처구니없다는 표정으로 액정에 떠오른 글씨를 느릿하게 읊었다.

"변태 보리빵?"

"이리 내놔요!"

나라가 뒤늦게 폴짝 뛰어올라 그의 손에 붙잡힌 핸드폰을 가까스로 낚아챘다. 카인이 한쪽 눈썹 끝을 까닥 치켜올린 채 말했다.

"변태 양키 맥도날드에, 그것도 모자라 이번에는 또 변태 보리빵이라."

"그, 그러게 왜 나, 남의 핸드폰을 보고 그러세요?"

나라는 괜스레 찔려 말을 더듬었다. 누가 이런 식으로 확인해 볼 줄 알았겠는가. 이럴 줄 알았으면 그냥 멀쩡한 걸로 저장하는 건데. 때늦은 후회를 하며 나라는 눈을 피하고 아랫입술을 잘근 깨물었다. 카인이 기막히다는 듯 실소하며 물었다.

"그런데 내가 어째서 보리빵 따위가 되어야 하는 거지?"

나라가 난처한 듯 눈알을 뱅글뱅글 돌리며 궁색하게 답했다.

"뭐, 그냥. 기획실 여직원들이 맥 이사, 맥 이사 하길래……. 한자 맥(麥)이, 우리말로 보리라서요."

"그럼 빵은."

"그건, 그냥 보리는 뭔가 심심해서……."

"그래서 멀쩡한 사람을 변태 보리빵으로 만드셨다?"

카인이 두 눈초리를 가늘게 하며 말했다. 궁지에 몰린 나라가 자신에게로 뻗어오는 시선을 억척스레 외면하다가, 곧 오기가 생겨 큰소리를 치기 시작했다.

"근데 진짜, 왜 남의 핸드폰은 함부로 뒤지고 그래요? 그리고, 어차피 내 핸드폰인데 이름 하나도 내 맘대로 저장 못 하나요? 상사면 그래도 되는 거예요? 이건 엄연한 사생활침해라구요!"

"그러는 그쪽은 명예훼손이야."

나라가 이를 악물곤 카인을 노려보았다.

"협상이 생각하던 대로 안 돼서 골나니까 괜히 또 저한테 화풀이하시는 거죠?"

"눈치는 빠르군."

카인은 피식 웃으며 몸을 돌렸다.

「데릭, 가서 차 대기시키도록 해.」

데릭에게 말하는데, 돌아선 등 뒤에서 툴툴거리는 음성이 들려왔다. 나라의 볼멘소리였다. 미팅 내내 굳어 있었던 입매가 서서히 느슨해져 갔다. 무언가가 짓누르듯 무겁던 머리도 그나마 조금은 가벼워지는 듯싶었다. 나라 덕분이었다. 생기 없고 무료한 일상에 이따금씩 숨결을 불어넣어 주는 더없이 좋은 청량제인 그녀, 보나라.

나라의 예상대로 미팅은 결국 합의점을 찾지 못한 채 막이 내렸다. IBMC 측에서는 Y&A의 이번 수수료 디스카운트 사태를 암묵적 계약의 위반 같은 것이라 주장하며, 이로 인해 비롯될 시장의 균열 사태와 여파를 생각해 아직 계약이 체결되지 않은 지금이라도 계약 조건을 상식에 맞게 조정해야 한다고 요구했다. 하지만

Y&A에서는 '그것은 말 그대로 암묵적인 것일 뿐 실체적인 계약은 아니지 않느냐. 현재 백화점 업계에서 가장 큰 이익을 창출해내는 아이템은 명품이며, 이익 창출을 목적으로 하는 기업의 입장에서는 약간의 무리를 감수하고라도 명품 유치에 전력투구하는 게 당연한 것'이라고 주장했다. 그렇게 양사 모두 팽팽하게 맞섰고, 그 결과 아무런 의견 조율도 없이 자리를 정리해야 했다.

호락호락할 것이라고는 생각하지 않았다. 그들의 주장대로 명품 브랜드 유치는 백화점 이익 창출의 가장 중요한 축에 있는 사항이니 쉽게 물러서지 않으리란 것은 알고 있었다. 그러나 그만큼 예민한 사항이기도 하니 신중히 해야 할 것이라는 점을 상기시켜 줘야 했다. 유치에만 급급해 무리하게 선택한 그 방법으로 인해 파장될 여파를 우려해서라도 말이다. 그리고 양자 합의하에 최소한의 납득 가능한 선이라도 정하기를 바랐던 것이었다. 그런데 그 정도로 강경하게 나올 줄이야.

"목적을 달성하기 위해서는 수단과 방법을 가리지 않는 것, 그게 바로 최고이자 최선의 전략 아닙니까?"

Y&A 측의 한 관계자가 의미심장하게 뱉었던 말이 불현듯 떠올랐다. 틀린 말은 아니었다. 하지만 그가 간과하고 있는 것이 있었다. 그들은 그저 수단과 방법을 가리지 않은 것 정도가 아니라 무모했다는 사실이었다.

한국의 기업은 무모하고 무리한 것이 최고의 전략이라 여기는 위험천만한 생각을 가지고 있었다. 어떤 전략에서건 최우선시 되어야 하는 것은 안전성의 보장이었다. 그들의 무리한 대세에 별수없이 따르다가, 국내 유통업계 전체가 도탄의 지경으로 몰리게 되는 결과를 낳을지도 모를 일이니까.

그러고 보니 그 말을 하던 자가, 서강우라고 했던가. 카인은 처음 마주한 순간부터 적나라한 적의를 뿜으며 자신을 바라보던 그 사내를 가만히 떠올려 보았다.

처음 그자로부터 살벌한 적의를 느꼈을 때는 자신이 잘못 느낀 것이라 생각했었다. 비록 그가 경쟁사의 중역이라고는 하나, 서강우라는 자가 그 정도로 적의를 품을 이유까지는 없다고 여겼기 때문이다. 하지만 그 후로도 계속된 그자의 적대심 어린 불편한 기운은 미팅이 끝날 때까지 집요하게 그의 신경을 거슬리게 했다. 잘못 느끼기는커녕 오히려 직감이 지나치게 잘 들어맞았던 것이었다.

하지만, 왜?

카인은 반문했다. 아는 자일 리는 없었다. 한국에서는 첫 만남이니, 봤다면 영국에서였을 테지만 영국에서 만난 몇 안 되는 동양인을 그가 잊고 있을 리는 없었다. 하지만 생각해 보면 그자의 이름이 묘하게 귀에 익기도 했다. 그것도 그다지 좋지 않은 뉘앙스로.

존재 자체가 거슬리는 이름. 서강우, 그는 대체 누구일까. 아니, 대체 무엇일까.

그는 생각에 잠긴 듯, 오른손 엄지손가락 끝으로 아랫입술을 슥 쓸었다. 의아함을 품고 검게 가라앉은 진한 다크블루가 예리한 칼날처럼 가늘어졌다.

'뭐가 저렇게 심각해?'

나라는 깊은 생각에 잠겨 있는 듯싶은 카인을 보며 고개를 갸우뚱거렸다. 무엇이 그리 심각한지 그는 푸른 눈농자를 가둔 유려한 눈매를 잔뜩 구기며 허공을 응시하고 있었다.

조금 전 농담조로 던졌던 말이 아무래도 100% 적중한 모양이었다. 그를 따라 괜스레 저까지 심란해지려 해 나라는 그로부터 시선을 거두어 밖을 바라보았다. 이쯤이면 걸리버 청년이 차를 가져올 때가 됐는데 도통 보이질 않는다. 나라는 지루한 표정을 짓다가, 손에 들고 있었던 핸드폰을 가방에 담으려 손을 뻗었다.

탁.

"엄마야."

가방에 집어넣으려던 핸드폰이 나라의 손을 이탈해 바닥으로 떨어졌다. 가슴이 찢어지는 것 같다. 아직 할부도 끝나지 않은 것인데, 행여나 흠집이라도 났다면 제 가슴에도 붉게 흠집이 날 것이다.

나라는 어서 핸드폰을 주우려 몸을 숙였다. 떨어져 있는 핸드폰 쪽으로 막 손을 뻗는데, 어디선가 불쑥 나타난 손이 그것을 먼저 집어 들었다. '어라?' 하고 시선을 조금 들자 까만색 구두의 앞코가 보였다. 이어 허리를 구부정하게 숙이고 있는 나라의 눈앞으로 핸드폰을 쥔 남자의 손이 친절하게 내밀어졌다. 핸드폰을 받아 들며 천천히 허리를 드는 순간, 코끝으로 익숙한 향취가 풍겨 왔다.

"아, 고맙습니……."

뱉어내려 했던 말이 멈추었다. 유연하게 휘어지던 입매와 눈매도 멈췄다. 멈춰진 그것들은 곧 천천히, 아주 천천히 한일자가 되어 떨어졌다. 심장이 떨렸다. 눈동자가 흔들렸다. 목울대가 울렸다. 서서히 흐릿해져 오는 망막 위로, 그리움이 맺혔다. 오늘 잠시 코끝에 감겼다 사라졌던 향이 그의 눈빛과 함께 가슴으로 젖어들었다.

"데릭이 왔군. 그만 차에……."

곁에 선 나라에게로 고개를 돌리던 카인의 시선이 그녀에게 닿기 직전에 멈추었다. 나라의 앞에 서 있는 한 남자가 시선을 붙잡았다. 의아함을 품던 두 눈이 나라와 남자 사이에 흐르는 공기의 기류를 파악하곤 가늘어졌다.

"오랜만이야, 나라야."

잠시 시간이 멈춘 듯했다. 소리가 멈추고 사고가 멈추었다.

나라는 그렇게 미동조차 않은 채 눈앞의 남자만을 바라보고 있었다. 검고 검은 공허한 시선이 시야 가득 드리워 왔다. 텅 빈 심장이 왈칵 조여든다. 숨 막힐 듯한 정적의 끝에서 나라가 떨리는 목소리로 먼저 말문을 열었다.

"가, 강우 씨……."

"꽤 놀란 모양이네. 하기야, 워낙 오랜만이니까."

지금의 마주침이 조금도 뜻밖이지 않다는 듯 강우가 일말의 동요도 일지 않은 단조로운 어조로 나라의 시선과 말을 받았다. 그러곤 그녀의 오른편을 향해 느릿하게 시선을 옮겼다.

"또 뵙게 되는군요, 맥클레인 이사님."

작게 목례를 하며 강우가 말했다.

또 뵙는다니? 나라의 까만 동공이 천천히 부풀어 올랐다. 그녀는 혼란스러운 표정으로 강우를 바라보았다.

"강우 씨가 어떻게……."

"조금 전 미팅에서 뵀었지."

강우가 사막처럼 건조한 음성으로 말했다. 그제야 내내 강우에게만 닿아 있던 나라의 시선이 카인에게로 옮겨왔다.

카인은 무표정한 시선으로 눈앞의 남자를 바라보았다. 마주한 눈동자가 지독할 정도로 검고 어두웠다. 감정이 씻겨 나간 검은 동공에는 시린 냉기만이 가득했다. 그제야 그는 깨달았다. 서강우가 누구인지를. 서강우가 무엇인지를.

슬며시 거머쥐고 있던 주먹이 꽉 조여든다. 뜨겁던 이마가 차갑게 식어 내렸다. 나라의 입을 통해 처음으로 들었던 타인의 이름. 그로 하여금 존재만으로도 지독한 질투심을 느끼게 했던 그 이름. 나라가 연인이라 했었던 그 이름이 바로 서강우였다.

주변 공기가 팽팽하게 당겨졌다. 검푸르게 가라앉은 눈동자 속에서 푸른 불꽃이 차갑게 튀었다. 소리를 모조리 흡수당한 듯 무거운 침묵만이 흐르는 대기 중에서 냉정하게 빛나는 두 눈동자가 싸늘하게 충돌했다.

나라는 숨이 턱턱 막혔다. 머릿속이 어지럽고 모든 게 혼란스러웠다. 무엇 하나 정리가 되질 않았다. 어째서 강우가 이 자리에 있는 것인지, 이번 미팅과 무슨 관계가 있는 건지, 이런 상황에서도 그는 어째서 저토록 담담한 것인지. 모든 것이 혼란스럽고 당황스럽기만 했다.

"소식은 들었어."

나라는 침묵을 깬 그의 얼굴을 가만히 들여다보았다. 냉정했던 시선을 그윽하게 풀며 그가 다정하게 웃어 보였다.

"듣자 하니 비서를 하고 있다면서? 낯선 일에 적응 못 하고 힘들어하면 어쩌나 했는데 얼굴 보니까 생각보다는 잘 적응하고 있는 것 같네."

유유한 강물처럼 잔잔한 그의 미소. 그 미소는 한 달 전 그가 보인 것과 다른 게 하나도 없는 미소였다. 그러나 받아들이는 마음이 괜스레 낯설고 불안했다. 그가 풍기는 분위기 또한 이전과는 미묘하게 달랐다. 뭔가 인위적이고 위태하다.

"아무래도 맥클레인 이사님께서 잘 보살펴 주시는 모양이지."

말없이 선 카인을 향해 짧게 시선을 보내며 강우가 말했다. 강우의 가는 입매가 비긋이 비틀려 올라갔다. 카인의 미간이 눈에 띄게 구겨졌다. 비릿하다. 하지만 강우는 언제 그랬냐는 듯 곧, 입매에 걸린 날것의 느낌을 씻은 듯 지워내며 나라를 바라보았다.

"이렇게 본 것도 오랜만인데, 혹시 시간 되면 저녁이라도 할까?"

"보나라 씨는 아직 근무 중입니다."

카인이 그를 마주한 이래 처음으로 입술을 떼었다.

"보시다시피 아직 스케줄이 남아 있는 상태죠."

소유욕 짙은 코발트블루가 섬뜩하게 빛나며 시야를 관통했다.

최대한 감정을 절제하는 듯싶었으나 목소리에 밴 기운만큼은 얼린 쇳덩이처럼 차갑고 무거웠다. 암컷을 사수하려는 수컷의 눈동자였다. 강우는 달려드는 시선을 피하지 않은 채 나른하게 답했다.

"그래요. 그렇다면 어쩔 수 없죠."

억양의 고저가 없는 단조로운 어조. 표정 없이 말을 맺으며 그는 나라에게로 시선을 돌렸다. 그녀는 여전히 혼란스러운 표정을 한 채 그를 바라보고 있었다. 강우가 단정한 입매를 유려하게 당겨 올렸다. 입가에 밴 미소가 왠지 모르게 서늘했다.

"아쉽지만 저녁 약속은 다음으로 미뤄야겠다. 뭐, 꼭 오늘이 아니라도 기회는 충분할 테지만."

그는 의미심장한 말을 덧붙이며 나라로부터 눈길을 거둬들였다. 그것이 마치 그녀가 아닌 카인을 향한 말이기라도 했다는 듯 강우는 저돌적인 시선으로 그를 바라보았다. 마주한 푸른 눈동자에서 시린 냉기가 여실히 뿜어져 나왔다. 속을 알 수 없는 공허한 눈동자가 냉정한 은테 안경 속에서 옅게 휘어든다.

"그럼 아무쪼록 나라를 잘 부탁드리겠습니다."

그는 그 말을 마지막으로 작게 묵례를 한 뒤 카인의 옆을 스쳐 지나갔다. 지나쳐 사라지는 남자에게서 옅은 바람 냄새가 났다. 그것은 미약하지만, 결코 무시할 수 없는 바람이었다.

❖

나라는 멍하니 선 채 기계적으로 근육을 움직여 컵을 씻었다. 손을 적시는 물의 기운이 차다는 사실도 몰랐다. 컵을 다 씻고 보자 손은 빨갛게 부어 있었고, 그제야 물이 차구나 라고 느꼈다.

회사에 돌아온 이후로 나라는 내내 이랬다. 생각이 겉돌고 마음이 허했다. 일이 하나도 손에 잡히질 않았다. 새하얗게 퇴색된 머릿속에는 서강우라는 세 글자만이 가득했다. 호텔 로비에서 강우를 마주하고 있던 때부터 지금까지 내내 그러했다. 그가 눈앞에 있는 그 상황이 모든 정황을 말해주고 있는데도 그저 신경은 뒤죽박죽 뒤엉켜 나라를 혼란스럽게만 했다.

생각지도 못한 일이었다. 거기서 그렇게 강우를 마주하게 될 것도, 강우가 이번 미팅과 관계가 있을 거라는 것도. 그제야 나라는 얼마 전 전화로 다연이 해준 말이 떠올랐다. 강우가 할인매장 계열에서 백화점 계열 기획팀으로 부서를 옮겼다는 사실이. 그럼으로써 오늘 아침, 어째서 그토록 찝찝한 기분이 들었던 것인지도 모두 납득되기 시작했다.

설마…….

나라는 이윽고 떠오르는 불길한 생각에 머리를 도리질 쳤다. 그가 자신 때문에 부서를 변경하다니 말도 안 되는 일이었다. 하지만 말이 안 되는 것이라 스스로를 다그치면서도 머릿속은 그럴 가능성을 찾아 분주히 헤매고 있었다.

때마침 이루어진 부서 이동. 그리고 오늘, 자신을 마주하고도 조금도 놀란 기색이 없어 보이던 그. 이전과는 미묘하게 다르던 그의 분위기.

짜여진 각본 내에서 움직이는 배우처럼, 그는 시종일관 태연했고 동요가 없었다. 하지만 만약 그렇다 치더라도, 그가 이러는 이유는 또 무엇이라 정의를 내릴 수 있을까. 어째서 그가 이러는 것일까? 대체 무엇 때문에?

그렇게 상념에 사로잡힌 채 시간은 흘러 이느덧 6시가 넘었다. 그제야 오늘 있었던 미팅에 관한 회의가 끝났는지 사람들이 하나둘씩 이사실을 빠져나오기 시작했다. 나라는 들어가 회의용 테이블 위를 치우고 자리를 정리했다.

퇴근 준비를 마친 뒤 노크를 하자, 회의 중 어딘가를 나가는 듯싶던 데릭이 아직 돌아오지 않았는지 데스크 앞에 홀로 앉아 서류를 결재하고 있는 카인이 보였다. 그의 등 뒤로는 해질녘의 자홍빛 노을이 물감처럼 짙게 번져 있었다.

"이사님, 저는 이만 퇴근해 보겠습니다."

나라의 목소리에 카인이 붙잡고 있던 만년필을 놓고 고개를 들었다. 막 그와 눈이 마주치려던 차에 나라는 고개를 숙여 인사를 하고 몸을 돌렸다. 문고리를 그러쥐려는데 카인의 목소리가 나라의 손끝을 잡아챘다.

"기다려. 바래다줄 테니까."

"괜찮습니다. 저희 집 쪽으로 가시면 차가 많이 막힐……."

"두 번 말하게 하지 마."

나라는 잠시 입을 다물고 그를 보았다. 자리를 털고 일어난 그는 방금 그가 뱉었던 말 그대로 더 이상의 말은 하지 않겠다는 듯 어느새 퇴근할 준비를 하고 있었다. 저러는 그에게 더 이상 말을 해봤자 통하지 않을 것을 알기에 나라는 '알겠습니다' 라고 답하며 집무실을 빠져나왔다. 안 그래도 머리가 복잡한 이때에 사소한 일로 괜한 승강이를 벌이고 싶지 않았다. 외투를 걸치고 대충 퇴근할 채비를 마치자 카인이 밖으로 걸어 나왔다.

복도를 따라 걸어가면서, 그리고 엘리베이터를 타서도 나라와 카인은 서로에게 아무런 말도 하지 않았다. 무엇 때문인지는 모르겠지만 그는 굉장히 저기압 상태인 듯했다. 굳게 잠긴 입매는 서늘했고, 무심하게 정면만을 직시하고 있는 푸른 눈동자는 서릿발처럼 차가웠다.

신라호텔 로비에서 서로를 마주 본 채 싸늘하게 대치하고 있던 그와 강우가 떠올랐다. 스스로의 혼란스러움에 남을 살필 겨를은 없었지만, 그들 주변에 도는 시린 냉기에 숨이 막힐 것 같았던 것은 기억난다. 미팅 중에 분위기가 좋지 않아서이리라. 그때도, 지금도 타인의 감정에 신경을 쏟을 만큼의 감정적인 여유가 없는 나라는 그렇게 간단히 머릿속을 정리해 버렸다.

로비에 서서 멍하니 기다리고 있자 잠시 후 은색 벤츠가 발 앞에 멈춰 섰다. 나라가 차에 올라 안전벨트를 매자 차는 곧바로 출발했다. 차 안에는 동이 틀 무렵의 새벽처럼 차갑고 무거운 정적만이 감돌았다.

도로 초입은 러시아워가 통하지 않는 구역이라서 그런지, 차는 빠른 속도로 맹렬히 질주해 기나긴 터널 몇 개를 매끄럽게 통과했다. 하지만 러시아워의 고비는 여지없이 찾아왔고 그들은 도로 한복판에 줄지어 늘어선 채 거북이 행렬을 시작했다.

선팅이 짙게 드리워서인지, 아니면 겨울이라 해가 많이 짧아서인지 그다지 늦은 시각이 아님에도 불구하고 차창 밖은 이미 짙은 어둠에 잠식당해 있었다. 자동차의 현란한 헤드라이트들이 그 어둠을 마냥 어둡지만은 않도록 메우고 있었지만, 가슴속 깊숙이 파고드는 그 공허함마저 완전히 메워주지는 못했다.

지난 인연의 여파는 생각보다 컸다. 강우를 머릿속에서 다 지웠다고 생각했건만, 로비에서 잠시 마주친 것만으로도 그녀의 모든 것이 흐트러지고 있었다.

미련이 남아 있어서는 결코 아니었다. 이별을 고하고 냉정히 돌아선 건 그가 아니라 나라였다. 이제 와 그를 보고 새삼스레 마음이 설레었다면 그건 명백한 위선이었다. 그럼에도 이다지 동요하는 이유는, 신경 쓰였기 때문이었다. 우연이지만, 그저 우연 같지만은 않은 이 상황이 너무도 거슬려서. 그리고 강우가 걱정되어서.

그러지 않길 바라지만 나라는 자꾸만 불길했다. 그럴 이유가 없다고 생각하지만, 자꾸만 예감은 그쪽으로 흘렀다. 오늘의 그 만남이 모두 그가 만들어낸 상황이고, 그가 짜놓은 각본이라고. 그의 낯선 미소와 낯선 눈빛이 그녀에게 그렇게 말하는 것 같았다. 자꾸만 신경이 쓰이고 마음이 아팠다.

'역시 내 생각이 맞는 걸까? 무엇이 당신을 변하게 한 걸까? 혹시 그 무엇이…… 나인 걸까?'

나라는 초점이 흐릿한 눈동자로 흩어져 사라지는 바깥세상을 망연히 바라보았다. 착한 척 위선을 떨려는 것은 아니나, 자신 때문에 그가 변한 걸지도 모른다는 생각에 자꾸만 마음이 쓰였다.

1년을 넘게 사랑한 사람이다. 지금은 비록 그 감정이 퇴색되고 소멸되어 남아 있지 않다 하더라도 그와 함께한 순간들마저 완전히 사라져 버린 것은 아니었다. 과거는 버리고 싶고 지우고 싶다 하여 그렇듯 한 치의 잔상도, 잔향도 남기지 않고 비워버릴 수 있는 성질의 것이 아니었다. 그를 향한 이 연민 어린 감정이 바로 그 잔상이고 잔향이었다.

아프게 했지만, 그가 아파하는 걸 보고 싶지는 않다. 힘들게 했지만, 힘들어하는 걸 보고 싶지는 않다. 변하게 했지만, 정말로 그가 변하는 걸 보고 싶지는 않다. 그것도 한없이 부족한 자신이라는 존재 때문에.

그렇게 생각하면서도 나라는 스스로 어이없어 자조하듯 웃고 말았다. 모든 원인과 까닭을 제공해 놓곤 그러지 않았으면 좋겠다니. 위선이 아니라고 항변하지만, 어쩌면 그렇게 말하는 것조차가 위선이고 모순일지도 몰랐다.

뇌가 날카로운 바늘에 찔린 듯 욱신거렸다. 그에게 있어 자신이 현재이듯 자신에게도 그가 현재이거나 혹은, 자신에게 있어 그가 과거이듯 그도 자신을 과거로 여기고 있었다면 적어도 이렇게까지 골치가 아프진 않았을 텐데.

'몸은 이렇게 현재를 흘러가고 있는데, 마음은 어째서 과거를 붙잡고 놓지 못하는 걸까.'

나라는 복잡함에 젖은 검은 눈을 눈꺼풀 아래로 숨기며 차창에 머리를 기대었다.

"그자와 무슨 사이지?"

어둠 속에 잠기려던 뇌리로 불현듯 낮은 음성이 파고들었다. 나라는 천천히 눈을 떠 고개를 돌렸다. 시리도록 차가운 옆모습이 보였다.

"서강우라던 자. 그자와 무슨 시이냐고 물은 서야."

카인은 무겁게 입술을 떼었다. 딱히 물음을 구하지 않고도 알 수 있는 것이었다. 연인. 하지만 그가 진심으로 알고자 하는 것은 그런 것이 아니었다. 그가 알고 싶은 것은 현재 그녀가 서강우라는 자에게 품고 있는 감정의 실체였다. 관계와 감정은 별개이므로.

"이사님께서 그게 왜 궁금하신데요?"

나라가 차분하고 건조한 어투로 차갑게 반문했다.

왜 남의 감정 따위가 궁금한 거지?

강우와의 대면 이후 스스로에게 물었던 물음이었다. 그것은 그녀를 만나면서부터 줄곧 가져왔던 의문들과 같은 부류의 것이었다. 어째서 그녀를 곁에 두고 싶은지, 그녀의 감정이 자신과 같지 않다는 것에 화가 나는 이유가 무엇인지와 같은.

그 물음이 스스로에게 오고 갈 때마다 그는 매번 그 대답을 회피해 왔지만, 회피해 온 답들의 종착지는 결국 하나였다. 이유는 단 하나뿐이다. 지금껏 단 한 번도 감히 입에 담아보지 못했던 그 단어. 그것이 바로 나라를 갖고픈 이 욕망의 실체였다. 그리고 이렇게 알게 된 이상, 모르겠다며 줄행랑을 치는 꼴사나운 짓 따위는 더 이상 하지 않을 것이다.

그는 손안에 든 핸들을 힘주어 거머쥐었다. 정체된 도로 속에서 느릿하게 차를 몰며 나라를 향해 물었다.

"과거형인가, 현재형인가?"

"이사님과는 상관없는 일인 것 같습니다."

그가 물음을 던지자마자 나라가 곧장 무미건조한 어조로 되받아쳐 왔다. 하지만 그도 곧 그녀를 향해 단호한 어투로 답했다.

"상관있어."

그리고 말했다. 자신이 그녀에게 있어 어떤 존재이고 싶은지를……

"난 당신의 현재형이 되고 싶은 사람이니까."

저물어 가는 일몰 속에서 과거와 현재는 그렇게 서로 공존하며, 아무도 예측할 수 없는 미래를 향한 갈림길을 그녀 앞에 펼쳐 놓고 있었다.

13

Dash

"난 당신의 현재형이 되고 싶은 사람이니까."

심장에 걷잡을 수 없는 해일이 들이닥쳤다. 가슴 한구석에서 조금씩 일기 시작한 그것은 이윽고 혈관을 타고 뜨겁게 올라와 머릿속까지 까마득하게 잠식해 버렸다. 도로 한복판에 갇힌 채 정체되어 있는 차처럼, 그녀의 신경선을 타고 분주히 움직이던 세포들 또한 일순 움직임을 멈춘 것 같았다. 손끝이 굳고 몸 안에 있는 모든 것이 멈췄다. 단 하나, 이 순간 맹렬히 두근거리는 그녀의 심장만을 제외하고.

'이 남자가…… 지금 무슨 말을 하고 있는 거야?'

나라는 그 말을 듣자마자 자신의 귀를 먼저 의심했다. 항상 장난스럽게 속삭이던 이에게서 나온 말이 뜻밖에도 너무나 진지해

귀를 의심하지 않으려야 않을 수가 없었다. 물론 그로부터 이런 유의 말을 들은 게 이번이 처음은 아니었다. 그런데 가슴이 그때와는 비교가 안 될 정도로 걷잡을 수 없이 두근거리고 있었다. 현재형이라는 그 짤막한 단어가 그야말로 너무도 현실적으로 피부와 뇌리에 감겨왔다. 잠잠하던 머릿속이 한순간에 흐트러진다.

"그, 그러니까…… 그게 그러니까요. 저, 저기."

나라는 무슨 말이라도 해야 할 것만 같아 서투르게 더듬거렸다. 다물지 못한 입을 수조 안 붕어의 그것처럼 수없이 뻐끔대었다. 두 눈을 어디다 둬야 할지 몰라 부산스럽게 움직이는데 짙은 코발트블루와 정면으로 맞닿아 버렸다. 얼굴이 화끈거렸다. 사고 회로가 순식간에 엉망진창이 되었다.

뭐라고 해야 할까? 무슨 말을 어떻게 해야 할까? 표정은 어떻게 지어야 하나? 그러고 보니 방금 전 저 사람이 내게 무어라 말을 했더라?

수많은 물음들이 한꺼번에 터져 나왔다. 마치 얼음땡놀이라도 하는 것처럼, 같은 때에 움직임을 멈췄다가 또 같은 때에 움직임을 시작한 뇌세포들이 갈피를 잡지 못하고 뒤죽박죽 뒤엉키고 있었다. 시선을 옭아매고 놓아주지 않는 푸른 눈동자 때문에 머리가 어지러울 지경이었다.

바로 그때, 어느 틈에 신호가 바뀌었는지 뒤차들의 날카로운 경적이 울려들었다. 그제야 번쩍 정신이 든 나라는 엉겁결에 엉뚱한 말을 내뱉고 말았다.

"시, 신호가 바뀌었네요. 하하…… 하하하하."

말미에 어색한 너털웃음을 덧붙였다. 그러곤 시선을 피해 잽싸게 고개를 돌려 버렸다. 등에서 식은땀이 맺히는 듯했다. 이 남자가 이런 식으로 한 번씩 진지하게 나올 때마다 나라는 스스로도 감당이 되질 않았다.

얼마 지나지 않아 차는 곧 출발했다. 곁눈질을 통해 보이는 그는 그녀가 동요한 게 무색할 정도로 무표정한 얼굴로 유연하게 핸들을 돌리고 있었다. 숨소리조차 오가지 않는 적요한 차 안에는 어색함을 품은 고요가 무겁게 깔렸다. 나라는 오똑한 코가 돼지코가 될 정도로 창가에 납작 달라붙어 창밖만을 바라보았다. 그러나 창밖을 응시하면서도 머릿속은 내내 횡설수설이었다.

"난 당신의 현재형이 되고 싶은 사람이니까."

뭐야, 대체. 대체 그게 무슨 소리야? 현재형이라니. 내게 현재형이 되고 싶다니. 그건 꼭…….

'고백 같잖아.'

양 귀가 화끈거렸다. 좀 전까지만 해도 강우에게 쏠려 있던 신경이 어느덧 바로 옆에 앉은 남자에게로 향해 있었다. 더 이상 강우 따윈 생각나지 않았다. 남자의 저의를 알 수 없는 말에 심장은 신호를 무시하고 무방비하게 튀어 올랐다. 행여나 이 심장 소리가 그의 귓가에 닿을까 노파심이 일 정도였다. 심장 주변에서 스멀스멀 피어오르는 내부적인 열기와 히터에서 나오는 외부적인 열기가 겨울임에도 불구하고 창문을 활짝 열어젖히고 싶을 만큼 온몸을 버겁게 했다.

"다, 다 왔네요! 여기서 세워주세요!"

차가 갑갑한 도로를 벗어나 제집 골목 어귀에 접어들자마자 나라는 기다렸다는 듯이 수선스럽게 외쳤다. 이윽고 그의 손길에 의해 돌아가던 핸들이 멈추며 차의 타이어 바퀴가 미끈한 느낌과 함께 집 앞에 멈춰 세워졌다.

나라는 휴우 하고 낮은 숨을 몰아쉬었다. 집에 오는 길이 이렇게 길게 느껴진 적이 없었다. 문득 옆에 앉은 남자가 궁금해졌다. 중간에 그런 말을 내뱉은 이후로 카인에게서는 미약한 숨소리 하나 들려오지 않고 있었다. 또다시 말을 걸어왔다 하여도 어떻게 맞받아칠지 난감했을 테지만 괜스레 궁금해져서 나라는 그가 있는 쪽을 돌아볼 수밖에 없었다.

하지만 그것은 실수였다. 돌아보자마자 기다렸다는 듯 빤히 향해 온 푸른 눈동자가 그녀의 시야를 짙게 파고들었다. 나라는 당황한 나머지 놀란 숨을 삼키며 잽싸게 눈을 피해 버렸다.

"그, 그럼 전 이만!"

나라는 한시라도 빨리 이 안에서 벗어나야겠다는 생각에 의자 등받이에 맞닿아 있는 등을 벌떡 일으켰다.

"아……!"

쇄골이 끊어질 것만 같은 둔중한 충격과 함께 막 등을 뗀 몸이 의자 쪽으로 격하게 밀어붙여졌다. 짧은 비명이 입술 새를 비집고 흘러나온다. 아프다는 생각보다도 느닷없는 충격에 너무도 놀라 심장이 쿵쿵 뛰었다.

'아니, 이 남자가! 말로 하면 될 걸 가지고!'

냅다 줄행랑을 치려는 자신을 남자가 붙잡아 밀어붙인 것이 틀림없었다. 할 말이 있으면 좋게 사람을 불러 세우면 될 것이지 이런 과격한 짓을 하다니.

"이게 무슨 짓……!"

"정말이지 눈 뜨고는 못 봐줄 광경이군."

괘씸한 마음에 소리를 높이던 나라의 말이 끝나기도 전, 그의 비아냥대는 목소리가 먼저 귓전에 닿아왔다. 노골적이다 싶게 신경을 긁는 목소리에 나라는 발끈하여 아픈 것도 잊고 두 눈을 앙칼지게 치켜떴다. 그러자 조수석 옆에 손을 짚으며 나른한 몸짓으로 천천히 몸을 숙여오는 카인의 모습이 눈에 들어왔다.

"지, 지금 뭐, 뭐 하려는 거예요?"

화를 내려던 것도 잠시, 점점 좁아지는 간격에 나라는 질겁했다. 이 밀폐된 공간 안에는 그와 그녀 단둘뿐이었다. 그는 첫 만남부터 변태 양키라 낙인이 찍혔을 정도로 엉큼한 사내였다. 게다가 그 변태 양키는 조금 전 '난 당신의 현재형이 되고 싶은 사람이니까'라는 의미심장한 말까지 한 상태였다. 그런데 그런 그가 점점 자신에게로 다가오고 있었다. 그것도 바로 코앞까지 바짝.

"오, 오지 마요."

나라는 잔뜩 긴장하여 의자 뒤로 등을 찰싹 붙였다. 하지만 남자는 일말의 망설임도 없이 계속해서 그녀에게로 밀착해 오고 있었다. 좁아지는 거리를 벌려 보려 뒤통수가 뭉개질 정도로 고개를 빼보았으나 소용없는 짓이었다. 코끝에 휘감기는 스킨 향은 점점

진해지고 콧등 위로 부서지는 뜨거운 숨결 또한 점점 더 적나라해져 갔다. 나른하게 뜨인 눈매 속 푸른 심연이 온 정신을 깊게 빨아들이는 것만 같았다. 결국 더는 견디지 못한 나라가 그를 밀어내려 손을 뻗었다.

"대체 뭘 하려는!"

미처 힘을 쓸 새도 없이 그의 가슴팍을 향해 뻗어진 손이 붙잡혀 버렸다. 압도적인 힘에 의해 움직임을 제지당한 나라는 화들짝 놀라 두 눈을 크게 떴다. 카인의 얼굴이 코앞까지 성큼 다가와 있었다. 비강을 핥아 내리는 짙은 아쿠아 향. 이어 입술이 닿을락 말락 한 아찔한 거리에서 그가 나른하게 속삭였다.

"아무리 경황이 없어도 벨트 정도는 풀어야 하는 거 아닌가?"

"에?"

순식간에 정지되는 사고. 나라는 무슨 말이냐는 듯 두 눈을 크게 떴다. 피식 웃은 그가 가슴 쪽에 걸린 무언가를 손끝으로 스윽 잡아당기며 아래쪽을 향해 눈짓했다. 화등잔만 해진 눈동자가 그의 눈짓을 따라 느릿하게 옮겨갔다. 그러자 눈에 들어온 것은…….

"당신을 붙잡은 건 애석하게도 내가 아니라 당신의 Seatbelt거든."

태양이 두 귀를 삼킨 양 화끈거렸다. 할 말을 잃은 입술이 마치 진드기 파리약이라도 삼킨 것처럼 찰싹 달라붙어 버렸다. 경황이 없는 나머지 안전벨트를 풀어야 한다는 사실을 깜빡했던 것이다. 한데 제가 맨 안전벨트에 제가 걸려 생쇼를 하곤 그것만으로도 모자라 착각의 늪에 빠져 허우적거리기까지 했으니…….

'보나라, 너 지금 무슨 개그 하니?'

그 당시의 제 모습이 어땠을지 상상조차 하기 싫었다. 이 남부끄러운 상황을 또 어찌 감당하나 싶어 나라는 입술을 질끈 깨물며 고개를 숙여 버렸다.

"픽……."

푹 숙여진 정수리 위에서 바람 빠지는 듯한 소리가 낮게 터졌다. 웃는 소리였다. 약간 골이 난다. 자신이 얼마나 우스웠을지 모르는 바는 아니지만 그래도 대놓고 웃는 건 너무한다 싶었다. 화끈거리는 얼굴을 여전히 숙인 채 나라가 우물대듯 중얼거렸다.

"우, 웃지 말아요."

하지만 그같이 절절하게 말하는 와중에도 남자의 웃음소리는 도무지 잦아들 줄 몰랐다. 정말 이 남자가 기분 나쁘게 왜 자꾸 웃는 거야? 그가 얄미운 마음에 한마디 쏘아붙일 태세로 숙이고 있던 고개를 쳐들었다.

"그렇게 계속 사람 비웃을……."

아직 할 말이 남은 입술이 말을 맺지 못하고 다물렸다. 눈매에 맺힌 웃음기를 어느새 씻은 듯 거둔 푸른 눈동자가 동공 위로 잔잔히 스며들어 왔기 때문이다. 순간 심장이 주먹이 조이듯 꽉 옥죄어졌다. 간지러운 듯 야릇하고도 기묘한 감각. 기분이 이상했다. 시선을 피해야 할 것만 같아 나라는 하려던 말을 마저 잇지 않고 고개를 떨궈버렸다.

하지만 괜한 짓이었다. 턱을 잡아 돌리는 남자의 손길에 다시금 그와 시선을 마주할 수밖에 없었다. 마주한 푸른 눈동자는 지중해의 그것처럼 깊이를 알 수 없을 만큼 깊고 짙었다.

"보나라, 당신을 보면 자꾸만 웃음이 나."

전혀 웃고 있지 않은 진지한 눈동자로 그가 낮게 속삭였다. 다음으로는 감정을 억누르는 듯 나직이 으르렁거리며,

"화도 나."

라고 말했다. 어느덧 턱까지 차오른 숨결이 가늘게 떨렸다. 콧등을 어루만지는 그의 숨결도 함께 떨려오고 있었다. 그가 손을 뻗어 그녀의 오른쪽 뺨을 감싸 쥐었다. 고개가 들리고, 달밤처럼 푸른 눈동자가 시야로 무겁게 떨어졌다. 그로부터 비롯된 열기 어린 체온이 살갗 위로 오롯이 파고들어 그녀의 신경을 움켜쥐었다.

"그리고 또 가끔은, 당신 때문에 미칠 것 같기도 해."

마주한 눈동자가 흠칫 흔들렸다. 하지만 그는 붙잡은 시선을 결코 놓아주지 않았다. 오히려 시각을 비롯한 그녀의 모든 감각을 옭아매 철저히 속박시켰다. 모든 것을 빨아들일 듯 시야를 드리워온 아찔한 바닷빛에 나라는 현기증이 날 것만 같았다. 그를 피해야 한다는 생각이 송두리째 허공으로 흩어진다.

"왜인 것 같나?"

고개가 비스듬히 꺾여온다.

"내가 이러는 이유가……."

나른한 숨결이 입술 위를 축축이 적셨다. 그의 얼굴이 가까워진다는 걸 알고 있었지만 나라는 뿌리칠 수 없었다. 매끄러운 콧날이 동그란 코끝을 스쳐 얼굴이 맞물리는 것도 느꼈지만 고개를 돌

릴 수 없었다. 좁은 틈 사이로 서로의 호흡과 호흡이 엉킨다. 더운 열기가 입술 표피로 뜨겁게 내려앉았다. 소름 끼칠 정도로 부드럽게 스쳐 닿는 타인의 살갗. 그리고 두 개의 호흡이 완전히 하나가 되려던 그때, 별안간 앞 유리를 뚫고 들어온 따가운 헤드라이트가 차 내부의 습한 공기를 가로질렀다. 카인은 움직임을 멈추고 뒤를 돌아보았다. 시야를 따갑도록 만드는 빛에 그의 유려한 눈매가 절로 구겨졌다.

"저 잠시만요."

그제야 나라도 깊게 몰입하고 있던 상황에서 깨어나 뺨 위로 감긴 손을 지그시 물렸다. 들려오는 낮은 욕설과 함께 그가 몸을 떼었다.

'나 방금 이 남자랑 뭘 하려고 했던 거야?'

얼굴이 홧홧했다. 하마터면 그와 키스를 할 뻔했다, 하마터면. 나라는 마른침을 꼴깍 삼키며 눈알을 이리저리 굴렸다. 스커트 자락을 부여잡은 손바닥이 축축했다. 아무리 분위기에 휩쓸렸어도 그렇지, 보나라 이 바보. 혼자 중얼대고 있는데 정면으로 쏘아오는 밝은 빛이 눈을 따갑게 찔렀다.

빠앙!

급기야는 클랙슨 소리까지 골목 가득 요란하게 울려 퍼졌다. 대체 뭐가 저렇게 요란하나 싶어 나라는 눈살을 잔뜩 찌푸린 채 정면을 바라보았다. 라이트를 켠 채 차 문을 열고 나온 한 남자가 입에 물고 있던 담배꽁초를 퉤 뱉으며 성마른 발걸음으로 다가오고 있었다.

"야, 너! 보나라! 너 보나라지!"

누구지? 시야를 가리는 눈부신 자동차 헤드라이트 덕에 눈을 바로 뜰 수가 없는 나라는 미간을 잔뜩 구기며 남자를 바라보았다. 어느덧 차 앞 범퍼까지 다가온 남자의 모습이 점점 선명해지고 있었다. 그와 동시에 나라는 경악스러운 표정을 지으며 어둠 속의 그를 부르고 말았다.

"민이 오빠?"

굳게 닫혀 있던 차 문이 벌컥 열렸다.

"보나라 이게! 너 지금 이 안에서 뭐 하고 있는 거야?"

인상을 사납게 구기며 민이 외쳤다. 나라에게로 닿아 있던 민의 날카로운 눈초리가 이윽고 운전석에 앉은 카인 쪽으로 향했다.

"이건 또 뭐야?"

민이 두 눈을 무섭게 부라리며 신경질적으로 말했다. 그와 동시에 나라는 두 눈을 질끈 감아버렸다.

'오 하느님……'

나라에게는 중증 시스터 콤플렉스를 앓고 있는 세 명의 오라비가 있었다. 첫째가 보준이고, 둘째가 보민, 그리고 셋째가 보윤이었다. 그중 인상이 가장 험악한 이를 꼽으라면 소도둑놈 서넛의 뺨도 갈길 것 같이 생긴 셋째 오빠 윤이었지만, 그와 반대로 실제 성질머리가 가장 포악한 이를 꼽으라면 나머지 둘 중 그 누구도 민을 따라올 자가 없었다. 그는 조폭계로 따지면 행동대장으로, 학창 시절부터 나라의 주변에 꼬여 드는 남자들을 죄다 날파리라 치부하며 철저히 훼방을 놓고 지근지근 밟아주는 역할을 도맡아

했다. 그야말로 민은 나라 주위 남자들에게 있어서는 가장 피해야
할 위험 대상 1호였다. 그런데 그런 그가 바로 눈앞에 있는 것이
다. 그것도 딱 오해받기 좋은 타이밍에.

지금까지의 경험을 토대로 장담하건대, 절대 가만히 있을 사람
이 아니다. 나라는 덜컥 걱정이 앞서 서둘러 말을 둘러대려 했다.

"오, 오빠, 그러니까 이게 어떻게 된 거냐 하면."

"안녕하십니까, 보나라 씨 상사 되는 IBMC 기획이사 카인 맥
클레인이라고 합니다."

나라는 뜨악하고 입을 벌리고 말았다. 어느 틈에 차에서 내려선
카인이 그새 보민 앞으로 다가가 정중한 인사말과 함께 명함을 건
네고 있었다. 당장에 줄행랑을 치진 못 할망정 먼지 가 인사를 하
다니. 명을 재촉하는 일이나 다름없었다. 질겁한 나라는 급히 차
에서 내려서 제 오라비의 앞을 막아섰다.

"오빠 그게 있잖아, 이분이 내가 모시는 이사님이신데, 아까는
내가 바보같이 안전벨트를 안 풀고 내리려고 해서……."

"흐음…… 카인 맥클뤤인? 포뤄너(foreigner)?"

카인이 건네준 명함과 그의 얼굴을 두어 번 번갈아 보던 보민이
별안간 혓바닥을 꼬며 말했다. 카인이 약간 당황스러운 표정을 지
으며 엉겁결에 'Yes'라고 답했다.

"하이. 퐈이 눼임 이스 뮌 뽀. 아임 나롸스 브뢔덜. 놔이스 투 미
츄."

"오빠 지금 뭐 하는 거야?"

나라는 생각과는 달리 돌아가는 상황이 황당해 어안이 벙벙한

표정으로 민을 바라보았다. 그녀의 예상대로라면 이쯤에서 민이 노발대발하며 이놈 저놈 싸지른 후 카인을 향해 주먹을 날려야 맞았다. 그런데 별안간 초등학교 영어 교과서에 나오는 상투적인 문장들을 책 읽듯이 읊어대자 순간 어이가 없어졌다.

"지금 뭐 하는 거냐니까?"

나라가 보민의 팔을 잡아끌며 다시 물었다. 그러자 민이 나라 쪽으로 살짝 고개를 숙이며 소곤댔다.

"오빠 발음 죽이지? 사실, 오빠가 요즘에 유럽 진출 대비해서 영어회화 공부하고 있거든. 공부한 거 이럴 때 써먹지 또 언제 써먹겠냐? 있어 봐. 보민님의 유창한 프리토킹 실력을 보여줄 테니까."

"뭐어?"

나라가 기가 막힌다는 듯 입을 다물지 못하고 민을 바라보았다. 그렇게 무섭도록 화를 내며 다가올 땐 언제고, 기껏 한다는 소리가 유창한 프리토킹을 보여주겠다니. 그야말로 단.무.지가 따로 없었다. 나라는 순간 화가 치밀며 얼굴이 확 달아올랐다. 민이 한심할 뿐만 아니라, 이런 부끄러운 오라비를 카인에게 보이는 것 자체가 너무나 창피했다. 하지만 그 와중에도 보민은 여전히 초등학교 수준의 영어를 자랑스레 구사하며 너스레를 떨고 있었다.

"크음! 아이 뤼빈 써우울. 마이 좝 이즈 싸커 프레이얼."

"Are you soccer player?"

"오, 예스, 예스! 아임 코리아 페이모우스 싸커 플레이얼."

"That's great."

"그레이트, 그레이트! 으하하. 이 친구 나랑 말 좀 통하네. 나라야, 봤냐?"

어느새 카인마저 흥미로운 표정을 지으며 민의 한심한 짓에 동조하고 있었다. 나라는 이 순간 정말이지 쥐구멍에라도 숨고 싶었다. 결국 더는 보다 못하고 보민을 향해 숨죽인 목소리로 외쳤다.

"오빠, 대체 지금 뭐 하는 거야! 쪽팔리게!"

"인마, 좀 잠자코 있어 봐. 아직 이 오라비께서 할 말을 다 못 했단 말이다."

"아, 됐어! 그만하고 빨리 와!"

"어어? 이 자식이! 아직 오빠 할 말 다 안 끝났다니까!"

"말도 안 되는 소리 하지 말고 빨리 와! 이 속없는 인간아! 이사님, 그럼 전 이만 가 볼게요. 빨리 와, 좀!"

자꾸만 버티고 서 카인에게 한마디라도 더 건네보려 하는 보민을 억척스레 끌어당겼다. 나라의 손길에 마지못해 끌려가면서도 민은 끝까지 입을 다물지 않으며 기어이 '굿 바이! 씨 유 투마로!'라는 말을 해내고 말았다. 내일 또 볼 것도 아닌데 Tomorrow가 웬말이란 말인가, Tomorrow가. 나라는 보민을 복날 개 끌듯 끌며 벌게진 얼굴로 집 안으로 들어섰다.

현관에 발이 닿자마자 나라가 보민의 팔을 야멸차게 내팽개치며 날카롭게 소리쳤다.

"오빠는 쪽팔리게 거기서 왜 그래! 사람 체면은 하나도 생각 안해?"

"내가 뭐, 인마. 자고로 예부터 모르는 것을 부끄러워 말라고 했어. 이제 한참 배우는 땐데 영어 그거 좀 서툰 게 어때서 그러냐? 열심히 하고자 하는 이 도전 정신이 아름다운 거지."

"오빠는 그게 좀이니? 좀 서투른 거야? 아무튼 내가 오빠 때문에 정말 못 살아!"

능청스럽게 구는 보민을 날카롭게 흘긴 후 나라는 신고 있던 구두를 벗어 던지고 거실로 들어왔다. 씩씩대며 거실을 가로질러 걸어가는 나라의 뒤로 보민이 바싹 따라붙어 어깨에 팔을 걸며 능글맞게 속삭였다.

"우리 나라, 오늘따라 지나치게 히스테릭하네? 왜 이러실까? 혹시 그 날이야? 한 달에 한 번 온다는 매직 데이?"

"보민……!"

보자 보자 하니까, 내 이 인간을! 나라가 이를 갈며 그의 이름을 앙칼지게 외쳤다. 그러곤 얼굴을 할퀼 기세로 보민을 향해 다가서던 때였다.

"나라랑 민이 같이 들어오니?"

"네, 어머니. 여태 저녁 준비하셨나 봐요?"

부엌 너머에서 들려온 목소리에 민이 반갑게 답했다. 전 여사의 뒤로 잽싸게 숨으며 민이 얄밉게 웃었다. 반면 나라는 잔뜩 골이 나서 볼을 빵빵하게 부풀린 채 서 있었다. 그런 나라를 귀엽다는 듯 바라보며 민이 낮게 웃었다.

"니들 또 왜 그래. 그새 또 싸웠니?"

"아뇨. 그런 게 아니라 집 앞에 차를 대다가 이 녀석이 웬 놈이랑 차에 타 있는 걸 봐서…… 잠깐, 그러고 보니까!"

문득 잊고 있던 사실이 떠오른 듯 보민이 목소리를 잔뜩 높이며 나라를 바라보았다.

"보나라 너! 좀 전에 그 자식이랑 차 안에서 뭐 했어?"

"그 자식이라니 그게 무슨 소리니?"

"참 빨리도 물어보시네."

계단을 밟고 2층으로 올라서려던 나라가 민의 때늦은 물음에 콧방귀를 뀌었다.

"뭐야? 이 녀석이! 잠깐, 내가 이러고 있을 때가 아니지. 그 자식 어디 갔어, 그 자식! 설마 벌써 토꼈나?"

다짜고짜 나라를 억박지르던 보민이 '그 자식, 그 자식' 소리를 내지르며 성큼성큼 베란다 쪽으로 향했다. 다 늦어 반응하고 있는 민을 보며 나라는 코웃음을 쳤다.

"아, 됐거든요! 그 사람이 아직까지 거기 있겠니? 진즉에 갔지!"

"우리 딸 남자친구 생겼어?"

"에엑? 나, 남자친구는 무슨! 이사님이셨어, 이사님!"

전 여사의 말에 나라가 양팔을 엇갈려 저어가며 격렬하게 부인했다. 쓸데없이 얼굴이 빨개졌다.

"이사님? 어머, 이사님께서 집 앞까지 오셨었어? 아니 그럼 모시고 들어오지 않고."

카인이 한 번 다녀간 이후로 그러면 사족을 못 쓰는 전 여사가 아나나 다를까 나라를 다그쳤다.

"엄마는 대체 무슨 소리를 하는 거예요? 그 사람이 우리 집에 왜 와!"

"왜 못 와? 바로 얼마 전에도 오셔서 저녁까지 드시고 갔잖아. 이사님께서 내 음식 솜씨가 내 미모만큼이나 훌륭하다며 얼마나 입이 마르도록 칭찬을 늘어놓으셨는데."

전 여사가 그때를 떠올리며 꿈꾸듯 두 손을 모아 잡곤 볼을 발그레하게 물들였다.

"뭐? 저녁이요?"

베란다에서 카인이 있나 없나 한참을 살피던 민이 모녀의 대화를 듣곤 돌연 윽박질렀다.

"잠깐만요, 어머니! 그 자식이 지난번에도 여기 왔었어요? 게다가 밥까지 얻어먹고 가? 이거 예삿일이 아니잖아? 보나라, 너 그 자식하고 대체 무슨 사이야. 그냥 직장 상사 아니지!"

나라는 머리가 띵해지는 것만 같았다. 양 사이드에서 쏟아지는 말, 말, 말들에 정신이 하나도 없었다. 지끈거리는 관자놀이를 눌러 짚으며 나라가 지친 목소리로 말했다.

"그냥 직장 상사 맞아. 엄만 이제 그만 좀 해요."

"그 조각 같은 얼굴에 목소리는 또 어찌나 멋있던지."

"웃기지 마! 보나라 너 이 자식, 제대로 대답 안 해? 그 자식하고 대체 무슨 사이야!"

"글쎄, 그냥 직장 상사라니까."

"처녀 때 같으면 내가 한번 꼬셔 보는 건데. 호호호."

"어쩐지 차 안 분위기가 범상치 않다 했어! 너 거기서 뭐 하고 있었어!"

나라의 만류에도 불구하고 주책없는 전 여사와 단무지 민의 말

은 계속되었다. 더는 참지 못해 폭발한 나라는 결국 집안이 떠나
가라 소리를 지를 수밖에 없었다.

"다들, 다들 그만 좀 해!"

불과 몇십 분 전에 한 남자로부터 고백 아닌 고백을 받은 나라
는, 그 남자가 집안에 몰고 온 여파로 인해 그에 대해 여유를 갖고
생각할 틈도 없이 하루를 마감할 수밖에 없었다. 그렇게 또 하루
가 저물어 가고 있었다.

「오셨습니까.」

카인은 안으로 들어서자마자 거추장스러운 슈트 재킷을 벗어
데릭에게 넘겼다. 거실 중앙에 자리한 카우치 위로 몸을 누이자
차가운 느낌이 물씬 나는 가죽 소재가 얇은 와이셔츠 너머 그의
살갗에 밀착했다. 차디찬 냉기가 심장 깊숙이까지 날카롭게 파고
든다. 넥타이를 잡아당기곤 셔츠 단추를 서너 개 정도 푼 뒤 그는
담배 한 개비를 꺼내 입에 물었다.

"Talk to me."

간결한 그의 말을 끝으로 타닥거리는 소리와 함께 담배 끝에 불
이 붙었다. 절도 있게 고개를 숙이며 데릭이 말을 시작했다.

「이름 서강우. 나이는 30세. 아시다시피 현재 Y&A 백화점 전
략기획팀 팀장입니다. 하지만 약 2주 전까지는 백화점이 아닌
Y&A 마트 영업부 소속이었다고 하며, 무슨 이유에선지 스스로

부서 이동을 신청해 현재의 부서로 이동을 했다고 합니다.」

「2주 전이라…….」

그는 길게 연기를 뱉으며 나른하게 중얼거렸다.

「계속해.」

「보나라 씨와는 1년 정도 연애를 한 사이이며 그들을 아는 사람이라면 그 둘이 사내 연애 중이라는 사실을 모르는 이가 없었다고 합니다. 헤어진 시기는 지금으로부터 약 한 달 보름 전이고, 헤어짐과 동시에 보나라 씨가 사직서를 제출하고 회사를 그만두었다고 합니다.」

데릭의 보고를 잠자코 들으며 그는 탁한 담배 연기를 느긋하게 음미했다. 회색빛 연기가 그의 내부를 쓸어내린 뒤 다시 피어올라 마치 안개처럼 뿌옇게 시야를 드리워 왔다.

한 달 보름 전이라면 그와 나라가 호텔에서 처음 만났을 때이다. 그 직후 헤어졌다니 무엇 때문일지 대충 짐작이 되었다. 당시 나라는 오해를 하고 있었고, 그 일에 죄책감을 느끼며 서강우라는 자에게 이별을 고했을 것이다. 나라를 향한 서강우의 눈빛을 보고 짐작하건대, 그자는 그날 밤의 일을 알지 못하고 있는 듯했다. 아무리 사랑한 여자였다 하더라도 자신이 아닌 다른 남자와 하룻밤을 보냈다는 여자를 그렇듯 애틋한 눈길로 바라볼 수 있을 리 만무하니까.

그런데 아무것도 알지 못하는 남자가 어째서 첫 만남에서부터 그토록 적나라한 적의를 보인 것일까? 그리고 왜 한 달이나 지난 지금에 와서 갑작스레 모습을 나타낸 것일까? 그것도 우연이 아닌, 절대적인 필연을 꾸며내면서까지. 대체 왜?

물음이 꼬리에 꼬리를 물고 늘어진다. 점점 머리가 무거워져 왔다. 서강우를 떠올리자 머릿속에 푸른 안개가 드리운 듯 모든 게 아득해져 왔다. 카인은 허공을 향한 채 나른하게 뜨고 있던 두 눈을 스르르 감았다.

그자의 속내를 정확히 파악할 수는 없었다. 무엇이 그자에게 적의를 심어줬는지, 또 무엇이 그자에게 이런 상황을 연출할 만한 동기를 부여했는지도 알 수 없었다. 다만, 한 가지 확실한 것이 있다면 그자가 노리는 표적이 바로 나라라는 것이었다. 나라를 되찾기 위해 모든 것을 걸고 정면으로 승부수를 던져 오고 있다는 것. 그것만은 확실하다.

「되찾겠다라…….」

나른하게 되뇌며 감은 눈 속에 한 장면을 떠올렸다. 그자의 곁에 선 나라의 모습. 마음이 깊게 가라앉는다. 가라앉은 심장 한구석에서 불길이 일었다. 구석에서 일기 시작한 그 미약한 불덩이는 이내 밑바닥을 새까맣게 태우고 활활 타올라 심장 전체를 완전히 집어삼켰다. 지독한 질투심이 그의 냉철한 이성을 야금야금 좀먹어 들었다.

네가, 내가 아닌 다른 이의 것이 된다. 다른 이의…….

온몸의 근육이 팽팽하게 당겨져 왔다. 머릿속이 순식간에 차갑게 식어 내린다.

「그렇게는 안 되지.」

카인은 씹어뱉듯 읊조리며 두 눈을 떴다. 검푸르게 가라앉은 진한 다크블루가 날카로운 눈매 안에서 싸늘하게 번뜩였다.

허용할 수 없다. 나라가 다른 이의 것이 된다니, 절대 있을 수 없는 일이었다. 오기 따위가 아니다. 호기심이나 승부욕도 아니었다. 이전까지는 그렇게 치부해 왔었지만, 이젠 그도 알고 있다. 나라를 향한 이 강한 열망이 한순간 스치고 사라지는 변덕스러운 바람 따위가 아님을. 그리고 이렇게 알게 된 이상, 놓아주지 않을 것이다. 빼앗기지도 않을 것이다. 너를, 내 손에서……

그는 거의 필터까지 타들어 간 담배 꽁초를 재떨이 위에 느릿하게 비벼 껐다. 자신이 앞으로 맞서야 할 상대를 대신하듯 철저하게. 그러곤 불씨가 완전히 사라진 채 뭉개져 있는 담배를 냉혹한 눈초리로 내려다보았다.

'서강우에게 있어 이 승부의 종착역이 나라를 되찾는 것이라면, 나 카인 맥클레인에게 있어서는 그녀를 내주지 않는 것이 바로 이 승부의 종착역이 될 것이다.'

나라는 책상 앞에 멍하니 앉은 채로 애꿎은 핸드폰만 들었다 놓기를 수십 번 반복하고 있었다. 출근한 뒤로 줄곧 이러고 있었으니 이로써 벌써 2시간째였다. 집에서 나오면서부터 다짐한 것이었으나 막상 엄지손가락 끝이 통화 버튼으로 향하기만 하면 여지없이 망설임이 일었다. 한 달도 더 전에 헤어진 옛 연인에게 이제 와서, 그것도 하필이면 이런 일로 연락을 해야 한다는 것이 영 내키지 않았다.

나라는 숨을 크게 들이마셨다. 내키지 않더라도 필요하다면 해야 했다. 딱딱하게 굳은 손가락 마디를 움직여 간신히 통화 버튼을 눌렀다. 몇 번의 신호음이 가고 그의 목소리가 들려왔다. 나라는 가늘게 떨리는 목소리 끝에 힘을 주어 말했다.

"나예요."

오후 6시의 창밖은 칠흑처럼 검었다. 창의 안과 밖이 얄팍한 유리 한 장을 경계로 하여 빛과 어둠으로 이분된 것 같았다. 창 안쪽은 화려한 샹들리에와 주황빛으로 하늘거리는 촛불들 덕에 낮의 빛깔을 띠고 있었지만, 별과 달마저 어둠에 흡수당한 바깥세상은 폭설이 내리기 직전의 하늘처럼 검고 탁했다. 어쩌면 실내의 빛이 너무도 눈이 부셔 더 그렇게 느껴지는 걸지도 모르겠다. 사람들이 사랑의 화려함에 익숙해진 나머지 그 이면인 이별을 검다 느끼는 것처럼.

나라는 창밖에 머무른 시선을 천천히 거두며 머뭇거리듯 입술을 떼었다.

"어젠 너무 경황이 없어서 인사도 제대로 못 했어요. 그동안 잘 지냈어요?"

"글쎄…… 잘 지냈을까."

강우가 물 한 모금을 삼키며 건조하게 답했다. 나라는 두 눈을 크게 떠 그를 바라보았다. 차갑게 빛나는 은테 안경을 고쳐 잡은 강우가 잠시 아래로 내리깔았던 시선을 들어 나라를 마주 보았다.

그가 웃는다.

"농담이야. 보는 것처럼 아무런 문제 없이 잘 지냈어. 오히려 너무 문제가 없어 탈일 정도지."

기억 속에 존재하는 다정한 목소리와 포근한 미소였다. 나라는 잠시 귓가를 스쳤던 그 차가운 목소리가 정말 그의 것이었나 싶었다. 하지만 머릿속에 이는 혼란이 무색하게도 강우는 너무도 다정하게 말을 건네 왔다.

"나라 너도 새로운 직장에 잘 적응하고 있는 거지?"

먼저 이별을 말했던 사람이 자신이 아닌 그였던 것만 같았다. 아니, 애초에 이별 따위는 있지도 않았던 것 같았다. 그 정도로 눈앞에 그는 태연하고 따뜻했다.

그런데 어째서일까. 나라는 마주한 그의 웃음이 바싹 마른 낙엽 같았다. 너무나 건조해서 금방이라도 바스러져 버릴 것 같아 위태로운 느낌. 순간, 나라는 자신의 입안마저도 버석거리는 것 같은 느낌에 잔을 들어 입술을 축였다.

"강우 씨도 새로운 부서로 이동했다는 소식 들었어요. 그렇게 마주치게 될 거라고는 생각지도 못했지만."

"나 역시 네가 내게 먼저 연락을 할 거라고는 생각지도 못했어."

그는 가볍게 나라의 말을 되받아쳤다. 그의 눈빛은 그녀가 무엇 때문에 보자고 한 것인지 이미 알고 있는 듯했다. 여기서 더 이상 상투적인 대화를 해봤자 시간 낭비에 에너지 낭비일 뿐이라는 생각이 들었다. 나라는 마음을 가다듬고 입술을 떼었다.

"실은 물어볼 게 있어서 보자고 한 거예요."

"그 전에 일단 주문부터 하자."

강우가 말했다.

"하루 종일 일했을 텐데 배고플 거 아니야. 나도 마찬가지거든."

그는 옅은 미소를 지은 뒤 웨이터를 향해 손짓했다. 메뉴판을 살핀 다음, 연애하던 적에 나라가 즐겨 먹던 것으로 주문을 했다. 이래서 사람들이 옛 연인과 함께했던 추억의 장소는 다시 찾지 않는 모양이다. 익숙한 레스토랑에서 그때 그날처럼 주문을 하는 그를 보자 오랜 시간 잊고 있던 추억이 혀끝을 붙잡았다. 하지만 나라는 곧 그것을 떨쳐 내며 그를 불렀다.

"강우 씨."

"혹시 너 때문이냐."

그가 나직이 말을 가로챘다.

"그렇게 묻고 싶은 거지?"

시선을 아래쪽으로 떨어뜨린 채 그가 지독히도 차분한 어조로 물었다. 나라는 뭐라 말을 잇지 못한 채 그를 바라보았다. 앞에 놓인 물 잔을 들어 목을 축인 그가 느긋하게 입술을 떼었다.

"그럼 나도 하나 물을게."

내리깔고 있던 시선을 들어 나라를 똑바로 바라본다.

"왜 너 때문일 거라고 생각하는 거지? 내가 너 때문에 꼭 그래야만 하는 이유라도 있어?"

공허한 잿빛 눈동자가 둔탁하게 시야로 부딪쳐 왔다. 그를 마주한 안구가 뻑뻑했다. 단 한 번도 본 적 없는 시리고 탁한 시선이다. 숨이 턱 막히는 것만 같다.

이유라면 나라야말로 알고 싶은 것이었다. 정황상 그러할 것이라 짐작하는 것뿐이지, 무엇 때문에 그가 이러는 것인지 나라 또한 전혀 갈피를 잡지 못하고 있었다. 그런데 강우가 되레 역으로 물음을 던져 오자 말문이 막히고 말았다. 그저 우연에 지나지 않은 것을 자신이 지나치게 비약한 건 아닌가 하는 생각이 들 정도였다. 나라는 잠시의 망설임 끝에 마른 목구멍으로 침을 삼켜 넣으며 입을 열었다.

"그건……."

"모두가 우연이야."

강우가 또다시 나라의 말문을 가로막았다. 그는 마주하고 있던 눈동자에서 시린 빛을 거두며 천천히 시선을 테이블 위로 떨어뜨렸다. 활활 타오르는 촛불이 담긴 크리스털 잔 입구를 손끝으로 슥 쓸며 그가 말했다.

"너도 알다시피 Y&A가 할인점 사업은 성하고 있는 데 비해 상대적으로 백화점 사업은 턱없이 부진하잖아. 그래서 할인점 계열에서의 내 업무 능력을 높게 평가하신 기획이사님께서 백화점 사업팀에 와서 자신을 도와 일해 보는 게 어떠냐고 제안해 오셨어. 조건도 나쁘지 않았고 앞으로 성장하기 위해서라도 기획이사의 힘은 유용할 테니까 그 제안을 받아들이기로 했지."

그는 시종일관 느긋하고 차분한 어조로 말을 이어 나갔다. 그의 시선이 머무른 초가 주홍빛 촛불을 활활 태우며 묽은 촛농을 떨어뜨리고 있었다. 내리깔고 있던 검은 눈동자를 느릿하게 끌어 올려 나라를 마주한 채 그가 입매를 당겼다.

"그게 전부야. 모두가 우연이었을 뿐이지."

마치 나라를 안심시키려는 듯 그는 말하고, 웃었다. 그런 그를 보며 나라는 더는 말을 이을 수 없었다. 그가 '우연'이라 말하고 있는 이 시점에 그녀가 물을 것이란 없었다. 그저 그의 말이 모두 진실이기를 바랄 뿐.

나라는 이러는 스스로가 참 잔인하다 여겨졌다. 그리고 또 경멸스러웠다. 한 달 반 만에 만나 그런 말이나 꺼내고 있는 옛 여자 앞에서 그가 어떤 심정일지는 고려하지 않은 채 스스로의 평안함만 찾고 있는 자신이 너무나 싫었다. 결국은 위선인 것이다. 그가 자신 때문에 변하는 걸 원치 않는다는 것도, 그가 잘 지냈으면 좋겠다는 것도 죄책감을 느끼지 않고 편하고 싶은 이기심에서 비롯된 위선일 뿐이다. 뒤늦게 밀려드는 죄책감에 나라는 차마 그를 바로 보지 못하고 시선을 떨구고 말았다.

"손님, 주문하신 음식 나왔습니다."

그들 옆으로 다가온 웨이터가 나라와 강우 사이에 짙게 깔려 있던 정적을 갈랐다. 웨이터가 가고 강우는 나라의 접시를 가져와 스테이크를 썰어 주었다.

"출출할 텐데 어서 들어."

복잡한 시선으로 그를 보던 나라는 결국 마지못해 식사를 들기 시작했다. 그 또한 나라에게 닿아 있던 눈동자를 천천히 떨어뜨리며 나이프를 움직였다. 그윽한 빛을 띠던 잿빛 눈동자가 나라로부터 이탈하자마자 차갑게 가라앉았다. 굳게 다물어진 입매가 서늘하다.

그래. 모든 것은 우연이다. 그곳에서 셋이서 마주치게 된 것도, 네가 나 아닌 다른 이의 곁에 있는 것도, 모두가 이 지독한 우연의 하나일 뿐. 그 무엇도 아니다. 그리고 우연은, 말 그대로 우연에서 끝나야 하지.

그는 천천히 아래턱을 움직여 작게 썬 고깃덩어리를 곱씹었다. 그의 손에 들린 은빛 나이프가 뜨겁게 타오르는 주홍빛 촛불에 차갑게 반사되어 빛났다. 혹한의 시베리아처럼 냉혹하고 시린 빛이었다.

"오늘 식사 즐거웠습니다."

"아닙니다. 덕분에 저야말로 모처럼 즐거운 시간을 보낼 수 있었습니다."

거래처 사장과 악수를 나누며 카인이 유쾌하게 답했다.

"보내주신 사업계획서 또한 저희 마케팅팀과 함께 검토해 본 후 빠른 시일 내로 연락드리도록 하겠습니다."

"네, 그럼 좋은 소식 기다리겠습니다."

인사를 마지막으로 사내는 자신의 수행인과 함께 건물을 빠져나갔다. 그리고 그가 모습을 감추자마자 카인은 입가에 걸고 있던 의례적인 웃음을 씻은 듯 거둬들였다.

「이걸로 오늘 일정은 모두 마무리된 건가.」

「네.」

데릭으로부터 되돌아온 대답과 함께 카인은 폐부 가득 들어차 있던 한숨을 입 밖으로 낮게 몰아냈다. 이마 아래로 나른한 피곤함이 점령해 든다. 머리가 무거웠다. 한국에 입국한 이래로 줄곧 3시간 남짓한 수면만을 취하며 타이트한 일정을 소화해 냈더니 이제 조금씩 몸이 신호를 보내오는 것이었다.

「오늘은 회사로 다시 향할 것 없이 바로 맨션으로 가지.」

그는 짧게 말하며 데릭이 건네오는 외투를 받아 들었다. 그러곤 팔을 끼워 넣은 후 건물 입구 쪽으로 몸을 돌리려 할 때였다.

「……!」

카인은 허공을 스치던 시선을 멈춰 어느 한 지점으로 다시 되돌렸다. 아케이드 안, 한 레스토랑 앞에 선 두 남녀의 모습이 그의 시선을 단숨에 잡아끌었다. 무표정하던 얼굴이 사납게 일그러진다. 칼날 같은 눈동자에 인 거친 불덩이가 검게 타오르다 이내 싸늘하게 가라앉았다. 거칠게 타오른 불길이 그의 온몸 주변으로 거세게 휘돌았다. 힘이 들어간 아래턱이 맹렬한 질투심을 머금고 악물렸다.

「무슨 일이십니까, 보스?」

그 자리에서 부동인 채로 선 카인을 향해 묻던 데릭은 얼음장 같은 푸른 눈동자를 확인하곤 그를 따라 시선을 옮겼다. 그곳에는 막 식사를 마치고 나온 듯싶은 보나라와 그녀의 옛 연인이라던 남자가 함께 서 있었다. 데릭은 바로 옆에서 느껴지는 섬뜩한 기운에 힐끗 시선을 돌려 그의 보스를 보았다. 카인으로부터 비롯된 적나라한 화기가 데릭의 두툼한 코트를 뚫고 여실하게 느껴졌다. 마른 침이 절로 목구멍에 고여든다.

「제가 가서 모셔오겠습니다.」

"That's OK."

카인은 나직한 말로 데릭을 가로막으며 주먹을 꽉 거머쥐었다. 전의를 품고 검푸르게 물든 눈동자가 표적을 향해 섬뜩하게 번뜩였다. 그의 몸을 단단하게 감싸 안은 근육들에 일제히 힘이 실렸다. 본격적으로 사냥터에 나갈 때가 된 것이다. 날카로운 송곳니 끝을 소름 끼치게 갈며 푸른 눈의 맹수가 낮게 으르렁거렸다.

「더 이상 그냥 두고 봐서만은 안 되겠군.」

❖

"하음…… 피곤해 죽겠네."

나라는 길게 하품을 하며 뻑뻑한 눈을 비볐다. 간밤에 충분한 수면을 취하지 못한 게 이제 와 부작용을 드러내고 있었다. 강우와의 일에 대한 불안감, 그리고 또 죄책감, 카인에 대한 정의 내릴 수 없는 감정 등 여러 가지 복합적인 감정에 밤새 시달렸더니 체력적으로도 정신적으로도 꽤 피곤한 상태였다.

게다가 오후 6시가 돼서야 시작된 회의가 9시가 넘어서도 끝나질 않는 통에 슬슬 잠이 몰려오기 시작했다. 마음 같아서는 그냥 먼저 퇴근해 버릴까도 싶었지만, 이사의 일정이 하도 정신없이 진행되는 바람에 덩달아 저까지 시간이 나질 않아 할 일을 다 하지 못한 상태라 마음 편히 퇴근할 입장도 못 되었다.

　나라는 무거워져 오는 눈꺼풀을 꾹꾹 누르며, 잠이 오지만 꾸역꾸역 도표를 작성해 나갔다. 본래가 도표 작성에는 익숙지 않은데 거기다가 잠까지 몰려드니 더욱 집중이 안 되고 피곤했다.

　"광주 2009년 7월이…… 하아음."

　입을 있는 대로 쩍 벌리며 늘어지게 하품을 했다. 그나마 회사에라도 남아 있으니 이 정도라도 하는 것이지, 퇴근을 한다면 매장 한 곳도 정리하지 못하고 바로 침대 위로 쓰러질 것이 틀림없었다.

　"보나라, 정신 차려야지. 정신!"

　나라는 핑핑 도는 정신을 차리려 제 뺨을 찰싹찰싹 쳤다. 그러곤 또 한 차례 커피를 들이켰다. 빈속에 벌써 3잔째 스트레이트로 들이부었더니 속이 쓰려 왔다. 뱃속 보나라 거지들이 일제히 꾸룩꾸룩 댄다. 점심때도 옆에 앉은 남자가 신경 쓰여 새 모이만큼밖에 밥을 먹질 못했더니 어느 때보다도 허기짐이 더했다. 이럴 줄 알고 일찍이 사 놓은 도시락이 눈앞에 자꾸만 아른거렸다. 명색이 비서라 혼자 먹을 수도 없는 노릇이어서 나라는 울컥 짜증이 치밀었다.

　진정 인간이 맞다면 제발 밥 좀 먹고 하잔 말이다, 밥!

　나라는 굳게 닫힌 이사실을 노려보며 입술을 삐죽였다. 배가 고프니 일도 손에 잡히질 않았다. 하나만이라면 어떻게든 버텨볼 텐데, 허기지는 것만으로도 모자라 잠까지 오니 거의 미칠 지경이었다.

"에이, 몰라."

나라는 쥐고 있던 마우스를 내던지다시피 하며 책상 위로 철퍼덕 턱을 괴었다. 덕분에 머리를 책상 위에 얹은 채로 엉덩이만 뒤로 쭉 뺀 괴상한 포즈가 되어버렸으나 크게 상관은 없었다. 어차피 볼 사람도 없었다. 회의도 끝나려면 아직 한 시간은 더 기다려야 할 것이다. 나라는 뚱한 표정을 한 채 잠기운이 가득해 게슴츠레한 눈으로 이사실 쪽을 노려보았다.

"당신을 보면 자꾸 웃음이 나. 화도 나. 가끔은 당신 때문에 미칠 것 같기도 해."

이틀 전, 의미심장한 말로 사람 마음을 잔뜩 흩뜨려 놓았던 남자는 오늘 단 한 번도 시선조차 보내오지 않았다. 시선은커녕 무슨 일인지 싸늘한 냉기만 잔뜩 뿜고 있을 뿐이었다. 행여나 그 냉기에 얼어 죽을까 노파심이 들어 감히 한 번 돌아보지도 못했다. 현재형이니 뭔 형이니 따질 땐 언제고, 변덕이 완전 기네스북 감이었다.

"왜인 것 같나? 내가 이러는 이유가."

"왜긴 왜야? 허파에 바람이 들어서겠지. 순 변덕쟁이 보리빵 같으니라고."

나라는 뾰로통한 표정을 한 채 두 눈을 질끈 감아버렸다. '일이고 뭐고 반항해 버릴 테다!'라는 억한 마음이 들었다. 정말로 그래 버릴까 생각했으나, 이윽고 드는 생각에 잠이 확 달아나고 말았다. 그러고 보니 남자가 오늘 하루 눈길을 주고 안 주고에 자신이 왜 그리도 신경을 쓰는 것인지 의아했다. 수상한 추파를 걸지 않는다면 그거야말로 오히려 좋은 일이었다. 그런데 방금 전 자신의 그 반응들은 대체 무어란 말인가. 설마 서운해하고 있었던 건가.

"허! 말도 안 돼."

나라는 벌떡 허리를 세우고 일어났다. 배가 고프니 이젠 별생각이 다 든다. 잠도 오고 제정신이 아닌 게 분명했다. 나라는 고개를 휘휘 흔들며 다시 마우스를 손에 집었다. 이런 잡생각에 빠져 있을 바에야 매장 하나라도 더 정리하는 편이 훨씬 이득이었다. 나라는 몰려오는 잡생각과 잠 귀신을 휘이휘이 물리치며 악착같이 일에 매달렸다.

회의는 그녀의 예상대로 10시가 다 되어서야 막이 내려졌다. 그무렵 나라는 거의 아사 직전의 지경에 달해 있었다. 그야말로 뱃가죽이 등가죽에 달라붙을 듯했다. 부족한 잠 때문에 다크서클도 턱까지 내려와 있는 상태였다.

나라는 이사실을 빠져나오는 직원들의 의례적인 인사를 받으며 쟁반을 들고 안으로 들어갔다. 걸리버 청년은 어딜 갔는지 보이지 않고 어느새 또 책상머리에 앉아 서류를 들척이고 있는 카인만이 눈에 들어왔다. 인기척이 들렸을 법한 데도 그는 시선 한 번 보내오지 않았다. 차디찬 푸른 눈동자는 아침부터 저녁까지 오로지 칙칙한 서류 더미 위에만 박혀 있을 뿐이었다. 저러다가 눈동자에 활자가 박히지 싶었다.

그에게는 들리지 않을 만큼 작게 혀를 차며 테이블 위에 있는 빈 잔들을 거두어 쟁반에 올렸다. 그러다 의자 위에 놓인 웬 밤색 브리프 케이스가 눈에 들어왔다. 어떤 정신없는 직원 하나가 회의를 마친 뒤 깜빡하고 두고 간 모양이었다. 알아서 찾으러 오겠지. 낮게 한숨을 쉬며 그것을 테이블 밑에 내려놓았다.

잔을 나르고 테이블 위를 정돈하는 와중에도 카인은 서류 더미만 들출 뿐 한마디도 하지 않았다. 밥도 먹지 않을 작정인가 보다. 남자의 무심함에 서운함이 드는 걸 떠나, 허기짐이 못 견딜 지경에 이르러 나라는 점점 짜증이 나기 시작했다. 이럴 줄 알았으면 진즉에 먼저 먹어버릴걸 괜히 의리 있는 척했다는 후회도 들었다. 어차피 저 남자는 자신의 비서가 굶어 죽든 말든 눈 하나 깜짝 않을 냉혈한이니 말이다.

그래, 너 알아서 해라. 과로로 돌아가시든 굶어 돌아가시든 내 알 바 아니니.

테이블 위를 대강 훔쳐 내고 몸을 세운 나라는 카인을 향해 윗입술을 한 번 씰룩대었다. 그러곤 막 몸을 돌려 문 앞으로 다가갔을 때였다.

"보나라 씨."

등 뒤편에서 울리든 허스키한 음성이 걸음을 붙잡았다. 문을 열기 위해 뻗었던 손이 허공에서 멈추었다. 드디어 밥을 먹을 생각이 든 모양이다. 나라는 기쁜 마음에 활짝 웃다가 잠시 뜸을 들인 뒤 표정을 가다듬곤 무표정한 얼굴로 뒤를 돌아보았다.

"부르셨습니까, 이……."

나라는 그의 호칭을 마저 부르지 못하고 말을 멈추었다. 어느 틈에 다가온 건지, 조금 전까지만 해도 분명 책상 앞에 앉아 있었던 남자가 바로 코앞까지 다가와 있었다. 검게 그을린 다크블루가 시야 위로 묵직하게 떨어졌다. 마주 닿은 시선이 범상치 않아 나라는 마른 수건을 쥐고 있던 손을 허리 뒤로 하며 저도 모르게 뒷걸음질을 치고 말았다. 그러자 그가 한 걸음 더 다가왔다.

"무, 무슨 일이신가요?"

목소리 끝이 가늘게 떨렸다. 묘한 긴장감이 손안을 축축이 적셔온다. 심장이 둥둥 울렸다. 나라는 그와 맞닿아 있는 시선을 피하듯 고개를 떨구어 바닥을 보았다. 까만색 구두 앞코가 한 걸음 더 거리를 좁혀 왔다.

이 남자가 대체 왜 이러지?

또 한 걸음 주춤했다. 그녀를 따라 그가 한 걸음. 그녀도 또 한 걸음.

그렇게 몇 번의 뒷걸음질 끝에 등 뒤로 서늘한 벽의 기운이 느껴져 나라는 결국 걸음을 멈출 수밖에 없었다. 더 이상 물러설 곳이 없어진 것이다. 나라는 이 알 수 없는 긴장감에 숨이 막혀왔다. 시선을 조금 들자 벌어진 셔츠 사이로 드러난 그의 늘씬한 쇄골이 눈에 들어왔다. 불현듯 귀 끝이 뜨거워지고 입안이 바싹 말랐다.

"어제저녁 7시 경."

탁하게 가라앉은 허스키 보이스가 이마 위를 사르르 훑었다. 불처럼 뜨거운 숨결. 귀밑으로 일제히 소름이 끼쳤다. 그리고 또 한번, 그의 숨결이 이마를 스쳤다.

"그자와 만나서 무얼 한 거지?"

나라는 두 눈을 크게 뜨며 고개를 들었다. 싸늘하게 가라앉은 푸른 눈동자가 시야를 날카롭게 파헤친다.

"무슨……."

덜컹, 그의 왼손이 그녀의 얼굴 옆을 스쳐 문을 짚었다. 카인의 얼굴이 코끝까지 위협적으로 붙어 온다.

"너의 옛 연인이라던 자. 서강우를 만나 무엇을 했느냐고 물었어."

분노 어린 거친 음성이 콧잔등을 사납게 긁어 내렸다. 그로부터 비롯된 짙은 화기에 온몸이 녹아내릴 것만 같았다. 그의 사나운 기세에 나라는 지레 겁을 집어먹고 더듬더듬 말을 뱉었다.

"그게, 그러니까…… 강우 씨와 잠시 할 말이……."

쾅!

귓전에서 날카롭게 터지는 마찰음에 가는 뒷목이 딱딱하게 굳어 내렸다. 나라는 풍랑에 떠밀린 부표처럼 어지럽게 흔들리는 까만 동공을 들어 그를 마주 보았다. 살기등등한 푸른 눈동자가 그녀의 시야를 잔인하게 집어삼켰다.

"내 앞에서 그 자식 이름, 입에 담지 마."

카인이 씹어뱉듯 싸늘하게 읊조렸다. 놀란 심장이 씨근덕거리며 뛴다.

하지만 두려움도 잠시, 이내 나라는 울컥 화가 치밀었다. 이 남자 앞에서 자신이 왜 이러고 있는 건가 싶었다. 하루 온종일 눈길조차 주지 않았던 사람이다. 그래 놓고 하루가 끝나는 이 시점에 와서 불같이 화를 내고 있는 그가 나라는 어처구니가 없었다. 짜증이 나고 오기가 났다. 이 남자 앞에서 자신이 위축될 이유가 전혀 없었다. 시시콜콜 변명을 늘어놓을 이유 또한 없었다. 나라는 흔들리는 눈동자를 다잡고 둥근 눈매를 날카롭게 치켜뜨며 그를 노려보았다.

"이봐요, 이사님. 대체 저한테 왜 이러시는 거예요? 그래요. 저 어제저녁에 강우 씨 만났어요. 그런데 그게 지금 이렇게까지 이사님께 추궁받을 일인가요? 상사에게 그 비서의 사생활까지 간섭할 권리는 없는 걸로……."

"다시 시작하기로라도 한 건가?"

"하, 그런 게 아니라!"

"계십니까?"

막 언성을 높이려던 때, 문밖에서 한 사내의 음성이 들려왔다. 나라는 잠시 하려던 말을 멈추고 문틈을 들여다보았다. 조금 전 회의에 참석했던 직원 중 한 명이 집무실 밖에 서 있었다. 테이블을 치우다가 발견했던 밤색 브리프 케이스가 문득 떠올랐다. 그걸 놓고 간 사내인 모양이다.

나라는 차라리 잘된 것이라 생각했다. 어째서 자신이 구차하게 변명을 해야 하는 건지 납득되지 않았는데, 이로써 이 상황을 종료할 명분이 생긴 것이다. 나라는 표정을 차갑게 굳히며 최대한 소리를 죽인 음성으로 카인에게 말했다.

"손님이 오신 것 같으니 전 이만 나가 보겠습니다."

그러곤 돌아서 문고리를 잡아 내리는데, 카인의 손길이 막 벌어진 문을 밀어 닫아버렸다.

"어? 계십니까?"

나라는 당혹스러운 표정으로 그를 올려다보았다. 문소리를 들었는지 문 너머 사내의 걸음 소리가 점점 가까워져 오고 있었다. 난처한 상황.

"정말 왜 이러세요? 이 손 비키세요. 빨리요."

나라가 숨죽인 목소리로 카인을 향해 다그쳤다. 하지만 그럴 생각이 없어 보이는 완고한 푸른 눈동자가 시야를 억압해 왔다. 아무래도 안 되겠다 싶어 나라는 다시금 문고리 쪽으로 손을 뻗었다.

덜컹.

또다시 문이 밀렸다. 끈끈한 긴장감이 손가락 사이사이로 배어든다. 그와 함께 짙은 짜증도 가슴 깊숙이 스며 왔다. 인내가 한계에 다다른 나라는 아랫입술을 꽉 깨물며 그를 노려보았다.

"자꾸 이러시면 저 소리 지를 거예요."

"소리 지를 수 있다면 질러 봐."

메마르다시피 건조한 음성이 나라의 말을 단호히 되받아쳤다. 동시에 서늘한 손끝이 불쑥 다가와 나라의 턱을 들어 올렸다. 당당하던 기세도 잠시, 갑작스러운 그의 손길에 놀란 나라는 할 말을 멈추고 황급히 고개를 틀었다. 하지만 긴장한 작은 턱은 그 끝을 쥔 고압적인 손길에 의해 무기력하게 정면으로 되돌려지고 말았다.

짙은 머스크 향 어린 뜨거운 열기가 코끝의 정면으로부터 훅 끼쳐 왔다. 놀란 두 눈이 찢어질 듯이 크게 뜨였다. 그리고 바로 그 순간, 시린 불꽃을 품은 맹수가 미처 저항할 새도 없이 코끝까지 바싹 붙으며 의미심장하게 속삭였다.

"I'll kiss you."

그 말을 마지막으로 나라의 손에 들려 있던 마른 수건이 툭, 바닥으로 떨어졌다. 입안 가득 휘도는 남자의 담배 향과 함께 순식간에 눈앞이 깜깜해졌다. 붉고 여린 꽃송이가, 데일 듯 뜨거운 불덩이에 잡아먹혀 모습을 감추었다.

14

감기, 마음을 느끼다

"계십니까?"

시간이 멈춘 것 같았다. 귓속이 멍멍하고 머릿속이 새까맸다. 정신이 허공에 잠긴 양 붕 뜬 기분이었다. 아무 생각도 들지 않았다. 아무것도 인식되지 않았다. 유일하게 느껴지는 게 있다면, 지금 무언가에 마주 닿아 있는 이 입술이 녹아내릴 듯 뜨겁다는 것.

뱉어내는 숨결이 가늘게 흔들렸다. 얼굴 위로 흩어지는 타인의 숨결과 체온에 살갗이 간질거렸다. 그리고 잠시 후…… 그가 눈을 떴다.

"눈 감아."

맞붙은 입술 새로 나직이 속삭인 그는 이윽고 작게 벌어진 틈 사이를 뜨겁게 파고들어가 입술을 맞물렸다. 그러곤 미처 벌어지지 않은 도톰한 아랫입술을 아프게 깨물어 당겼다. 가냘프게 터지는 신음 소리와 함께 정신을 잃고 있던 나라의 눈이 크게 뜨였다. 뒷머리를 움켜쥐듯 붙잡은 그의 손아귀에 힘이 실리며 뜨거운 불덩이가 입안으로 거침없이 들어섰다. 숨이 턱 막히며 허공을 거머쥔 손아귀가 바들 떨렸다.

"읍⋯⋯!"

그제야 상황이 인지되며 나라는 막힌 비명과 함께 그의 가슴팍을 밀어냈다. 하지만 저항하려던 손길은 도리어 그의 힘센 한 손에 붙들려 머리 위로 끌어 올려지고 말았다. 그가 두 손을 움켜쥔 손아귀에 힘을 실으며 더욱더 강압적으로 입술을 밀어붙였다. 고개를 외면하고 품에 갇힌 몸을 비틀어 있는 힘껏 저항해 보았지만 소용없었다. 집요한 입술이 끈질기게 따라붙어 여린 숨결을 갈취하고 또 몰아붙였다.

덜컹.

"어라? 안에 계십니까?"

나라는 급히 숨을 삼키며 멈칫했다. 문밖의 사내가 소리를 듣고 반응해 오고 있었다. 잘못했다간 이 상황을 들킬지도 몰랐다.

하지만 그에 동요하는 건 나라 혼자일 뿐, 카인은 오히려 그 순간을 기회로 삼아 더욱더 탐욕스럽게 그녀를 희롱했다. 타는 듯한 혀끝이 입안 곳곳을 샅샅이 탐하고 유린했다. 온몸을 박제하듯 억누르며 그는 일방적으로 욕망을 밀어붙여 왔다. 그럼에도 나라는 밖에 있는 사내가 들을까 겁이 나서 이렇다 할 저항조차 못 한 채 그의 행위를 받아들일 수밖에 없었다.

흉흉하게 타오르는 푸른 동공을 마주한 눈동자가 체념하듯 질끈 감겼다. 감은 눈 속에 희뿌연 물안개가 일었다. 문득 설움이 밀려들었다. 밀랍 인형처럼 힘을 놓은 채로 그의 품에 갇혀 망연히 입술을 빼앗기고 있는데 가슴이 먹먹해 왔다. 조금의 두근거림도 없이 돌덩이가 얹어진 것처럼 갑갑하기만 했다. 눈물이 날 것만 같았다.

그렇게 얼마 후.

"분명히 무슨 소리가 들렸던 것 같은데 잘못 들은 건가? 에잇, 하는 수 없군. 내일 다시 들르든가 해야지."

문밖에 선 사내로부터 들려온 말을 끝으로, 입술을 잔인하게 강탈하던 열기가 천천히 떨어져 나갔다. 온몸 주변에 휘돌던 진득한 체온이 차갑게 주변으로 흩어졌다. 나라는 그제야 힘없이 감고 있던 두 눈을 느릿하게 떴다. 눈앞을 뿌옇게 채우던 탁한 물줄기 하나가 창백한 뺨을 긋고 주룩 떨어졌다. 초점을 잃고 멍하니 닿은 시선 끝에는 당황한 듯한 표정으로 자신을 마주하고 있는 그가 있었다. 나라는 그로부터 힘없이 시선을 거두며 몸을 돌렸다. 입안이 버석거리고 텁텁했다. 혀가 얼얼하고 입술이 쓰리다.

"나라."

탁.

카인의 손끝이 어깨에 닿자마자 나라는 발작적으로 그를 뿌리쳐 버렸다. 경멸스럽다. 허공에 손이 붕 뜬 채로 서 있는 남자의 시선이 나라의 뺨 위를 서늘하게 그은 마른 눈물 위로 따라붙었다. 그 시선을 무시하고 문고리를 잡아 내리며 나라는 마른 모래처럼 건조한 음성으로 말했다.

"당신, 정말 싫다."

그길로 나라는 핸드백과 외투를 들고 사무실을 빠져나가 버렸다. 차가운 정적이 홀로 남은 그를 향해 날을 세워 달려들었다. 그녀의 입술을 강제로 취하며 느꼈던 야만적인 만족감도 잠시, 지독한 죄책감과 후회가 심장을 왈칵 짓눌러 왔다. 그는 허공 위에 망연하게 떠 있는 손을 가만히 움켜쥐었다. 초점 잃은 푸른 눈동자가 참혹하게 구겨 감긴다.

서두르지 말자고 줄곧 스스로를 다독여 왔다. 성급하게 다가가서 되레 도망치게 하지 말자며, 섣부르게 질주하려는 욕망을 수도 없이 억눌러 왔다. 그런데 왜…….

"Damn it!"

목을 조이고 있는 넥타이를 풀어 바닥에 내던지며 카인이 거칠게 읊조렸다. 머릿속이 뜨겁다. 나라가 마지막으로 보인 눈물과 말이 그의 왼쪽 가슴을 갈가리 찢었다. 후회와 화기가 한꺼번에 치밀었다. 그녀를 탐한 이 입술이 한없이 증오스러웠다. 스스로를 벌하듯 마른 입술을 꽉 깨물자 입안 가득 비릿한 맛이 터져 나갔다.

이대로, 이대로 나라를 보낼 수는 없었다.

「어디 가시는 중이십니까, 보스? 보스?」

사무실로 들어오고 있던 데릭을 지나쳐 카인은 빠르게 복도를 달렸다. 데릭의 목소리가 계속해서 그를 쫓아왔지만, 그는 걸음을 멈추지 않았다. 그녀를 붙잡아야만 했다. 하지만 그녀가 탄 엘리베이터는 이미 아래로 내려가고 있었다.

　그는 곧바로 비상구 쪽으로 걸음을 옮겨 계단을 타고 빠르게 내려갔다. 그의 뒤를 의아한 듯 좇는 경비원의 시선도 무시한 채 로비를 빠져나오자 도로변에 서서 택시를 붙잡기 위해 손을 뻗고 있는 나라가 보였다.

　"보나라!"

　그는 긴박하게 이름을 외치며 그녀에게로 달려갔다. 하지만 나라는 지나가는 택시들을 찾을 뿐 뒤도 돌아보지 않았다.

　서늘한 땀방울이 얼굴선을 타고 주룩 미끄러져 내린다. 얇은 와이셔츠가 땀에 젖은 등 뒤로 차갑게 닿았다. 셔츠 한 장에 의존하고 있는 젖은 살갗으로 대기의 찬 공기가 칼침처럼 박혀 든다. 하지만 그런 것쯤은 지금의 그에게 있어 아무것도 아니었다.

　"기다려."

　카인은 빠르게 다가가 허공에 뻗은 그녀의 작은 손을 가로챘다. 하지만 매정한 손길은 닿자마자 냉정하게 그를 뿌리쳤다.

　"여기요, 택시! 택시!"

　다시 택시를 향해 손을 뻗으며 나라는 짜증이 인 목소리로 외쳤다. 그 짜증이 무엇을 향하는지 알았지만 그는 포기하지 않고 다시 한 번 나라의 손목을 붙잡았다. 그러곤 다시 그를 뿌리칠 수 없도록 강한 힘으로 잡아당겨 강제적으로 그를 마주 보게 만들었다.

　"날 봐."

　"이거 놔요."

　그에게 일말의 시선도 허락지 않은 채 나라가 싸늘하게 말을 뱉었다. 손목을 거머쥔 남자의 악력에 힘이 실린다. 붙잡힌 손목이 부러질 것처럼 아려왔다. 하지만 나라는 결코 그에게 시선을 허락지 않았다. 안구를 감싸 돈 냉한 공기에 눈 안이 뻑뻑하다.

"나랑 잠깐 얘기 좀 해."

감정을 최대한 억누르는 듯한 목소리였다. 나라는 검은 허공에 시선을 내던진 채 단조롭고 시린 어조로 그의 말을 되받아쳤다.

"할 얘기 없어요."

"난 있어."

"듣고 싶지 않아요."

"들어."

짜증 나. 나라가 두 눈을 지그시 감으며 다시 한 번 씹어뱉듯 말했다.

"들을 이유 없어요."

"들을 이유 없어도 들어!"

"내게 명령하지 마!"

날카로운 목소리가 시린 대기를 찢고 퍼졌다. 달빛에 반사된 검은 눈동자가 차갑게 시선을 되쏘아 온다.

"안에서나 비서지, 밖에서까지 당신 비서인 건 아니야."

나라는 싸늘하게 뇌까린 뒤 붙잡혀 있는 손을 뿌리치고 돌아섰다. 그러곤 정면을 똑바로 직시한 채 도로를 따라 걷기 시작했다.

내딛는 걸음이 떨린다. 손끝도 떨렸다. 목이 왈칵 조여오고 시린 코끝이 쨍하니 아려왔다. 불어오는 바람에 눈이 시렸다. 눈동자 가득 뿌옇게 이는 물 분자가 눈 밖으로 철철 흘러내릴 것만 같았다.

추워서였다. 너무 추워서 그런 것이다. 절대…… 절대, 저 남자 때문이 아니야.

"보나라."

이름이 불린다. 나라는 걸었다.

"나라야."

또다시 부른다. 그러나 또, 걸었다. 시야에 들어온 어둠과 빛이 물에 젖어 뒤섞였다. 젖은 어둠이 눈 안에서 흔들렸다. 눈 언저리 가 무거웠다. 둥그런 빛이 무너져 흐를 것만 같아 나라는 이를 악 물었다. 뒤를 쫓는 걸음 소리가 들렸지만 나라는 돌아보지 않았 다.

보지 마. 보지 않을 거야.

그토록 무시하며 꿋꿋이 걸었지만, 곧 손목은 붙잡혔고 몸 또한 돌려져 버렸다. 남자의 열기 어린 체온이 시린 손목 위로 감겨든 다. 그 아련한 열기가 눈물샘을 자극했다. 그리고.

"제발 내 얘기 좀 들어 봐."

참고 있던 눈물이 툭 떨어졌다.

"내가 그렇게 우습니?"

나라는 붙잡힌 손을 뿌리치며 그를 향해 돌아섰다. 눈 밑이 뜨 겁고, 또 시렸다.

"그런 식으로 만나 그런 식으로 알게 된 여자라, 당신이 내키는 대로 다뤄도 될 것 같아? 당신 내킬 때 키스하고 당신 내킬 때 만 지고! 그렇게 내키는 대로 해도 되는 헤픈 여자처럼 보여, 내가?

당신이 걸어오는 장난에, 스킨십에, 도발하는 족족 반응하는 날 보는 게 재밌니? 그래?"

참고 참던 눈물이 봇물 터지듯 뺨을 적셨다. 왜 눈물이 나는 건지는 알 수 없었다. 그저 분하고 자존심이 상해서인지. 그도 아니면 스스로도 규정짓지 못한 복잡한 감정 때문인지.

하지만 한 가지만은 확실히 알 수 있었다. 더 이상은 아니라는 것. 이 남자의 장난질에, 그 장난일 뿐인 말과 행동들에…… 더는 장단을 맞춰 줄 수 없다는 것.

"그래, 재밌었겠지. 이해해. 애초에 웃기게 행동한 건 나였으니까 당신이 날 웃기다 생각하는 것도 이해가 안 되는 건 아니야. 하지만 있지."

울먹이는 목소리를 다잡으며 나라는 또박또박 말을 이었다.

"난 당신 비서예요. 당신의 일을 돕고 처리하는 사람이지, 당신 기분 내킬 때 마음대로 가지고 놀아도 되는 노리개가 아니라고요. 언제부터 비서가 상사 노리개 노릇까지 하게 된 건지는 모르겠지만, 지금도 그렇고 앞으로도 영원히, 난 그 누구의 노리개도 될 생각이 없어요. 그러니까……."

물먹은 눈동사로 그를 올곧게 바라보며 나라가 마지막 숨을 놓듯 말했다.

"장난은 여기서 그만해 줘요."

그렇게 나라는 이사실을 도망치듯 빠져나오면서 했던 모든 생각을 카인에게 쏟아부었다. 어느새 눈물도 더는 흐르지 않았다. 마른 눈물 때문에 눈 밑이 당기고 따가웠지만 괜찮았다. 춥고 아프지만 이걸로 된 것이다. 이로써 더 이상의 혼란과 상처는 없을 테니까.

그래. 이제 더 이상의 농락은 사양이야.

나라는 빠르게 시선을 외면하며 몸을 돌렸다. 뿌연 시야 때문에 눈앞의 그가 어떤 표정을 짓고 있었는지, 그의 눈동자가 어땠는지 아무것도 보지 못했다. 아니, 알고 싶지 않았다. 나라는 시린 손등으로 젖은 얼굴을 슥 한 번 훔쳐 냈다. 코도 한 번 훌쩍였다. 그러곤 도로를 따라 다시금 걸음을 뗐다.

"내 어디가 장난이었다는 거지?"

등 뒤에서 퍼진 나직한 목소리가 막 걸음을 내디딘 발목을 붙잡았다.

"난 한순간도 너에게 장난이었던 적 없어. 눈빛도, 말도, 행동도, 심지어는."

카인은 멈춰 서 있는 나라의 오른 손목을 붙잡아 자신의 왼쪽 가슴으로 당겼다.

"내 심장의 이 반응까지도."

놀라서 곧장 손을 뿌리치려 했던 나라는 두 눈을 크게 떠 자신의 손이 짚고 있는 곳을 바라보았다.

"모두가 진심이었고 고백이었어. 네가 그걸 장난으로 치부하며 받아들이려 하지 않았을 뿐."

얇은 셔츠 한 장을 사이로 두고 마주 닿은 손바닥 위로 터질 듯 큰 고동이 생생하게 울려왔다. 손바닥에 전해지는 심장박동 소리가 혈관을 타고 전해져 그녀의 심장까지 뒤흔든다. 나라는 천천히 시선을 끌어 올려 그를 마주 보았다.

"네 말대로 처음엔 그랬지. 단순한 호기심과 승부욕일 뿐이라고. 난 얻고자 마음만 먹으면 손에 넣지 못하는 것이 없다고 생각했던 자신만만한 놈이었고, 반대로 넌 그런 내게 있어 잡힐 듯하면 눈앞에서 사라져 버리는 신기루 같은 존재였으니까. 쉽게 손에 넣지 못하는 것이기에 갖게 되는 열망, 집착, 갈증. 그 이상도 이하도 아니라고 생각했어. 그래서 외면했지, 자꾸만 그 이상의 것이라 예상되려는 이 감정을. 하지만 널 곁에 두고 있는데도 어째서인지 갈증은 갈수록 더해만 갔어. 처음으로 조바심이 일고 신경질이 나더군. 그리고 점점 헷갈리기 시작했지. 널 향한 내 열망이, 단순한 소유욕일 뿐인지. 아니면……."

그는 두 눈 가득 확고함을 실어 말했다.

"사랑인지."

심장이 크게 흔들리고 목울대가 시큰거렸다. 찬 공기에 노출된 시린 귀가 되레 화끈거린다. 간결한 두 단어가 그녀의 모든 것을 엉키게 만들었다. 사랑이라니. 이 남자가 내게?

'말도 안 돼.'

나라는 그에게 붙잡혀 있는 손을 내빼려 하며 시선을 피했다.

"자, 장난하지……."

"웃기지 마."

빼내려던 손길이 도리어 붙잡혀 바짝 당겨졌다.

"좀 전에 네가 말했던 대로, 이제 모든 장난은 여기서 끝이야."

그의 열기가 코끝으로 훅 달려든다.

"대신에 당신도 기억해 둬야 할 거야. 이렇게 된 이상, 앞으로 난처할 때마다 장난이라며 꽁무니 빼는 수법은 더 이상 통하지 않을 거라는 사실을."

강압적인 허스키 보이스가, 얼굴 위로 무너져 내린 열기가 살갗을 간질였다. 나라는 떨리는 입술을 지그시 물며 고개를 돌렸다. 하지만 이윽고 뺨을 쥐는 다정한 손길에 고개는 다시 그를 향해 돌려졌다. 타는 듯 뜨거운 손끝이 젖은 눈가를 슥 매만진다. 어지럽게 흔들리는 검은 동공 위로 짙은 소유욕이 밴 눈동자가 강렬하게 파고들었다.

"난 널, 나 아닌 다른 놈에게 넘겨줄 생각 따윈 추호도 없어. 그게 설령 너의 과거 1년을 쥐고 있는 옛 연인이라 할지라도."

뱉은 말을 대변하듯 카인은 손안에 붙잡힌 여린 손을 으스러뜨릴 듯 거머쥐었다. 집착과도 같은 강한 힘이다. 그로부터 느껴지는 짙은 소유욕에 나라는 소름이 끼치려 했다.

"난 오만과 자존심을 버렸고 그로써 깨달았어. 내 가슴을 집어삼킨 이 불덩이의 정체가 무엇인지를. 그리고 이젠."

날것을 눈앞에 둔 맹수의 그것과도 같은 웃음기 없는 눈동자로 나라의 시선을 옭아맨 채 그는 끌어 잡은 가는 손끝에 보란 듯이 입을 맞추었다. 빼내려 했지만 소용없었다. 얼어붙은 손끝을 삼키듯 입 맞춰 오는 열기에 온 신경이 타들어 갈 것만 같았다. 그 끝에서 흩어지는 숨결이 손끝을 간질인다. 잔잔한 푸른 물살이 어둠을 헤치고 시야로 젖어들었다. 심장이 작게 삐거덕거렸다.

"보나라."

그가 말한다.

"당신이 깨달을 차례야."

바람 소리가 들려온다. 가슴 깊숙한 곳에서 크나큰 바람이 휘돌고 있었다. 격정적이고, 뜨거운 바람이다.

나라는 평상시보다 조금 이르게 회사에 출근했다. 밤새 선잠만 잔 탓에 새벽부터 정신이 깨어 출근 시간이 평상시보다 당겨질 수밖에 없었다.

지하철에서 내려 걸음을 내디디는데 걸음 하나하나에 꼭 멀미를 하는 양 속이 울렁거렸다. 로비로 들어설 때는 괜스레 경비의 시선이 신경 쓰이기도 했다. 엘리베이터에 작용하는 중력도 다른 때에 비해 두 배는 더 크게 느껴졌다. 마음이 조금 들썽거리는 것 같기도 했다. 모두가 어젯밤의 여파였다.

어젯밤부터 나라는 줄곧 이랬다. 집에 있을 때는 가족들에게 기대어 그를 생각하지 않으려 했으나, 혼자가 되자마자 또 여지없이 그가 떠올랐다.

그의 목소리. 그가 했던 말. 그의 숨결. 그의 체온. 바다처럼 푸른 눈동자. 뜨겁던 손끝. 그리고 손가락 끝에 진하게 닿던 그의 입술까지. 그의 모든 것이 떠올라 밤새도록 그녀를 괴롭혔다.

고백을 처음 받아본 것도 아니었다. 평소에 그를 마음에 두고 있었던 것은 더욱 아니었다. 처음의 좋지 못했던 감정이 조금 희석된 정도이지, 그에게 호감을 갖게 된 것은 결코 아니었다. 물론 그의 남성적인 매력에 이따금 설렐 때도 있었다. 하지만 그것은 잘생긴 연예인을 보면 설레는 것과 마찬가지인, 그저 생리적이고 반사적인 반응일 뿐 그 이상도 이하도 아니었다. 적어도 그녀가 생각하기엔 그러했다.

그런데 왜 이렇게 신경이 쓰이는 걸까. 왜 자꾸 그가 눈에 밟힐까. 그리고 왜 이렇게 가슴이, 두근거리는 걸까.

"이젠 당신이 깨달을 차례야."

카인의 마지막 말이 둔중하게 뇌리를 친다. 느즈러져 있던 가슴이 왈칵 조여들었다. 나라는 재빨리 손을 들어 왼쪽 가슴을 억눌렀다. 그대로 뒀다간 심장이 그길로 갈빗대를 뚫고 튀어나올 것만 같아서였다.

"깨, 깨닫긴 뭘 깨달으라는 거야. 아, 몰라, 몰라."

머리를 휘휘 내저었다. 더 이상 생각을 계속했다간 말도 안 되는 답이 튀어나올 것만 같았다. 아무 일도 않고 오도카니 앉아 있으니 자꾸만 이상한 생각이 드는 것이다. 나라는 무엇이라도 하기 위해 벌떡 자리에서 일어났다.

나라는 헛생각이 들 겨를이 없도록 분주히 움직였다. 어젯밤 그대로 내버려 두고 갔던 식기를 정리하고 이사실도 말끔히 치웠다. 어질러진 그의 책상 위를 정리하고 바닥도 싹싹 비질했다. 비질을 하던 중 나라는 어젯밤 떨어뜨렸던 행주를 발견했다. 그에게 키스를 당하다가 손에서 놓쳐 버린 것이었다. 간밤의 일을 떠올리자 얼굴이 확 달아올라 나라는 그것을 냉큼 집어 탕비실에 내던져 버렸다. 그런 후 다시금 몰려드는 그에 대한 생각을 물리치려 일거리를 찾아 움직였다.

오전에 있을 회의 자료를 복사하여 테이블에 가져다 놓곤 시계를 보자 어느덧 시각은 8시 30분이 되어 있었다. 곧 그가 올 시간이었다. 그같이 생각을 하자마자 어김없이 심장이 둥둥거렸다. 오늘은 되도록 그와 단둘이 있는 시간이 없기를…… 그렇게 빌고 있었을 때였다.

찰칵.

문소리가 들렸다. 드디어 그가 행차한 모양이다. 나라는 잔뜩 긴장한 모습으로 자리에서 벌떡 일어났다.

"오셨습니……."

고개를 숙여 인사하려던 나라는 문 앞에 선 남자를 보곤 행동을 멈추었다. 당연히 카인일 거라 생각했는데 그곳에는 그의 충신인 걸리버 청년만이 홀로 우직하게 서 있었다.

바늘과 실처럼 붙어 다니던 이들이 따로 떨어져 다니다니. 그것도 카인이 아닌 데릭이 홀로 온 모습을 보자 나라는 조금 의아했다. 무슨 일일까. 선뜻 말을 뱉지 못한 채 갸웃거리고 있자 이내 데릭이 먼저 입을 열었다.

"Boss is off sick today(보스께서는 편찮으셔서 결근하셨습니다)."

그의 말에 심장이 잠시 철렁했다. 나라는 두 눈을 크게 뜨며 조심스럽게 물음을 던졌다.

"What's wrong with him(무슨 일 있나요)?"

"He got a cold(감기입니다)."

사내의 말에 나라는 잠시 제 귀를 의심했다. 감기라니. 평소 로봇 같은 그가 아프다는 것도 쉽사리 믿기지 않는데, 그도 모자라 감기라는 가벼운 병 때문이라 하자 조금은 황당했다. 그야말로 평생 감기 한 번 안 걸릴 것처럼 생긴 사람이 말이다.

"Miss Bo."

불현듯 들려온 목소리에 나라는 생각을 멈추고 고개를 들었다. 눈앞에서는 데릭이 어쩐지 비장해 보이기까지 한 표정으로 서 있었다. 걸리버 청년에게서 뿜어져 나오는 가공할 만한 포스에 나라는 절로 위축이 되었다. 잔뜩 긴장한 표정으로 눈치를 살피듯 힐끗대자 사내의 갈색 눈동자가 나라에게로 올곧게 부딪쳐 왔다.

"I have a favor to ask of you. Would you do me a favor(당신에게 부탁드릴 게 한 가지 있습니다. 제 부탁을 들어주시겠습니까)?"

❖

나라는 문을 대면한 채로 한참을 미동 없이 서 있었다. 일단 그의 맨션까지 오긴 왔지만 막상 들어가려니 도무지 발걸음이 떨어지질 않았다. 단지 문 앞에 서 있는 것만으로도 가슴이 마치 방아를 찧듯 콩닥거린다.

"아무래도 안 되겠어."

한참을 망설이던 나라는 결국 도망치듯 몸을 돌리고 말았다. 아무리 생각해도 이건 아니었다. 마음을 굳히곤 빠르게 엘리베이터 쪽으로 걸음을 옮기려는데 기억 저편에서 한 남자의 목소리가 들려왔다.

"Please take care of boss(보스를 간호해 주십시오)."

돌아서려던 발걸음이 멈칫했다. 골리앗처럼 생긴 사내가 다윗만 한 자신을 향해 정중히 허리를 숙이던 모습이 불현듯 떠올랐다. 나라는 한숨을 푹 쉬며 다시금 몸을 돌렸다. 투박한 검정색 문이 눈에 밟혀 왔다. 정확히는 저 안에서 어울리지 않게 끙끙 앓고 있을 누군가가 눈에 밟혔다. 명색이 병문안이라고 기껏 골라 사온 과일 바구니와 음식 재료도 꽤 아까웠다.

"에라, 모르겠다."

드디어 작정을 한 듯 나라는 두 눈을 질끈 감고 초인종 쪽으로 손을 뻗었다. 그러다가 누르기 직전에 다시 손을 멈추었다. 오기 직전 데릭이 했던 말이 떠올라서였다. 걸리버 청년의 말로는 카인은 지금 지독한 열감기 때문에 침대에서 꼼짝도 못 하고 있다고 했다. 괜히 시끌벅적하게 해서 아픈 사람을 번거롭게 할 순 없었다. 만약 자고 있다면 계속 깨지 않았으면 하는 바람도 있었다.

나라는 도어록을 올리곤 이곳에 오기 직전 걸리버 청년이 건네주었던 쪽지를 따라 버튼을 꾹꾹 눌렀다. 번호를 입력하곤 도어록을 내리자 삐리릭 소리와 함께 문이 열렸다.

나라는 숨을 한 번 크게 내쉬고 잡고 있는 문고리를 당겼다. 한 걸음 안으로 들자 훗훗한 열기와 함께 너른 실내가 눈에 들어왔다.

"저기, 계세요?"

나라는 선뜻 구두를 벗고 안으로 들지 못한 채 주위를 살폈다. 어둠이 걷히지 않은 새벽처럼 푸른 실내는 돌아오는 목소리 하나 없이 적요했다. 소리 따위는 모조리 사라진 듯 공허한 침묵. 그편이 오히려 다행이라 여기며 나라는 주춤거리는 몸짓으로 거실에 발을 들였다.

들고 있던 과일 바구니와 음식 재료를 우선 식탁에 두곤 실내를 둘러보았다. 공간을 구분하기 위한 벽은 있었지만 문은 따로 없는 개방형인지라 그냥 휙휙 돌아보는 것만으로도 실내의 구조가 한눈에 다 들어왔다.

인테리어는 전체적으로 심플하면서도 모던했다. 모노톤으로 연출된 깔끔하고 도회적인 맨션은 화려한 장신구 없이도 충분히 고급스러운 느낌이 났다. 벽과 바닥은 연한 크림색과 짙은 다크브라운으로 믹스 매치 되어 있었고, 가구들은 심플하고 기능적인 것들로 구색에 맞게 배치되어 있었다. 바쁜 스케줄 때문에 짬짬이 틈을 내어 운동을 하는 건지 거실에는 몇 가지 헬스 기구도 보였다. 그 외에는 이렇다 할 가전제품조차 보이지 않았다. 하다못해 TV도. 군더더기 없이 차가운 게 꼭 이 집주인 같다 생각하며 나라는 혀를 찼다.

도둑질하러 들어온 사람처럼 온 집 안을 기웃대다가 뒤늦게야 집 안이 어둡다는 사실을 깨달았다. 실내 창들이 블라인드로 온통 차단되어 있어 빛줄기 하나 들어오지 못하고 있었다. 어쩐지 답답한 마음이 들어 거실에 크게 난 창문 앞으로 다가가 블라인드를 거두어냈다. 걷혀 올라간 블라인드 너머로 남산이 보였다. 전망도 나쁘지 않건만 왜 이렇게 꽁꽁 싸매고 사는지. '음침해' 라고 중얼거리며 느릿한 눈길로 주변을 둘러보았다. 그러다가 스쳐 간 시선 끝에 닿았던 곳으로 다시 시선을 되돌렸다. 발걸음이 멈칫했다. 거실의 왼편 귀퉁이 쪽에 있는 검은 벽 뒤로 침대 모서리가 보여서였다.

그의 침실.

어쩌지. 잠시 망설이다가 나라는 그가 있는 쪽으로 천천히 걸음을 옮겼다. 벽이 시야에서 비켜 나가며 그 뒤로 천천히 침대의 모습이 드러났다. 심장이 서서히 두근거리기 시작했다. 검정색 블라인드가 드리운 커다란 창이 보이며 희미한 빛살이 무너지는 짙푸른색 시트가 눈에 들어왔다. 그리고 그 순간 나라는 또 한 차례 걸음을 정지하고 말았다.

"이, 이사님……."

나라는 달리듯 걸음을 움직여 그에게로 다가갔다. 건강했던 얼굴이 밤새 수척해져 핏기없이 창백했고, 머리카락은 땀에 흠뻑 젖어 뺨과 이마 위로 어지럽게 흩어져 있었다. 거리가 가까워지자 바싹 마른 입술 새로 몰아치는 밭은 호흡 소리도 들려왔다. 이불이 그를 따라 잘게 떨리고 있다.

"이, 이봐요, 이사님. 괜찮아요? 대체 얼마나 열이 나길래……."

손을 뻗어 이마를 짚으려다가 나라는 화들짝 놀라 손을 거두고 말았다. 살짝 갖다 대었던 손바닥이 마치 불에 덴 듯 뜨거웠다. 감기 정도로 이렇게까지 아플 거라고는 생각도 못 하고 있었던 차라 이런 그를 보는 게 당혹스럽기도 하고 덜컥 겁도 났다.

나라는 경황이 없는 나머지 어찌해야 할지 몰라 한참을 우왕좌왕했다. 그러다가 우선 급한 대로 수건이라도 적셔 땀을 닦아주어야지 싶어 황급히 욕실로 달려갔다.

차가운 물수건으로 식은땀을 닦아낸 뒤, 열이 식도록 그의 이마에 수건을 올렸다. 하지만 몇 번을 갈아도 이마는 계속해서 들끓었고 수건은 또 금세 뜨거워졌다. 식을 줄 모르는 그의 열에 어찌할 줄 몰라 발만 동동 굴리고 있는데, 내내 감겨 있던 그의 눈꺼풀이 힘없이 들리며 초점 흐린 푸른 눈동자가 희미하게 드러났다.

"어? 이사님! 정신 좀 드세요?"

나라는 다급한 목소리로 카인을 향해 물었다. 하지만 그는 대답 없이 그저 눈앞의 그녀만 멍하니 바라보고 있었다.

"어쩜 좋아. 대체 얼마나 열이 나는 거예요?"

다그치듯 반복되는 물음에도 불구하고 그에게선 한마디의 대답도 돌아오지 않았다. 무섭게 치솟는 열 때문인지 마주한 눈동자는 물기가 어려 촉촉했다. 초점이 흐릿한 나머지 그의 눈동자는 깊은 밤 어둠처럼 아득해 보이기까지 했다. 공허한 시선을 그저 마주하고만 있자니 점점 겁이 나고 마음이 다급해졌다.

"아, 안 되겠다. 근처 응급실에 연락하든가 해야지."

나라는 혼잣말처럼 중얼거리며 그의 이마에 갖다 대고 있던 손을 떼었다. 그러곤 막 몸을 돌리려는데, 그때였다.

"가지 마."

가쁘게 터진 목소리와 함께 뻗으려던 발걸음이 멈추었다. 비어 있던 왼쪽 손목이 불에 닿은 듯 뜨거웠다. 덜컥 가슴이 내려앉았다. 하지만 아주 잠시였을 뿐, 이성은 곧 돌아와 그녀를 일깨웠다. 그는 지금 환자. 어쩜 이조차도 나를 현혹하기 위한 술수일지도 몰라. 나라는 붙잡힌 손목을 빼내려 슬며시 팔을 비틀었다.

"잠시만요, 병원에 연락 좀 하고 올……."

"하아…… 가지 마."

거칠게 부서지는 숨소리와 함께 다시 한 번 그가 말했다. 동시에 나라는 완전히 행동을 멈추고 말았다. 젖어 있었다, 목소리가. 그의 목소리가…….

시간이 마비되기라도 한 것처럼 잠시 미동조차 없던 몸을 천천히 돌렸다. 허공을 스치며 돌아선 시선이 곧 한 지점에서 멈추었다. 그를 따라 숨도 정지했다. 위태롭게 물결이 일고 있는 푸른 눈동자가 아프게 시야를 파고들었다. 눈시울이 점점 뜨거워진다. 심장이 왈칵 죄어들었다. 손목을 붙잡고 있는 뜨거운 올가미에 힘이 실려 왔다.

"가지 마."

"이사…… 님?"

"보내지 마."

이마에 얹어져 있던 수건이 베개 밑으로 떨어졌다. 그를 따라 마주한 눈동자 속에 인 옅은 물결 또한 긴 눈초리를 타고 툭 낙하했다. 질식할 것처럼 숨이 턱 막히고 눈이 커졌다. 그의 눈 밑 베갯잇 위로 회색빛 어린 물기가 깊게 스미고 있었다. 뜨거워진 동공이 바들 떨린다.

그의 눈은 그녀를 보고 있지만, 그녀는 알 수 있었다. 그가 보는 것이 그녀 자신이 아님을. 짙은 하늘빛 동공이 망막 위로 드리운 눈물을 경계로 보고 있는 그것은 그녀가 아닌…… 다른 사람임을.

가슴이 아렸다. 그 아린 가슴을 더욱더 파헤치며, 흩어지는 숨결 사이사이로 그가 말했다.

"나…… 버리지 마. 엄…… 마."

10살 가을이었다.

고개를 들어 올려다본 하늘은 눈이 시리도록 푸르렀고 뺨을 할퀴고 스쳐 간 바람은 얼어붙은 쇠갈퀴처럼 매서웠다. 소년은 하늘과 똑 닮은 푸른 눈동자를 천천히 떨구어 쪼그려 앉은 발밑을 내려다보았다. 흠뻑 익은 붉은 홍시가 웅장한 돌담 너머로 떨어져 소년의 발치 끝에 이지러져 있었다. 바싹 마른 낙엽도 발길에 치여 형태를 잃고 바스러져 있다.

소년의 등 뒤로 솟은 거뭇한 돌담은 산등선의 능선처럼 길고 높았다. 그 위로 타고 넘어온 날카로운 목소리가 바람과 함께 귓속으로 파고들었다. 담에 마주 닿은 등이 서늘했다. 소년은 시린 몸을 잔뜩 웅크린 채 무릎 위로 얼굴을 파묻었다. 그러곤 눈을 감았다.

"공부하라고 유학을 보냈더니 양놈이랑 눈이 맞아 부모를 배신해? 그래 놓고 여지껏 사는지 죽었는지 소식 한번 없다가 이제 와 찾아와서는 뭐라고? 저 아이를 거두어 줘?"

"아버지."

"씨알도 안 먹힐 소리 마라! 어디 저런 걸 손주라고 이 집에 데려와! 난 저런 걸 손주라 생각한 적 없다! 허튼소리 말고 당장 내 집에서 나가거라!"

노인의 노성 사이로 젊은 여자의 애원 어린 흐느낌이 들려왔다. 소년은 무릎을 안고 있던 손을 떼어, 떨어져 나갈 듯 얼어붙은 두 귀를 슬며시 감싸 쥐었다. 바닷가에서 주운 소라 껍데기 속에 일던 것과 비슷한 옅은 바람 소리가 소년의 귓속에서 휘놀았다. 그를 따라, 소년의 가슴속에도 한 줄기 시린 바람이 휘돌았다.

얼마 지나지 않아 투박한 철제 대문이 삐거덕거리며 열렸고 한 젊은 여자가 그 사이로 쫓겨나듯 떠밀려 나왔다. 차갑게 닫힌 문 앞에서 여자는 주저앉은 채 한참을 울었다. 소년은 다가가 말없이 여자를 안아주었다. 여자는 흠뻑 젖은 얼굴을 소년의 작은 어깨에 묻은 채 또 그렇게 울었다. 소년의 어깨는 그녀의 눈물에 젖어 축축해졌다. 젖은 어깨가 시렸다. 그리고 그날 밤, 소년은 지독한 열 감기에 시달렸다.

그로부터 며칠 후, 소년의 감기가 거의 나아갈 무렵, 엄마가 나가고 홀로 있는 여관방으로 한 나이 지긋한 여자가 찾아왔다. 한복처럼 생긴 고운 옷을 입은 여자였다. 여자의 얼굴에는 세월의 잔금이 희미하게 져 있었지만, 주름을 제외한 나머지는 소년이 아는 누군가와 똑 닮아 있었다. 하지만 주름 말고도 하나 더 다른 것이 있었다. 웃음이었다.

웃지만, 웃는 것 같지 않은, 이지러진 웃음.

"네가 반호로구나. 난 네 할미란다."

그렇게 말한 여자는 그날, 소년의 손을 이끌고 며칠 전 소년이 담벼락 앞에 쪼그려 앉아 있었던 그 집으로 갔다. 그곳에는 엄마가 있었고, 경멸 어린 시선으로 소년의 눈동자를 바라보는 할아버지라는 사내가 있었다. 엄마는 마루에서 맨발로 달려 나와 소년을 감싸 안으며 또 한차례 펑펑 울었다. 엄마는 다행이라고 말했다. 감사하다고도 말했다. 그리고 그렇게 한 계절 동안…… 엄마와 소년은 담장 높은 그 집에 머물렀다.

겨울.

콧등 위로 떨어지는 하얀 눈발 사이로 시선을 올리며, 소년은 물었다.

"할머니, 어디 가는 거예요?"

할머니는 대답 없이 묵묵히 정면만을 바라보고 있었다. 마주 쥔 손이 그날따라 유독 찼다. 집 앞에 서 있던 차를 타고 어디론가 갔다. 차는 한참을 달려가더니 커다란 가방을 든 사람들이 북적이는 곳에 다다라서야 멈추었다. 옅은 물빛 하늘 위로 비행기가 지나가고 있었다. 소년은 또 한 번 할머니에게 물었지만 할머니는 대답이 없었고 결국 소년은 입을 다물어야 했다.

"반호야."

어지럽게 교차하는 발걸음 소리와 사람들의 말소리, 그리고 건

물 가득 쨍쨍 울려 퍼지는 기계음을 탄 목소리 사이로 이름이 불렸다. 소년은 고개를 들어 위를 바라보았다. 할머니는 몸을 숙여 소년과 눈높이를 같게 했다. 소년의 맑고 푸른 눈동자에 할머니의 엷게 휘어 올라간 입술이 박혀 왔다. 그녀의 웃음은, 귀퉁이가 뭉그러진 초승달 같았다.

"반호야, 저기 저 사람들 보이니?"

할머니의 손끝이 건물 입구에 선 사람들을 향해 뻗어졌다. 그곳에는 갈색 머리에 푸른 눈을 한, 두 사람이 서 있었다. 소년은 잠시 그쪽을 보았다가, 다시 할머니에게로 시선을 옮겼다.

"앞으로 널 길러주실 분들이란다."

"엄마는요?"

소년은 천진하게 물었다. 할머니는 잠시 표정을 멈추었다가, 입술 끝을 당겨 올리며 억양의 고저가 없는 나긋나긋한 어조로 말했다.

"엄마는 할미랑 같이 살아야지. 반호는 저분들을 따라가고."

"엄만 같이 안 가요?"

"……그래."

"왜요?"

할머니는 말이 없었다. 순진무구하게 부딪쳐 오는 시선을 천천히 외면하며 그녀는 몸을 일으켜 세웠다.

"그만 가자꾸나."

"시, 싫어요."

소년은 붙잡힌 손을 얼른 빼내었다. 할머니의 무거운 시선이 소년에게로 차갑게 떨어졌다.

"반호야, 어른 말 안 듣고 떼쓰면 안 되지. 저분들이 기다리시잖니."

"싫어요. 할머니, 왜 엄마는 안 가요? 저 가기 싫어요. 엄마 없인 싫어요."

소년은 고집스럽게 외치며 뒤로 주춤했다. 손을 뻗으며 다가오려는 할머니를 바라보곤 뒷걸음질을 치려는데 등 뒤 먼 곳에서 귀에 익은 목소리가 들려왔다.

"반호야! 반호야……!"

소년은 뒤를 돌아보았다. 엄마가 달려오고 있었다. 소년은 엄마가 오는 쪽을 향해 달려가려 했다. 하지만 마르고 차가운 손이 여리디여린 팔을 엄하게 붙잡았다.

"김 기사, 가서 막아요. 반호야, 어서 가자꾸나."

할머니는 소년의 손을 잡아당겼다. 소년은 가지 않으려 버티며 뒤를 돌아보았다. 엄마의 날카롭게 찢긴 울음소리가 귓전을 할퀴어 왔다.

"안 돼요, 어머니! 안 돼! 반호야! 반호야!"

"엄마! 엄마……!"

눈물이 철철 흘러내렸다. 하늘 같은 푸른 눈동자에서 눈물이 비처럼 쏟아져 내렸다. 소년은 붙잡힌 손을 버둥거리며 울부짖었다. 사내에게 붙잡힌 엄마가 닿지 못하는 먼 곳에서 아프게 울고 있었다. 소년은 그 자리에 주저앉아 무릎을 꿇었다. 그러곤 작은 두 손을 모아 싹싹 빌었다.

"할머니, 할머니, 싫어요. 저 엄마랑 있을래요. 가기 싫어요. 엄마랑 있게 해주세요, 네?"

"반호야."

"제발요, 할머니. 저, 엄마랑 같이 살게 해주세요. 앞으론 말도 더 잘 들을게요. 그러니까 제발…… 제발요, 할머니."

소년은 제발이라고 말하며 손이 부르트도록 빌었다. 눈이 퉁퉁 붓고 얼굴이 따끔거렸지만 개의치 않았다. 계속해서 빌고 또 빌 뿐이었다. 하지만,

"무슨 말을 하는 거니, 반호야."

눈앞에서 잔혹하게 말려 올라간 입술은 고개를 내저으며 소년을 향해 말했다.

"엄마는 할머니랑 같이 살아야 한다 하지 않았니. 자, 보거라. 네 엄마와는 다르게 저 사람들은……."

아이의 맑고 푸른 동공을 처참하게 헤치어 발기며, 담담하게.

"눈동자도 너와 같은 파란색이지 않으냐?"

"하아!"

카인은 거칠게 숨을 토하며 눈을 떴다. 각막에 성에가 낀 듯 시야가 뿌옇다. 온몸이 발작처럼 떨리고 있었다. 뜨거운 숨결이 입술 새를 간헐적으로 비집고 나와 얼굴 위로 흩어졌다. 한참 뒤, 시야를 잔뜩 드리우던 축축한 물기가 눈꼬리를 타고 흘러내리고서야 그는 비로소 깨달았다.

또, 꿈이었다.

그는 바짝 경직되어 있던 근육에서 힘을 빼며 무너지듯 몸을 놓았다. 열 기운에 취한 머릿속이 혼몽했다. 마치 야구 배트로 온몸을 두들겨 맞기라도 한 것처럼 뼈 마디마디가 욱신거렸다. 몸도 머리도 모두가 물먹은 솜처럼 무거웠다. 꼼짝할 수가 없었다. 호흡이 가파르게 오르내리고 목구멍이 까슬거린다. 축축하고 끈끈한 땀이 습한 진흙처럼 온몸에 엉겨 붙어 있었다. 조잡하고 역겨웠다.

"Shit."

카인은 낮게 욕지기를 터뜨리며 두 눈을 감았다. 한국에 발을 디딘 이후로 두 번째였다. 그때도 지금도, 꿈은 바로 어제 일처럼 생생했다. 자신을 벌레 보듯 바라보던 할아버지라는 사람의 시선, 엄마의 울음소리, 할머니라는 여자의 이지러진 미소. 그리고 그녀가 뱉었던 말까지……. 그 모든 게 세월에 왜곡됨도 없이 너무도 생생하고 또렷해서 소름이 돋을 지경이었다. 고작 감기 하나에 이런 꼴이라니. 스스로가 한없이 한심하고 초라했다.

누운 채로 한참 미동이 없던 그는, 얼마가 지나서야 힘겹게 몸을 일으켜 세웠다. 온몸에 연결된 신경이 잔뜩 어긋나 있는 것 같았다. 간신히 침대 머리맡에 등을 기대곤 한참 가쁜 숨을 몰아쉬었다. 혀끝이 건조하다. 이마가 녹아내릴 듯 뜨겁게 들끓고 있었다. 이마를 제외하고도 살이 마주 닿는 곳이라면 어디든 그러했다. 손, 발, 입술, 심지어는 감은 눈꺼풀이 맞닿는 곳까지.

20년 전 가을 이후로 처음 앓는 열감기였다. 그때만큼이나 지독한 열감기이기도 했다. 꿈에서 어머니를 본 듯했다. 20년 전 가을의 그때처럼, 다정한 손길로 이마를 매만져 주고 곁을 지켜주던 어머니를. 그리고 어머니의 또 다른 모습이 떠올랐다. 잠에서 깨기 직전에 꾸었던 꿈속의 어머니. 공항까지 쫓아와 이름을 부르며 울부짖던 그녀의 모습이 눈앞에 어른거렸다.

찾아볼까도 했다. 찾으려 마음만 먹으면 충분히 그럴 수도 있었다. 하지만 차마 그리하지 못한 것은, 알기 때문이다. 외조부와 외조모라는 사람들이 손자를 억지로 떼어 머나먼 타국으로 입양까지 보낸 이유를.

혹이기 때문이다. 생모에게 있어 자신은 그녀의 몸에 붙은 불필요한 암 덩어리와도 같은 존재였다. 생모의 부모는 딸에게서 그 종양을 떼어주고 새 삶을 주고 싶어 그랬던 것이다. 그리고 그 종양을 뗀 딸은 지금쯤 새 가정을 꾸리고, 적어도 20년 전 그때보다는 행복하고 안락한 삶을 살고 있을 것이었다. 그가 새로운 부모를 만나 새로운 삶을 살고, 지금의 그가 된 것처럼.

정신이 혼미했다. 그는 정신을 차리기 위해 고개를 한 번 가로저은 뒤 정면에 걸린 시계를 보았다. 어느덧 시침은 1을 향하고 있었다. 하루의 반이 저물었다. 한국 지사에 부임한 내내 이루어진 강행군 덕에 며칠 전부터 삐거덕거리던 몸이, 간밤에 땀에 젖은 채로 찬 기운을 맞는 바람에 결국 이렇게 탈이 나고 말았다.

한창 바쁜 때에. 돌겠군.

나직이 욕설을 뱉으며 그는 까칠해진 입술을 혀끝으로 살짝 더듬었다. 갈증이 났다. 주방에서 인기척이 들려왔다. 데릭인 모양이다.

"Deryck, Could you bring me a glass of water, please(데릭, 물 한 잔 줘)."

꽉 잠겨 나오지 않는 목소리를 쥐어짜듯 힘겹게 끌어낸 뒤, 그는 지그시 눈을 내리감고 머리를 기대었다. 몸을 세우고 있을 기력은 물론이며, 손끝 하나 까닥할 힘조차 없었다. 그렇게 혼몽한 정신을 더듬듯 눈을 감고 있자, 곧 곁에서 인기척이 느껴졌다.

"Thanks."

짤막하게 말한 그는 건네오는 잔을 받아 입술을 축였다. 열이 나서인지 입술과 혀끝에 닿는 물 기운이 유난히도 차게 느껴졌다. 식도가 시릴 정도이다. 그는 부은 탓에 조여진 것처럼 느껴지는 목구멍으로 간신히 물을 넘겼다.

"의외로 약골이시네요."

잔을 기울던 손이 멈추었다. 귓속을 파고든 목소리에 몸이 먼저 반응했다. 열 때문에 환청을 들은 건가 싶어, 그는 입에 대고 있던 잔을 놓고 천천히 고개를 돌렸다. 한 지점에서 멈춰 선 푸른 눈동자가 천천히 커졌다.

"뭘 그렇게 놀라세요? 정말 놀랄 사람은 이쪽인데. 하마터면 그대로 저세상 가시는 줄 알고 얼마나 겁먹었는지 아세요?"

쟁반을 들고 선 나라가 능청스러운 표정으로 말했다. 카인은 놀란 기색을 완전히 지우지 못한 채 느릿하게 입을 뗐다.

"당신이…… 어떻게 여기에?"

나라는 잠시 흠칫했다. 천연덕스럽게 굴고 있었는데, 카인의 그 물음 하나에 순식간에 평정을 잃고 만 것이다. 딱히 걸릴 것도 없었는데 괜스레 마음이 찔끔했다.

"그, 그게 그러니까 어떻게 여기에 있는 거냐 하면. 크음······ 오, 오해는 마세요! 그냥 단지 고, 골리앗이 다윗한테 고개를 숙이길래 못 이긴 척 와준 것뿐이니까."

"뭐?"

"그, 그러니까 내 말은! 그냥 그런 게 있다고요!"

나라는 민망한 마음에 냅다 소리를 질렀다. 스스로도 자신의 이러한 모습이 꽤 수상쩍어 보인다는 걸 알았지만 미련한 몸은 항상 머리를 앞서 나갔다. 그리고 그런 나라를 카인이 모를 리 없었다. 카인은 손에 들고 있던 잔을 협탁에 놓으며 중얼거렸다.

"데릭이 괜한 짓을 했군."

"괜한 짓이라뇨? 이사님 저 아니었음 이 칙칙한 방에 틀어박혀선 홀로 외로이 황천길 가셨을지도 모르거든요?"

"고작 감기 정도로 사람이 죽진 않아."

"아이구, 고작 감기 정도로 여태 골골대신 분이 누군데."

나라가 코웃음을 치며 비아냥댔다. 조금 머쓱한 기분에 그는 헛기침으로 목을 어색하게 가다듬다가 피식 웃고 말았다. 그녀 앞에서 이런 꼴을 보인 것은 한심했지만, 그로 인해 비롯된 이 의외의 상황이 썩 나쁘지만은 않아서였다.

어제의 고백 이후로 또 도망치려 하면 어쩌나 내심 걱정했는데, 때마침 아픈 게 이렇게 도움이 될 줄이야. 데릭에게 감사해야 하나, 라고 생각하며 그는 협탁에 놓인 담뱃갑을 집어 들었다. 담뱃갑을 살짝 흔든 카인이 튀어나온 서너 개의 담배 중 하나를 막 입에 물려 했을 때였다.

"뭐 하시는 거예요?"

잽싸게 담배를 가로채는 손길과 함께 앙칼진 목소리가 귓전으로 달려들었다. 졸지에 무색해져 버린 손길을 황망하게 바라보다가 카인은 고개를 돌려 나라에게로 향했다.

"당신이야말로 지금 뭐 하는 거야. 그거 이리 내놔."

"이사님은 생각이 있는 거예요, 없는 거예요? 멀쩡할 때도 몸에 안 좋은 걸, 이렇게 맥을 못 추고 골골대는데도 피우시겠다고요?"

"담배와 감기는 별개야. 그러니까 빨리 이리 내놓지?"

"안 돼요. 오늘 하루 동안 담배와 라이터 모두 압수할 테니까 그리 아세요."

나라는 카인이 어찌할 새도 없이 그의 담배와 라이터를 손에 쥐더니 냉큼 뒤로 물러서 버렸다. 다른 때 같으면 당장에 따라붙어 빼앗았을 테지만 지금 그에게는 침대 밖으로 발 하나 내디딜 기력조차 없었다. 그걸 알고 나라도 그의 손이 닿지 않을 곳으로 물러난 것이었다. 카인이 기막히다는 듯 바라보자 저만치에 간격을 두고 선 나라가 손에 든 담뱃갑과 라이터를 흔들며 생긋 웃는다.

"그간 저 괴롭히신 것에 대한 복수예요."

그러곤 그녀는 그대로 돌아서 주방으로 가버렸다. 카인은 멍한 표정으로 그런 그녀를 바라보다가 이내 실소를 터뜨리고 말았다. 복수라니 할 말이 없었다. 몸도 이래서 어찌할 수도 없는 노릇이니, 나중을 기약한다면 또 모를까 오늘은 그대로 당해 주는 수밖에.

피식 웃으며 그는 무색해진 손을 슬며시 쥐곤 침대 등받이로 머리를 기대었다. 좀 전까지만 해도 돌덩이가 얹어진 것처럼 무겁던 이마가 한결 가벼워진 듯싶었다. 아직 열은 여전했지만 금방 가라앉을 것 같았다. 모두가 나라라는 청량제 덕분이었다.

감고 있던 눈꺼풀을 들어 올려 주위를 둘러보다가 그는 잠시 시선을 멈추었다. 미처 보지 못한 물수건이 베개 머리맡에 떨어져 있었다. 물이 담긴 작은 보울도 침대 아래 놓여 있었다. 여태 곁에서 간호를 해주었던 모양이다. 어머니의 손길이라 느꼈던 그 손길이 어쩌면 나라의 것이었을지도 몰랐다.

카인은 베개 머리맡에 머물러 있는 시선을 가만히 들어 주방 쪽을 보았다. 음식이라도 하는 건지 집 안 가득 퍼진 구수한 향이 코끝으로 물씬 감겨왔다. 싱크대 앞에 서 있을 나라의 모습이 떠올랐다. 자신의 이마에 닿았을 작고 따뜻한 손길, 곁을 지켰을 그녀의 체온, 그리고 자신에게서 오랜 시간 머물렀을 둥글고 검은 눈동자도 떠올랐다. 가슴 깊은 곳에서 희미한 파문이 인다.

행복. 만족감. 그리고 생소하고도 미묘한 떨림.

그는 오른손을 들어 자신의 왼쪽 가슴 위에 가만히 올렸다. 심장을 움켜쥐듯이 슬며시 손끝을 박아보았다. 일정하지만 무거운 심장박동 소리가 손안 가득 전해졌다. 셔츠를 꽉 그러쥐었다.

놓을 수가 없다.

심부에 이는 이 생소한 변화도, 담배보다도 중독성이 짙은 그녀라는 존재도…… 어느 것도 놓을 수가 없다. 이전엔 미처 느껴보지 못한 이 막연한 행복감에 너무도 깊이 중독되어 버려서, 그는 이젠 더 이상 놓고 싶어도 놓을 수 없을 것 같았다. 그녀를, 그리고 이…… 감정을.

"죽 좀 끓여 왔어요."

나라의 기척에 카인은 잠시 감고 있었던 눈을 떴다. 나라가 작은 그릇이 담긴 쟁반을 들고 침실로 종종거리며 들어오고 있었다. 쟁반을 쥔 손의 블라우스 양 소매가 걷어 올려 있다. 나라는 가지고 온 쟁반을 카인의 무릎 위에 조심스럽게 내려놓은 뒤 침대 끝에 걸터앉았다.

"약 드셔야 하니까 입맛 없으시더라도 좀 드세요."

나라가 쟁반에 놓여 있는 숟가락을 들어 카인에게 내밀었다. 그는 놀란 듯도, 무표정한 듯도 싶은 얼굴로 그런 나라를 바라보았다. 얼굴이 조금 화끈거린다. 나라가 그와 마주 닿은 눈동자를 냉큼 떨구며 분주히 입술을 움직였다.

"어, 어떻게 된 게 사람 사는 집에 양념 하나가 없어요? 식재료야 그렇다 치지만 소금, 간장, 이런 거 정도는 갖추고 있어야 하는 거 아니에요? 음식 하다가 난감해 죽는 줄 알았잖아요. 바로 밑에 마트가 있었기에 망정이지 애써 사온 거 하나도 못 써먹을 뻔했다고요. 도통 집에서 뭘 안 해 먹고 사시나 봐요. 사람은 자고로 집밥을 먹고 살아야 하는 건데. 이러시니까 고작 감기 하나에 이렇게 골골대시죠."

나라는 무색한 마음에 애꿎은 죽을 숟가락으로 푹푹 휘저으며 수선스럽게 잔소리를 쏟아냈다. 그러다가 잠시 말을 멈추고 힐끗 그를 보았다. 그의 짙게 가라앉은 눈동자와 두 눈이 딱 마주쳤다. 큼, 하고 작은 헛기침이 반사적으로 터졌다. 나라는 죽을 휘젓던 숟가락을 얼른 추켜들어 그의 앞으로 내밀었다.

"뭐, 뭐 하세요? 안 드실 거예요?"

발그레한 얼굴에 잔뜩 힘을 주어 구기는 나라를 카인은 말없이 바라보았다. 그런 그의 눈빛에 나라가 시선을 잠시도 가만두지 못한 채 거푸 눈을 깜빡거렸다. 한참 나라를 뚫어질 듯 직시하던 그가 피식하고 터져 나오는 웃음과 함께 나라가 내민 숟가락을 받아 들었다. 어서 먹지 않고 뭐 하냐는 나라의 등쌀에 못 이겨 죽 한 술을 떠 입안에 담자 고소한 향이 입안 가득 퍼져 나갔다. 감기 때문에 미각이 정확하지는 않았으나 썩 나쁘지는 않은 맛이었다.

문득 유치한 생각이 들었다. 만약 나라가 베푸는 이 친절의 이유가 그가 아프기 때문일 뿐이라면, 이대로 평생 감기에 걸려 낫지 않았으면 좋겠다는 유아적이고 우스운 발상. 그러는 스스로가 기가 막혔지만 어쩔 수 없었다. 나라는 처음 만난 그 순간부터 이런 식으로 밑도 끝도 없이 그를 유치하게 만들었다. 그리고 그는 그게 싫지 않았다. 나라로 인한 유치함도, 스스로의 이러한 변화도.

카인은 음미하듯 천천히 맛을 보다가 잠시 나라를 바라보았다. 말없이 침대 끝에 걸터앉아 있는 나라는 마치 선생님께 과제를 제출하곤 평가를 기다리는 어린아이처럼 두 눈을 댕그랗게 뜬 채 그를 응시하고 있었다. 불현듯 장난기가 든다. 살짝 미간을 찌푸리며 그가 떨떠름한 표정을 지었다.

"왜요? 영 아니에요?"

카인의 표정 변화에 나라가 즉각적으로 반응했다.

"글쎄……."

카인이 대답을 회피하며 애매한 표정을 짓자 나라의 얼굴이 금방 실망감을 떠안고 울상이 되었다.

"그렇게 이상해요? 분명히 엄마가 가르쳐 준 그대로 했는데……. 도저히 못 먹겠어요?"

"어쩐지 당신이 한번 맛봐."

심각한 표정의 그가 죽 한 숟가락을 크게 떠 나라에게 내밀었다.

나라는 흠칫하며 그를 보았다. 그의 표정이 하도 심각해 보여서 그녀 또한 맛을 보기가 살짝 겁이 난 것이다. 간이 싱거운 듯싶어 마지막으로 한 줌 넣었던 소금의 양이 너무 많았었나 싶었다. 선뜻 받아먹지 못하고 잠시 주춤하자 그가 재촉하듯 숟가락을 입 앞으로 밀어 왔다. 마지못해 숟가락을 받으려 손을 뻗었으나 그가 고개를 내저으며 숟가락을 내미는 바람에 결국 그가 건네오는 것을 그대로 받아먹어야 했다.

죽의 양이 많아서 감당을 못 한 입 주변이 지저분해졌다. 나라는 죽이 묻어난 입가를 대충 훔쳐 내며 사뭇 진지한 표정으로 그녀의 음식을 맛보았다. 아픈 사람에게 괜한 걸 먹인 건 아닌가 걱정하던 나라는 이윽고 혀끝에 도는 맛에 고개를 갸웃했다. 생각 외로 맛이 괜찮았던 것이다. 그렇게 못 먹을 정도는 아닌 것 같은데, 혹시 자신의 입맛이 이상한 건가 싶었다.

"제가 먹기엔 괜찮은 것 같은데……. 그렇게 별로예요?"

"누가 이상하다고 했던가?"

되받아치는 카인의 말에 잠시 정신이 멍해졌다. 눈앞에 놓인 천연덕스러운 얼굴이 피식 바람 빠지는 소리를 냈다. 그제야 그가 자신을 놀렸다는 것을 나라가 둥근 두 눈을 세모꼴로 치켜떴다.

"뭐예요? 방금 전까지 인상 막 구기면서 사람 잔뜩 긴장하게 해 놓곤!"

"그랬었나? 난 그저 의외로 맛이 좋아 감탄한 것뿐인데."

"그게 어떻게 감탄이에요! 아프다고 봐줬더니 순 사기꾼이잖아!"

카인이 하하, 하고 낮게 웃었다. 그런 카인을 보며 나라는 분한 듯 뚱한 표정을 짓고 있었다. 그 모습조차도 사랑스럽다는 느끼한 생각이 문득 그의 뇌리를 스쳤다. 이쯤이면 정말 중증이었다.

"내가 앞으론 두 번 다시 간호 같은 거 해주나 봐요. 앞으론 죽은 물론이고 죽 찌꺼기도 없어!"

나라는 발그레한 뺨을 잔뜩 부풀린 채 그를 향해 툴툴거렸다. 그런 나라를 보면서도 카인은 입가에 번진 미소를 걷지 않으며 죽을 삼켜 넣었다. 때문에 더욱더 분이 난 나라는 카인이 죽 한 그릇을 말끔히 비울 때까지 계속해서 투덜거렸다.

"이리 주세요."

카인이 숟가락을 놓기 무섭게 자리에서 발딱 일어난 나라가 여전히 뾰로통한 표정을 한 채 쌀쌀하게 말했다. 카인은 입매를 살짝 당겨 올리며 쟁반을 들어 내밀었다.

얄미워. 새침한 눈초리로 카인을 흘긴 나라가 쟁반을 받으려 손을 뻗었다.

"……!"

쟁반 가장자리에 막 닿으려던 나라의 손이 별안간 획 당겨졌다. 더운 열기에 휩싸인 손목이 불에 덴 듯 뜨거웠다. 다행히 넘어지지 않고 몸의 중심을 잡은 나라가 화들짝 놀라 두 눈을 크게 떴다. 멀었던 그의 얼굴이 어느새 바로 코앞에 있었다. 푸른 바닷빛 눈동자가 시야를 왈칵 뒤덮는다. 더운 열기가 순식간에 코끝을 덮쳤다. 기습적인 상황에 당혹감을 머금고 잠시 방심하고 있던 순간, 습한 열기가 입가를 할짝 핥고 지나갔다. 거짓말처럼 멎어버린 호흡. 마주한 아쿠아빛 눈동자가 하현달 모양으로 휘었다.

"Delicious."

나직이 속삭이는 음성과 함께 그의 더운 숨결이 입술 위를 더듬었다. 놀란 가슴이 둥둥 울려 왔다. 그는 밀착한 얼굴을 바로 떼지 않으며 숨결로, 눈빛으로, 나라의 입술을 진득이 탐했다. 닿을 듯 밀착된 입술 사이에서 서로의 들숨과 날숨이 진하게 엉켜 들었다. 단전 아래가 간질거리며 문득 현기증이 일 것 같았다. 그리고 잠시 후.

"여기서 멈춰야겠군. 당신에게 감기를 옮길 순 없으니까."

낮은 속삭임과 함께 그가 붙잡고 있던 가는 팔을 천천히 놓아주었다. 온몸에서 힘이 빠져나갔다. 나라는 떨리는 입술을 잘근 깨물며 그로부터 황급히 돌아섰다. 남자의 마지막 말을 들으며 자신의 가슴속에 일었던 나직하고도 은밀한 충동이 귓전에서 끈질기게 떠돌았다.

'감기…… 옮기셔도 괜찮아요.'

미쳤다, 보나라.

나라는 홧홧거리는 뺨을 쥐며 황급히 침실을 뛰쳐나왔다. 주방에 걸음이 닿자마자 그릇을 싱크대에 넣곤 찬물을 콸콸 틀어 손을 담갔다. 이렇게라도 해야지 뜨겁게 열이 오른 낯이 조금이나마 가라앉지 싶어서였다.

괜찮다니? 옮기셔도 괜찮다니?

"미친 거야. 미친 게 틀림없어. 정말 돌았어, 보나라."

나라는 찬물에 담근 손이 아리는 것도 모른 채 그렇게 한참을 자책하듯 중얼거렸다. 속마음일 뿐이라 그에게 들리진 않았을 테지만 자신이 그런 생각을 했다는 사실만으로도 그녀는 적잖은 충격에 휩싸이고 있었다.

젖은 손을 빼내, 조금 전 그의 습한 체온이 스쳤던 입매 가장자리를 지우듯 문질렀다. 그의 혀끝이 닿은 살갗이 인두에 덴 듯 뜨거웠다. 당시의 감촉이 계속해서 그녀의 입매를 훑고 있는 것만 같아, 나라는 화장이 지워지는 것도 개의치 않으면 마구 문질렀다.

'내가 아까와 같은 생각을 했던 건 아픈 그 남자를 보고 마음이 약해져서일 뿐이야. 잠시 실성을 한 거지, 다른 이유가 있을 리 없어.'

나라는 혼란스러운 머릿속을 환기시키려는 듯 자그마한 머리통을 휘휘 돌렸다. 그러곤 음식을 하겠답시고 어질러 놓은 주방을 청소하기 시작했다. 헛생각을 잊기 위해서라도 분주히 움직여야겠다고 생각했다.

어느 정도 주방이 정리되어 가고 있을 때쯤, 나라는 카인의 침실에서 들려오는 인기척을 느꼈다. 사람이 있는 곳에서 인기척이 있는 것이야 당연했지만 그 안에 있는 사람이 지금 손가락 하나 까딱할 힘조차 없을 정도로 컨디션이 좋지 않음을 알기에 나라는 무슨 일인가 싶어 물기 묻은 손을 털고 그의 침실 쪽으로 살금살금 다가갔다. 그러자 윙— 하는 소리와 함께 젖은 머리카락을 말리고 있는 그의 모습이 눈에 들어왔다.

나라는 잠시 숨을 멈추었다. 걷혀진 블라인드 아래로 쏟아지는 오후의 햇살이 그의 주변을 찬란하게 에워싸고 있었다. 두툼하고 단단한 가슴과 복근으로 다져진 매끈한 허리. 바지만을 입은 덕에 훤히 드러나 있는 그의 근사한 구릿빛 상반신이 햇살이 만들어내는 음영 덕에 더욱 탄탄해 보였다. 신의 손이 섬세하고 정교하게 빚어 놓은 것처럼 아름답고 관능 어린 몸. 그를 지켜보는 가슴이 작게 뛰었다. 처음만 해도 힐금거리듯 했던 두 눈이 어느새 빤하게 그에게 박혀 있었다.

"거기 숨어서 뭐 하나?"

멈춘 드라이기 소리 사이로 흘러든 남자의 목소리와 함께 눈이 마주쳤다. 그제야 정신이 번쩍 든 나라는 화들짝 놀라며 냉큼 몸을 돌렸다. 미처 자각도 못 하던 새 일어난 일이었다.

남의 알몸을 훔쳐보다니. 보나라, 이 변태!

빨개진 얼굴로 그에게 등을 보이고 돌아선 채 나라가 더듬더듬 말했다.

"아, 아니 뭐 숨어 있었다기보다는⋯⋯. 그런데 이사님, 지금 뭐 하시는 거예요?

민망한 마음에 대충 말을 얼버무리려다가, 그 순간 문득 떠오른 생각과 함께 그에게 물었다.

"보면 모르나?"

뒤에서 발소리가 들렸다. 그와 함께 막 뒤로 돌아서려던 찰나, 그녀의 등 뒤로 뜨겁게 퍼지는 후끈한 체온이 느껴졌다. 나라는 놀란 숨을 삼키며 뒷목을 꼿꼿하게 세웠다. 시원한 애프터 쉐이브 향이 코끝을 흠뻑 적신다. 굴곡진 단단한 가슴이 그녀의 어깨에 마주 닿아 왔다. 더운 숨결이 정수리 위로 퍼져 머리카락 속을 더듬듯 파고들었다. 근육 잡힌 견고한 팔이 불쑥 나라의 앞으로 뻗어졌다. 온몸으로 왈칵 덮쳐드는 온기에 나라가 두 눈을 질끈 감았다.

"옷 갈아입는 중이잖아."

놀리듯 속삭이는 음성. 감고 있던 눈이 빠르게 뜨였다. 그러자 열려 있는 옷장에서 흰색 드레스셔츠를 꺼내는 남자의 손이 보였다. 낮은 웃음소리가 목덜미 뒤를 스친다.

'뭐, 뭐야?'

잔뜩 긴장한 채 서 있었던 나라는 창피함에 화끈대는 귓불을 느끼며 뒤를 돌아보았다. 돌아서자 거울 앞에 서서 쿡쿡거리며 셔츠 단추를 채우는 그가 보였다. 또 놀림 당한 것이다. 망할 맥도날드 같으니라고. 나라는 두 눈을 날카롭게 치켜뜨며 씨근거렸다. 매섭게 그를 쏘아본 채 말없이 서 있는데 그 순간 불현듯 스쳐 지나간 생각이 다시 입을 열게 만들었다.

"근데 옷을 왜 갈아입으세요? 어디 가시려는 거예요?"

"충분히 쉬었으니 이젠 그만 회사에 가봐야 하지 않겠나."

"네? 회사요?"

목소리 톤이 한순간에 높아졌다. 회사엘 간다니? 방금 전까지 이불 밖으로 나오지도 못하던 사람이 이 무슨 당치 않는 소리야?

"안 돼요. 몸도 성치 않으신 분이 가긴 어딜 가신다는 거예요?"

"몸도 성치 않다는 그 표현 듣기 좀 그런데. 내가 무슨 중환자도 아니고."

"이사님께서 지금 표현이 어쩌고 따지실 때예요? 아무튼 출근은 안 돼요. 감기는 몸이 피곤할 때 오는 거예요. 오늘 하루 정도는 일 생각 마시고 푹 쉬셔야 한다고요."

나라의 걱정 어린 말에도 불구하고 그는 어느새 셔츠 단추를 모두 채워 넣었다. 그러곤 그녀의 말을 따를 생각이 없다는 듯 옷장 앞으로 다가가 넥타이를 꺼내 맸다.

"감기 하나에 하루 종일 드러누워 있어야 할 정도로 약해 빠지지 않았어. 열도 어느 정도 가라앉았고 이 정도 쉬었으면 충분해. 그러니 괜한 걱정할 필요……."

돌려 감고 있던 넥타이가 순식간에 당겨졌다. 타이에 매여 있는 목이 무기력하게 아래로 끌어 내려졌다. 크게 뜨인 그의 시야로 넥타이 끝을 억척스레 거머쥔 가늘고 하얀 손이 들어왔다. 카인은 조금 놀란 듯한 표정으로 시선을 끌어 올려 앞을 바라보았다. 나라가 두 눈에 잔뜩 힘을 준 채 그를 올려다보고 있었다.

"못 가세요."

고집스러운 말투다. 카인의 표정이 잠시 멈칫했다. 하지만 그는 얼굴 위로 짧게 스친 동요를 곧 지우며 넥타이를 쥔 나라의 손을 무르려 했다.

"이봐, 보나라 씨."

"만약 이대로 나가서서 또 아프시면."

잠시 끊긴 목소리와 함께 넥타이가 또 한 번 당겨졌다. 나라가 그의 코앞으로 잔뜩 붙으며 단호하게 말했다.

"저 두 번 다시 이사님 간호 안 해드려요. 골리앗이 와서 부탁이 아닌 협박을 한 데도 소용없어요. 정말이에요. 두 번 다시 죽 안 끓여 드릴 거예요."

오기 짙은 흑요석빛 동공이 올곧게 시선으로 부딪쳐 왔다. 넥타이 끝을 쥔 작은 손이 한 치의 물러섬도 없이 완고했다.

나라는 진심이었다. 보고 싶지 않았다. 그가 조금 전처럼 아파하던 모습 따윈, 정말이지 두 번 다시 보고 싶지 않았다. 가슴이 찢겨 나가는 것만 같던 그런 고통, 숨이 멎을 것만 같던 아픈 기분 따위 두 번 다시 맛보고 싶지 않았다.

나라는 촉촉한 눈동자를 억세게 붙들어 그에게로 향했다. 무표정한 듯 놀란 표정으로 그녀를 마주하고 있던 카인은 시선을 내려

하얗고 매끄러운 손등을 스친 뒤 다시금 그녀를 바라보았다. 물기 어린 검은 눈동자가 흐트러짐 없이 올곧게 뻗어오고 있었다. 짙어지는 의문과 그 속에서 느껴지는 확신. 부딪쳐 오는 시선을 외면하지 않으며 카인이 말했다.

"그럼 하나만 묻지. 당신이 이러는 이유."

나직이 목소리를 뱉은 그가 넥타이를 거머쥔 하얀 손을 감싸 쥐었다.

"순전히 아픈 날 동정해서일 뿐인가?"

그 순간, 손안에 든 작은 손이 희미하게 떨려 왔다. 흔들림 없던 까만 동공이 순식간에 흐트러졌다. 나라는 순간적으로 느낀 조갈에 마른침을 삼켰다. 꿰뚫을 듯 직시하는 짙은 코발트블루에 심장이 울렁였다. 저도 모르게 눈을 피하려는데, 뜨거운 손끝이 곧장 턱을 잡아 돌렸다.

"말해."

그가 고압적인 어투로 짧게 명령했다. 그의 열이 코끝을 훑고 얼굴 위로 퍼졌다. 온몸을 타고 오르는 열기에 현기증이 날 것 같았다. 나라는 손등 위로 겹쳐진 큰 손과 턱을 쥔 손 모두를 뿌리치며 고개를 돌렸다.

"몰라요. 모르겠어요, 저도."

스스로도 혼란스러웠다. 자신이 이러는 이유가 조금 전 눈물을 흘리던 그를 보고 느낀 안타까움 때문인지. 아니면 그와는 상관없는, 그보다 훨씬 아득하고 복잡한 감정 때문인지.

문득 눈물이 날 것만 같아 나라는 시선을 바닥으로 내린 채 입술을 물었다.

그로부터 시선을 피하는 나라를 향해 말해보라고 다그치고 싶었지만, 카인은 이내 가슴속에 이는 그 충동을 억눌러 삼켰다. 시야에 잡힌 나라의 표정을 보고 알 수 있었기 때문이다. 그녀가 어째서 방금 전 그런 대답을 뱉었는지를.

"OK, 당신 말대로 하지."

내내 카인을 외면한 채 서 있던 나라는 문득 들려온 그의 대답에 다시금 시선을 돌렸다.

"회사에 출근하지 않겠다는 말이야. 이제 됐나?"

카인은 그렇게 말한 뒤 감고 있었던 넥타이를 잡아 빼 느슨하게 늘렸다. 난감한 상황을 피한 듯싶어 다행스럽긴 했지만 어디선가 흐름이 뚝 단절되어 버린 것만 같아 나라는 기분이 묘했다. 다른 때 같으면 말해보라며 몰아세우고도 남을 사람이기에 더욱더 의아했다. 조금 서운함이 드는 것도 같았다.

'서운하다니, 왜?' 라고 묻는 사이, 목까지 채워 올린 단추를 서너 개 푼 그가 침대 위로 쓰러지듯이 누웠다. 그러곤 넥타이를 완전히 풀어 빼낸 뒤 눈을 감고 누운 채 넥타이를 쥔 오른손을 내밀어 왔다.

"이것 좀 걸어줘."

나라가 선뜻 다가가지 못하고 머뭇거리자 카인이 나른하게 뜨인 눈매를 그녀에게로 돌리며 손을 까닥했다. 무언의 명령.

망설이던 나라는 곧 조심스러운 걸음으로 그에게로 다가갔다. 가까워지는 거리와 함께 묘하게 심장이 울렁인다. 콩닥거리는 심장을 느끼며 나라가 그의 손에 놓인 넥타이를 막 집어 들려 했을 때였다.

"꺄!"

두 눈이 질끈 감기며 외마디 비명이 짧게 터졌다. 뻗은 손이 붙잡히며 순식간에 몸이 침대 위로 넘어간 것이다. 너무 놀라 심장이 둥둥거렸다. 이게 대체 무슨 일인가 싶어 나라는 곧장 눈을 떴다.

"이게 무슨 짓!"

놀라 소리를 지르려던 입이 냉큼 다물렸다. 푸른빛의 눈동자가 한순간에 시야로 밀고 들어와서였다. 그의 매끄러운 콧날이 코끝을 스쳐 서로 비껴 닿아 있었다. 밑으로 늘어진 검은 머리카락이 커튼이라도 된 듯, 나라와 카인의 얼굴은 그 안에 은밀하게 갇힌 채 서로를 바라보고 있었다. 그의 날숨이 입술 위를 사르르 훑는다. 열에 익은 숨결이 데일 듯 뜨거웠다. 입술 위가 바싹 타들어 가는 것만 같은 자극에 화를 내는 것도 잊어버렸다. 나라는 마른 침을 삼키며 즉시 몸을 일으키려 했다. 하지만 아직 손목에 감겨 있는 악력이 또다시 그녀를 당겼다.

"재촉하지 않을게."

간절하게 터지는 허스키한 음성이 나라의 신경을 옭아맸다. 그를 뿌리치려던 움직임이 일순 정지하고 숨이 당겼다.

"처음 만나면서부터 느낀 감정을 나는 두 달이 다 되어서야 깨달은 주제에, 당신에게는 당장에 깨달으라며 이기적으로 굴 생각은 없어."

귓전으로 젖어드는 나직한 속삭임과 함께 카인은 자신의 얼굴 위로 늘어진 나라의 머리카락 속으로 손을 뻗었다. 머리카락을 헤집고 파고든 커다란 손이 돌아선 채 정지한 나라의 얼굴을 잡아 자신을 바로 보도록 만들었다. 뺨 위에 닿은 그의 체온이 살갗을 파고들어 심장을 뒤흔든다. 열 기운 때문에 촉촉하게 물결치는 그의 바닷빛 눈동자가 흔들리는 검은 동공 위로 적시듯 밀려들었다.

"그때도 말했지. 이젠 당신이 깨달을 차례라고. 간밤에 말했던 것처럼 난, 당신이 스스로 깨달을 때까지 기다릴 거야. 네게 내 감정을 일방적으로 밀어붙이지도, 강요하지도 않을 거다. 그렇다고 해서 그저 손을 놓고 있겠다는 건 아니야. 강요하지만 않을 뿐……."

검은 머리카락 속으로 파고든 손길에 힘을 주어 나라의 얼굴을 당기며 카인이 속삭였다.

"유혹은 계속할 테니까."

그가 지닌 미열이 유혹적인 음성을 타고 그녀의 얼굴 전체로 퍼져 나갔다. 열에 물들어 짙어진 입술이 매끈한 턱 선을 따라 희미하게 당겨 올라간다.

"그러니까 당신은 그저 당신이 느끼는 감정에 물 흐르듯 따라가기만 하면 돼. 그리고 나는 기다리기만 하면 되는 거지."

길고 뼈마디가 굵은 손가락이 검은 머리칼 위로 당기듯 감겨왔다. 손끝에 휘감긴 머리칼 위로, 느슨한 곡선을 띤 육감적인 입술이 묻히듯 닿는다.

"당신이 그 감정을 더 이상 감당할 수 없게 될 그날을."

의미심장한 푸른 눈동자가 마음을 앗아 간다. 그의 입가에 서린 희미한 미소가 나라의 심장을 핥았다. 심장이, 감기에 걸린 듯 빠르게 콜록거렸다.

15

사랑의 또 다른 이름, 질투

그것은 저승처럼 극성스럽고, 어떤 불길보다도 거세다.
그것은 그것 없이는 어떤 알짜배기 사랑도 불가능한 정열의 원천이다.
그것은 사랑과 함께 태어나는 감정이며,
때때로 사랑 이상으로 절대적인 감정이기도 하다.
그것은 피를 끓게 하고 장을 썩힌다.
그것은……

"인마, 남자는 다 늑대야. 그러니까 밀폐된 공간에서 사내자식
이랑 단둘이 있으면 절대 안 되는 거라고."

민이 유연하게 핸들을 돌리며 26년째 계속되는 남즉낭설(男卽
狼說, 남자는 곧 늑대)을 지루하게 읊기 시작했다. 늦잠의 대가께서
웬일로 아침 일찍부터 일어나 저를 바래다준다 하더라니 역시나
이런 이유 때문이었다. 하계 전지훈련 일정 때문에 오늘 저녁 항
공편으로 터키로 떠날 거라더니 그 전에 여동생을 단단히 단속해
놓고 가려고 저러는 것이다. 얼마간 좀 잠잠하나 싶었는데 며칠
전 집 앞에서 맥 이사를 본 이후로 또 시작이다.

"너 그거 아냐? 남녀 간에 벌어지는 일에 있어서 실수란 없는
거다. 네가 봤을 땐 실수 같을지 몰라도 알고 보면 그게 다 실수를

가장한 고의야, 고의. 정말 예기치 못한 상황에 손끝만 스쳤다 하
더라도 모두가 다 그 자식의 철저한 계획하에서 일어난 일이다,
이 말이야. 스킨십뿐만이 아니라 다 그래, 다."

나라는 혀를 찼다. 자기도 남자이고, 집 밖에서는 남들보다 더
하면 더했지 덜하지 않은 늑대인 걸 뻔히 아는데 누가 누굴 욕하
는지 모르겠다. 다른 집안 오빠들도 이렇게 극성스러울까. 오늘따
라 유난히도 말이 많은 보민 때문에 관자놀이가 뻐근해짐을 느끼
며 나라는 신경을 끄고 고개를 돌렸다.

출근 시간의 도로는 항상 복잡했다. 넘쳐 나는 차량으로 사방이
꽉 막혀서 이 차가 어느 길목에 닿아 있는지, 어느 곳을 향해 달려
가고 있는지도 모를 정도였다. 하지만 항상 대단하다 여겨지는 것
은, 이렇게 오리무중인 가운데도 차는 어떻게든 목적지를 찾아서
끝내 도달한다는 것이었다. 느리건, 혹은 빠르건 간에……

그가 떠올랐다. 밤만 되면 환영처럼 나타나 자신의 마음을 잔뜩
흩뜨려 놓는 파란 눈의 남자가. 나라는 슬며시 눈을 감았다. 검어
진 머릿속으로 그가 흘렀다. 그의 눈동자, 그의 목소리, 그의 숨
결, 그를 떠올리면 자연적으로 생겨나는 알 수 없는 감정도.

어쩌면 자신의 이 복잡한 감정도 출퇴근 시간, 도로에 정차되어
있는 이 차들과 같을지도 모른다는 생각이 들었다. 마음속에 감정
이 너무도 꽉 들어차 있는 나머지 앞을 보고 옆을 보고 뒤를 돌아
보아도 그 감정들 이외에는 아무것도 보이지 않아서, 정작 이 감
정이 어디로 다다르고 있는지는 미처 알지 못하는 것일지도 모른
다고.

그렇다면 이 도로를 지나 그 끝에 다다른 다음엔, 난 어떻게 해야 하는 것일까?

쉽사리 정의 내릴 수 없는 감정에 혼란스러워하다가 나라는 이내 생각하기를 멈춰 버렸다. 자고 싶었다. 감당하기 어려운 벅찬 감정에 밤새 쫓기느라 잠 한숨 제대로 자지 못했다. 완전히 발이 닿기까지 아직 많이 남은 거라면, 그때까지만이라도 생각을 않고 편히 쉬고 싶었다. 몸도, 그리고 이 어지러운 마음도.

"그러니까 혹시라도 그 자식이 너한테 손을 대거든…… 보나라, 야, 보나라!"

민의 노성에 나라는 막 까무룩 해지려던 정신을 깨웠다. 뒤늦게 자기 혼자 떠들고 있었음을 깨달은 민이 핸들을 마구잡이로 돌리며 격분해 있었다.

"이 자식! 너 지금 내가 하는 소리를 듣는 거야 마는 거야? 하늘 같은 오라버니께서 다년간의 경험을 통해 섭렵한 정확도 100%의 남자학개론을 열강하고 있는데 말이야! 네가 그러니까 지난번처럼 그 파란 눈알 자식한테 응큼한 짓을 당하는 거 아니야!"

이 인간은 무슨 기차 화통을 삶아 먹었나. 꽉 막힌 공간에서 바락바락 악을 쓰는 보민 때문에 나라는 귓전이 쨍하니 아렸다. 안 그래도 머리 아파 죽겠는데 파란 눈알, 파란 눈알 해대는 민의 끈질긴 잔소리에 울뚝 짜증이 치밀었다.

"외국 놈들이 얼마나 성 문화에 개방적인 줄 알아, 인마? 한국 놈들 보다 열 배는 더 경계해야!"

"알았으니까 그만 좀 해!"

계속되는 민의 말을 가로막으며 나라가 신경질적으로 소리쳤다.

"오빠 내가 무슨 세 살 먹은 어린앤 줄 알아? 그놈의 늑대 타령이젠 하도 들어서 귀에서 진물이 다 나려고 그래. 고막에 굳은살이 박혔다고요! 나도 알 거 다 아니까 이제 그만 좀 해!"

"이게 지금 얻다 대고 소리를 바락바락 질러! 야, 인마! 내가 괜히 그러냐? 다 널 걱정해서 그러는 거 아니야!"

"그건 걱정이 아니라 설레발이야! 유난이고 극성이라구! 나도 알 만큼 다 아니까 이제 그만해."

"다 알아?"

"그래. 다.알.아!"

나라가 음절 하나하나에 또박또박 힘을 실어 민의 말을 받아쳤다. 민의 표정이 험상궂게 구겨진다.

"하, 그래? 다 안다고? 알았어!"

빈정거리는 어조로 씨근덕거린 민이 나라에게 향해 있던 고개를 정면으로 싹 돌렸다. 운전대를 돌리며 정면을 보는 민의 안면 근육이 씰룩였다. 반항적인 눈두덩이는 힘이 들어가 날름해졌고, 얄실한 입술은 삐죽 나와 들썩이고 있었다. 삐진 것이다. 낼모레면 서른인 인간이 어쩜 저러냐. 나라는 기막히다는 표정으로 민을 바라보다가 이내 한숨을 지었다.

오빠들이 그녀를 아껴서 그러는 것임을 나라도 모르는 바는 아니었다. 하지만 넘치는 건 안 하느니만 못하다는 말이 있듯 가끔씩 정도가 너무 지나칠 때가 있었다. 암만 사랑받는 게 축복이래도 이건 아니었다. 자신도 이젠 어엿한 성인 여성인데 언제까지 오빠들에게 이성 문제를 제약받을 순 없지 않은가.

기왕에 이렇게 된 거 이번 기회에 독하게 대응해 버리자 마음을 먹었다. 그러곤 삐진 듯싶은 민에게서 애써 신경을 접기로 하며 두 눈을 감았을 때였다.

"그래. 다 안다는 애한테 더 말해 뭐하겠냐. 어차피 잔소리로만 들릴 뿐이지. 그럼 이제 그놈만 잘 알게 만들면 되겠네."

귓전을 스친 민의 투덜거림에 나라는 막 감은 두 눈을 번쩍 떴다.

"잠깐만. 그놈? 무슨 그놈?"

"뭐긴 뭐야? 파란 눈알 그놈이지."

"오빠!"

나라는 냅다 악을 썼다. 이 인간이 지금 무슨 소리를 하는 것인가. 파란 눈알 그놈이라니? 그 사람에게 뭘 잘 알게 만들겠다는 소리야!

하지만 나라의 외침을 무시하며 민은 오기 어린 말투로 들으란 듯 중얼거렸다.

"내가 생각을 잘못해도 한참 잘못한 거지. 그날 밤 같은 일이 생긴 건, 다 알.고.있.는 너 때문이 아니라 너한테 흑심을 품고 있는 그 파란 눈알 놈 때문인데 말이야. 괜히 입 아프게 너한테 잔소리 할 게 아니었어. 가기 전에 그놈만 잘 단속시켜 놓으면 될 일인데."

그러더니 어느 틈에 회사에 도착한 건지 도로변에 차를 멈춰 세

왔다.

"다 왔다. 내려."

나라는 휘둥그레진 눈으로 민을 보았다. 자신더러 내리라 말한 민이 자동차 키를 뽑곤 벨트까지 풀며 차에서 내려서고 있었다.

"오빠, 지금 어디 가?"

나라는 황급히 차에서 내려 민의 뒤를 쫓았다. 잠자리에서 막 일어난 채로 나온지라 부스스한 민의 머리카락이 위아래로 나풀 거리고 있었다. 하지만 민은 나라의 회사로 향하는 걸음을 멈추지 않으며 심드렁하게 답했다.

"어딜 가긴? 외래종 늑대 잡으러 간다, 왜."

그 순간 나라는 깨달았다. 잘못 건드렸구나.

"오빠 미쳤어?"

나라는 냉큼 민의 팔을 붙잡아 걸음을 멈추게 만들었다. 나라의 높은 목소리에 출근하는 직원들의 이목이 그들에게로 집중되었다. 그들 중에는 민이 축구선수임을 알아보는 사람도 있는 듯싶었다.

"오빠가 가긴 어딜 간다는 거야, 지금! 장난하지 말고 빨리 집에 가. 빨리이."

다급한 목소리로 민을 만류하며 나라가 민의 팔 한쪽을 끌어당 겼다. 그 자리에 꼼짝 않고 선 민이 붙잡힌 손을 야멸차게 떨쳐 내 며 말했다.

"이게 지금 하늘 같은 오라비한테 어디서 명령이야?"

"알았어. 미안해. 내가 다 잘못했어, 오빠. 앞으론 오빠가 하는 말 다 귀 기울여서 경청할게. 그러니까 제발 좀 가주라, 제발."

주변 사람들의 눈치를 살피며 나라가 두 손을 모아 싹싹 빌었다. 창피했지만 어쩔 수 없었다. 아무리 창피하더라도 민이 정말로 카인을 만나 깽판을 치는 것보다는 나았다. 욱했다 하면 물불안 가리는 다혈질 민이 정말로 일을 치기 전에 어떻게 해서든 돌려보내야 했다. 그런 간곡한 마음이 민에게도 닿았는지 나라를 보는 그의 표정이 잠시 누그러진 듯 보였다. 여세를 몰아 돌려보낼 셈으로 나라가 '그래, 가자. 집에 가자, 오빠' 하며 팔을 잡아끌려는데, 민이 붙잡힌 손을 단호히 뿌리치며 말했다.

"가려면 너나 가, 인마. 난 터키 가기 전에 그놈이랑 확실히 담판을 지어야 되겠으니까."

"오빠!"

나라의 외침을 뒤로한 채 민은 돌아섰다. 나라는 식겁한 표정으로 그런 민의 뒷모습을 바라보았다. 이대로 있다가는 여지없이 카인에게로 불똥이 튀게 생겼다. 취직한 지 얼마나 되었다고 말도 안 되는 치정 사건에 얽혀 사원들의 입방아에 오르내릴 순 없었다. 절박해진 나라의 머릿속에 한 가지 생각이 슥 긁고 지나갔다. 동시에 나라는 이것저것 생각할 것 없이 두 눈을 질끈 감으며 민에게 외치고 말았다.

"나 확 사고 쳐버릴 거야!"

"뭐?"

민이 걸음을 멈추고 돌아섰다. 눈에 힘을 주고 민을 노려보던 나라는 작정을 한 듯 숨을 크게 들이마신 뒤 곧 비장함이 서린 목소리로 민에게 외쳤다.

"오빠가 자꾸 이런 식으로 나오면 오빠 터키 간 사이에 그 외래종 늑대랑 확 사고 쳐버릴 거라고!"

"이, 이게 지금!"

그녀의 발언에 동요하는 민에게로 바싹 다가서며 나라가 으름장을 놓듯 싸늘하게 읊조렸다.

"두고 봐. 농담 아니니까. 진짜로 사고 치는 꼴 보고 싶으면 어디 한번 오빠 마음대로 해봐."

출근길이라 사람들의 이목이 집중되어 있는 걸 알았지만 나라는 개의치 않고 말을 뱉었다. 외래종 늑대라는 암호적인 말을 알아들을 이도 없을뿐더러, 우선 문제인 것은 어떻게 해서든 이 막무가내인 보민을 막는 것이기 때문이다.

나라의 그 같은 계획이 다행히도 먹힌 건지 민은 그녀의 말이 떨어진 이래로, 떡 벌어진 입을 다물지 못한 채 어항 속 붕어처럼 뻐끔거리고 있었다. 표정 또한 돌처럼 굳어 경련이 일고 있었다.

그러게 진즉에 말릴 때 말을 들어야지 왜 꼭 인내의 극한까지 사람을 몰아가느냔 말이다. 어지간히 충격을 먹은 듯싶은 오빠가 조금 안돼 보이긴 했지만 나라는 모질게 마음을 고쳐먹으며 냉정히 시선을 떼 버렸다.

"출근부터 아주 요란하군."

안도하던 것도 잠시, 정면에서 들려온 목소리에 고기를 돌린 나라의 까만 눈동자가 당혹스러움을 머금고 부풀어 올랐다. 그를 보자마자 마치 반응처럼 얼굴이 달아오르며 심장이 쿵 튀어 올랐다.

카인이었다.

"보나라, 너 이 자식!"

뒤늦게 패닉 상태에서 깬 민의 목소리가 나라의 등 뒤를 쳤다. 당혹스러운 마음으로 아득한 푸른 눈동자를 마주하고 있던 그녀는 아차 싶어 황급히 뒤를 돌아보았다. 하지만 때는 이미 늦어 있었다. 나라에게로 오던 중 카인을 발견한 민의 두 눈이 섬뜩하리만치 사납게 번들거리고 있었던 것이다. 그와 동시에 암담해지는 상황을 피부로 느끼며 나라는 질끈 눈을 감아버렸다.

'일 났다.'

"또 뵙는군요. 일전에 인사드린 카인 G. 맥클레인입니다."

귓바퀴로 흘러든 목소리에 나라는 감고 있던 눈을 떠 그를 보았다. 카인이 지극히 차분하고 정중한 어조로 민을 향해 인사를 건네고 있었다. 설마하니 민의 눈에서 뻗어 나오는 저 살벌한 기운을 느끼지 못하고 있는 건가? 황당한 듯 그를 보다가 나라는 곧 시선을 돌려 민의 눈치를 살폈다. 하지만 미처 눈치를 감지하기도 전, 그녀는 창피함을 먼저 체감해야 했다. 남루하기 짝이 없는 제 오라비의 비주얼 때문이었다.

모자라도 쓰고 나올 것이지 일어나자마자 바로 나온 티를 확실히 낸 민의 뒷머리는, 마치 하늘을 향해 양팔을 뻗은 안테나처럼 발딱 서 있었다. 거기에 추리닝 바지와 점퍼, 맨발에 슬리퍼를 착용한 단출한 차림새는 젠틀한 은회색빛 슈트 차림의 카인과는 너무도 대조되어 그 초라함이 더욱더 두드러지고 있었다. 명색이 프로리그에서 뛰는 축구선수이건만. 사람들이 다가와서 사인해달라

하지 않는 게 당연하다 싶을 정도로 그는 추레했다.

하지만 민을 향해 쪽팔리니 어서 가라는 말 따위는 감히 할 수 없었다. 차림새는 비록 무안하나 카인을 마주하고 선 그 눈동자만큼은 납량 특집 전설의 고향에 등장하는 저승사자보다도 살벌하기 그지없었기 때문이다.

"오빠."

한참 후 용기를 내어 나직이 입술을 떼어 보았다. 하지만 나라의 미약한 용기마저도 철저히 무시한 민은 매의 그것과도 같은 날큼한 눈동자를 카인에게 박은 채로 한마디도 않고 있었다. 그것은 그 앞에 선 카인 또한 마찬가지였다.

대체 무슨 생각을 하는 건지, 그는 갑작스런 민의 기세가 당혹스러울 만한데도 표정 하나 변하는 것 없이 민을 마주 보고 있었다. 본다기보다는 관찰한다는 표현이 더 맞았다. 일전에 집 앞에서 서로를 대면했던 그때처럼, 그는 흥미를 품은 눈동자로 민을 보고 있었다.

하지만 그런 그와는 달리 그를 향해 있는 민의 눈동자는 매서웠고, 나라는 겁이 났다. 당장 둘 사이에 끼어들어 카인에게 말해주고 싶었다. 당신이 보고 있는 이 인간은 그날 밤 당신을 향해 우스꽝스러운 영어를 구사하던 그 얼간이 원숭이가 아니라고. K리그계의 이단아이자, 최고의 쌈닭인 보브라더스의 행동대장 보민이라고.

본격적으로 일을 치를 셈인지 내내 가만히 서 있던 민이 바지주머니에 손을 찔러 넣은 껄렁한 폼으로 카인을 향해 한 걸음 다가

갔다. 카인의 뒤에 서 있던 데릭이 성큼 다가와 그런 민을 막아서려 했지만 됐다는 듯 손을 들어 올리는 카인의 몸짓에 그도 곧 움직임을 멈추었다. 거대한 덩치의 걸리버 청년에게서 위협을 느낄 법한데도 민은 조금도 위축된 기색 없이 또 한 걸음 카인에게로 다가섰다. 민의 가마 위에 선 안테나가 그의 걸음을 따라 나풀거린다. 그러더니 또 한 걸음.

나라는 더는 지켜보지 못하고 두 눈을 감아버렸다. 금방이라도 무슨 일이 터질 것만 같아 심장이 떨렸다. 말리고 싶었지만 엄두가 나지 않았다. 민의 성격을 알기 때문이었다. 만약 여기서 끼어들었다간, 감히 내 앞에서 저 녀석을 감싸는 거냐며 더욱더 펄펄 날뛸 것이 분명했다.

'이제 회사 다 다녔구나.'

체념하듯 방관자가 된 나라가 부디 유혈 사태만은 발생하지 않길 빌고 있던 그때였다.

"보나라."

살벌하게 불린 이름과 함께 나라는 감고 있던 눈을 번쩍 떴다. 민이 싸늘하게 굳은 얼굴을 카인의 코앞까지 바짝 들이민 채 살기등등한 기세를 저나라하게 뿜고 있었다. 곧 주먹이 날아갈 것 같은 긴박하고 험악한 분위기였다. 어쩌려고 저러나, 겁에 잔뜩 질려 민을 보는데 민이 이를 악물며 싸늘하게 읊조렸다.

"너 사고 치면 죽을 줄 알아라."

나라를 향해 씨근거리듯 말한 민은 볼 안에서 혀를 굴리는 시건방진 태도를 마지막으로 카인에게 붙이고 있던 얼굴을 떼었다. 그러곤 껄렁한 시선으로 그를 위아래로 훑어본 뒤 몸을 돌려 나라를 보았다. 민이 반항적인 두 눈을 무섭게 부라리며 윗입술을 씰룩였다. 이렇게까지 참아줬는데 만약 '사고'를 쳤다간 단매로 쳐 죽이리라는 무언의 압박이었다. 나라는 민의 마음이 바뀔세라 냉큼 고개를 끄덕였다. 그제야 민이 살의를 품은 시선을 거두며 그의 차로 돌아갔다.

돌아서 걷는 민을 보면서도 쉽사리 마음이 놓이지 않아 눈을 떼지 못하던 나라는 저만치에 세워져 있던 검은색 세단이 완전히 시야에서 벗어나는 걸 확인하고서야 뒤늦게 안도의 한숨을 내쉬었다. 얼마나 긴장했던지 입안이 바싹 말라 있었다. 아침 댓바람부터 혼이 쏙 빠지고 말았다. 어찌어찌하여 사태는 잘 마무리되었으나 기분이 영 개운치 않았다.

"언제까지 여기 서 있을 작정이지?"

귀 끝과 목덜미를 적나라하게 더듬는 뜨거운 숨결에 화들짝 놀라 뒤를 돌아보았다. 잠시 잊고 있던 그가 바로 코앞에 서 있었다.

"출근 시간은 8시 30분이 아니던가? 이미 늦은 것 같은데."

"아, 안 그래도 들어가려던 참이었어요."

나라는 서툴게 둘러대며 곧장 걸음을 옮겼다. 방금 자신의 그 말투가 얼마나 경직되고 어색했는지 알고 있었지만 별수 없었다. 어제 맨션에서의 일 때문인지 그를 바라보는 것이 너무도 어색했다. 그가 했었던 말이 끈질기게 귓전을 떠돌며 자신의 마음을 속속들이 파헤쳐 드는 것만 같았다.

나라는 애써 도리질을 치며 걸음을 빨리했다. 어서 그에게서 벗어나고 싶은 마음만이 간절했다. 하지만 마음이 너무 앞서면 항상 몸이 제동을 걸듯, 주변은 보지 않고 급한 마음에 무작정 걸음을 옮기다가 결국 로비로 들어서려던 다른 사람과 부딪치고 말았다.

"조심해."

어깨로 빠르게 감겨드는 단단한 팔과 함께 시원한 바다 향이 코끝을 흠뻑 적셨다. 휘청거리는 몸을 가까스로 가누며 나라는 열기가 끼쳐 오는 쪽으로 급히 고개를 돌렸다. 아득한 바닷빛이 시야를 왈칵 둘렀다. 어느 틈에 다가와 나라의 어깨를 감싸 안은 카인이 미간을 살짝 찌푸리며 그녀를 내려다보고 있었다. 마주 닿은 그의 체온이 두툼한 코트를 뚫고 들어와 온몸으로 감겨들었다. 피가 몰린 듯 살갗이 뜨거웠다. 심장이 빠르게 분탕질한다.

"죄, 죄송합니다. 출근길이라 정신이 없어서……."

나라와 몸을 부딪친 남자가 그녀의 곁에 선 카인을 알아보곤 당혹스러운 표정을 지었다. 카인은 안절부절못하는 남자를 향해 괜찮다고 말한 뒤 의례적인 미소를 지어 보였다. 그러곤 나라의 어깨에 감긴 손길을 거두어 땅에 떨어진 그녀의 핸드백을 주워 들었다.

"웬만하면 주변 좀 살피지 그래."

카인이 먼지 묻은 검은색 가죽 백을 툭툭 털어 나라에게 내밀었다. 시야에 잡힌 늘씬한 입매가 희미한 웃음을 그리고 있었다.

나라는 확 붉어진 얼굴을 푹 숙인 채 핸드백을 빼앗듯 받아 들었다. 진정되지 않는 심장이 몸을 이탈할 듯 쿵쿵쿵, 시끄럽게 튀어 오르고 있었다. 갑자기 사람과 부딪친 바람에 놀라서일 뿐이야. 그렇게 정의를 내리며 얼버무리듯 고맙다는 말을 뱉곤 돌아섰다.

"그런데 보나라 씨."

나라는 반사적으로 멈칫하고 말았다. 등 뒤에서 들려온 나직한 음성이 걸음을 잡아챘다. 저도 모르게 멈칫해 놓고선 못들은 척 그냥 가버릴까 뒤늦게 망설이는데, 그가 말했다.

"그 외래종 늑대와는 어떤 식으로 사고를 칠 생각이지?"

나라는 그 자리에 서서 돌처럼 굳었다. 분주히 오가던 신경이 급브레이크가 걸린 듯 정지했다. 순간 눈앞이 깜깜해졌다. 천천히 다가오는 그의 걸음 소리가 출근 시간 인파들이 형성하는 소음을 헤치며 그녀의 등 뒤에서 멈추었다. 그의 시원한 향이 가까이에서 느껴졌다. 희미하게 휘어든 하현달 모양의 눈동자가 나라의 경직된 옆얼굴을 핥는다. 나른함 짙은 허스키 보이스가 빳빳하게 굳은 나라의 몸을 스쳐 지나며 장난스럽게 속삭였다.

"어떤 사고일지 기대되는군."

외래종 늑대의 나직한 웃음이 들려왔다. 동시에 나라는 손에 들린 핸드백을 꽉 그러쥐며 두 눈을 질끈 감아버렸다.

쪽.팔.려.

"부산 센텀시티점 명품 유치 건은 포기하겠습니다."

카인의 한마디에 회의실에 모인 임원진 모두가 크게 술렁였다.

그 술렁임 가운데 일말의 동요도 없이 선 그가 냉정하고 단호하게 말을 이었다.

"포기라기보다는 이전과 동일하게 진행할 것이라는 게 맞는 표현이겠군요. 우리 IBMC는 Y&A에서 명품 브랜드 유치를 위해 어떠한 파격적인 조건을 내세우든지, 저들에게 휩쓸리지 않고 소신 있게 이번 유치 건을 진행할 것입니다. 각 브랜드에 제시하는 조건은 예년과 크게 변동이 없으며, 기존의 합리적이고 이해 가능한 선에서 재계약이 확보되는 브랜드만 입점시키도록 하겠습니다."

"하지만 이사님, 만약 그렇게 된다면……."

"다수의 명품 브랜드가 Y&A 매장으로 넘어가게 되지 않느냐. 그 말씀을 하고 싶으신 거겠죠, 이 상무님."

이의를 제기하려던 임원의 말에 선수를 치며 카인은 눈길을 돌려 그를 보았다. 사내는 숨을 삼켰다. 그에게로 향한 카인의 푸른 눈동자는 겨울 밤바다처럼 짙고 차가웠다.

"그렇다면 한 가지 묻겠습니다. 현재 입점되어 있는 명품 브랜드로부터 창출된 이익이, 매장 하나를 좌지우지할 만큼 막대합니까?"

"예? 그, 그건……."

"차트를 확인해 본 바로는, 명동 본점을 제외한 타 점포 명품관 대부분이 그저 자리만 차지하고 있을 뿐 매출액 상승에서는 별다른 위력을 발휘하지 못하고 있는 것 같던데. 제가 잘못 알고 있는 겁니까?"

사내는 냉큼 입을 다물었다. 뭐라 반박할 여지가 없기 때문이었다. 곁에서 하나둘 반기를 들려 준비 중이었던 임원진들 또한 모두 섣불리 말을 꺼내지 못했다.

"수익을 올리지 못하는 브랜드는 매장에 필요 없습니다. 그 원칙에 따라, 국내의 이류 삼류 브랜드들은 시즌이 바뀌기가 무섭게 다른 브랜드들에게 자리를 내줘야 했죠. 그럼에도 불구하고 각종 명품 브랜드가 꿋꿋이 그 자리를 지키고 있는 이유는 백화점의 고급 이미지 때문입니다. 그 말은 즉 매장의 명품관 입점이란, 말 그대로 백화점의 명품 이미지 유지를 위한 도구일 뿐이라는 거죠."

"하지만 백화점이라는 것 자체가 그렇지 않습니까? 외국에서야 점포마다 성격이 달라 다양한 종류의 백화점이 존재하지만 한국에서의 백화점은 방금 말씀하신 대로 고급 점포 이미지의 쇼핑몰, 이 단 한 가지뿐입니다. 요즘처럼 대형 할인마트가 강세인 때에 고급 이미지마저 포기한다면 백화점에 승산은 없습니다."

"물론, 그 이미지를 포기하겠다는 말은 아닙니다. 하지만 허울만 그럴듯한 백화점을 만들기 위해 Y&A와 같은 무리를 할 생각은 없습니다. 무엇보다도 그럴 필요성 자체를 못 느낀다는 것이 그 이유입니다. 손해를 볼 게 뻔한 게임임을 알면서, 상대편 겜블러의 도발에 휩쓸려 베팅을 한다면 그거야말로 미련한 짓 아닙니까?"

단호한 그의 말에 임원진들은 못마땅한 표정을 지었으나, 정작 그의 말에 반박하고 나서는 이는 없었다. 그의 말에 그릇된 것도 없었을뿐더러, 더욱이 그는 본사에서 직접 파견한 실력가이기 때문이다. 그는 직책만 이사일 뿐, 현 IBMC 한국 지사의 핵심에 선

권력의 실세나 마찬가지였다. 지사장이 존재했지만 실질적인 경영은 모두 카인의 손에 쥐어져 있었고, 지사장은 그저 IBMC 건물 꼭대기 층을 지키고 있는 허울 좋은 이름일 뿐이었다.

"그렇다면 이사님께서는 어떻게 하실 생각이십니까?"

숨죽이고 있던 임원진 중 한 명이 정적을 깨고 물었다. 냉수를 들어 가볍게 목을 축인 카인이 이윽고 위압적인 시선으로 그들을 압도하며 말했다.

"명동 본점과 센텀시티점 모두 재개발에 착수합니다."

회의실 내부가 또 한 번 크게 술렁였다. 그는 혼란을 잠재울 생각 따위 애초에 없었던 듯 태연자약하게 말을 계속했다.

"재개발을 통해 명동 본점은 최고급 명품관으로, 부산 센텀시티점은 대중적인 복합 쇼핑몰로 재탄생될 것입니다. 국내 백화점 대부분이 고급화 전략을 전면으로 내걸고 있지만, 그것이 먹히는 매장은 그야말로 고소득층이 많은 수도권 지역의 매장들뿐입니다. 고급화 전략이 수도권 매장에는 제격일지 모르나 그 이외의 매장에게는 전혀 맞지 않는다는 것이지요. 일전에도 말씀드린 바 있습니다. 하락하는 매출액을 상승시키기 위해서는 각 매장과 지역 경제에 맞는 차별화된 전략이 필요하다고. 그 원칙에 따라 고급화 전략이 제격인 명동 본점은 기존의 전략을 더 강화하는 대신, 부산 센텀시티점을 포함한 그 밖의 매장은 각 점포에 적합한 새로운 마케팅 전략을 적용하려는 것입니다. 그래서 생각해 낸 것이 바로 엔터테인먼트 장소로써의 백화점입니다."

카인은 단조롭지만 힘이 실린 어조로 막힘없이 말을 뱉었다. 한

순간 크게 술렁였던 경영진들도 어느새 모두 잠잠해져 그의 말을 경청했다.

"앞서 말씀하신 대로 한국은 현재 전반적인 경기 침체로 인한 소비심리 위축 때문에 대형 할인마트들의 강세가 두드러지고 있는 실정입니다. 그에 대응하고자 백화점은 불황에 영향을 받지 않는 고소득층을 주 고객으로 확보하여 고급 패션 상품과 고가품을 강화하는 고급화 전략을 추구하게 되었고, 그 결과 고소득층을 제외한 일반 소비자들의 발걸음을 모두 할인마트로 향하도록 만들었습니다. 결국 할인점에게 자진으로 고객을 내어준 꼴이 되고 말았지요. 그렇다 하여 이제 와 할인점을 따라 할 수도 없는 노릇이지 않습니까? 할인점이 장악하고 있는 중저가 제품을 매장에 들여놓을 수도, 이미 고착화된 고급 이미지를 버릴 수도 없으니까요. 즉 단순 쇼핑몰 기능만으로는 돌아선 소비자들의 발걸음을 다시 되돌릴 수 없다는 겁니다."

카인의 냉혹한 평가에 경영진 모두가 숨을 삼켰다. 그로부터 뿜어져 나오는 압도적인 힘이 회의실 내 공기를 무겁게 짓누르고 있었다.

"Y&A와의 기획으로 우려되는 IBMC 백화점의 이미지 하락은 명동 본점 재개발로 완벽히 만회할 것입니다. 그 대신 부산 센텀시티점은 쇼핑만을 즐기는 곳이 아닌 시민 모두가 문화적 공간으로써 활용할 수 있는 대중적인 이미지의 복합 쇼핑몰로써 완벽히 탈바꿈해 백화점으로부터 돌아선 대중의 발걸음을 다시금 우리 IBMC로 되돌려 놓을 수 있도록 주력할 것입니다. 그리고 한 가지 더."

포부가 서린 비장한 목소리로 그가 말했다.

"새로운 프로젝트를 추진할까 합니다."

10시에 시작된 경영진 미팅은 점심때가 다 되어서야 끝이 났다. 겨우 오전이 지나갔을 뿐인데도 이사실을 빠져나오는 임원들의 얼굴에는 하루를 마치기라도 한 듯 피곤한 기색이 역력했다. 하지만 모두가 그렇듯 초췌한 얼굴을 하고 있는 가운데서도 단 한 사람만큼은 예외였다. 모두의 진을 빼놓은 회의를 총관하고도 아직 지시를 내릴 힘이 남아 있는 저 남자, 카인 G. 맥클레인이었다.

"국내 온라인 쇼핑몰에 대한 동향을 파악해서 내일 퇴근 전까지 보고서 올려주십시오. 이번 재개발 사업에 적합한 건설 회사도 물색해 주시구요. 김 실장님께서는 이틀 전에 말했던 지역별 성향 분석 보고서, 속히 마무리 지어서 금요일에 브리핑할 수 있도록 하십시오."

나라는 도깨비에게 홀리기라도 한 표정으로 그를 바라보았다. 바로 어제만 해도 열감기에 걸려 곧 죽을 것처럼 끙끙 앓던 사람이 언제 그랬느냐는 듯 여느 때보다도 팔팔해 보이기까지 하자 그녀는 속은 기분마저 들었다.

'저 인간, 동정표 유발하려고 괜히 아픈 척했던 거 아니야?'

나라는 미심쩍다는 눈초리로 그를 보았다. 아프다는 사람이 어제 맨션에서 그런 의미심장한 말을 잘도 지껄이던 것도 그렇고, 오늘 아침 출근길에서의 그 뻔뻔스러움도 그렇고. 모두가 자신의 마음을 흩뜨려 놓으려는 그의 사기극 같았다.

'걸리버 청년이랑 짜고 날 속인 거야. 그런 게 틀림없어.'

분한 마음이 일어 째진 눈을 하곤 카인을 노려보았다. 틀림없이
그런 거라고, 사기꾼 외래종 늑대에게 미련하게 속은 거라고 나라
는 씩씩대며 속말로 뇌까렸다. 하지만 그것도 잠시.

"나 버리지 마. 엄…… 마."

불현듯 뇌리를 스친 말과 함께 나라의 생각이 멈추었다. 가슴
한구석이 지끈댔다. 그의 목소리가 왼쪽 갈빗대 아래를 짓누르며
퍼지고 있었다. 거짓이라기에는 너무도 아팠던 그 목소리와 눈동
자가, 시린 가슴 한구석을 날카롭게 베어 왔다. 어느덧 나라의 머
릿속에 일던 '거짓'이라는 단어는 완전히 씻겨 사라지고 없었다.
위태롭던 그의 모습이 떠올라 눈앞에서 흔들렸다. 잊고 있던 사실
이 떠오르며 가슴이 먹먹해 왔다. 흐릿하게 젖은 슬픈 눈동자만이
가슴을 잠식한다.

나라는 흔들리는 눈동자를 다잡아 시선을 옮겼다. 그런 애달픈
눈동자를 했다고는 도저히 믿을 수 없을 정도로 냉철한 모습의 그
가 그녀의 시야에 잡혀 왔다. 나라는 위태롭던 어제의 모습을 찾
을 수 없는 그를 보며 물었다.

'당신이 어제 내게 보였던 그 모습은 무엇일까? 대체 무엇이 당
신을 그렇게 아프게 만든 걸까? 그리고 난, 당신의 그 아픔이 왜
이렇게 눈에 밟히는 걸까? 왜 내 가슴이…… 이렇게 아플까.'

애틋한 시선이 안타깝게 그의 모습을 감싸 안았다. 그러던 어느 순간, 지시 사항을 마치곤 주변을 보던 푸른 눈동자와 시선이 마주쳤다. 워낙 갑작스러워, 당황한 마음에 피하지도 못했다. 생각이 멎으며 머릿속이 새하얘졌다. 마주한 사파이어 동공이 부드럽게 휘며 나라를 마주 본다. 심장이 마치 종전의 물음에 답을 하듯, 쿵 울려왔다.

나라는 냉큼 정신을 차리고 몸을 돌렸다. 그길로 빠르게 손을 놀려 테이블을 정리한 그녀는 그의 시선을 피해 황급히 집무실을 빠져나왔다.

심장이 멀미를 하듯 울렁였다. 두근거리는 것 같기도 했다.

미쳤나 보다.

"미쳤나 보네에."

두 눈을 지그시 내리감은 채 평온한 얼굴로 에스테틱을 받고 있는 다연이 마치 복화술을 하듯 입술 틈을 최소한으로 하며 심드렁하게 말했다. 그 옆 침대에 누워 함께 마사지를 받던 나라가 발딱 몸을 일으키며 심각한 표정으로 되물었다.

"그치, 네가 보기에도 나 미친 거 같지?"

"고객님, 이렇게 움직이면 안 되세요."

나라를 마사지하던 에스티션이 그녀의 어깨를 눌러 다시금 침대에 눕혔다. 잔뜩 힘이 들어간 몸을 누그러트리고 무너지듯 몸을

놓은 나라는 코끝에 감기는 진한 아로마 향 사이로 멍하게 시선을
던지며 거푸 중얼거렸다.

"미쳤나 봐, 정말. 오지랖도 병이라고 남의 아픔에 왜 신경은 쓰
는지. 아무튼 요즘 심장도 이상하고. 나 진짜 병났나 봐."

장장 2시간째였다. 나라의 저 미친년 타령을 듣기 시작한 것이.
카페에서 다연을 만나고부터 에스테틱 숍에 들어와 마사지를 받
는 지금까지, 나라는 저렇게 쉼 없이 똑같은 말을 반복해 중얼거
리고 있었다. 미친년 타령도 정도껏이어야 '아니야, 나라야. 넌 미
친년이 아니란다'라고 달래줄 맛이라도 들지, 다연은 점점 짜증이
나려 했다. 자고로 마사지란 명상하듯 평안한 마음 상태에서 받아
야 그 효과를 발휘하는 법이거늘, 이러다간 모처럼 들인 거금이
돈값도 못하게 생겼다. 참다못한 다연이 결국 한 소리 했다.

"놀고 있네. 병난 심장이 왜 딴 때는 멀쩡하다가 그 사람만 보면
뛰냐? 드라마 '새 심장' 보더니 심장병이 뉘 집 텔레비전 이름쯤
인 줄 생각하나 본데 그냥 인정해, 이 미련한 중생아. 딱 보니 빠
졌구만, 뭘."

"빠, 빠지다니!"

나라가 화들짝 놀라며 천장을 보고 있던 얼굴을 다연에게로 팩
돌렸다.

"안 그럼 그 상황에서 외래종 늑대랑 사고 치겠다는 소리가 왜
나오는데?"

"그, 그건 우리 무식한 둘째 오빠 말리려다가 순간적으로 헛나
간 거지!"

"네 진심은 아니고?"

"미쳤니!"

나라는 또 한 번 몸을 발딱 일으켰다. 화장기 없는 얼굴이 새빨개졌다. 다연이 느긋하게 감고 있던 눈을 떠 나라를 보더니 얄밉게 속살거렸다.

"방금 네 입으로 내내 그랬잖아. 너 미쳤다고."

"야!"

"고객님."

인내심 어린 나직한 목소리가 등 뒤에서 들렸다. 막 벌린 입을 냉큼 다물고 뒤를 돌아보자, 담당 에스티션이 어금니를 악문 채 을씨년스러운 미소를 지으며 나라를 바라보고 있었다. 살기가 느껴지는 것 같았다.

"죄송해요. 하하."

어색한 웃음을 흘리며 나라는 곧장 침대에 몸을 뉘였다. 옆에서 킥킥대는 웃음소리가 들려왔다. 다연이다. 에스티션의 눈치를 보느라 한참 침묵을 지키던 나라가 작게 입을 벌려 나직이 읊조렸다.

"강다연. 너 자꾸 이상한 쪽으로 몰고 가는데, 나 정말 그런 거 아니야. 그러니까 괜히 네 맘대로 넘겨짚지 마."

"내가 고기 잡는 어부도 아니고, 몰긴 뭘 모냐?"

다연 또한 안면 근육의 움직임을 최소한으로 하며 밉상스럽게 받아쳤다. 순간, 옆 침대로 손을 뻗어 다연의 얼굴을 확 긁어 버리고 싶다는 충동이 울뚝 치밀었다. 하지만 담당 에스티션의 눈치가 보여 이번 한 번은 참기로 했다.

에스티션의 손끝은 섬세하면서도 야무졌다. 얼굴 구석구석을 빠짐없이 매만져 이완된 안면 근육을 당겨 주고 목 라인과 쇄골 부근을 부드럽게 쓸어내리듯 문지른 뒤 어깨에 뭉친 근육들도 풀어주었다. 단순히 피부만 마사지하는 것이 아니라, 일상에 지친 몸의 피곤함까지도 시원하게 날려주는 것 같았다. 코끝에 휘도는 향긋한 아로마 향이 마음을 차분케 했다. 다연과 옥신각신하느라 듣지 못하고 있었던 잔잔한 음악이 귓전으로 사르르 감겨들었다. 마음이 가라앉는다.

사실 말로는 아니라 하지만, 자신의 심부에 이는 그 격정적인 움직임을 아주 부정하는 건 아니었다. 미쳤다, 병이라도 걸렸나 보다, 라는 진중하지 못한 말들로 아무렇게나 얼버무리기에는 이 감정이 자신의 일상에 끼치는 영향이 너무도 큼을, 그녀도 알고 있었다.

그가 말했었다. 넌 그저 현재 느끼는 그 감정에 물 흐르듯 따라오기만 하면 된다고. 하지만 나라는 싫었다. 내내 고개를 내흔들었던 주제에 남자의 달콤한 말 한마디에 줏대 없이 넙죽 넘어간다는 것도 자존심이 상했으며, 무엇보다도 확실히 정의조차 내려지지 않는 감정에 충동적으로 휘둘린다는 것 자체가 싫었다. 설령, 물 흐르듯 흐르다가 도달한 그 강의 이름이 그가 언젠가 자신에게 언급했던 '그 감정'일지 모른다 하여도.

1년이란 시간 동안 단 한 번도 믿어 의심치 않으며 강우에게 소모했던 그 감정도, 결국은 사랑이 아니었다. 1년을 굳게 믿은 감정이 그러했는데, 단 며칠 새 자라난 감정의 정체가 조금 의심된다 하여 그렇듯 무작정 따라갈 수는 없는 노릇이었다. 어쩌면 어느 순간 자신을 뒤흔들기 시작한 이 감정의 정체도 맨션에서의 그날, 항상 강인해 보이던 그로부터 발견된 여린 모습에 느낀 측은함일 지도 모르므로.

"뭘 그렇게 어렵게 생각하냐?"

의식의 줄기를 뚝 끊고 들어오는 다연의 말에 나라는 감고 있던 눈을 떠 그녀를 보았다. 여전히 눈을 감은 채 다연이 나라의 속을 다 안다는 듯 말했다.

"너 지금 그 사람에 대한 네 감정이 사랑인지, 아니면 단순한 동 정인지 헷갈리고 있지?"

어느새 제 머릿속을 다녀가기라도 한 건지 간결하게 정리하여 물어오는 말에 나라는 할 말을 잃었다. 못 보던 사이에 독심술이 라도 연마했나? 하긴, 다연이라면 꼭 독심술이 아니더라도 제 머 릿속을 훤히 알아차리는 게 무리도 아니겠다는 생각이 금방 들었 다. 나라는 작게 헛기침을 하며 고개를 다시 정면으로 향했다. 자 신의 생각이 남에게 속속들이 보인다는 것이 썩 유쾌하지만은 않 았다. 정확히는, 민망했다.

"가만 보면 넌 의외로 애가 복잡하더라? 이리저리 재고 따지고 살피면서 복잡하게 생각할 것 없이 너 자신한테 한번 물어봐."

다음으로 이어진 직설적인 말.

"만약 그날 아파하던 사람이 너네 이사가 아니었더라도, 과연 네가 이렇게 신경 썼을지."

"고객님, 끝났습니다."

나라는 순간적으로 머릿속이 까마득해졌다. 그가 아니었더라도……? 그렇게 스스로에게 묻는 사이, 어느새 자리를 털고 일어나 가운을 걸친 다연이 아직도 자리 보존한 채 멍하니 누워 있는 나라에게로 다가왔다.

"마음을 머리로 따라가려고 하지 마, 이 바보야."

나라의 왼쪽 가슴을 콕 찌르며 그녀가 말했다.

"시작된 순간부터 이미 이건, 네 게 아니니까."

눈앞에 떠오른 살굿빛 입술이 장난기를 머금고 씩 말려 올라갔다. 거의 패닉 상태에 빠진 나라를 향해 얄밉게 킥킥대며 다연은 에스테틱실을 빠져나왔다.

나라에게 어느덧 또 한차례의 봄바람이 불어든 듯싶었다. 답답한 마음에 툭 건드려 주었으니 그 바람은 조만간 씨를 몰고 와 파종하여 완전히 싹을 틔울 것이다. 서 팀장에게는 안된 일이지만, 원래가 답답한 꼴은 복장 터질 것 같아 그냥 두고 보지 못하는 성격이라 어쩔 수 없었다. 무엇보다도 나라의 가슴속에 이는 그 바람이 강우 때와는 확연히 다름을 알기에 더욱 가만있을 수가 없었다. 상대가 하필이면 눈알 파란 외래종 늑대라 조금 께름칙했지만, 시대가 시대인 만큼 사랑에 국경을 들먹이는 구닥다리 근성은 버리기로 했다.

"곧 봄이 오려니까 아주 여기저기서 짝짜꿍을 하는구나."

다연은 땅이 꺼질 듯 한숨을 내쉬며 탈의실로 들어갔다. 남의 사랑만 챙길 것이 아니라 내 사랑도 좀 찾아야 할 터인데. '대체 내 님은 어디에 있나, 소련에 있나, 대만에 있나'를 울부짖는 그녀의 가운 주머니에서 지잉 진동이 울렸다.

"웬 놈의 전화야?"

다연은 핸드폰을 꺼내 액정으로 시선을 내렸다.

—900109181XXXX

"이건 또 뭐야?"

액정에 뜬 해괴망측한 번호에 다연의 두 눈이 가늘어졌다. 보통 핸드폰 번호도 아니고, 그렇다고 일반 전화번호도 아닌 것이 요즘 성행한다는 보이스피싱인가 싶었다. 그러다가 혹시나 하며 망설이는 손길로 전화를 받았다.

[나다.]

뜬금없는 목소리가 수화기 너머에서 들려왔다. 지가 누군데 대뜸 나다, 야? 예의 없는 통화 상대가 황당해, 다연이 특유의 까칠한 어투로 쏘아붙이려 입을 열었다.

"나다가 뉘집 자식……."

[김이 좀 멀지? 이 오빠가 지금 터키거든, 섹시봉봉.]

'섹시봉봉?'

능글맞게 흘러드는 그 목소리에 다연의 말이 잠시 멎었다. 하지만 이윽고 머릿속에 떠오른 한 얼굴에 악을 빽 질렀다.

"어? 너! 너 이 자식, 너 이 씨밤바!"

[오, 너무 열렬히 반기는 거 아니야? 그래도 그렇지 굳이 그 정

도로 좋아해 주실 필요까지는 없는데, 섹시봉봉.]

우렁차게 외치는 다연의 목소리를 듣곤 상대편이 낮게 웃으며 능청스럽게 받아쳤다.

다연은 뒷골이 확 당겼다. 수화기 너머에서 능글맞게 '섹시봉 봉'을 지껄이고 자빠진 자식은, 다름 아닌 그 자식이었다. 자신과 악연 중의 악연으로 배배 꼬인 그 공 차는 씨밤바!

다연은 땡기는 뒷골을 짚으며 아직 할부도 끝나지 않은 제 핸드폰을 부러뜨릴 기세로 거머쥔 채 악다구니를 썼다.

"너 이 새끼 왜 또 전화질이야! 너 내가 전화하지 말라 그랬지! 뒤질래?"

[거 참 너무하네, 섹시봉봉. 이 귀하신 몸께서 비싼 국제 요금에도 불구하고 친히 전화까지 해줬는데, 사랑의 세레나데는 못 불러줄망정 돼지 멱따는 소리나 들려주고 말이야.]

"하! 뭐어? 사랑의 세레나데?"

남자의 말에 다연이 코웃음을 쳤다.

"이게 맨날 공을 차더니 어디서 축구공에 마빡을 한 대 얻어맞고 왔나! 잡소리 하지 말고 끊어, 이 씨밤바야! 너 이 새끼 또 전화 걸면 뒤져!"

[이거 왜 이러실까. 그래 놓곤 오늘밤에도 바밤바 먹으면서 내 생각할 거 뻔히 아는데. 내가 TV에서 봉봉이를 보고 우리 섹시봉 봉을 떠올린 것처럼 말이지.]

"이게 진짜! 너 자꾸 섹시봉봉 섹시봉봉 할래……!"

다연의 분노 어린 괴성이 한적한 에스테틱 숍을 휘청 흔들었다.

거머쥔 핸드폰 너머에서 청량한 웃음소리가 들려온다. 그렇게 다연에게도, 다소 과격하나마 봄바람은 불어오고 있었다.

❖

요즘 카인은 한창 일에 몰두해 있었다. 얼마 전 임원진 회의에서 명품 브랜드의 수수료를 작년과 동일하게 책정하겠다 선언한 그는, 그로 인해 야기될 하락세를 만회할 대대적인 프로젝트를 추진 중에 있었다. 그가 추진하려는 프로젝트란 오프라인 백화점과 온라인 쇼핑몰의 공동사업 제휴였다.

대형 할인마트의 강세로 백화점의 성장률이 둔화되어 가는 요즘, 그러한 상황을 더욱더 가속화시키는 것이 있다면 그것은 바로 홈쇼핑과 인터넷 쇼핑몰의 활성화였다.

현시대의 두드러지는 추세는 바로 신속함과 편리함이다. 그런데 온라인 쇼핑몰이 바로 그런 점을 모토로 내세우며 사람들의 눈길을 끌기 시작한 것이다. 그것도 저렴한 제품뿐만이 아닌, 평소 백화점을 방문해야 구입할 수 있었던 고가 상품들마저 전면에 내세우면서. 때문에 할인마트에 중서가 제품을 양보하고, 고가 상품들로 고급화 전략을 꾀하고 있었던 백화점은 그 고유 영역마저도 위협받는 지경에 놓이고 말았다. 이러한 상황을 극복하기 위해 카인이 선택한 돌파구가 바로, 온라인 쇼핑몰과의 공동사업 제휴였다.

백화점과 인터넷 쇼핑몰이 같은 영역을 노리고 있으나 온라인과 오프라인이라는 서로 다른 공간에 존재하는 것에서 합의점을 간파한 그는 국내 인터넷 쇼핑몰과 손을 잡아 오프라인뿐만 아니라 온라인 시장 또한 개척해 나가기로 결심을 했다. 양측이 대치한 채 서로를 바라보며 으르렁거릴 것이 아니라, 경계를 풀고 다가와 손을 맞잡는 편이 쌍방 모두에게 이득이 될 것이라 생각했기 때문이다. 덕분에 이번 프로젝트의 팀장을 맡아 제휴할 쇼핑몰 선정부터 프로젝트의 모든 진행을 총관하게 된 그는, 한국 지사에 부임한 이래로 가장 바쁜 나날을 보내는 중이었다.

'저렇게 일하다가 또 조만간 병나지.'

나라는 샌드위치로 간단하게 끼니를 때운 뒤 휴식 없이 곧장 책상 앞에 앉는 그를 보며 혀를 찼다. 자신이 힘세고 오래가는 건전지 에너 뭐시기가 아님을 불과 며칠 전에 몸소 증명했음에도 불구하고, 그는 또다시 자기 자신을 일에 내맡기며 저렇듯 혹사시키고 있었다.

그런 그를 보는데 어쩐지 제가 한숨이 다 나오려 했다. 나라는 입술 새로 가늘게 빠져나오려는 바람을 삼키며, 그의 책상 한켠에 놓여 있는 재떨이를 집어 들었다. 이제 겨우 하루의 반이 지났는데, 재떨이는 벌써 열 개비도 넘는 담배의 시체들로 작은 산을 이루고 있었다.

삼가 명복을 빌며 재떨이를 비워낸 뒤 탕비실로 가, 막 내린 커피를 들고 이사실로 들어왔다. 사업 얘기 중인지 굳은 표정으로 걸리버 청년과 대화를 나누고 있는 카인이 눈에 잡혔다. 나라는 깨끗이 비운 재떨이와 찻잔을 차례대로 그의 앞에 내려놓았다. 재떨이를 놓기 무섭게 그가 담배를 꺼내어 문다. 잠시 잠깐의 시선의 교차도 없었다. 기껏 내려온 커피가 무색하게도 그는 커피에도, 그리고 그녀에게도 단 한 번의 눈길조차 주지 않았다.

울컥 서운함이 치밀었다. 며칠 전, 감기를 앓으며 그가 했던 말이 떠올랐다. 재촉하지는 않겠지만 유혹은 계속하겠다고 해놓고선, 유혹하기는커녕 완전 내다 버린 강아지 취급을 하고 있었다.

'순 거짓말쟁이. 평생 일만 하다가 독감기에 걸려서 콱 죽어버려!' 라고 속으로 악담을 퍼부으며 나라는 쌀랑하게 돌아섰다.

"보나라 씨."

불쑥 불려진 이름에 몸이 멈추었다. 속으로 욕을 하자마자 이름이 불려서일까. 왼쪽 가슴이 놀란 듯 급하게 씨근거렸다.

갑자기 날 왜 부르지? 커피도 갖다 줬잖아. 재떨이도 비웠고. 따로 지시할 게 없을 텐데 갑자기 왜 부르는 거야? 뭐 때문에?

알 수 없는 기대가 발가락 끝을 간질였다. 나라는 멈춘 몸을 천천히 돌려 뒤를 돌아보았다. 모처럼 만에 마주하는 짙은 코발트블루빛 눈동자가 반짝였다.

"이 서류들 캐비닛에 꽂아 넣고 거기서 시즌별 이벤트 서류 좀 찾아와."

동시에 나라는 입안의 살을 꽉 깨물었다. 발가락 끝을 간질이던 기대가 마치 무좀약에 쫓겨나는 무좀균처럼 대번에 사라져 버렸다. 정수리 끝부터 쏟아지는 비참함. 그 자리에 우뚝 멈춰 선 채 카인을 노려보던 나라는 대답도 없이 걸어가 테이블 위에 놓여 있는 파일첩을 요란하게 손에 잡았다. 그러곤 돌아서 캐비닛 쪽으로 가며 곧 울 것 같은 표정으로 반복해 중얼거렸다.

악덕 고용주. 막가다 곧 죽을 에너 뭐시기. 망할 트랜스포머. 거짓말쟁이 워킹머신.

속에서 나오는 대로 지껄이고 있는데 며칠 전 다연이 했던 말이 떠올랐다. 그가 아니었더라도 네가 이렇게 신경 쓰일 것 같으냐고.

어제, 아니, 바로 직전까지만 해도 나라는 아마 그가 아니었더라면 이렇게까지 신경이 쓰이지 않았을 것이라 생각했었다. 하지만 풍향계 마음 보나라는 상처받은 가슴을 끌어안으며 당장에 그 생각을 정정하기로 했다.

'웃기지 마라지. 저 인간이 아닌 다른 사람이었더라도 틀림없이 가슴 아팠을 거다 뭐! 그것도 망할 맥도날드를 보면서 느꼈던 감정보다도 훨씬!'

울분 섞인 음성으로 아우성친 나라는 새치름한 표정으로 콧방귀를 날렸다.

"후……"

지시 사항을 체크한 데릭이 나가고서야 카인은 숨을 돌리며 사무실 왼편으로 시선을 옮겼다. 그에게 건네받은 파일을 꽂을 빈 공간을 찾는지, 캐비닛 앞에 서서 두리번거리고 있는 나라의 모습이 시야에 잡혔다. 그는 재를 턴 담배 끝을 다시 입에 물어 깊게 흡입했다가 천천히 뱉었다. 아스라이 피어오르는 담배 연기 사이로 나라의 뒷모습이 아련하게 비쳐 왔다.

항상 곁에 있지만 이렇게 제대로 보는 것은 꽤 오랜만의 일이었다. 중대한 프로젝트를 추진하고 있는 시기인 만큼 일에 몰두하기 위해서라도 당분간은 나라에게서 신경을 꺼야겠다고 생각했다. 그녀의 존재 자체가 그에게 있어서는 치명적인 독이기 때문이다. 그의 모든 주의를 앗아 가고, 현혹시키는…… 치명적인 존재. 그것도 지독한 중독성을 지닌. 그런데 만약 조금의 경계도 없이 평소처럼 그녀를 마주한다면 스스로를 제어치 못하고 결국 모든 일을 그르치게 될 게 뻔했다.

카인은 느긋하게 탐닉하던 담배를 재떨이에 비벼 껐다. 어느덧 시야를 가리던 연기가 걷히며, 종전보다 선명해진 나라의 뒷모습이 그의 주의를 잡아당겼다. 그녀에게 고정된 짙은 코발트블루가 욕망을 품고 검게 가라앉는다. 주먹이 꽉 조여져 왔다. 원초적인 야만성이 천천히 깨어나 고개를 들었다.

매끄럽게 뻗은 종아리. 잘록한 허리 아래를 부드럽게 휘감으며 퍼진 우유빛 스커트와 그 속에 자리한 볼륨감 있는 힙. 하늘빛 카디건에 감싸인 작고 가녀린 어깨. 묶은 머리카락 아래로 드러난 솜털 어린 하얀 목덜미. 햇살을 받아 해사하게 빛나는 자그마한 얼굴. 그리고 물먹은 장미처럼 싱그러운 붉은 입술.

한참이나 그녀를 탐닉하던 카인은 그녀를 천천히 어루만지던 시선을 외면하듯 돌렸다. 더 이상 보았다가는 참지 못하고 다가가 저 가느다란 허리를 끌어안고 입을 맞출 것만 같았다. 그러곤 한 손 가득 담겨오는 그녀의 젖가슴을 움켜쥐며 새하얀 목덜미를 탐욕스럽게 삼키겠지. 그런 다음에는 그녀를…….

가속화되어 가는 망상을 정지시키며 주먹을 꽉 거머쥐었다. 이래서 나라를 보지 못하는 것이다. 시선이 그녀에게로 닿는 즉시, 오감이 그녀를 갈구하며 마치 사춘기 시절의 몽정과도 같은 망상을 머릿속에 그려 넣고 마니까. 그리고 그 망상은 조금만 자제심을 잃어도 금방 그의 육체를 지배해 버릴 것이다.

느지막이 맛들인 사랑놀음에 빠져 본분마저 잃고 허우적거릴 수는 없었다. 무엇보다도 자신에게 주어진 이 일이 단순한 사업이 아닌 나라의 과거를 쥔 서강우라는 자와의 싸움임을 인식한 이상 그는 더욱더 진지하고 치열하게 이 일에 임해야만 했다. 하지만 지금처럼 눈길이 아주 잠시라도 그녀에게 스치듯 닿을 때면 그는 여지없이 흔들렸다. 스스로조차도 감당할 수 없는 이 지독한 욕정에.

이제 그만 일에 몰두할 때였다. 그저 눈요기 정도로 본 것만으로도 크나큰 실수였다. 어느덧 뜨겁게 달아올라 있는 몸을 달래기라도 하려는 듯 자신의 이마를 쓸어내리며 카인은 나라에게로 향하려는 주의를 애써 환기시켰다.

"대체 이건 왜 이렇게 손이 안 닿는 거야."

나라가 제 키로는 한참 모자란 곳으로 손을 뻗으며 씩씩거렸다. 하필이면 찾아오라는 서류가 캐비닛 맨 꼭대기 칸에 있어 도무지 손이 닿질 않았던 것이다. 안 그래도 심기가 불편하던 차, 나라는 더욱더 짜증이 일기 시작했다. 한낱 캐비닛 따위가 길이를 가지고 저를 비웃는 것만 같았다.

캐비닛이고, 이 캐비닛 주인이고 죄다 맘에 안 들어, 죄다!

나라는 발뒤꿈치까지 들어가며 꾸역꾸역 손을 뻗었다. 맨 위 선

반에 간신히 닿을락 말락 하는 이 키로는 절대 무리임을 알면서도 억척스레 매달렸다. 이 파일을 손에 잡지 못하면 그에게 진 것이나 마찬가지라는 억지에 가까운 생각이 들며 괜한 오기가 일어서였다. 말도 못 하는 캐비닛을 상대로 실랑이를 벌이며 그렇게 한참을 강아지처럼 낑낑대고 있을 때였다.

"이리 줘."

"……!"

더운 기운이 불현듯 등 뒤를 덮쳤다. 딱딱한 나무토막처럼 뒷목이 뻣뻣해졌다. 캐비닛에 뻗은 손등 위로 타인의 손목이 닿아 있었다. 신경이 멎는다. 숨이 당겼다. 청량한 바다 향이 폐부를 적나라하게 핥았다. 해변에 울려 퍼지는 북소리처럼 둥둥 울리는 심장의 고동. 그것을 배경음 삼으며 느릿하게 움직인 커다란 손이, 나라가 내내 씨름하고 있던 파일을 가벼이 꺼내 들었다.

"당신 손이 닿기엔 좀 높지."

나직한 목소리가 더운 숨결과 함께 귀 끝을 간질였다. 탁하다고 느껴질 정도로 낮은 음성. 몸 안으로 뜨겁고도 큰 파문이 이는 것 같았다. 등이 곧추서며 귓불 밑으로 자잘한 소름이 인다. 주변에 머무르는 공기의 흐름이 일순간에 느려졌다. 나라는 뻗은 손을 거두지 못한 채 한참을 그렇게 서 있었다. 리드미컬하게 울리는 심장박동 소리가 귓속을 가득 메워 아무 생각도 나지 않았다. 그때, 그의 뜨거운 손바닥이 그녀의 손등을 덮었다. 경직된 등줄기 위로 그의 가슴, 그리고 그의 심장이 붙는다. 겹치듯 닿은 강인한 손이 이윽고 가녀린 손 틈 사이로 파고들어 단단히 깍지를 꼈다.

"저, 저기……."

나라는 하려던 말을 마저 잇지 못했다. 오른쪽 **뺨** 위로 감겨오는 뜨거운 손길과 함께 얼굴이 돌려진 것이다. 맑고 커다란 눈동자 위로 정염이 어려 검게 그은 푸른 시선이 묵직하게 파고들었다. 깍지 낀 손에 힘이 실려 왔다. 탄탄한 근육을 타고 발산되는 더운 체온이 여린 살갗 위로 지분대듯 감겨들었다. 표피가 녹아내릴 정도로 뜨겁고 자극적인 열기.

"당신은 한시도 눈을 뗄 수 없게 만들어. 그러니까……."

그의 자극 어린 숨결이 여린 점막 사이로 파고들어 혀끝을 더듬었다. 코끝을 스치는 그의 콧날. 제어할 수 없는 욕망의 방아쇠를 당기며 그가 말했다.

"이 모든 건 당신 탓이야."

항상 내 신경을 쥐고 노는 네 탓.

퇴폐적인 허스키 보이스로 나른하게 속삭인 카인은 거부 따윈 허락지 않겠다는 듯 나라의 아랫입술을 짓누르던 투박한 손끝을 그녀의 입술 사이로 집어넣었다. 그에게 더 이상의 이성 따윈 존재하지 않았다. 그 무엇보다도 압도적인 본능이 무너진 이성을 능가하고 그를 조종할 뿐.

'더 이상은 참을 수 없어.'

그녀를 누리고자 하는 욕망에, 카인이 고개를 내려 나라의 숨결을 점령하려 할 그때였다.

똑똑.

그녀에게 닿으려던 카인의 움직임이 멈추었다. 놀란 듯 문 쪽으

로 나라의 고개가 획 돌아갔다. 닫힌 문 너머에서 데릭의 목소리
가 들려왔다.

"Mr. MacLean, You have a visitor(손님이 오셨습니다)."

나라는 그의 가슴을 밀치며 냉큼 그로부터 벗어났다. 뒤늦게 이
성이 돌아오며 얼굴이 확 붉어졌다. 늑골이 빠르게 오르락내리락
한다. 대체 무슨 짓을 하려던 거지? 직전의 상황이 떠올라 뺨이 홧
홧거렸다. 채 닿지도 못했던 입술이 인두에 짓이겨진 것처럼 화끈
댔다.

어찌해야 좋을지 몰라 안절부절못하고 있는데, 자신이 사라진
허공에서 아직도 손을 거두지 않은 채 서 있는 카인이 눈에 들어
왔다. 텅 빈 손끝을 향한 표정이 허탈해 보였다. 마음 한구석이 괜
스레 뜨끔거린다. 공기를 모조리 집어삼킨 듯 싸늘한 침묵이 공간
을 채웠다. 그 속에서 한참을 미동 없이 서 있던 카인이 낮은 욕설
과 함께 캐비닛으로 향해 있던 손을 거머쥐었다. 그러곤 문 앞으
로 다가가 굳게 닫힌 문을 열었다.

「타이밍 한번 기가 막히는군, 데릭.」

문밖의 데릭을 마주한 카인이 싸늘한 목소리로 뇌까리듯 말했
다. 영문도 모른 채 그의 살기등등한 시선을 받게 된 데릭은 당혹
스러운 듯 고개를 갸웃했다.

"저, 전 이만 나가보겠습니다."

서로를 마주 보고 선 그들 사이로 고개를 푹 숙인 채 나라가 고
양이에게 쫓기는 쥐처럼 쪼르르 가로질러 나갔다. 언뜻 시선에 잡
힌 나라의 귀 끝이 새빨간 듯싶었다. 아뿔싸! 그제야 상황을 파악

한 데릭이 난처한 표정으로 카인을 바라보았다.

「아, 보스……」

「됐어. 손님은 어디 계시지?」

카인은 최대한 감정을 억누르는 듯한 목소리로 데릭에게 물었다. 그러자 데릭이 더욱더 긴장한 표정으로 그에게 답했다.

「방금까지 여기 계셨습니다만 잠시 화장실에 다녀오시겠다면서……」

그는 시작한 말에 마침표를 찍지 못하고 입을 다물고 말았다. 시야로 되쏘아 오는 푸른 눈동자의 온도가 뼛속마저 엘 듯 싸늘했다. 혀끝이 완전히 굳어 차마 입이 떨어지지 않았다. 아니나 다를까, 석고상처럼 창백한 얼굴로 서 있는 데릭에게 등을 돌리며 카인이 태양도 얼어붙일 듯 살벌한 목소리로 낮게 으르렁거렸다.

「두고 보자고, 데릭.」

투박한 갈색 문이 쾅 닫히며 마른침이 데릭의 목구멍을 긁고 꼴깍 넘어갔다. 숨이 목 아래로 푹 꺼진다. 어디선가 한을 품은 외래종 늑대의 음산한 울음소리가 들려오는 듯했다.

나라는 세면대 거울 앞에 서서 여전히 빨간 자신의 얼굴을 빤히 들여다보았다. 찬물에 담갔던 손으로 후끈한 뺨을 연신 매만져 보지만 도통 가라앉을 기미가 보이지 않았다. 뺨에 닿는 차가운 물기운에 열이 좀 가라앉을라치면 종전의 상황이 여지없이 떠올라 또다시 체온을 높여 놓았다.

'하마터면 키스할 뻔했어.'

나라는 간질거리는 입술 위를 손끝으로 가만히 매만져 보았다. 그의 숨결이 코끝을 스치던 감촉이, 그의 기다란 속눈썹이 자신의 속눈썹 끝에 부딪치던 감각이 현재처럼 생생했다. 몸 주변을 진득이 휘돌던 그의 체취와 열기가 아직도 살갗 깊숙이 배어 있는 것만 같아 심장이 벅차고 머릿속이 어질하다.

"거기 예쁜 언니."

불현듯 들려온 여자의 목소리를 듣고서야 나라는 생각에서 깨어났다. 제대로 들은 건가 싶어 옆을 돌아보자 짧은 단발 커트의 글래머러스한 몸매의 여자가 시야에 들어왔다.

"언니 뒤에 있는 휴지 좀 뽑아 줄래요?"

여자가 생긋 웃으며 말했다. 낯선 사람에게 넙죽 '언니'를 붙이는 여자의 넉살에 잠시 당혹스러웠지만 나라는 곧 휴지를 뽑아 그녀에게 건네주었다. 여자가 적당한 눈웃음과 함께 'Thank you'라고 대답하곤 물기 묻은 손을 닦아냈다.

나라는 파우치에서 콤팩트를 꺼내며 여자 쪽을 힐끔 곁눈질했다. 쉽게 접할 수 없는 꽤 근사한 여자였다. 전체적으로 요염하고 관능적인 분위기가 물씬 났다. 외모는 지적인 듯 매혹적이었고 볼륨감 있는 몸매는 유명 영화배우를 연상케 할 만큼 육감적이고 섹시했다. 같은 여자가 보아도 참 부러운 여자다. 의식하지 못하는 사이 그녀를 힐끔거리고 있는데, 여자와 눈이 마주쳤다.

"IBMC 직원이에요?"

여자가 핸드백에서 립스틱을 꺼내 들며 물었다. 갑작스레 눈이 마주치는 바람에 민망해질 뻔한 분위기를 누그러뜨리기 위함인 것 같다. 얼굴 예쁜 여자가 성격도 쿨하다. 어쩐지 창피한 마음에 나라는 어색하게 웃으며 네, 라고 짧게 답했다.

"아, 난 미팅 때문에 잠깐 여기 들른 거거든요. 그럼 IBMC에 대해 잘 알겠네?"

잘 안다니? 뭘? 나라는 두 눈을 가늘게 말아 올려 그녀를 보았다.

"듣자 하니 여기 전략기획팀 이사님이 그렇게 잘생기셨다면서요?"

장미 향이 물씬 나는 붉은색 립스틱을 짙게 바르며 여자가 물었다. 전략기획팀 이사라면 카인을 두고 하는 소리였다. 잠시 할 말을 잃은 듯 멍하니 서 있던 나라는 이내 실없는 웃음소리를 흘리며 서툴게 말했다.

"아하하하. 그, 그래요?"

"하도 소문이 파다하기에 꽤 기대하고 왔거든요. 근데 언니 반응을 보니 꼭 그렇지도 않은 모양이네."

여자가 립스틱의 케이스를 딸각 닫으며 싱겁다는 투로 말한다. 기대? 스치다 잡힌 그 단어가 묘하게 신경에 걸렸다. 기대해서 뭘 어쩔 건데? 나라는 괜한 헛기침을 크게 하며 소리치듯 말했다.

"저, 전 잘 모르겠던데요! 그렇게 멋있는지. 외, 외국 사람은 원래 다 그렇게 생긴 거 아닌가?"

"하긴. 외국인들이 이목구비가 뚜렷해서 그냥 평범해도 일반 동양인들보다 상대적으로 잘생겨 보이긴 하죠. 그럼 정말 헛소문이었나?"

"헛소문이에요, 헛소문. 잘생기기는 무슨. 잘생겼다고 하려면 적어도 브래드 피트나 조니 뎁 정도는 돼야지 않겠어요?"

나라는 절대 아니라는 듯 손사래를 치며 어색한 웃음을 연신 흘렸다. 식은땀이 손안에 주룩주룩 맺힌다. 사심에 젖어 거짓말을 하는 것 같아 괜스레 양심에 찔렸다.

'양심에 찔리기는 무슨. 찔릴 거 하나도 없어. 그 사람이 어딜 봐서 멋있다는 거야? 얼굴만 근사하다고 잘생긴 게 아니라고!'

나라는 화끈대는 뺨을 손바닥으로 누르며 스스로를 합리화시켰다.

"흐음. 그렇구나. 에이, 괜히 기대하고 왔네."

"무…… 무슨 기대요?"

침을 꼴깍 삼키곤 거울에 비친 여자의 얼굴을 힐끗 보며 조심스럽게 물었다. 화장을 다 고친 여자가 옷매무새를 가다듬으며 립스틱이 짙게 발린 육감적인 입매를 가늘게 말아 올린다. 그러더니 옆에 선 나라 쪽으로 시선을 던지며 묘한 뉘앙스로 은밀하게 속살거렸다.

"잘생긴 외국인 이사님 한번 유혹해 볼까 하는 기대?"

진한 장미 향이 콧속을 휘저었다. 심장이 철렁 가라앉는다. 고양이처럼 요염하게 뜬 여자의 눈매가 반짝이며 희미하게 휘었다. 의중을 알 수 없는 의미심장한 미소와 함께 여자가 말했다.

"아무튼 좋은 정보 고마워요, 귀여운 언니. 인연 닿으면 또 보자구요. Good Bye."

그러곤 그녀는 세면대 위에 놓인 검정색 숄더백을 어깨에 바로

걸며 나라로부터 돌아섰다. 제사상에 올리면 푸짐하다 할 정도로
풍만한 엉덩이가 한 발짝 한 발짝 내딛는 걸음에 맞춰 씰룩거린
다.

울컥 화가 치민다. 원인을 알 수 없는 화였다. 본초 여자에게 갖
고 있었던 좋았던 생각이 어느 순간, 스스로도 알 수 없는 감정으
로 변했다. 나라는 멀어지는 여자의 뒷모습에 날카롭게 시선을 박
으며 신경질적으로 중얼거렸다.

"근데 저 여자가 지금 누구 더러 언니래? 지가 나보다 적어도
두세 살은 더 많아 보이는구만. 웃겨, 고추장 발린 입술이."

간신히 열을 식히고 화장실에서 돌아온 나라는 손님이 왔다는
소리에 이사실로 들어갔다가 그야말로 기함을 토하고 말았다. 뜻
밖의 인물이 그 안에 있었던 것이다.

"어머, 언니. 여기서 또 보네요?"

귓전을 치는 유쾌한 목소리와 함께 나라는 얼어버렸다. 그 여자
였다. 화장실에서 마주친 그 고추장 발린 입술!

"아는 사이신가요?"

입을 떡 벌리고 선 나라를 보며 카인이 의아한 듯 여자에게 물
었다.

"아, 그게 있죠."

"차, 차는 뭐로 갖다 드릴까요?"

뭔가 말을 뱉으려던 여자의 말을 나라가 잽싸게 가로막았다. 잠
시 말을 멈춘 여자가 피식하고 웃는다. 얼굴이 확 달아오르며 수

치심이 일었다. 미심쩍은 눈초리로 나라와 여자를 번갈아 보던 카인이 상황을 정리하듯 먼저 말했다.

"난 커피로. 성 실장님께서는?"

"하연 씨라고 불러달라고 말씀드린 것 같은데, 계속 성 실장님 이라고 하시네요. 섭섭하게시리."

교태 어린 투로 카인에게 말하는 여자의 목소리에 나라는 손에 든 쟁반을 꽉 거머쥐었다. 본 지 얼마나 되었다고 벌써 '하연 씨' 는 '하연 씨'야? 기가 턱턱 막히는 것 같은 기분에 목구멍까지 치 닫는 헛웃음을 삼키며 나라는 카인 쪽을 보았다. 늘씬한 입매 끝 이 살짝 당겨 있었다. 딱딱한 플라스틱도 파고들 듯 힘이 들어간 손끝이 바들 떨린다. 나라는 입속 살을 꽉 깨물며 뱉는 말 마디마 디에 힘을 주어 읊조렸다.

"뭐로 하실 건데요, 차."

"아, 맞다, 차. 저도 커피로 할게요."

여자가 생글 웃으며 말한다. 지나치게 기분 좋아 보이는 그 목 소리가 어쩐지 기분 나빴다. 새치름한 표정으로 여자를 흘끗 흘겨 본 뒤 나라는 차갑게 돌아서 이사실을 빠져나왔다.

오늘 온라인 쇼핑몰 쉬크앤룩(Chic&Look)의 기획실장이 오기 로 되어 있었는데, 화장실에서 만난 고추장 발린 입술의 그녀가 바로 그 쉬크앤룩의 기획실장인 모양이었다. 몸매 좋고 얼굴 예쁘 고 성격 싹싹한 여자가 능력까지 좋다니, 어쩐지 샘이 났다.

불현듯 종전에 그가 지었던 표정이 떠올랐다. 다른 이를 대할 때면 항상 서늘하기만 했던 그의 입술이, 여자의 애교성 발언 때문인지 어쩐 일로 기분 좋게 호를 그리고 있었다. 알 수 없는 기분이 심장을 꽉 죄어왔다. 짜증이 치민다. 모르는 새 미간도 구겨져 있었다.

'내가 왜 저 남자 때문에 짜증이 나고 미간을 구겨야 해?'

나라는 검지와 중지를 들어 구겨진 미간을 쫙 피었다. 망할 보리 맥도날드 때문에 고운 피부에 주름을 늘리다니, 말도 안 될 일이었다. 괜한 일에 신경 쓸 것 없었다. 자꾸만 일그러지려는 안면 근육을 애써 피며 나라는 그들에게 가져갈 커피를 찻잔에 따랐다. 하지만 말은 무심한 듯 뱉으면서도 빨리 이사실로 들어가야겠다는 생각에 어느새 손이 분주해 있었다.

"차 가지고 왔습니다."

찻잔을 들고 이사실로 들자 미팅 테이블에 앉아 얘기 중인 카인과 여자가 보였다. 노크를 했음에도 불구하고 그들은 오로지 서로의 일에만 주의를 쏟고 있을 뿐 나라에게는 시선 한 번 보내지 않았다.

어디 이런 일이 한두 번인가. 새삼스레 서운해할 필요 없다 스스로를 다지며 나라는 그들 앞으로 다가갔다. 그제야 카인이 쥐고 있던 서류에서 눈을 떼 나라를 본다. 카인에게 닿아 있던 여자의 시선이 그를 따라 나라에게로 옮겨졌다. 눈이 마주치자 여자가 생긋 웃는다.

"고마워요."

나라는 여자와 잠시 닿은 시선을 냉큼 돌리며 가져온 잔을 테이블에 놓았다. 제휴 건으로 이야기하느라 아직 별일은 없는 듯

싶었다.

'별일이 있으면 어때서?' 라는 물음이 문득 뇌리를 스쳤다. 아무래도 화장실에서 여자가 했던 말이 꽤 신경 쓰였던 모양이다. 중요한 프로젝트를 앞둔 이 시점에, 남녀 간의 사사로운 감정 때문에 프로젝트가 등한시되어서는 안 되는 법이니까 말이다.

자신은 단지 회사 걱정을 하는 것뿐이라고, 나라는 그렇게 스스로를 합리화시켰다. 그때, 찻잔을 놓기 위해 숙여진 귓전으로 웃음기 어린 여자의 목소리가 닿았다.

"근데 언니, 나한테 거짓말했던데요?"

나라는 찻잔을 내려놓으며 여자 쪽으로 힐끗 시선을 돌렸다. 반들거리는 까만 눈동자를 향해 싱긋 웃어 보인 여자가 카인에게는 들리지 않을 정도의 음성으로 나지막이 속삭였다.

"이 남자, 브래드 피트보다도 훨씬 근사한데?"

그리고 덧붙여 말했다.

"긴장해요, 귀여운 언니."

"우, 웃겨 완전!"

손에 들고 있던 쟁반을 소리 나게 내려놓으며 나라가 신경질적으로 외쳤다.

"어디서 자꾸 언니래! 암만 봐도 나보다 나이 많아 보이는데. 그리고 긴장하긴 뭘 긴장하라는 거야! 웃기고 있어, 진짜. 어우, 기분 나빠!"

툭툭 불거지는 헛숨과 함께 달아오른 얼굴을 향해 빠르게 손부

채질을 했다. 그럼에도 발갛게 달아오른 얼굴은 도통 식을 줄을 몰랐다. 치미는 화에 장이 끓고 머릿속이 아찔하다.

긴장해요, 귀여운 언니라니. 기가 막혀서 말이 다 안 나온다. 대체 자신이 왜 긴장해야 하는지 모를 일이지만, 그런 말을 하는 그 고추장 발린 입술의 의도가 훤히 보여 나라는 배알이 뒤틀렸다. 화장실에서 여자가 했던 말을 미루어 짐작하건대 필시 카인을 유혹하려는 것이었다. 엄연히 사업상으로 이루어지는 미팅에 그런 불순한 의도를 가지고 참여하다니. 그야말로 꽃뱀이 아닌가!

나라는 좁디좁은 탕비실이 더워질 정도로 열이 올라 신랄하게 그녀를 씹어댔다. 그럼에도 화가 가라앉지 않아 쟁반까지 쥐고 부채질을 하기 시작하는데, 그때였다.

쨍그랑.

불현듯 들려온 날카로운 파열음이 나라의 귓전을 긁었다. 생각이 뚝 단절되며 현실로 돌아왔다. 이사실에서 흘러나온 소리였다. 컵이라도 깨진 모양이다. 나라는 화들짝 놀라 황급히 이사실 쪽으로 갔다. 그러곤 급한 마음에 노크도 없이 문고리를 잡아 돌렸다.

"무슨!"

뱉으려던 말이 맺어지지 못하고 멈추었다. 시선이 한 곳에서 정지한다. 입술이 꽉 깨물리며 비릿한 맛이 입안 가득 퍼져 나갔다. 뜨겁게 포개어져 있는 두 남녀의 시선이 동시에 나라에게 향했다.

"어머, 빠르네. 내가 실수로 잔을 떨어뜨리는 바람에 이사님 바지가 젖었지 뭐예요."

여자가 여전히 카인에게 몸을 기운 채로 말했다. 카인의 허벅지에 닿아 있는 여자의 손이 보였다. 순간 머릿속이 깜깜해지고 얼굴이 굳어버렸다. 무참한 기분과 함께 나라는 한참을 그렇게 굳은 듯이 서 있었다. 울컥, 뭔가가 치밀어 오르는 것만 같다. 천천히 그들에게서 시선을 떼며 나라가 지극히 사무적인 어조로 차갑게 말을 뱉고 돌아섰다.

"금방 치워드리겠습니다."

좁아지는 문틈 새로 나라의 뒷모습이 사라졌다. 그와 동시에 섬뜩한 기운을 품은 낮은 음성이 하연의 손목을 잡아챘다.

"장난은 여기서 그만하시죠, 성 실장님."

젖은 허벅지 위를 농염하게 배회하던 손길이 시린 손아귀에 붙들려 움직임을 멈추었다. 하연은 손목에 감긴 남자다운 손에서 시선을 떼어 그를 올려다보았다. 싸늘하게 가라앉은 다크블루가 흉폭스럽게 시야를 찢었다. 하지만 여자는 그 차가운 시선에 대고 장난스럽게 눈매를 휘며 능청스럽게 말했다.

"어머, 누가 장난이래요? 난 진심인데."

"진심이라면 더욱 사양하겠습니다."

"의외로 차구나? 귀여운 언니 볼 때는 봄바람처럼 따뜻한 표정을 지으시던 분이."

역시 알고 그런 거였군.

"저 여자에게뿐입니다."

카인은 칼바람처럼 시리게 말을 받아치며 붙잡고 있던 손목을 내던지듯 놓았다. 애초에 여자의 도발에 질투하듯 반응하는 나라가 귀여워 참아준 것뿐이었다. 그걸 모르지 않은 여자가 수위를 넘었으니, 그 장난도 여기서 그만이었다. 그는 휴지를 뽑아 젖은 바지를 대충 닦아내고 다시 서류를 집어 들었다.

"내가 아는 한 남자도 그랬어요. 오직 한 여자한테만 웃음을 허락했죠. 물론 그쪽은 조금 경우가 다르긴 했지만."

하연이 누군가를 떠올리는 투로 씁쓸하게 중얼거렸다. 그런 그녀에게 아주 짧게 시선을 두었다 떼며 카인이 냉정하게 말했다.

"이제 그만 사업 얘기로 넘어가죠."

"어쩜 인정머리도 없네. 잘생긴 남자이긴 하지만 멋진 남자는 못 되겠어요."

"나라가 아닌 다른 여자에게 멋진 남자로 보이고픈 생각 따윈 없습니다."

"오호."

"뻔하디뻔한 작업 멘트에 한가하게 장단이나 맞춰줄 생각도 물론 없구요."

"들켰구나."

여자가 빙긋 웃는다. 들켰다고 하면서도 멋쩍어 보이는 기색 하나 없는 표정이었다. 뻔히 알면서 장단을 맞춰준 것도 그렇고, 생각하면 생각할수록 독특한 여자다.

"그럼 이제 다시 일 얘기로 넘어가죠. 만약 이번 제휴 건이 성사된다면, 쉬크앤룩에서는 우리 백화점의 고품격 브랜드 상품과 고급서비스를."

"일 얘기는 나중에 하고."

말허리를 자르며 여자가 말했다.

"우선 그 귀여운 언니한테나 먼저 가보지 그래요. 금방 울 것 같은 표정이던데."

하연의 말에 카인은 방금 전 보았던 나라의 표정을 떠올렸다. 그러는 사이 자리에서 벌떡 일어난 하연이 카인의 손에 들린 서류를 빼앗아 들며 말했다.

"어서 가보라니까요. 그 언니도 오늘 나름 고생했다구요. 나한테서 이사님 지켜내느라."

짙은 장밋빛 입술이 장난스럽게 휘어 올라간다. 정말, 알 수 없는 여자다.

개수대에 담긴 찻잔들이 서로 부딪쳐 깨지는 소리를 내며 요란하게 울어댔다.

"실수 아니잖아! 일부러 그런 거 뻔히 보이는데! 완전 꽃뱀! 고추장 먹은 불여시!"

씻는 건지 때리는 건지 모를 손놀림으로 퍽퍽 설거지를 하며 울먹이듯 중얼거렸다. 이러다가 비싼 도자기 잔에 큰 금이 가지 싶었지만 도무지 열불이 나서 팔 힘이 제어되질 않았다. 카인의 허벅지 위에 얹어져 있던 남세스러운 손이 떠오른다. 화딱지가 나서 들고 있던 수세미를 팩하고 내던져 버렸다.

"그 인간도 똑같아! 남자라는 인간들은 하나같이 속물이야! 예쁘고 몸매 좋은 여자가 조금만 꼬리 치면 금방 혹해선. 바지에 잔 쏟는 거, 그것도 완전 고전적인 수법인데."

너무너무 화가 나 입에서 나오는 대로 쏟아내는데 어쩐지 코끝이 시큰댔다. 기분이 묘했다. 나라는 어느덧 힘이 빠져 설거지를 멈춰 버린 손끝을 망연하게 내려다보았다. 눈물이 날 것처럼 마음이 울적하다.

"바보 맥도날드."

"뭘 그렇게 중얼거리는 거지?"

화들짝 놀라 고개를 들었다. 팔짱을 낀 채 탕비실 문 앞에 기대어 서 있는 바보 맥도날드가 시야에 잡혔다. 심장이 쿵! 하고 바닥을 친다. 귀 끝이 따끔거리며 놀란 혀가 버벅거렸다.

"무, 무슨 일이세요?"

"컵이 깨져서 말이야. 큰 조각은 대충 주웠지만 작은 파편이 아직 여기저기 흩어져 있거든. 그것 좀 치워줬으면 하는데."

귀하신 몸이 뭣 때문에 탕비실까지 행차하셨나 했더니, 겨우 그것 때문이었나 보다. 표정도 맘도 꽁하게 얼어붙었다. 나라는 좀 전에 내던졌던 수세미를 다시 들며 한껏 뒤틀린 어조로 쌩하게 쏘아붙였다.

"안 그래도 가서 치우려고 했네요. 좀 전의 이사실 분위기가 너어~무 뜨거워서 잠시 자리를 피해 드린 것 뿐이라구요."

'흐음, 그래?' 라고 말하며 그가 피식 웃는다. 짜증이 났다. 세제를 마구 짜서 수세미를 인정사정없이 비벼 애꿎은 찻잔들을 막 몰아붙였다. 찻잔이 아프다고 요란하게 짱알댄다.

"아, 그리고 오늘 저녁 스케줄 좀 조정해 주겠나?"

"저녁 스케줄은 왜요?"

"하연 씨가 바지를 변상하는 겸 저녁을 사고 싶다는군."

설거지를 하던 손이 우뚝 멈추었다. 고추장 발린 입술과 저녁 식사를 하겠다고? 게다가 뭐? 하아여언씨이?

"그건 아, 안 되는데요!"

악을 지르다시피 외친 나라가 단호한 어조로 그를 향해 말했다.

"오늘 저녁에 이미 만찬 약속이 잡혀 있으세요."

"그러니까 조정하라는 거잖아."

"안 돼요!"

고집 있는 목소리로 또박또박 말했다.

"지난주에 결근하시는 바람에 안 그래도 오찬이랑 만찬 스케줄 밀려 있는데, 오늘 만찬 약속까지 미루시면 한 달 스케줄 전체에 지장이 간단 말이에요. 그러니까 안 돼요."

"내가 알기론 사업에 큰 영향이 있는 약속은 잡혀 있지 않은 걸로 알고 있는데. 사업상으로 보더라도, 앞으로 제휴하게 될지도 모르는 성하연 씨 측과 식사를 하는 게 더 효율적이지 않나?"

"효, 효율적이고 효율적이지 않고의 문제가 아니죠! 이건 신용의 문제라구요. 약속 자꾸 미뤄 버릇하는 거, 그게 얼마나 이사님 이미지에 치명타를 가하는 행동인 줄 아세요? 진정한 사업가라면 공과 사 정도는 구분하실 줄 아셔야죠! 도대체가 연애를 하려고 일을 하는 건지, 일을 하려고 연애를 하는 건지 모르겠네."

속사포처럼 말을 뱉어낸 나라가 비아냥대는 말투로 혼잣말처럼 구시렁거렸다. 말간 뺨은 화가 담겨 빵빵해져 있고, 새치름한 연분홍빛 입술은 뚱하게 나와 삐죽이고 있었다. 정말이지 거짓말을 못 하는 여자다. 그리고 또 그만큼 사랑스러운 여자이기도 했다.

"이봐, 보나라 씨."

내내 문 앞을 지키고 서 있던 카인이 나라의 이름 석 자를 나직이 부르며 그녀에게로 걸어갔다. 애써 표정 변화를 감춘 나라가 뭐냐는 듯 그를 올려다본다. 그녀의 등 뒤로 다가가 싱크대 끝에 손을 짚고 몸을 기울였다. 나라의 숨결이 정지한다. 윤기 어린 검은 머리카락 사이로 배어 나온 은은한 샴푸 향이 콧속을 휘저었다. 그 어떤 페로몬 향수보다도 자극적이고 유혹적인 향이다. 깊게 들이마셨다가 천천히 숨결을 뱉어내자 더운 숨이 진하게 훑고 간 귀 끝이 순식간에 새빨개졌다. 깨물어 핥고 싶다.

"그냥 솔직히 말하지그래, 질투 난다고."

"지, 질투는 무슨!"

나라가 빠르게 돌아서 그를 마주 보았다.

"질투가 아니라 잘나신 맥 이사님께서 일에 통 집중을 하시지 않는 것 같아 바로잡아 드리려는 것뿐이거든요?"

강단 있는 턱 끝을 도도하게 쳐들며 외친다. 그녀를 보는 카인의 푸른 눈이 실낱처럼 가늘어진다. 더 버텨 보겠다 이건가? 매끈한 턱 선을 느릿하게 쓸며 나라를 바라보던 카인이 이내 그녀에게 머물러 있던 시선을 차갑게 거두며 건조한 어투로 말했다.

"아무래도 나의 괜한 억측이었나 보군. 불쾌했다면 사과하지."

예상 밖의 그의 말에 나라는 놀란 듯 두 눈을 크게 떴다. 다른 때 같으면 아무리 아니라 하여도 끝까지 짓궂게 추궁하고도 남을 사람이었다. 그런데 이렇듯 순순히 돌아서다니. 그답지 않은 모습에, 나라는 단순히 그가 이상해 보이기를 떠나 마음 한구석이 시큰거렸다.

"방금 얘기했던 저녁 만찬 건, 내가 말한 대로 진행해."

이미 등을 보이고 돌아선 그가 고압적인 어조로 나라에게 말했다.

"그건 안 된다고……."

"내가 시키는 대로 해."

싸늘한 목소리가 냉정하게 말허리를 가른다. 넓고 차가운 등이 일방적으로 그에게로 향한 나라의 시선을 아프게 되쏘아 왔다. 시리고, 또 슬프다.

"비서 주제에 상사를 향해 이래라저래라 하는 거. 그거 굉장히 주제넘은 짓이라고 생각하지 않나? 선은 지키라고 있는 거지, 넘으라고 있는 게 아니야. 앞으로는 그 선을 지켜줬으면 좋겠군."

"순 거짓말쟁이에요, 이사님은!"

나라는 손에 쥐고 있던 수세미를 바닥에 내던져 버렸다. 막 한 걸음을 내딛던 그의 걸음이 멈춘다. 목이 왈칵 메며 눈 안으로 희뿌연 물 분자가 어지럽게 일었다. 눈가가 뜨겁다.

"유혹하네 어쩌네 하면서 사람 마음 잔뜩 흩뜨려 놓은 게 불과 며칠이나 됐다고, 고추장 입술이 꼬리 치자마자 어쩜 그렇게 홀라당 넘어갈 수가 있어요?"

"맹목적인 기다림. 그거 꽤 지치거든."

"애초에 재촉하지 않고 기다려 주겠다고 한 건 이사님이셨잖아요. 재촉하지 않을 테니, 강요하지 않을 테니, 내키는 대로 물 흐르듯 따라오면 되는 거라고. 이사님 입으로 그러셨잖아요!"

"난 물 흐르듯 따라가라고 했지, 흐르는 물을 거슬러 올라가라고 한 적은 없어."

카인이 몸을 돌리며 냉정하게 되받아쳤다.

"생각해 봐. 당신이 지금까지 한 행동들이 흐르는 물을 순행하는 것이었는지, 아니면 역행하는 것이었는지를."

의미심장한 빛을 띤 푸른 눈동자가 시야를 뚫고 심장을 직격으로 관통했다. 거센 물살이 순식간에 가슴으로 밀려들어 와 줄곧 스스로의 감정을 부인하며 역행하려 들던 심장을 그에게로 쓸려보냈다. 검은 그림자가 한 발짝 다가와 그 그늘 속에 그녀를 품었다.

"알면서 자꾸 뒷걸음질 치려 하지 마."

나직이 속삭인 카인이 검게 가라앉은 눈빛으로 나라의 검은 동공을 나른하게 핥았다. 뼈 마디마디를 잇고 있는 관절에서 천천히 힘이 빠져나갔다. 그의 커다란 손이 아래로 힘없이 늘어져 있는 나라의 왼손을 붙잡아 쥔다. 부드럽고 따사로운 숨결이 차가운 손끝을 데우며 잔잔히 흩어졌다. 유혹적인 허스키 보이스가 이번에는 나라의 심장마저 애타게 간질여 온다.

"지금부터 정확히 셋까지 센 다음, 당신에게 키스할 거야. 싫으면, 피하면 돼."

그는 그렇게 말하며 나라의 등 뒤로 팔을 뻗었다. 단단한 팔이 가는 허리를 뱀처럼 감아 그녀를 깊게 끌어안았다. 그의 뜨거운 체온이 여린 살갗 위로 진득하게 엉켜 들어 그녀를 옭아맨다. 꼭 그가 그녀를 향해 품는 지독한 소유욕 같았다. 싫으면 피하면 되는 것이라 말했으면서도, 애초에 놓아줄 생각 따위는 없었던 것이다.

"하나."

미처 마음의 준비도 못 한 사이, 그의 육감적인 입매를 타고 흘러나온 첫 번째 숫자가 귓전을 짜릿하게 데우며 은밀하게 울려 퍼졌다.

"둘."

나직이 빠져나온 두 번째 숫자와 함께 그와 마주 닿은 가슴의 오른편이 둥둥 울려온다. 심장은 분명 왼쪽에 있는데, 울리는 건 어째서인지 오른쪽이었다. 시선을 올리자 아름답게 휘어든 푸른 달이 있다. 두근거리는 맥박이 서로의 가슴을 타고 몸 안에서 고동쳤다. 그와 그녀의 것이었다. 그리고…… 셋.

나라는 마음속으로 그보다 앞서 숫자 3을 외치며 앞에 선 목을 끌어당겼다. 뒤꿈치를 들고 고개를 올리자 멀어져 있었던 체온이 밀착하며 입술이 따뜻해졌다. 기울어진 콧날 옆으로 그의 숨결이 스쳤다. 놀라서 멈춘 호흡이 맞붙은 입술 새로 생생히 느껴진다. 짧고도 길게, 살랑대는 미풍처럼 그의 것에 마주 닿았던 입술을 떼며 나라가 천천히 눈을 떴다. 크게 팽창한 푸른 심연이 그녀를 맞아들이고 있었다. 뒤꿈치를 내리고, 그의 목에 감았던 팔을 풀며 나라가 조곤조곤 말을 뱉었다.

"이사님 몸에 다른 여자 향이 배는 거 싫어요. 다른 여자 손이 이사님한테 닿는 것도. 이사님 눈이, 입술이…… 다른 여자를 보며 웃고 부르는 것도 다 싫어요. 그러니까 이거."

발그레한 뺨이 사랑스러운 미소와 함께 카인의 가슴 위로 가라앉았다.

"질투가…… 맞나 봐요."

카인은 나라의 숙인 턱 끝을 잡아 올려 뜨겁게 입을 맞추었다. 허리에 감긴 단단한 팔에 힘이 실리며 몸이 그에게로 흡수되듯 당긴다. 잠시 크게 뜨였던 검은 눈동자가 곧 수줍게 감기며 눈꺼풀 아래로 숨어들어 갔다. 마주 닿은 입술 새로 서로의 달콤한 숨결이 봄바람처럼 하늘하늘 흔들렸다. 깃털처럼 간지럽고, 의식을 치르듯 경건한 키스였다.

〈2권에 계속〉